Edith Maria Engelhard

Der Komponist

Roman

„*Kein Gespenst überfällt uns in vielfältigeren Verkleidungen als die Einsamkeit, und eine ihrer undurchschaubaren Masken heißt Liebe.*"

Arthur Schnitzler

PROLOG

Auf den Brettern, die die Welt bedeuten ...?
Herbst 1994

Zu den ersten Proben wird er nicht erscheinen. Es wird hier nicht effizient gearbeitet. Seine Teilnahme ist nicht gefragt. Einfach indiskutabel, dem will er sich nicht aussetzen. Diese Truppe drittklassiger Stimmakrobaten? Wo hat man je eine derart überalterte Besetzung zu sehen, zu hören bekommen? Provinz, Grenzgebiet, ehemals Kronland. Die Kosten hatten mit der gezielten Auswahl eben dieses Stadttheaters in Tschechien weit um die Hälfte reduziert werden können. Der Theaterbau, einer von zig identen Bauten im mitteleuropäischen Raum, war von ein und demselben Baumeister entworfen und umgesetzt worden. Im Zuschauerraum finden sich analoge, in Stuck und Blattvergoldung herausgeputzte Logen. Das Parterre, der Rang fassen dieselbe Anzahl an Theater- und Musikbegeisterten wie das vertraute Theater seiner Heimatstadt.
Wo haben sie diese Stadtkapelle aufgetrieben? Selbst in den Kurorchestern spielen sie mit mehr Profession und Leidenschaft.
„Das wird ein Reinfall", zischt er im geschützten Halbdunkel der Seitenbühne. An Körperverletzung grenze diese Probenarbeit. Bis zur Hauptprobe wird er durchhalten? Entweder er erschlägt den Kapellmeister oder er begeht den stets im Handgepäck mitgeführten oft, zu oft angekündigten Suizid? Die auf ihn einprasselnden

Buhrufe des Premierenpublikums, die gnadenlose Lokalkritik lassen ihn in sich zusammenfallen? Alles zertrümmern möchte er. Er, der Verkannte. Er, der aufsteigende Stern am Komponistenhimmel? Dort zwischen den Portaltürmen, die Soffitten sind seine Zeugen, dort schwört er seiner Berufung ab.

Ein Wetterleuchten macht sich breit, in der Deckung der mit schwarzem Bühnensamt bespannten Bühnengassen. Grüne, flackernde Augenblicke ziehen ihren Schweif quer durch die Hinterbühne.

Man darf ihn zur Postmoderne zählen!

Hauptprobe

„Was ist mit dem Verfolger?"
Keiner der Mitwirkenden will sich so recht dem reichlich konfusen Regiekonzept unterordnen. Da mag der alternde Weltverbesserer aus der Regiereihe noch so schnarren. Er ist nun einmal als Spielleiter herbeizitiert worden. Sein Ruf haftet ihm noch an, ihm, dem ewig schwarz gewandeten Rollenverteiler, dem Fädenzieher.

Von der Hinterbühne macht sich eine vom Körper entbundene Stimme in Richtung Parkett auf den Weg. „I brauchat do no an Verfolger. Mir geht a Mann ab, der oane is bsoff'n, eh schon des dritte Mal in dera Woch'n!"
Enerviert, so kurz vor der Premiere, erhebt sich der Mezzosopran Sofjas: „Die Tür, sie klemmt noch immer! Wie soll ich mich auf meinen Auftritt konzentrieren, wenn diese Tür permanent klemmt?"
Aus den dunkel-düsteren Reihen des Parterres quält sich die ausgemergelte Gestalt des alten Regiemeisters. „Requisite ... die Tür klemmt! Wo steckt der Mann bloß?"
Selbige Stimme wie zuvor aus den Tiefen des Bühnenraums. Der Bühneninspektor: „Wenn die Wand vom Schnürboden eingesetzt wird, muss die Tür zuvor entriegelt werden, sonst schnappt sie ja andauernd auf, dort oben in der Luft."

Der Regisseur: „Technik!!!"
Erster Bühnenarbeiter: „Bin scho da! Wissen's eh, da Beleuchter, da Funkenspritzer hat uns koa Liacht geb'n, drum ham ma'n net entrieg'ln können."

Er wird die auf ihn einprasselnden Buhrufe des Premierenpublikums wie auch die gnadenlose Lokalkritik zu spüren bekommen? „Wie viele Proben sind noch angesetzt?" Er erntet einen, ihn anrührenden, mehr als verzweifelten Blick. Noch ausreichend Zeit? Die Wahl dieses Theaters hat seine nicht abstreitbaren Vorzüge. Der Budgetrahmen wurde überzogen, lag aber noch weit über die Hälfte unter dem seiner Hausbühne.

Der Dirigent: „So kann ich nicht arbeiten, ich sage die Probe ab, wenn in diesem Provinztheater nicht endlich einmal etwas funktioniert!"
„Ruhe!!!"
„Alles subalterne Gestalten! Provinz eben!"
Der Regisseur zum Inspizienten: „Sorgen Sie für Ruhe auf der Hinterbühne!"
Die Technik: „Wia kann i die Tür einhängen, wann i net red'n darf?"
Der Regisseur: „Sie sollen handeln, guter Mann, nicht reden."
Der Regisseur und der sich nun zu Wort meldende Komponist zur Technik: „Was quietscht denn da?"
Der Techniker: „I hear nix!"
„Hören Sie das nicht? Er hört nichts! Wo bin ich hier gelandet?! Er will nichts gehört haben? Er hört nichts?!"
Der Techniker: „Das ist die Drehscheibe, die raunzt schon immer so."

Der Komponist: „Die Drehscheibe klemmt? Ich reise ab! Dieser offenbar nicht abzustellende, nicht zu unterbindende Geräuschpegel ruiniert meine Arbeit!"
Die Technik: „Die Praktikabel sind ja auch nicht gedämmt."
Der Regisseur: „Guter Mann, Sie werden eine Nachtschicht oder zwei oder drei einschieben müssen! Alle Praktikabel inklusive dem Bühnenboden werden Sie dämmen. Der gesamte Bühnenraum muss gedämmt werden. Der gesamte!"
Unisono: „Das ist nicht machbar, wer soll das noch finanzieren? Wir haben unser Budget schon um das Dreifache überzogen!"
Der Regisseur zur Requisite: „Die Farbe des Tees, was haben Sie sich dabei gedacht? Sofja spricht von ihrem russischen Tee und Sie erdreisten sich, Himbeersaft einzufüllen?"
Der Requisiteur: „Ich hab grad' kein anderes Färbemittel zur Verfügung gehabt."
Der Dirigent: „So kann ich nicht arbeiten!"
Die Orchesterleute plaudern, lesen die Sportnachrichten. Sie stimmen ihre Instrumente halbherzig aufeinander ein.
Der Komponist hadert mit sich. Mit den ungeliebten, von ihm beanstandeten endlosen Dialogen, die ohne Punkt und Komma seine Arbeit verfälschen, ihn ruinieren.
„Ich ziehe meine Arbeit zurück!"
Der Regisseur: „Beleuchtung! Was macht dieser Schatten an der Wand?"
Der Inspizient: „Der Schnürboden hat die Portalwand noch nicht weggezogen, Herr Regisseur!"
Der Regisseur: „Ich meine nicht diesen Schatten, guter

Mann, ... diese Figur an der linken Wand, Stadtseite ... die vom Boden hochwächst."

Der Inspizient: „Des ist ja bloß der Schlagschatten vom Herrn Kompositeur!"

„Entfernen Sie dieses Individuum, das kriechende!"

„Herr Regisseur, des ist doch da Unsrige! Mit Verlaub, was soll i jetzt machen? Die Fußrampe wirft diesen Schlagschatten vom Herrn Komponisten dort an die Wand."

Der Regisseur: „Verändern Sie das!"

Der Schatten verschwindet.

Der Regisseur: „Endlich haben Sie das Problem des Schattenmannes gelöst!"

Das Wiedersehen
Frühjahr 2012

„Sehen Sie sogleich ab von dem Wunsch, meine Bekanntschaft zu machen [...] ich müsste Ihnen gegenüber die notwendige [...] Höflichkeit hervorkehren; und das eben möchte ich vermeiden, da ich weiß, dass artiges und manierliches Betragen mich nicht kleidet."

Stärker ist er wieder geworden, das steht ihm gut. Ein ganzes Jahr liegt seit der endgültigen Trennung zwischen den beiden. So viele Monate später beugt sie sich der Unausweichlichkeit dieser Begegnung.
Vierzehn Monate Enthaltsamkeit; wovon? Sie hat die Monate, die Wochen, nicht eben die Tage notiert. Alltägliche Handlungen waren beschnitten worden, vertraute Wege, die sie beschritten hatten, waren mit einem Mal tabu geworden. Eingefahrene Rituale und sei es nur der Gang zum bevorzugten Bäcker mussten auf einen früheren oder doch besser späteren Zeitpunkt verschoben werden. Das lästige Abwägen schon morgens nach dem Erwachen versetzt sie in Aufruhr. Selbst die stets unbeantwortete Frage, ob er geschlafen hätte, noch schlafen würde, oder ob er schon frühmorgens in ihrem Viertel herum irrte, steht einer für beide heilsamen Abnabelung im Weg.
Die eingeplanten, die spontanen Unterbrechungen des Tages, die eineinhalb Stunden im Stamm-Café, die losen Grußbekanntschaften der eben nur zu dieser Zeit

dort anzutreffenden Gäste haben ihr gefehlt, zu Beginn des vergangenen Jahres. Sie hat auf die eingespielte Zuwendung der ihren Frühdienst antretenden Servierkellnerinnen und der Zahlkellner verzichten müssen. Schon Mitte des Jahres hat sie sich an die leutselige Spätnachmittags-Betreuung gewöhnt. Gemeinsame Freunde, welche in die Verlegenheit gekommen wären, sich für einen von ihnen zu entscheiden, gab es nicht. Wie nachdrücklich diese letzte Trennung trotzdem in das soziale Gefüge ihres Alltags einzugreifen vermochte. Die Abkehr von Altgewohntem zog einen verfilzten Strang an Verzicht nach sich. Flexibler, soweit es die begrenzten Öffnungszeiten zuließen, musste sie sich die Arbeitsstunden in der Bibliothek einteilen. Das Vermeiden von Begegnungsplätzen in einer Kleinstadt war schwer durchzuhalten.

Die letzten Tage hat sie wiederholt die Eventualität einer Wiederbegegnung in sich getragen. Vor einem guten Jahr noch hätte sie sich, auch ihn mit einem von Herzen kommenden Lächeln überrumpelt; sich gänzlich frei von Ressentiments auf ihn zubewegt.

Winter 2011

Das rauchschwarze Dunkel des Abends hat schon früh sein Überbett aufgeschlagen. Eine trügerische Ruhe drosselt den geschäftigen Rhythmus kurz vor der Schließstunde der schmucken kleinen Läden. Einblick gewähren zu dieser Jahreszeit auch die guten Stuben, ebenerdig, der Saison entsprechend aufgehübscht sind die tief in den Raum kragenden Fensterbänke. Der lichtarmen Zeit erwehrt sich der Städter, indem er mit Kerzenleuchtern, Tischlampen, bunten Glaskugeln, kalt glänzendem Bauernsilber, welche das Licht x-fach zu brechen und zu spiegeln vermögen, die über die Jahre hin erworbenen Nippes mit Stolz in den Fenstern zur Schau stellt. Man hat nichts zu verbergen im erzkatholischen Bistum? Auf Vorhänge wird, dem Diktat der Trendsetter, nicht den hiesigen Einrichtungsgepflogenheiten folgend, verzichtet. Wenn schon ein wenig Sichtschutz erwünscht ist, dann behilft man sich mit der um sich greifenden Unsitte, Bistrogardinen zu hängen. Selbst in den alteingesessenen Kaffeehäusern der Innenstadt werden diese meist zur Seite geschoben; man will gesehen werden. Die über viele Generationen weiter geführten Verkaufszellen, eingezwängt zwischen schlicht gedrungenen Säulchen aus Adneter Marmor, werben mit dem Charme einer überdimensionierten, sich über die gesamte Altstadt ausdehnenden, lebendigen Weihnachtskrippe um kauffreudige Kundschaft.

Hasstiraden waren in diesen letzten Januartagen des vergangenen, des noch jungen Jahres auf sie eingeprasselt. Kein Entkommen war möglich zwischen den schmucken Arkaden der Innenstadt. Waren sich die beiden zufällig über den Weg gelaufen? Hatte er sie abgepasst? Hatte er ihr aufgelauert? Wie der heiße Wasserstrahl einer Espressomaschine spuckte er ihr seine Empörung ins Gesicht. Anfangs hatte er sie einzuschüchtern versucht. Aus seinem tiefrot angelaufenen Gesicht, seinem unschön verzerrten Mund waren ohne Punkt und Komma böse Anschuldigungen auf sie eingeprasselt. Mit dem überlegenen Blick des Dominierenden holte er Luft. Sein über Wochen genährter Zorn schwoll stimmmächtig zu einem vibrierenden Poltern an und sackte in sich zusammen. Schreckensflach prallte sein Vorwurf an den überdauernden, breit auf ihren Fundamenten lastenden Altstadthäusern ab. Eine vorwitzige Widerrede suchte sich den Weg nach oben hin, erschauerte an seinem Echo und wurde vom eisigkalten Nordwind, der durch die Gassen kroch, fortgetragen aus dem Gewirr der Häuserfluchten, hinunter zum Fluss. Ein zäher Nachhall nistete sich ein, dort zwischen den elitären Läden, dem Brauhaus und den Weinschenken, der Schnapsbude und der kleinen Konditorei.

Da und dort hoben und senkten sich im Schutz der Scheiben halbherzig aus ihrer Abwehrpanzerung gereckte, auch interessierte Köpfe. Behütet unter dem warmen Lichtkegel der Lampenschirme blieb man letztlich unbeteiligt. Ein Faschingsnarr? Einer von den Blassen? Nur ein Mann mittleren Alters, der eine dick vermummte Frau anpöbelt. Nichts weiter. Man fühlte sich nicht bemüßigt einzugreifen. Dann entfernten

sich die beiden, kürzten den Weg durch einen der vielen Durchgänge ab; nicht eben im Gleichschritt, sie um Schritte voraus, er bemüht, ihr zu folgen. Alltägliches eben. Touristen? Vielleicht? Nur ein weiteres Scheitern unter so vielen der in die Jahre gekommenen Paare? Nicht mehr und auch nicht weniger.
„Vergreife dich nicht im Ton, bitte, lass das!"
„Wie lange soll ich noch auf mein Cello warten, hat die gnädige Frau es gänzlich vergessen? Ist sie gar zu beschäftigt, die vom Leben Verwöhnte?"

Ein Freundschaftspfand im Keller

Sein Cello. Nie war es in diesem letzten Jahr aus seinem neuwertigen Aufbewahrungssack gehoben worden. Ein einziges Mal hatte sie den honigfarbenen Corpus bewundert, war über die seidige Glätte dieses ihr aufgezwungenen Freundschaftspfandes gestrichen. Nein, auch die fehlende G-Saite hatte sie nicht ergänzen wollen. Die sorgfältig ausgewählten Etüden, die von ihm, in wohlmeinender Absicht, noch hastig in die vordere Einschubtasche gesteckt worden waren ... sie hatte sie nicht ein einziges Mal durchgeblättert. Der Bogen blieb unberührt. Etwas schlaff in seiner Bespannung, harrte er stoisch auf seinen Einsatz; er beanspruchte kaum Platz, in der eigens für diesen Zweck vorbehaltenen, schmalen Tasche.
Die goldene Fibel, ein weiteres nicht gebührend geschätztes Präsent, hatte sie noch geistesgegenwärtig dazwischen gesteckt. Von Mund zu einem ballongleichen Glasköpfchen geblasen, war dieses Mitbringsel in Murano entstanden. Ambra-trüb, von filigranem Golddraht gefasst, sollte diese auch als Hutnadel zu verwendende Brosche nach Mutters Tod, so sein Ansinnen, in ihren Besitz übergehen; später einmal. Sie wollte diese honigzähe Behübschung weder an ihrem Busen prangen lassen, noch damit den Hut, wenn sie denn je einen tragen wollte, sichern.
Nie und nimmer wird sie sich dieses Marterinstrument anstecken. Nein, ab in den Sack damit.

„Behalte die Preciose deiner Mutter! Halte du sie in Ehren. Ich bin es nicht wert, hab dich verraten. Leb wohl."

Zu Hause angekommen, wird er das Cello wieder in den Keller verbannen. Ob er den Inhalt kontrolliert haben mag? Dem mit nicht zu erfüllenden Anforderungen beschwerten, aus dem Keller gehobenen Instrument hatte sich eine weitere Absage an eine nicht lebbare Freundschaft hinzugesellt.

Was hatte sie sich zuschulden kommen lassen? Was ließ ihn derart seine Sanftmut vergessen? Ihre Telefonnummer, seine Rückversicherung einer abgelebten Freundschaft, hat sie zum zweiten Mal, in einer übereilten Aktion, geändert. Den Kontakt zu ihm hatte sie unterbunden.

Frühmorgens erwachte sie in bedrückender Regelmäßigkeit. Wohltuend still war es um diese Uhrzeit zwischen drei Uhr dreißig und fünf Uhr Früh. In diesen Wachstunden, wenn die grell ausgeleuchtete Nacht abwog, ob sie das aufgepeitschte Tempo noch einmal herunterdrosseln mochte, ehe sie sich in die Hektik des Morgenschichtdienstes verabschiedete, rang sie mit einer lange schon vor sich hergeschobenen Entscheidung. Nichts hatte sich zum Besseren hin entwickelt, ohnmächtig wähnte sie sich in den Fängen dieser Freundschaft, deren zu hoch gesteckte Ziele nie zu erreichen waren. Sie sei sein Lebensmensch. Eine viel bemühte Umschreibung der ihr zugedachten Rolle.
Durchhalten wollte sie. Für eine erneute Trennung fühlte sie sich zu befangen. Verraten hatte sie ihn

schon vor einem Jahr. Es waren traurige Ostern gewesen. Tief war sein Absturz.

„Das wird kein Zuckerschlecken", prahlte er vor Monaten noch. „Wenn Madame sich denn endlich darüber klar werden würde, ob sie sich auf diese Freundschaft einlassen wollte?"

Noch im vorletzten Jahr, „freilich nur aus rein ökonomischen Überlegungen", so spöttelte er, als sie beide den Vertrag bei ein und demselben Telefonanbieter auf eineinhalb Jahre verlängerten, hatte sie vor so viel Endgültigkeit eine nicht zu leugnende Beklemmung erfasst. „Es ist doch nur eine Unterschrift, ein banaler Handyvertrag, kein Eheversprechen", so sein wohlmeinendes Relativieren im Anbetracht ihrer bei weitem überzogenen Reaktion.

Keinen Herzschlag länger wollte sie sich diesen Kontrollanrufen aussetzen.
Sicher, sich seiner Sache viel zu sicher war er.

„Schau auf dich", waren ihre allerletzten, an seinem ausweichenden Blick vorbei gerichteten Worte.

Das Wiedersehen an der Brottheke
Frühjahr 2012

Die aus dem Augwinkel wahrgenommene Silhouette eines nicht mehr jungen Mannes fordert sie auf, einem anonymen Kunden noch einen zweiten, prüfenden Blick zu schenken. Ist er es wirklich? Das eine oder andere Mal im vergangenen Jahr hatte sie ihre Wahrnehmung in die Irre geführt. Wiederholt hatte sie sich von Allerweltsgestalten in jenen ängstlichen Aufruhr versetzen lassen. Eine gewisse Ähnlichkeit mit ihm war nicht zu leugnen; aber sich so sehr zu täuschen? Eine dick wattierte Jacke in einem ausgewaschenen Anthrazitgrau trägt der Kunde. Die hatte er in ihrem letzten Winter noch nicht besessen, grämt sie sich in Sekundenschnelle über ihren Ausschluss in einer so bedeutenden Angelegenheit wie dem Erwerb einer neuen Winterjacke. Den Bindegürtel hat er viel zu stramm um die nunmehr gerundete Leibesmitte gezurrt. So akkurat? Ein kleiner Biedermann?
Ein stark verzögertes, weit überdehntes Erkennen macht sich breit, als wolle sie die Monate der Trennung entmachten.
Er könnte es sein, ausgerechnet hier, links neben ihr? An der Brottheke?

Ein verlegenes Zur-Seite-Blicken gesteht sie sich zu. Blass ist er, wie meist in der Zeit ihres Kennens. Voller sind die Wangen, rasiert hat er sich. Er lässt sich nicht

gehen, schließt sie daraus. Er fragt nach jenem locker gebackenen dänischen Körnerbrot, wie damals für seine Mutter. Heute, gegen Abend ordert er Brot, bemüht höflich, vornübergebeugt. Sie verspürt ein Unbehagen, ist beschämt ob seiner übertrieben devoten Haltung.
Im vertrauten, unaufgeregten Singsang hallen seine nicht an sie gerichteten Worte in ihr nach. Worte, zu Sätzen gefasst, teils sinnentleerte Phrasen perlen aus seinem Maskengesicht. En Face grob, asiatisch anmutend in seiner Reduktion auf eine große bleiche Fläche, die es, wie einen löchrigen Westensack, mit Emotion zu füllen galt.
Sie verstand es, ihn zu überrumpeln. Das ließ ihr Herz vor Stolz und Zuneigung anschwellen. Meist musste sie in seine mattgrünen Augen blicken, die von sedierenden Giften um ihr Strahlen beraubt waren. Ein Wortspiel hier, eine ironische Verbrämung da; und aus den teichtrüben, unbeteiligten Augenfenstern lockte sie ein magisches Funkeln hervor. Dann und wann entzündete sie sogar die prächtigsten Neujahrsfeuerwerke im Gegenüber.
Flussgrün, von einer stringenten Kontur gefasst, berichtet dein Schauen von etwas Heilem. En Face erlischt dein Blick, flieht in jene unbeteiligte, so sehr um Erkennen flehende Arroganz eines aus dem Leben Geworfenen. Sicher hat er es sich eingerichtet hinter seiner Maske. Jetzt zeichnet ihm keine mehr ein Feuerlächeln in sein blasses Antlitz.

Maskengesicht
Winter 2011

Von wuttiefer Krapplackröte waren seine ausgezehrten Wangen; von einem angegriffenen, auch gekränkten Herzen berichtete sein Gesicht, damals vor einem Jahr. Mit Eiseskälte beherrschte der Fluss das historische Zentrum. Ein zu Herzen gehender Ostwind durchfegte die Stadt, leerte die von Menschen und selbst Tieren geschmähten Plätze. Mann und Frau suchten Schutz in den Durchhäusern, drängten in die unwirtlichen, verwinkelten Gassen.

Kein Ausweichen wäre möglich gewesen, kein zweites Mal werden wir aufeinander treffen, beschwor sie das Schicksal; meinte, eine erneute unschöne Wiederbegegnung damit abwehren zu können.
Was hat dein sanftes Maskengesicht derart entstellt?

Kein Ende dieses sibirischen Tiefs in Sicht, so kommentierte der Meteorologe die lokale Wetterlage. Jene Eiseskälte zeichnet purpurrote Herzgewächse in dein ausgehungertes Gesicht. Lass dir einen Bart stehen, einen Dreitagebart. Mehr Kontur würde er deinen verwaschenen Zügen verleihen, die verräterische Äderung deiner Wangen vermag auch ein kurz gehaltener Bart zu kaschieren.
Ein herzberückendes Profil ist ihm eigen.

Sie weiß von einem Mann zu berichten, einem nicht mehr ganz jungen Mann mit dem anmutigsten Profil. Scherenschnitte beziehen ihre Ausdruckskraft aus dem Profil, aus der Seitenansicht. Allerfeinst gezeichnet, mit pikanten Aus- und Einschwüngen. Sie kann sich an dem engelsgleichen Gekräusel seines Lippenpaars nicht satt sehen. Einem Erzengel entlehnt, so wunderhübsch schien ihr sein Lippenschwung. Betörend auch dieser Amor-Bogen. Wie mit der Spitzfeder hin skizziert, lässt sein Profil die konterfeiten Renaissanceköpfchen eines Fra Angelico, eines Giottos wieder auferstehen.

Überirdische, jenseitige Zweiwesenheiten. Nicht Mann, noch Frau.
Ein Januskopf?
„Spätestens wenn ich meinen Mund auftue, erkennt man mich, spätestens dann! Weißt du woran? An meinen Zähnen!"

Sie hat ihn an seinem Profil erkannt. In ihrem flüchtigen Abtaxieren war diese kurz aufflackernde Frage nicht zu beantworten gewesen. Wie entledigt man sich eines nunmehr ungeliebten Stiftzahns?
Das aneinander Schaben seiner stärker gewordenen Oberschenkel kündet seinen Abgang an. Starr auf den Betonboden gerichtet, flieht dein Schauen, wie du mir zuallererst erschienen warst, damals im Seminarraum, so schleichst du dich heute hinterrücks an mir vorbei. Kleine, wohl bedachte Schritte, auf weichen Sohlen vorangetrieben, knapp bemessen. Ein Fuß vor den anderen gesetzt, noch eine Fußlänge, und noch weitere, nicht mitgezählte, abgezirkelte Entfernungsschritte. Stämmige Oberschenkel, die aneinander reiben, ganz

fadenscheinig, porös geschubbert ist der Köper deiner ausgewaschenen, einst rußschwarzen Jeans, dort an der stärksten Stelle, zwischen den Beinen. Ein monotoner Rhythmus untermalt den Tanz eines Abhandengekommenen. Verläuft sich zwischen den Regalfluchten des Haushaltsreiniger-Sortiments, macht sich kundig entlang der Kühlregale, ehe er sich zwischen den Glasfronten der Spirituosenabteilung verlieren wird.

Wie sehr sie seine X-Beine rühren. Der falsche Unterkörper zum passenden Oberkörper? Zum bemützten Kopf? Falscher Körper zum richtigen Mann? Falscher Mann im ...?

Bibliothek
Winter 2000

Sie wähnt sich sicher zu dieser vorgerückten Stunde, dort zwischen den schlichten Regalen der Institutsbibliothek. Halbherzig widmet sie sich der Vorbereitung auf die kommende Klausur; Ikonographie, Märchenstunde mit wissenschaftlicher Verbrämung. Wie entzieht man sich als Studentin der Institutsgepflogenheit, sich untereinander die Seminarteilnehmer abzuwerben?
Kein Hüsteln kündigte ihn an. Sie war in Deckung gegangen, hinter den strategisch aufgetürmten Bildbänden. Beim Blättern in den Folianten hat er sie ausgemacht. Großgewachsen ist er, jeden Quadratmeter des Lesesaals erobert er sich, bewegt sich zielstrebig auf sie zu. Warm wird ihr, schwer lastet seine linke Hand auf ihrer rechten, reichlich angespannten, hochgezogenen Schulter. „Ich lade Sie ...", so raunt er ihr bestimmend ins Ohr. Er lädt sie ein; sie weiß um die Konsequenzen dieses, seines Interesses. Sie wird von ihm geladen, eingeladen an seinem, meist schon Monate vorher ausgebuchten Seminar teilzunehmen. Im kommenden Sommersemester wird der kleine Kreis an Ausgewählten sich mit den Caravaggisten eingehend befassen. Die Themenstellung war längst vergeben worden, er macht keinen Hehl aus seiner Strategie. „Für Sie habe ich eigens Gentileschis Dornenkrönung zurückgehalten." Er sei schon gespannt auf die Beiträge

seiner Studenten. Von den Studenten lerne er, diese Seminare hielten ihn in geistiger Bewegung, für ihn Verwertbares fände sich immer. Als weiteren Ritterschlag durfte man die mehr oder weniger eingehaltene Zitiergepflogenheit des Mentors auffassen.
Dem wird sie nicht entrinnen können.

An Wiederholungen hat sie keine Freude. Einmal die Rolle des verruchten Weibes durchspielen, sich von einem beinahe Unbekannten im stadtnahen Hotel verführen lassen, das putzt die eigene Vita auf. Verjährt! Sich in Reprisen zu üben, das verwässert die längst verjährte Grenzüberschreitung. Jetzt sollte sie auch noch dieses Seminar, auf welchem das Sommerprojekt aufbauen wird, aufsuchen! Am frühen Abend! Es ist winterkalt, stockdunkel und sie ist müde vom Mitspielen. Sie ist gelangweilt vom eng gesteckten erotischen Repertoire des alten Verführers. Sie reagiert nur noch halbherzig auf die Hohlheit seiner Gunstbezeugungen. Unbefriedigt bleibt er heute Abend. Er ist nicht satt zu bekommen, nicht heute, nicht gestern. Seine Bedürftigkeit verbirgt er durchschaubar hinter einer spendablen Draufgänger-Allüre. Hatte er sie in der Zeit ihres Kennens je nähren können? Hungrig geblieben vor den vollen Schüsseln, das war ihnen beiden gemein? Hastig entzieht sie sich seinen fordernden Zugriffen. Schließt ihn mit jeder übergezogenen, sie draußen wärmenden Schicht aus. Ihr schuldbewusster letzter Blick, ausgespart zwischen der tief in die Stirn gezogenen Mütze, dem dreifach gewickelten Schal, sucht seine Absolution? Sie lässt die Tür behutsam eingebremst ins Schloss fallen. Entbunden, sie ist noch einmal entkommen. Frei? Sie ist genervt von der anstehenden,

ungewollten, an Nötigung grenzenden Seminarteilnahme.
Sie musste diesen Termin wahrnehmen, er erwartet sie.

Wie setzt man sich am besten ins rechte Licht? Indem Frau etwas zu spät kommt? Wie geht man unter in der überschaubaren Menge von persönlich Geladenen, ohne den fragilen Autoritätsanspruch des Institutsleiters zu verspielen? Wie fällt man am besten gar nicht auf? Indem Frau nicht zu früh, keinesfalls aber pünktlich, aber gerade noch nicht zu spät kommt.

Der Seminarraum ist einzig vom Strahl des Diaprojektors erhellt. Schemenhaft nimmt sie mehr oder weniger bekannte Gesichter wahr. Sie sucht sich einen Platz, ganz hinten, etwas versteckt hinter einer, für die Ausmaße dieses Raumes viel zu gedrungenen Säule. „Mariendarstellungen der Renaissance", so steht es im Vorlesungsverzeichnis. Caravaggio und seine Epigonen versprechen zumindest bedeutend weniger geschönte Verklärungsbilder, die den süßlichen, charakterarmen Mariendarstellungen eines Reni gegenüber gestellt werden können.
Ein blasser, nicht groß gewachsener junger Mann referiert heute Abend aus dem Stegreif. Bis zur Unwirklichkeit vom Lichtstrahl des Dia-Apparates ausgeleuchtet, steht er in aufrechter Haltung vor der Projektionsleinwand. Grotesk aufgeblähte Schlagschatten seiner selbst türmen sich hinter seinem Rücken nach oben hin auf. Sein Wortschatz, ein Amalgam an fachspezifischen, selbst kreierten Termini, erschlägt sie. Worte reihen sich zu endlosen Sätzen, er gewährt sich kein Atemholen. Keinen Absatz gesteht er den Teilnehmern

zum Begreifen zu; selten wird er von seinem, von ihm bewunderten Seminarleiter unterbrochen. Monoton, mit geringer Modulation referiert dieser geschätzte, nicht mehr zu den ganz jungen Studenten zu rechnende Mann. In einem fremd anmutenden, keiner Region zuzuordnendem Hochdeutsch plätschern ohne Berücksichtigung von Satzzeichen Informationen aus seinem Mund; dringen nicht bis zu ihr durch. Sie ist nicht befasst mit dieser Thematik, so erklärt sie sich ihr Nichtbegreifen. Lähmende Befangenheit umklammert, erdrückt sie. Auf ihrem Stuhl, in halber Deckung einer plumpen Säule schrumpft sie zusammen, macht sich klein im anonymen Raumdunkel, zwischen all den anderen Seminarteilnehmern. Ganz in sich selbst zurückziehen will sie sich. Diesem hochgesteckten Anspruch wird sie niemals gerecht! Hat er großes Vergnügen am Fabulieren, dieser Student? Warum versteht sie ihn nicht, findet keine greifbaren, keine erklärbaren Zusammenhänge? Ist er ein Schwätzer ...?

„Die Latte ist hoch gesteckt in diesen, auf wenige Geladene beschränkten Seminaren!"

Außer Konkurrenz wollte sie laufen, so hatte sie sich den Unialltag vorgestellt. Der Referent wird abgelöst, das nächste Thema vorgestellt.

Grünäugleinpaar

Exposés werden ausgeteilt. Scheu wendet sie sich ihm zu, verlegen nimmt sie die gereichten Infoblätter an sich, gefangen genommen wird sie von seinem, im Schein des Diaprojektors ausgeleuchteten Augenpaar. Angenommen meint sie sich? Von einem Fremden? Eben noch unbeheimatet in der Unwirtlichkeit dieses Institutes, fühlt sie sich am frühen Abend angekommen. Verstanden hat sie seine an sie alle abgeschossenen Worthülsen allerhöchstens zur Hälfte. Er hat sie erkannt, ein wenig zu spät habe sie sich eingeschlichen. Nein, seinen Vortrag hätte sie mit ihrem Erscheinen nicht gestört. Er hatte sie schon zwei Semester observiert, gestand er ihr sehr viel später einmal.
„Mein allererstes, tiefes Schauen in deine Augen, im Schein der Projektorlampe ... diese grünen, wachen und doch so scheuen Augen und es war endgültig um mich geschehen ..."
„Dann sank' die Welt in nächt'ge Dunkelheit, mein Auge suchte deins.
Heil dir, Sonne, heil dir, Licht! Heil dir, leuchtender Tag! Lang war mein Schlaf, ich bin erwacht, wer ist der Held, der mich erweckt?"

Die ewige Rivalität der jungen und nicht mehr jungen Herren. Sie folgen allesamt den Gesetzen der Natur. Die eine, die Begehrte, hatte sich eben erst aus einer

Umarmung gelöst und schon hat sich der Unwissende, der hochbegabte Studienassistent-Anwärter unsterblich in sie vernarrt?

Das effizienteste Aphrodisiakum ist immer noch ein Nebenbuhler. Das hätte sie ihm, so viele Jahre später, entgegnen wollen. Im Anbetracht seiner schlimmen Verfassung schluckte sie diese ihm zugedachte Verhöhnung.

Daran hätte er zu knabbern, gewiss. Über acht Jahre hatte er sich in einer Sehnsuchtsliebe eingerichtet, gelitten, sich aufgegeben, wieder aufgerafft?

Sie erfasste in diesem knappen Augenblick das Ausmaß dieser ersten Begegnung und schützt sich. Acht Jahre verstand sie es, sich hinter der Maskerade der älteren Freundin zu verschanzen.

Sie werden sich im Licht des Diaprojektors wechselseitig zum Spiegel. Er meint in der Neuhinzugekommenen, der persönlich Geladenen, Seinesgleichen zu erkennen.

„Jenseits des Spiegels ist das Reich der Frau Tod?"

„Sehnsuchtslieben – ewig auf kleiner Flamme köchelnde Lieben, nie zum Scheitern verurteilt", würde sie weiterlästern, „zwischendurch, das müsse man tolerieren, das wäre ja wider die Natur, die eine oder andere irdische Verlustierung". Sie wusste um die Abgründe, die Verletzbarkeit seines Wesens, nahm Rücksicht, schwieg.

„Die Spiegel sind die Tore, durch die der Tod kommt und geht."

Die Brücke zwischen Alt- und Neustadt
Frühsommer 2000

Spätnachmittag ist es, die Tage werden wieder länger. Die gewonnenen, noch hellen Stunden reihen sich in den nahenden Abend ein. Heute, kurz vor Sonnenuntergang, wird sie von ihrem alten Freund aus der Vorstadt hinein in die Altstadt begleitet. Der Fußmarsch zieht sich hin, im schütteren Schatten der Platanen. Tief steht die Abendsonne. Plumpe, gefleckte Stämme säumen die Uferböschung. „Vient, nous a accompagnés"! Ihr frankophiler Begleiter fordert die trägen Dickhäuter dazu auf, sie beide auf dem Nachhauseweg zu begleiten. Behelmt und mit Motorsägen ausgerüstet hatten noch im Spätherbst vom Gartenbauamt abkommandierte Baumkupierer diese behäbige Baum-Parade um ihre wunderhübschen Laubkronen beraubt.
„Schrumpfen ausgewachsene Stadtbäume über die Monate des Winters unter ihren wohl gerundeten Hauptstämmen?"
„Viel zu groß ist ihre ausnehmend glatte Rinde geworden; wie Jogginghosen in XXXL werfen sie Falten und Wülste; ganz entleert sind sie. Sieh' dir ihre schlappen Bäuchlein an!"
„Wie ihre stämmigen Beinchen in ihrer Camouflage-Außenhülle vor sich hin lümmeln. Zur Untätigkeit bestimmt?"
In der Hauptsaison werden sie die zwischen ihnen eingeparkten Bänke beschatten; noch schämt sich das

Stadtgrün über seinen akkuraten Kahlschnitt. Morgen, übermorgen, wenn die ersten Frühlingssonnenstrahlen ihnen eine kecke, manchmal absurd austreibende Laubkrone aus den spröden Rinden zwingen wird, fühlen sie sich wieder angenommen in ihrer Bestimmung dort am Kai.

Der abweisende Backsteinbau der Evangelischen Kirche aus der Zeit des Historismus versteht es wenig sie hineinzubitten. Abbitte leisten, dort unter der teerschwarzen Lackschicht der Holzempore? Bei den Protestanten? Wollte sie das wirklich?

Gepflegte Gründerzeitvillen prunken in der milden Abendsonne, in Deckung der Platanenkronen. Mitte des neunzehnten Jahrhunderts waren diese zu beiden Seiten des Flusses erbaut worden. Zu jeder Jahreszeit wird man gefangen genommen vom Einfallsreichtum der damaligen Bauherren. Die großen Stadthäuser entlang des Flusses übertrumpfen sich in ihrem Aufgebot an stilpluralistischen Elementen. Eine kräftige Rustizierung im Untergeschoß, stark akzentuierte Fensterrahmungen und Ecklisenen am Mittelrisalit zeichnen die Villen im Stil der Neorenaissance aus. Geschwungene, stuckierte Rocaillen heben sich vom farbigen Mauerputz der im Neorokoko errichteten Stadthäuser auf schmucke Weise ab.

Bei genauerer Betrachtung stellt der Flaneur fest, dass sich diese Protzbauten entlang der Neustadt weniger voneinander unterscheiden als angenommen. Der Bauunternehmer Freiherr von Schwarz bediente sich, wie auch der Stadtbaumeister Ceconi, eines ausgeklügelten Modulsystems. Die damaligen Auftraggeber waren das stark aufstrebende Bürgertum, die Bourgeoisie der Stadt. Heutzutage leisten sich Auslands-

Botschaften, Notariatskanzleien, Rechtsanwälte diese einst elitäre Wohnlage direkt am Fluss mit Blick auf Hohensalzburg und die Stadtberge.
Blass coelinblaue Kissen von Männertreu schmiegen sich entlang der sonnendurchwärmten Süd- wie Westfront eines Stadthauses. Der Farbakzent nimmt der schweren Sockelzone seine Wuchtigkeit. Die im Herbst gesetzten Blumenzwiebeln der letzten cremeweißen wilden Narzissen, des doldigen Milchsternes, die eng gepflanzten Muscari, die das tiefe Abendblau in die Nacht hinüberretten, unterstreichen die Akkuratesse des gepflegten Rasengrüns. An den Bepflanzungsgepflogenheiten ließen sich Rückschlüsse auf deren Besitzer ziehen. Die einen legen gesteigerten Wert auf eine geometrisch ausgewogene Verteilung der Frühsommerboten. Monochrom gehaltene Blumeninseln gleichen in ihrer Verteilung Flickenteppichen, lose hingeworfen auf einem satten Grün. In dem angrenzenden Garten vertraut man wiederum der Durchsetzungskraft der Natur. Köpfchen an Köpfchen schmiegen sich die filigranen Blüten der Maiglöckchen zu einem zarten, ausgesprochen fein geknüpften Blütenteppich; die höher gewachsene Campanula prangt in klerikalem Violett vereinzelt und in Grüppchen gefasst auf den von der Sonne vergessenen Flächen. Im Sommer wird die Bodenbehübschung von porzellanrosa Beetrosen verdrängt. Purpurn-samtene, auch rubinrote Kletterrosen ummanteln ihre Rankhilfen; erklimmen bis in den Herbst hinein die erste, die zweite Etage. Elegantes Apricot, sonniges Gelb, lärmendes Orange drängt hinter den schmiedeeisernen Einzäunungen hervor. Dieses Aufgebot an Blütenpracht verführt die Passanten zum Innehalten. Nicht selten sieht

man jene an den voll erblühten Rosenköpfen riechen, ehe sie mit einem tiefen Atemzug von Rosensüße, teils in eine belebende Citrusnote gesteigert, ihre Dosis Wegzehrung mit in den Abend nehmen. Im Vorbeigehen mischt sich der flüchtige Nachhall voll erblühter Rosenköpfchen mit dem scharfen Geruch des Buchses, der an die Pisse der ihr Revier verteidigenden Stadtkater gemahnt.

Der alte Haudegen, noch belastet ihn ihre frühmorgens von ihm abgenommene Beichte nicht. Acht Jahre später wird er sie mit der Frage nach seinem damaligen Konkurrenten aus der Fassung bringen. Heute ist er sich ihrer sicher. Das letzte Drittel ihres Heimweges will sie ohne seine Begleitung zurücklegen. Die Sonne senkt sich in einem milde nachglimmenden, den Impressionisten entlehnten Streulicht auf alles Unwesentliche.

Ein Erinnern begleitet sie seit Stunden. Was war vorgefallen, gestern? Schon den ausklingenden Tag, die noch verbleibende Nacht über hat er sich bei ihr eingehängt, ungefragt! Ein zweiter, ihr lästiger, da befremdlicher Körperschatten tänzelt schon zur Mittagszeit einige Schrittfolgen vor ihr her; dann meint sie ihn hinter sich gelassen, ihn abgehängt zu haben, schon hat er sie in seiner weit überstreckten Silhouette von links eingeholt? Winzig anmutende Köpfe, zwei mal zwei, mehr oder weniger ausgeprägt abfallende Schultern streuen ihre Schatten auf den aufgeworfenen Asphalt. Ab der Körpermitte finden ihre Schatten zusammen, machen sich ein Drittel des Fußweges zu eigen, ehe die langgezogenen zwei mal zwei Beine wieder alleine den Weg fortsetzen. Sie war in Gedanken bei ihm. Sie hätte ihn anrufen sollen, so war es abgemacht, gestern, um Mitternacht am anderen Ende der großen Brücke. Sie erinnert sich an ein zögerliches Umarmen. Mit trockenen Lippen hatten sie sich geküsst. Sie ließ ihn gewähren. Münder, die sich verfehlten? Sein Atem mischte sich mit dem ihren. Schon webten die Moiren ein filigranes Gespinst aus Sehnsucht um die beiden, dort auf der Brücke zwischen der Alt- und der Neustadt.

Am besten vormittags, noch vor Mittag, sollte sie ihn anrufen, am Festnetz. So war es ausgemacht gewesen. Die Zeiten der eingeschränkten Erreichbarkeit haben sie als gemeinsame Erinnerung. Stunden die er, auch sie beschwörend vor dem Telefon ausgeharrt hatten und auf ein Zeichen warteten. Es gab auch Tage, an denen man an der Funktion des Apparates zu zweifeln begann, den Hörer abzuheben und eilends wieder exakt aufzulegen übte. Die Jahre, in denen man mit den Teilhabern eines Viertelanschlusses haderte, waren nur ihr noch geläufig. Zuerst war stets ein Klicken in der Leitung zu vernehmen, die erlösende Ankündigung eines Klingeltones, den man erhofft, aber auch gefürchtet hatte.

Jetzt ist es früher Abend. Zu spät für einen Anruf? Sie ist nicht allein. Sie könnte ihn noch immer anrufen, die halbe Stunde früher oder später würde nicht mehr ins Gewicht fallen. Will sie ihn zurückrufen? Was hätten sie einander zu sagen, was nicht schon gestern in lockerer Stimmung ausgeplaudert, angefragt worden wäre? Wie lange er auf ihren Rückruf gewartet haben wird?

Richtung Süden, im diffusen Gegenlicht, nimmt sie die Silhouette eines korpulenten Passanten wahr? Verzögert, die reale Fortbewegungsabfolge weit überdehnt, durch den tiefen Sonnenstand auch stark verzerrt, nähert sich ihnen ein leicht schwankender, um Fassung bemühter, ein wenig gebeugter Mann. Eine Frau, vielleicht?
Er? Unmöglich, hier am anderen Ende der Brücke, zu dieser Zeit? Vor nicht einmal vierundzwanzig Stunden haben sie beide sich in hinausgezögerten Zu- und Abwendungen voneinander verabschiedet.
Das ist nicht eine Person, das ist ein Paar. Wir werden am besten über den Radweg hin ausweichen? Das hat sie auf der Zunge getragen, zwischen den fest aufeinandergepressten Lippen bewahrt. Soll sie ihn einweihen, den alten Mann? Er ist es! Wie ist das möglich? Zu dieser Stunde? Er ist nicht allein. Wer ist dieser große Mann an seiner Seite?
„Du hast dein Versprechen gebrochen, wir wollten auf Lebzeiten und hinein in die Ewigkeit miteinander befreundet bleiben, du hast es versprochen ...!"
Verraten habe ich dich, vor so vielen Jahren.
Auch den alten Mann hat sie hintergangen. Wer hat zuerst betrogen? Die Hintergangenen hatten sich weit früher aus der trauten Enge geschlichen?

Eine Hünin, von den letzten Sonnenstrahlen ausgeleuchtet, wird mit erlernter Fürsorge von einem schmalen, noch jungen Mann gestützt. Vom Süden her nähert sich eine alte Frau von einem jungen Mann geführt. Aus dem Norden der Stadt begleitet ein betagter, silberhaariger Herr eine Frau in mittlerem Alter. Zwei Paare treffen in der Höhe der Karolingerbrücke aufeinander. Heimkehrende, aus dem Heim Flüchtende.

Er ist es!
Du hier? Wie soll sie sich verhalten? Ihr Gefährte, der Ältere, hat den Nachteil eingeweiht zu sein. Der Jüngere, an diesem Nachmittag von ihr Versetzte, kommt mit eingebremstem Schritt auf sie beide zu, eine alte Frau in schützender Geste an seiner Seite. Keine Vorhaltungen verrücken seine Mimik. Die Augen hat er hinter einer dunklen Ray Ban Brille verschanzt, im Schutz der flaschengrünen Gläser verbleibt seine Enttäuschung, sein Warten, seine verhaltene Freude, ihr schon heute wieder zu begegnen. Von großer Sanftmut erzählt ihr sein stilles, blasses, zu einem Drittel hinter der lästigen Brille verborgenes Gesicht. Ihr sichtlich erfreutes Lächeln überrumpelt ihn.
„Meine Mutter. Wir waren beim Arzt."
Mit dieser Information räumt der Jüngere die Eventualität eines aufkeimenden Unbehagens aus. Sie war nicht mehr zu bändigen, die Frau Mutter. Selten, viel zu selten, eigentlich nie hatte sie die Gelegenheit, Bekannte, Freunde ihres Sohnes kennenzulernen. Es bedurfte keiner Aufforderung. Grußformeln, Beifallsbekundungen, halb angerissene, unvollständige Fragen perlten in einem befremdlichen Kleinmädchensingsang aus ihrem zahnlosen Mund. Man erwidert die angetragenen Höflichkeitsfloskeln, umgeht allzu Konkretes. Nichts wird an diesem Spätnachmittag unbeabsichtigt aufgedeckt. Alle tragen ihr Wissen im Herzen.
Das war sie? Seine alte, kranke, blinde Mutter? Gestern, heute Nacht noch hatte er seine Lebenssituation emotionslos kundgetan. Heute schon stolperten sie zwischen Alt- und Neustadt ineinander? Bei ihr wohnte er wieder, seit knapp zwei Jahren. Wie hatte er uns vorgestellt? Waren wir Bekannte, Freunde, Studienkommilitonen?

Wo, so möchte sie nachfragen, wo findet man noch solche Kittelschürzen? Es gibt einen alt eingesessenen Betrieb für Berufsbekleidung. Das Hauptgeschäft habe man schon vor Jahren aus der Altstadt in die Neustadt verlagert. Von ungezählten Waschgängen sind die einst grelltonigen Blattranken und Blütenüberhäufungen zu einem Einheitsamalgam verblasst. Ein mauvefarbener Basiston hebt die Blässe der alten Frau hervor. Mauscheliges Violett soll das schmutzig-weiße, von stumpfen blonden Strähnen durchwirkte Haar zum Leuchten bringen? Abstrahierte Strichzeichnungen in galligem Senfgelb, lichtarmen Ockersprengseln und einem brüchigen Ziegelrot lockern die floralen Verirrungen, gedruckt auf einem harmonisierenden Salbeigrundton, in ihrer groben Flächigkeit auf.
Mit dieser Kleiderschürze seid ihr zum Arzt gegangen? Er hat kein Mitspracherecht in der Wahl der geeigneten Gewandung? Hat seine Mutter diesen bizarren Hänger gewählt? Sie ist blind. Das erklärt alles. Um die Leibesmitte schoppt sich dieses Ungetüm von einem Kleidungsstück; sie trägt kein Unterkleid? Viel zu kurz ist das Kleid, viel zu viel gibt der unterste Knopf von den feisten Beinen preis. Die verformten, von Arthritis angeschwollenen Knie, die handtellergroßen, teils aufgekratzten Ekzeme vermögen die hautfarbenen Stützstrümpfe nicht zu kaschieren. Die wohltuende, ganz leicht aufkommende Brise vom Fluss herauf hebt und senkt dieses Stück Stoff. Wasser hat sie in den Beinen. Ungewohnt faltenfrei ist ihr leicht aufgedunsenes, mit fiebriger Röte überzogenes Gesicht. Die noch immer starken Arme, die gepolsterten Handgelenke zeugen von körperlich harter Arbeit. Ihre Augen sind nicht zu sehen. Die Augen einer Blinden?

Die hält sie hinter einer gut abdeckenden Sonnenbrille verborgen.
Sieht er ihr ähnlich, dieser alten Riesin? Tief bohrt sich sein Vorwurf in ihre schuldbewussten, immer wieder abschweifenden und doch Anteil nehmenden Augen.
Einem Menschen, eben erst in die Arme gelaufen – und schon zielen die göttlichen Vorsehungen die Stricke enger und enger.
Schon vor unserem Kennenlernen war deine Silhouette in meinem Herzen vorgezeichnet. damals schon angelegt?
„Si face sentire, dentro dal cor ..."
Fort will sie! Nach Hause.

Nein! So darf er sie nicht ansehen. Nein, er wird sie nicht verschleppen. Nicht zurück in die Altstadt, nicht hinüber in die Neustadt will sie mit ihm.
Alt-, Neuland? Das kennt sie schon.
Er wird sie viele Jahre in seinem Herzen bewahren.
Wird sich in der Erstarrung seiner chronischen Depression zig Kilos anfressen und saufen und von ihr träumen, wenn er denn schlafen könnte.
Silvester, auch zu den Geburtstagen, sendet er kurze Grüße.
Sie weiß um seine Zuneigung, wird ihn, will sich schützen.
„Du hast dein Versprechen gebrochen, wir wollten auf Lebzeiten und hinein in die Ewigkeit miteinander befreundet bleiben, du hast es versprochen ...!"

„Schmeiß' doch den Griechen von der Bettkante
und gönne dir eine saure Frikadelle,
die hilft gegen die Katerstimmung!"
Frühsommer 2008

Ein Mann an ihrer Seite, dort in der nie zur Ruhe kommenden Weltstadt? Eine noch unverbrauchte Romanze, das hätte einen gewissen Reiz. „So allein in der Weltstadt? ... Mit den besten Wünschen zu deinem stetigen Ableben!" Ein wenig Trost wollte er ihr mit seiner SMS zukommen lassen, an einem solchen, doch besonderen Tag! Ihren Geburtstag hatte sie vor zwei Wochen in London verbracht. Wenn sie schon keinen Begleiter im Handgepäck mitführe, so ging er zumindest davon aus, ja er verstieg sich regelrecht in der Annahme, dass sie sich, aus einer Bierlaune heraus geboren, einen fremden Mann in ihr Hotelzimmer eingeschmuggelt hätte. Diese Vorstellung beschäftigte ihn, quälte ihn. Ein attraktiver „Grieche" sollte es sein, so war es vorgesehen. Was gab ihm die Gewissheit, dass sie allein verreist war, die Tage, die Nächte allein verbrachte? Den angedichteten Liebhaber, den Griechen, wenn sie seiner überdrüssig geworden wäre, den solle sie von der Bettkante schmeißen! Eine saure Frikadelle sollte sie sich gönnen, gegen die unausbleibliche Katerstimmung? Was sollte sie auf diese Empfehlungs-SMS noch antworten?

Aus dem Leim gegangen war er. Viel zu fett war er geworden. Unattraktiv. Im letzten halben Jahr hat sich ein merklicher Wandel vollzogen.

Grußlos, wie meist in der Zeit ihres Miteinanders, hatte er sie in der Institutsbibliothek besucht. Auf stummen Sohlen hatte er sich ihrem Schreibplatz genähert. In Deckung der raumhohen Regale war er. Wollte er sie überraschen? Ein von ihr vernommenes Aneinanderschaben der feisten Oberschenkel hatte sie aufblicken lassen, hatte ihn verraten. Auf ihrem Drehstuhl sitzend, wandte sie sich dem unangemeldeten Besucher mit einem übermütigen Schwenk zu. Seine merklich erschlankte Leibesmitte nahm sie aus ihrer Sitzposition in Höhe seines Nabels wahr. In Sekundenschnelle scannte sie ihn ab; registrierte seine neu erworbene Garderobe. Die Uniformität der dunklen, indigoblauen Jeans, des kobaltblauen Rollkragenpullovers stand ihm ausnehmend gut. Sie war anderes gewohnt an ihm. Diesen Winter müsste die warme Jacke noch ihren Dienst tun, jetzt könne er sie zumindest wieder zuknöpfen! Wie sollte sie ihm auf diese Ankündigung noch möglichst neutral nahelegen, dass ihm dieses Cordsamtene Ungetüm nicht steht? Mit Grauen drängten sich Bilder seiner zunehmenden Verwahrlosung in ihre Erinnerung. Sein gerötetes Gesicht stand in ungesundem Kontrast zu diesem unkleidsamen Schüttgelb. Der räudige Kunstpelz sträubte sich gegen ein ordentliches Zuknöpfen; eingetrocknete Flecken von gierig hineingeschopptem Junkfood prangten vorne auf seinem Bauch, auf der Brust; ein Knopf fehlte, der andere würde sich demnächst verabschieden. Sein schwammiger Bauch bahnte sich seinen Weg durch mehrere Lagen von ungewaschenen Shirts. Die Trikotlagen spannten sich über die treibhausbleiche Haut, gaben den Blick frei auf seine irritierend dunkle Körperbehaarung, vom Nabel abwärts. Jetzt hatte er es übertrieben. Zu lange schon. Er konnte nicht Maß halten. Nicht mehr?

Er war ihr ausgewichen. Wie lange waren sie einander nicht mehr über den Weg gelaufen? War es wirklich schon ein ganzes Jahr her? Er hatte sie unangekündigt aufgesucht; für eine Stunde. Mut hätte sie ihm zugesprochen, damals. Er hatte sich bei ihr bedankt, mehrmals. Wofür? Sie hatte ihm zugehört, hatte die Übergriffe seiner Mutter möglichst milde kritisiert und war befangen. Er hatte sich in einem Ausnahmezustand befunden. Sie versuchte diese ungewollte Erinnerung einzubremsen; ließ das Bild jenes blassen, aber jungen Mannes von damals wieder auferstehen. Er war einmal so schlank gewesen. Athletisch hatte sie seinen Oberkörper in einem kanariegelben T-Shirt in Erinnerung behalten. Er hatte trainiert. Sechs Tage in der Woche arbeitete er an seinem Sixpack, seinen Armen. Damals, vor Jahren. Die moppeligen Oberschenkel widersetzten sich dem täglich absolvierten Training. Er kämpfte schon vor Jahren mit der unlieben Neigung zu Wassereinlagerungen. Die ausgeprägte X-Stellung seiner Beine unterstrich das Missverhältnis von Ober- zu Unterkörper.

Wie beherrscht er auf ein Wahrnehmen seiner beginnenden Erschlankung wartete! Die Füße hatte er, nach einem Erkennen heischend, zu beiden Seiten nach außen gedreht. Sein Mienenspiel war seiner Kontrolle entglitten. Stolz hatte sich über die Schablone seines Pokerface geschoben.

„Du hast abgenommen? Das steht dir aber gut!" Er meinte sich ertappt, er genierte sich ein wenig. Ein ungewolltes Lächeln entschärft sein blasiertes Mienenspiel; er ist erfreut und motiviert. Er wird noch zig Kilos

verlieren, das nahm er sich vor. Seine hartnäckige Bewunderung schmeichelt ihr. Mit seinen unterwürfigen Annäherungsversuchen meint sie umgehen zu können.
Sie weiß mit diesem liebeskranken, devoten Verehrer nichts anzufangen. Was er sich in seiner in den Jahren ihres Kennens auf kleiner Flamme geköchelten Sehnsucht zusammengereimt hat? Keine Chance räumt sie ihm ein.
Er webt ein engmaschiges Geflecht aus Poesie. Er legt einen Köder nach dem anderen aus und schon sieht sie sich in der ihr zugedachten Rolle richtig besetzt.

Ein blauer Bogen Packpapier
„Drei Sonnen sah' ich am Himmel steh'n."
2000-2007

Diesen Sommer wollte er nur überleben. Nicht den einen Sommer, so viele Sommer hatten ihn in Agonie in seinem Bett, mit einem, den Gestrandeten anheimen Durchhaltevermögen ausharren lassen. Wand an Wand lebten sie. Im Nebenzimmer sammelten sich die ungezählten Stunden, der Wechsel vom Tag zur Nacht in den aufglimmenden, in warme Rostfarben getauchten Augenhöhlen seiner Mutter. Auf seine Hilfestellung angewiesen war die nun zur Gänze erblindete Mutter. Beiden war der Bezug zur realen Zeit entglitten. Mutter und Sohn verloren sich im Geflecht der Jahreszeiten.

Die Jalousien wurden nicht mehr aufgezogen. Wozu auch? Wie er dieses sezierende Licht zu hassen begann. Durch die geschlossenen Fenster kaum eingedämmt, fühlte er sich genötigt, sich dem endlos an- und abschwellenden Rhythmus dieses knapp drei Monate währenden, ihn quälenden Sommers unterzuordnen. Ganz nahe, knapp zehn Meter entfernt, grenzte der städtische Kindergarten an seinen nach Osten hin ausgerichteten Balkon. An den fünf Wochentagen prasselten die ungefilterten Kundgebungen und Befindlichkeitsgradmesser der Siedlungskinder zwischen vier bis sechs Jahren auf seine Gemütserstarrung ein. Da draußen wütete das pralle Leben? Urbaner Lärm, dem fühlte er sich gewachsen. Selbst das enervierende

Knattern und Aufheulen von Mopeds, das satte Blubbern behäbiger Dieselfahrzeuge, wenn sie unter seinem unwirtlichen Balkon einparkten; auch das grell aufbegehrende, an den Nerven zerrende Einbremsen der Güterzüge vom nahen Bahnhof ließen ihn ein wenig teilhaben am Leben der anderen. Tag für Tag, stets zur gleichen Zeit, das bestätigte sein Blick auf den Wecker, wartete er auf die Schimpftiraden der unmittelbar nächsten Nachbarn. Deren Kommunikation strukturierte seine unfreiwillige Ausgegrenztheit; die auf eine Handvoll Worte verknappten, identen, lautstarken Lebenszeichen seiner Nachbarn entlockten ihm selbst in seiner misslichsten Lage ein Grinsen. Das letzte Wort hatte wie stets die Frau. „Du, du Bauer du!" Was ihn an diesem „du Bauer du" so sehr amüsierte?

Redselig war er, an einem seiner guten Tage. Von seiner Internatszeit hatte er ihr erzählt. „Alles nur schwitzende, stinkende Mitschüler, vom Land! Bauernbuben." Sein angeekelter Blick berichtet ihr von seiner isolierten Außenseiterrolle in jener Zeit. Er sollte es einmal besser haben, er sei ein ganz besonderes Kind!
„Es gab handfeste Gründe für deine Mutter. Sie hat euch alleine aufgezogen, alleine durchgebracht? Sie hat euch beiden als Hausmeisterin eine ordentliche Schulbildung ermöglicht! Hut ab."

Er fühlte sich nicht auserwählt, damals. Zu etwas Besserem bestimmt, das war er. Warum hatte ihn seine Mutter für ganze zwei Jahre verstoßen? Die Klassenkameraden kamen allesamt aus den umliegenden und weiter entfernten Landbezirken, an ein tägliches Nachhausefahren war nicht zu denken. Er hätte in unmittel-

barer Nähe zur Schule gehen können. Was war vorgefallen? War er ein schwieriges Kind gewesen?
„Dein Bruder hatte dort maturiert, man hat viel von ihm gehalten. Das hätte dir doch einen ordentlichen Vorteil eingebracht?"
„Mein Bruder war und bleibt ein bigotter Sack. Die aufreibenden Kapriolen meiner Mutter hab ich abbekommen! Er schaffte es immer wieder, den häuslichen Frieden zu stören, ehe er ging! Er ist ein guter Sohn. Er telefoniert einmal täglich mit Mütterlein!"

So viele Sommer habe ich von dir geträumt, wenn sich ein paar Stunden Schlaf einstellten. Diese Halbwachträumereien ließen mich überleben.

Die Zwangsbeschallung der zum Spielen im Freien aufgeforderten, mehr oder weniger beaufsichtigten Kinder tagtäglich zwischen halb neun und siebzehn Uhr konnte er kaum noch ertragen. Es gab zu viele Kinder in seiner Siedlung. Seine Qualen wurden auch durch das erhoffte Einschreiten der Tanten nicht gelindert. Die Pädagoginnen hatten sich, ermattet von dem Wechsel aus nicht vorherzusehendem Platzregen und der sich einnistenden feuchten Hitze, in die verwaisten Räume des Kindergartens zurückgezogen. Autoritäres Einwirken war nicht zu erwarten. Die Hoffnung auf einen eingedämmten, für ihn erträglichen Lärmpegel, hatte er begraben. Die Hoffnung auf ein Ende dieser marternden Sommerlähmung kam ihm abhanden. In eine ferne Zukunft träumte er sich an den guten, den rekonvaleszenten Tagen. Er hüllte sich ein in seine ihm vertraut gewordene Sehnsuchtsliebe.

Zwischen den ausgedehnten Wachzeiten versuchte er ein wenig im Voraus zu schlafen.

Er musste eingeschlafen sein, nichts war mehr zu vernehmen von dem immer noch zu einer Steigerung befähigten, hochgepeitschten Kreischen, der in eine brenzlige Kipplage versetzten juchzenden Heiterkeit, die abrupt und ohne Vorankündigung in gellendes Schreien kippen konnte. Es waren nur Kinder, die lärmten, ehe sie sich mit einem meist halbherzigen Weinen und aufbegehrendem Wimmern, vom dichten Laub der Rheinweide gedämpft, in den frühen Abend verabschiedeten.
Tintenblau spannte sich ein Bogen Packpapier im Ausmaß eines DIN-A2-Formates vor die aufdringliche, die lichtentwöhnten Augen reizende Helle der Straßenlaterne.
Bei ihren ersten Visitationen meinte sie, dieser große Bogen blauen Packpapiers decke eine kaputte Scheibe ab. Sie fragte nicht nach, zu erschüttert war sie von der Ärmlichkeit seiner Behausung.

Venus im Pelz
"... und wenn es einmal nötig wird, dann lässt du dich einfach wie einen alten Wintermantel wenden."
Frühsommer 2008

Schmal, dunkel gekleidet, steigt ein nicht mehr ganz junger Mann aus der Linie Drei, Haltestelle Theatergasse. Sie ist nicht mit dem Herzen dabei. Sie hat sich schon Wochen zuvor von ihm zu diesem Treffen überreden lassen. Unwillig, in Gedanken längst wieder auf dem Absprung, hat sie sich zum verabredeten Zeitpunkt dort an der Haltestelle eingefunden. Keinen Aufwand im Hinblick auf ihr Äußeres hat sie betrieben. Sie hat zum gewohnten Schwarz gegriffen. Vierzig wird er morgen. Ihren Geburtstag hatte sie noch vor zwei Wochen in London gefeiert.
Unbeabsichtigt hat sie die Weichen gestellt. Sie hat sich aus einer übermütigen Laune heraus zu einem Antwortschreiben hinreißen lassen. „Vergaloppiere er sich nur nicht, er der Zurückgebliebene ...", so ihre SMS-Antwort. Aus der schützenden Distanz tippt er vereinnahmende Vertraulichkeiten in die Tastatur.

Mundfaul steht er vor ihr, der blasse Mann aus dem Obus. „Mein Gott bist du schlank geworden, wie bist du bloß dünn geworden in dieser kurzen Zeit? Viel zu dünn bist du geworden." Sie hatten sich doch gerade eben noch gesehen, wie lange war das her? Vier Wochen? Wie konnte er in einem Monat so an Gewicht verlieren? Daran muss sie sich erst gewöhnen. Es steht ihm gut ... dieser kränkelnde Zug um seine blassen, nun eingefallenen Wangen. Sieht sie da etwa einen Anflug von einem Dreitagebart? Er weiß um ihre Verführbarkeit? Sein Gewichtsverlust, der dunkle Flaum in seinem Knabengesicht, das Zusammenlegen zweier bedeutender Geburtstage? Er hatte es von langer Hand geplant.

„Stratege! Du bist ein raffinierter Stratege", lacht sie ihm unbekümmert ins Gesicht. Sie folgt ihm gelöster und heiter gestimmt durch die schattigen Gassen der Neustadt. Mit einem angedeuteten Kopfnicken fordert er sie auf, auf ihn zu warten. Er betritt die Buchhandlung; holt noch ein Geburtstagsgeschenk ab? Für sie? Vorfreude bremst sie ein, hält sie zurück, sie wird ihm nicht folgen. Draußen, im vorabendlich kühlen Schatten der engen Gasse, will sie auf ihn warten. Sie riskiert einen Blick durch die von Ankündigungen, Plakaten zugekleisterte Auslagenscheibe in das Innere der Buchhandlung. Das gewünschte Buch war vorrätig, oder schon von ihm bestellt worden?
Er wird sie zum Essen in den 'Fidelen Affen' einladen. Ihr zuliebe werde er, so betont er mehrmals, den neuen 'Dylan-Film' im nahen Kino über sich ergehen lassen. Sie sei ein übergebliebener Hippie, meint er schmunzelnd und durchaus wohlgesonnen. Ein doppelherziges Wesen wie sie beide, das sei Dylan. Blanchette schlüpfte in die Rolle des jungen Dylan. Für die androgyne Cate hege er ein besonderes Faible. Sie hätte eine gewisse Ähnlichkeit mit Cate? Soll sie sich geschmeichelt fühlen?
Mit leeren Händen will sie nicht dastehen. Vierzig wird er. Was schenkt man einem letztlich unbekannten Freund? Acht Jahre waren es mittlerweile, acht Jahre,

in denen sich die beiden sporadisch begegnet waren. Er liebt die Musik, die Klassik? Was schenkt man einem musikalisch Versierten? Sie hatte richtig gewählt. „Es ist nur eine CD, irgendetwas von Bach, verjazzt, trag' es mit Fassung." Sein Lächeln räumt ihre letzten Zweifel an dem gewählten Präsent aus. In Ö1 hätte sie davon gehört. „Kurz dachte ich, es könnte dir gefallen?"
„Ich hab auch noch eine Kleinigkeit für dich."
„Du lädst mich schon zum Essen und ins Kino ein. Gib nicht so viel aus für mich!"
Ein Buch? Eigens für sie ausgewählt?
„Wenn du dieses Buch gelesen hast und mir trotzdem die Freundschaft nicht kündigst ...?" Lange, zu lange hat er ihr in die Augen geblickt. Er geht mit einer für ihn bezeichnenden Hellsichtigkeit davon aus, dass sie dieses Buch nicht in ihrer Bibliothek beherbergen würde. 'Venus im Pelz'? Ein schmaler Band. Von ernüchternder Knappheit war sein Präsent. Sein angekündigtes Outing untergräbt sie mit seichtem Geplapper. Sie stellt die falschen, die unerwünschten Fragen an ihn. Sie will nichts davon ausgesprochen wissen; stellt in zu dick aufgetragener Entschlossenheit die unverfängliche Distanz wieder her.
„Wir beide werden feststellen, dass wir letzten Endes nicht das sind, was wir zu sein scheinen." Wiederholt wird sie sich seine Worte in Erinnerung rufen, später einmal. Unbeschwert von jeglicher Absicht beschließt sie, diesen unerwartet kurzweiligen Verlauf des Abends zu genießen.

Dylan hinterließ einen Trümmerhaufen an verratenen Freundschaften, an Lieben. Es ist die letzte Vorstellung

des Tages. Spät ist es geworden, kurz vor Mitternacht; sie will nach Hause. Den letzten Bus haben sie beide knapp versäumt. Seinen Vierzigsten will er mit ihr überstehen. Er verführt sie noch in eine der kleinen Bars in der Steingasse. Auf Hochprozentiges verzichten sie, wählen aus dem umfangreichen Angebot Fruchtcocktails. Sie nippen in aller Eintracht daran, wirbeln mit ihren Saughalmen den zuckrig-chemischen Bodensatz auf. Der Schalk sitzt ihnen im Nacken. Sie rücken ihre Köpfe ganz nah zusammen und locken mit den bizarr aufgehübschten Trinkhalmen blubbernde, grollende, rülpsende Klangperlen aus den Glaspokalen hervor. Das klingt nach einer 'Ode an die Freundschaft', oder vielleicht doch eher nach einer 'Abstinenten Elegie?'
Sie lacht. Sie sei seine Muse? Zumindest die Titel stünden schon fest. Er sollte die Gunst der Stunde nutzen, Ode und Elegie noch heute niederschreiben!
„Was du zu so fortgeschrittener Stunde von dir gibst, so gänzlich ohne Alkohol?"
„Komm, schreib das nieder, heute ist eine denkwürdige Nacht, ich notiere den Titel unseres ersten Gemeinschaftswerkes, du setzt die eine oder andere Note hinzu. Lass uns die Musikwelt neu aufmischen!"
Die beiden machen sich daran, die stark verwässerte Fruchtsaftmischung unter wiederholtem, nicht zu unterbindendem Kichern und Prusten mit ihren Zauberröhrchen zu bizarren Wolkengebilden aufzuplustern, diese zum Platzen zu bringen, sie zu zerstören. Zwei Kindsköpfe inmitten einer bunt zusammengewürfelten Lokalrunde. Damen um die Vierzig, leicht bis stark angeheitert, füllen nach und nach den knapp bemessenen Raum.

„Angenommen, ich würde jetzt nicht an deiner Seite sein, rein theoretisch, sag, törnt dich die eine oder andere dieser Suchenden an?"
„Mir scheint, sie befinden sich allesamt an einem Scheideweg", sinniert er.
„Uns trennen beträchtliche zehn Jahre", entgegnet sie.
„Schau sie dir an. Die eine hat noch eigens das weiße Spitzenblüschen gestärkt, jetzt fällt die akkurate Bügelkunst im Nikotindunst zu einem labbrigen Stück zusammen."
„Die dort setzt auf den Direktangriff; sie präsentiert ihr plissiertes, von Wallungen ungesund gerötetes Dekolleté, die schlaff gewordenen Oberarme in diesem billigen Goldlamee."
„Wir Frauen altern einfach nicht attraktiv genug, nicht in eurer schnittigen Schönheit. Du bist erschlankt, hast einen Lebenswandel geführt, der dem Teint nicht zuträglich war. Schau sie dir an, die drei Damen. Eine weichgespülte Version deiner 'Fleurs du Mal'? Kleinstadtblüten, voll erblüht?"
„Wie ihre Frisuren sich unterscheiden!"
„Kaltes Kastanienrot verunstaltet die Hagere, die untersetzte Mollige vertraut auf Strähnchen in einem Grünspanton."
„Die wurden vom Mondlicht, nicht von der Sonne gebleicht!"
„Mangelnde Fülle wird mit pastellfarbenem, eingearbeitetem Kunsthaar verdichtet. Wie traurig der kokett angedachte Augenaufschlag des Rauschgoldengels anmutet. Die schütter gewordenen Wimpern hat sie zu clownesken Fliegenbeinchen gezwirbelt. Wie verlassen sie hinter der türkisbunten Markise eines nicht mehr zu toppenden Lidschattens verbleibt! Augenschatten,

wo finden sich bei dir schon Schatten?"
„Das sind Lachfalten!"
„Im Anbetracht deiner bösen letzten Jahre?"
„Wohl eine Laune der Natur?"
„In der Partnerwahl darf der Mann, hörst du mir zu, dürfte der Mann keinesfalls jünger, auch nicht im selben Alter sein. Nein, er müsste mindestens acht, zehn Jahre mehr in seinem Pass eingetragen haben!"
„Uns trennen nun einmal zehn unschuldige Jährchen", kontert er ernst. „Was willst du mit einem wesentlich Älteren, der bäumt sich in einem letzten Übermut noch kurz auf in seiner peinlichen Begehrlichkeit, dann hast du einen impotenten Pflegefall, und der Alte sabbert bedeutend Jüngeren, ja ganz Jungen, den unter Zwanzigjährigen nach!"
„Das will ich dir nicht zumuten, im Herzen bin ich eine alte, weise, durch viele Welten gewanderte Seele."

Ein Homopärchen betreibt dieses gut frequentierte Nachtlokal. Deutsche Edelschlager der Achtziger stehen im krassen Gegensatz zu den Ohrwürmern eines Dylan. Die Damen halten sich wacker in ihrer Nichtbeachtung. Sie fallen sich in schwesterlicher Eintracht, berauscht von den lebensnahen Textpassagen in die Arme. Heute Nacht werden sie nicht mehr auf den Einen warten. Sie besinnen sich aufeinander.
Die Cocktails sind geleert, die beiden nehmen mit einem gewissen Staunen die kollektive Verschwisterung wahr. Sie unterdrückt mehrmals ein Gähnen. Er ist so schmächtig geworden, sie so voller Lebensfülle. Er war so energiearm, die letzten Jahre? Mit seinem beherzten Einsatz überrumpelt er sie. Rückt sie auf dem hochbeinigen Barhocker ganz knapp an die

Theke. Sie ist stark beeindruckt. Weit nach Mitternacht ist es geworden. Ein bedeutsames Lebensjahr, meint er, begänne nun. Sein verunglücktes Wangenküsschen beschämt sie. Warum buhlt er derart? Hat er das nötig? Muss er vor ihr buckeln, um ein wenig Herzenszugewandtheit bitten? Vor ihr?

Frühmorgens weckt sie der Nachrichtenton ihres Handys. „Bist immer noch ein Püppchen." Die MMS zeigt eine Frau. Sie, in die Jahre gekommen, aber unverbraucht? Sie wird es nicht löschen, sondern stets bei sich tragen. „Wenn die gemeine Asiatin in die Jahre ... früh in die Jahre kommt, dann bist du noch immer mein Püppchen! Wenn es irgendwann einmal von Nöten wäre, dann lässt du dich einfach wie einen Wintermantel wenden, mein Lieb."
Wie sich so manches wenden und wieder wenden wird, später, sehr viel später einmal.

Gebildete Leidenschaft
Hochsommer 2008

Um der drückenden Hitze der ganz auf Touristen ausgerichteten Stadt zu entkommen, erwog man eine Fahrt an einen der nahe liegenden Seen des Salzkammerguts. „Eine unserer Kolleginnen könnten wir dort besuchen. Sie macht diesen Monat Galeriedienst, ‚MalerInnen der Zwischenkriegszeit im Umkreis des Salzkammerguts' hat sie betreut."
Eine knappe Stunde fährt man mit dem Postbus. Zeit genug um sich zu beschnuppern.

Püppchen, sie sei sein Püppchen, so seine lauthals vorgebrachte Begrüßung an der Bushaltestelle. Fünf Stationen später steigt überraschend ebenjene Kollegin zu. „Schon wieder ein neuer Mann an ihrer Seite", so die ersten Zuordnungsversuche durch die Studienfreundin. Man kennt sich? „Das ist der Hochbegabte aus den letzten gemeinsam absolvierten Seminaren!" Sie lacht lauthals auf, ist hocherfreut über den Besuch der beiden, über die zu erwartende Kurzweil während dieses stets so elendslangen Galeriedienstes. „Circe, du bist eine Circe!"
Den Busfahrschein hat er zu Fahrtbeginn gelöst, er wird ihn die gesamte Fahrtdauer umklammern. Er könnte das Ticket noch mit ein, zwei Zahnabdrücken entwerten, nochmals lochen? Sie reißt Witzchen auf seine Kosten. Er zeigt sich nicht betroffen.

Eine exquisite, überschaubare Sammlung von in der Hauptsache Landschaftsbildern überregional bekannter und lokaler Künstler aus der Region des Voralpenlandes hatte ihre Kollegin mit kuratiert. Die zwei Ausstellungsräume waren in kurzer Zeit durchschritten. Ihr gezeigtes Interesse war dem Anlass angemessen. Man nutze lieber die seltene Gelegenheit ausgiebig zu plaudern.
Draußen lähmte die Dauerhitze ihren Unternehmungsgeist. Der Rauputz der dickwandigen Mauern des ehemaligen Volksschulgebäudes speicherte die Sonnenstrahlen der letzten Wochen; im Inneren blieb es überraschend kühl. Dort ließ es sich aushalten. Eine umfassende Musikinstrumenten-Sammlung war im Untergeschoß zu besichtigen. Diese aus aller Welt zusammengetragenen Raritäten weckten sein Interesse. Die beiden Frauen hatten sich viel zu erzählen. Gut zwei Stunden verbringt er einen Stock tiefer bei dem Instrumentensammler. Durchaus sehenswert sei die Sammlung, der persönlichen Führung hatte er sich kaum entziehen können.

„Wollen wir uns noch ein wenig die Füße vertreten? Wir sind an einen der gefragtesten Seen des Salzkammerguts gefahren. Einen Blick sollten wir schon darauf werfen, meinst du nicht?"
Erschöpft war sie. Vom Dauerbombardement ihrer sprachgewandten Bekannten summten ihr die Ohren.
„Das lässt doch meinen Herzschlag nicht derart jagen?"
„Komm", schlägt er in besorgtem Ton vor, „setzen wir uns hier auf eine Bank, direkt am See, wenn möglich im Schatten."

Sie stochert mit spitzen Fingern in dem keine zweihundert Seiten umfassenden Buch. Reichlich hölzern, etwas antiquiert sei der Schreibstil des Herrn M., bedauert sie. Wonach sucht sie? Zwischen den Zeilen, gesteht sie sich ein, wäre sie gerne auf den einen oder anderen, in den Worten eines Sprachkünstlers verpackten Hinweis seiner unausgesprochenen Zugewandtheit gestoßen.

„Ist nicht die Faithfull über ein paar Ecken mit Masoch verwandt? Der Vater ihrer Mutter ...? War der nicht ein Sohn Masoch's?" Mit keinem Schulterzucken reagiert er auf ihre Frage; keine befriedigende Antwort gibt er. Hat er ihre Frage gehört?

„Wenn du in meine Augen schaust ...!" Sie richtet sich auf, stellt sich seinem sentimentalen Nachmittagsblick, fragt ihn. „Was wäre dann?"

„Das hast du vom alten Heine abgekupfert! Schön ist es. Hier mit dir."

„Wenn ich in deine Augen seh, dann schwindet all mein ...?"

„Das war eine der ersten Aufgabenstellungen damals in der Kompositionsklasse. Dieses Heine-Gedicht sollten wir vertonen. Ich hab es nicht wirklich begriffen, dieses *‚Leid und Weh, und wenn sie sagt, ich liebe dich, dann muss ich weinen bitterlich'*. Ich sag dir was? Willst du es hören? Heute, hier und jetzt begreife ich diese vorweggenommene Trauer."

„Nie bekomme ich etwas von deinen Arbeiten zu hören; warum hältst du sie vor mir zurück? Es gibt doch Aufnahmen, Einspielungen?"

„Alles im Keller, in einer gut verschlossenen Kiste! Nie wieder, niemals wieder, hörst du mir zu, niemals mehr

werde ich komponieren! Keine einzige Note werde ich niederschreiben! Keine einzige, hörst du?!"
Auf die Vehemenz seiner Absage war sie nicht gefasst; sie wagt es nicht nachzuhaken. Nicht heute. Vielleicht ein anderes Mal. Sie weiß um die Wechselhaftigkeit seiner Stimmungen.
„Dilettanten sind wir in der Liebe, in der Kunst mitnichten. Wir theoretisieren, wir verwerfen unsere kreativen Würfe, noch ehe sie Gefahr laufen, als nicht brauchbar entwertet zu werden."

Vereinzelt und in kleinen Gruppen stolpern die letzten Ausflügler über den schmalen Landesteg auf festen Boden. Für die eben eingelangten Schiffsdampfer war es für heute die letzte Fahrt über den See. Die vorabendliche Ruhe wird von zwei lärmenden, gegeneinander anbrüllenden Megaphonen unterbrochen. Derart lautstark unterweisen die Binnenkapitäne die überschaubare Anzahl an Tagestouristen.

Er erhebt sich von der Bank; will den Tag festhalten; will ein Foto von ihr machen. Er sucht nach seiner Kamera. Etwas fällt zu Boden. Lautlos. Er bückt sich, hebt es auf, wischt mit seinem Ärmel den feinen Kiesstaub vom Umschlag. „Hast du schon Zeit gefunden, hast du schon darin gelesen?"
„Bist du einer von diesen Unauffälligen, die sich nach einer Domina verzehren?"
„Du, in der Rolle einer lederberockten Domina? Nein, dazu kannst selbst du mich nicht verführen."
„Quäl mich, bitte quäle mich, fordert der Masochist. Nein! Dominiert der Sadist!"

Heute ist ein guter Tag. Er schmunzelt, setzt zum Lästern an. Sie verehre einen Lucien Freud, Hrdlicka hätte sie Lorbeerkränze gewunden. Nun? Eine Angepasste, eine Spießerin sei sie; sie die Aufgeschlossene?
„Du bist von einer Naivität! Wie sehr ich diese Unverdorbenheit an dir liebe; was glaubst du, wo diese Herren Künstler ihre Erfahrungen gemacht haben?"
„Was hast du gegen ein wenig Abweichen, die eine oder andere Variante im Paarungsverhalten?"

„Quälen auf Abruf? Ist das abwegig?" Er hebt die linke Augenbraue, erwartet ihre Zustimmung. „Meinst du?" - „Du reagierst unangemessen panisch vor einem eventuellen Selbstverlust?" - „Jemanden, auch mich, zu verlieren ist das Risiko eines gelebten Lebens, einer ausgelebten Liebe?" - „SM – ausgehandelt per Handschlag? Das verspricht immerhin den Ausschluss eines eventuellen Leibesrisikos."
„Sehnsuchtslieben sind die Dauerhaftesten."
„Du warst mir so viele Jahre eine Sehnsuchtsliebe." Er fleht, kaum hörbar. Mach ein Ende mit diesem Frage-Antwortspiel. „Im abgesteckten Revier von verheirateten Paaren willst du neuerdings wildern?"
„Erhörte Liebe, so legt die Dichtung nahe, ist die Liebe, die ihre Unerhörtheit verloren hat."
„Wir klammern die Turnübungen aus; früher oder später flaut dieses fremdbestimmte Begehren ab, dann umgehen wir beide brillant den bösen Einflussbereich eines erotischen Mächtespiels. Schlag ein, schau nicht so sorgenvoll! In deinen Stirnfurchen könnte man einen ganzen Satz Bleistifte ablegen. Einverstanden?"

Er hat sein Gesicht nicht verloren. Sie hat ihm die Rolle des Verführers, des in der Minne hängengebliebenen Plagiators an diesem Sommerabend an die schmalen Schultern geheftet. Sich in der Rolle des buhlenden Mannes wiederzufinden, machte sie ihm an diesem frühen Abend zum Geschenk. Hundertprozentig Hetero; was sonst!

„Wenn es erwünscht wird? Dann quälen wir uns auf einer gehobeneren, nun sagen wir: auf einer bedeutend feinstofflicheren Ebene." Seine Ankündigung verpackt er hinter einem angerissenen Grinsen.
„Wir sollten eine Therapie in Erwägung ziehen", erwidert sie.
„Davor sollten wir es aber zumindest einmal versucht haben, als Paar. Meinst du nicht?"

Er schrieb schon, in Gedanken, an seinem großen, seinem Durchbruchswerk an diesem Spätnachmittag.

Wanderung

„Finstre schwarze Riesenfalter töteten der Sonne Glanz"

Schon lange trägt sie keine Uhr mehr. Jetzt müsste, laut Fahrplan im zehn Minutentakt, jetzt endlich einmal sollte der Bus kommen!
Die wenigen Wartenden will sie nicht fragen; er wird sie abholen, am anderen Ende der Stadt. Wer trägt heute noch Armbanduhren? Sie birgt das Handy aus den Tiefen ihrer Segeltuchtasche, vergewissert sich mit einem kurzen Blick auf das Display: schon neun Minuten über der Zeit. Wägt ab, ob sie ihm kurz Bescheid geben soll? Ruft ihn doch noch einmal an. „Du hast ausreichend Zeit, ich ziehe mir eben erst die Schuhe an. Nein, der Bus hat keine Verspätung. Kann es sein, dass du den Fahrplan nicht richtig zu lesen weißt?" – „Soll das eine Anspielung sein?" – „Worauf?" Sie lacht an gegen die Stille am anderen Ende der Stadt. Sie fühlt sich aufgekratzt, das ist ihr unangenehm. – „In einer Viertelstunde kannst du mit mir rechnen."
Geputzt habe er wieder, das wolle er nur so am Rande angemerkt haben. Das will sie überhört haben, sie will nicht auf diesen, seinen Wink eingehen. Von einer beschwingten Unruhe ergriffen ist sie; die Einladung, ihn in seiner Wohnung zu besuchen, nein, die wird sie auch heute ausschlagen. Heiß wird es werden, schon jetzt überrollen sie viertelstündlich Wärmewellen. Der laue Fahrtwind, der durch das gekippte Oberlichtenfenster auf sie fällt, lässt ihre Schweißperlen zu einer

perlmuttfarbenen Lasur auftrocknen. Eingesenkte Spuren, ehrliche Male der sich verabschiedeten Jugend spannen sich unter der feinkristallinen Maske aus, straffen die erschlafften, sich senkenden Gesichtszüge. Die überwiegende Zahl der Fahrgäste hat schon am Hauptbahnhof den Bus verlassen. Tagesausflügler haben sich abgesprochen und freiwillig quietschbunte Multifunktionsdresse übergezogen, sind in überteuerte Wanderschuhe geschlüpft und überfluten mit ihren prall gefüllten Rucksäcken die Regionalzüge. Kaum, dass man einen einzelnen Wanderwilligen ausmacht. In kleinen Gruppen fallen sie ein; der sie begleitende Geräuschpegel wird zu einem diskanten Summen potenziert. So strömen sie hinaus in die Seengebiete des Voralpenlandes.

Sie bleibt sitzen; zwei, drei Personen steigen zu und wieder aus, sie fährt weiter; allein. Das grenzt an einen nicht alltäglichen Luxus; es ist Sonntag und sie teilt sich den Bus einzig mit dem Chauffeur. Dieser Herzschlag! Sie trifft doch nur den alten Freund? Wann war sie zum letzten Mal in diesen Stadtteil gefahren? Mit dem Bus? Zig Jahre muss das her sein, bestimmt an die fünfzehn. Die Fahrkarte hat sie im rückwärtigen Teil des Oberleitungsbusses entwertet. Keinen Blick hat sie auf den Busfahrer geworfen. Wozu auch? Soll sie ein Foto von ihm machen? Den Modus auf Stumm geschaltet, das Handy in die passende Höhe gestreckt und abdrücken? Von einer heiteren Gelassenheit, auch von einem nicht zu übersehenden Berufsstolz erfüllt, wird sie von einem Schwarzafrikaner hinaus in den Norden der Stadt chauffiert.

Nicht seine schwer zu leugnende Herkunft fordert sie zu solch übermütigen Aktionen auf. Nein, dieser Angestellte der Verkehrsbetriebe hat sich eine Sonntagsmontur übergezogen, die einer Operettenkostümierung Konkurrenz machen könnte. Das Haupt des Mannes hebt und senkt sich in einem unaufgeregten Rhythmus hinter dem Lenkrad. Seine Lebensfreude hat ihm ein Dauerstrahlen ins Gesicht eingeschrieben. Im Rückspiegel begegnen sich ohne Scheu ihre Blicke, ihr Lachen. Das Barett in einem schneidigen Preußischblau, mit Posamenten in Karminrot und alles überstrahlenden Goldkordeln höht und rahmt seinen kleinen, dunklen Kopf. Der Jahreszeit angepasst, umspielt ein uniformblaues Baumwollhemd seine drahtige Gestalt. Das Thermometer ist an diesem Vormittag schon knapp über dreißig Grad geklettert. Keine Knitterfalten, keine Schweißränder verunzieren das Textil, nichts macht den Eindruck von unverwüstlicher Glätte zunichte.

Gleich wenn sie angekommen ist, will sie ihm davon erzählen. Der Gelenkbus legt behutsam die letzten hundert Meter zurück, wendet in einem exakt eingehaltenen Einschlagwinkel. Fügt sich in wahrer Meisterschaft ein in die Beengtheit des dafür ausgewiesenen Platzes, zwischen zwei wartenden Taxis und einer stumpfblauen Containertoilette.
„Alles aussteigen!" Schon steht das Fahrzeug in der vorgegebenen Richtung; die spitz zulaufende, windschnittige Schnauze hat es zum Zentrum hin gerückt.

Wie bemüht er sich im eingeschatteten, im überdachten Teil des Wartehäuschens eingeparkt hat. Von Moos und Algen um seine Transparenz beraubt, spendet das Glasdach wohltuenden Schatten. Ganz wenig Platz will er heute beanspruchen, ganz eng hat er die Arme

an den Körper gelegt. Bis oben hin hat er die dicke Wollweste zugeknöpft, kein Anflug eines Übernachtbärtchens dunkelt seine blassen Wangen ein. Wie er die Knie aneinander presst? Wie er die Füße beinahe parallel zum Bordstein nach außen zu drehen versteht? Viel zu große Schuhe trägt er! Seine Füße sehen plump in diesen Riesentretern aus. Still hat er es sich eingerichtet in seinem Warten auf sie, hier an der Endstation.
„Ist dir nicht viel zu heiß, das Thermometer steigt gewiss noch auf über fünfunddreißig Grad ... wenn ich dich so anblicke, in deiner dicken Wollweste!"
„Mir ist nicht heiß, ich fühle mich gut, so wie es ist. Du bist nicht zu spät gekommen, eher überpünktlich. Wollen wir hier am Bach entlang ein wenig spazieren? Komm, nehmen wir eine Abkürzung, durch diese Hecke. Dort unten ist es angenehm kühl, du wirkst ein wenig, ein ganz klein wenig erhitzt? Ach, wie ich mich freue über deinen Besuch. Ein gutes Omen, du und ich hier an der Endstation. Endstation Sehnsucht?"
„Ja, und ein Mohr in einer schneidigen Operettenuniform hat mich solistisch eigens zu dir chauffiert."
„Wenn das keine vortreffliche Ouvertüre ist?"
„Zum Wallfahrten sind wir hier schon als Kinder verdammt worden. Wollen wir wirklich den steilen Anstieg bei dieser Schwüle auf uns nehmen?" Ein angedeutetes Nicken lässt sie hoffen. Er wird nicht darauf bestehen?
„Komm, auf diesen Canossagang verzichten wir heute lieber. Es ist Sonntag, da passen wir nicht so recht zu den Pilgern dort beim Wirt, auch in der Marienkirche. Wochentags wirst du den Anstieg aber auf dich nehmen, versprichst du mir das? Wir werden uns eine Portion Bratwurst mit Sauerkraut teilen, bald einmal, was hältst du davon?"

„Komm, wir spazieren den Bach entlang, verirren können wir uns nicht. Es weht ein feines Lüftchen herauf, später durchqueren wir einen kleinen, lichten Buchenwald und dann sehen wir weiter, mein Liebchen; ja, du bist mein einziges Liebchen. Wenn du dann noch laufen willst ..."

So vielen Sonnenhungrigen begegnen sie hier auf der ehemaligen Ischlerbahnstrecke. Er lenkt sie umsichtig um Hindernisse. Schnuppernde Große mit Stammbaum und ohne, auch ganz klein gewachsene, leicht zu übersehende Hunde, die er, wie sie lächelnd feststellt, ein wenig scheut. Sie weichen jungen, unvorbereiteten Eltern und erfahrenen Großeltern aus; Kinderwägen und selbsttretende Dreiradfahrende, meist Unter-Fünf-Jährige, lassen ihn pikiert seine Augenbraue, die linke, heben und senken.
„Wie machst du das bloß, du musst ordentlich geübt haben! Mir gelingen nur Grimassen. Schau mich an, rührt sich da etwas? Ich kann nicht mit den Ohren wackeln, schon gar nicht in derart kritischer Manier die Brauen heben."
„So etwas musst du doch nicht können, das verunstaltet nur deine Gesichtszüge, mein Liebchen."
„Was sollte mich dann betören?"
Ihre Schultern berühren sich wiederholt. Wie sie voreinander zurückschrecken! Kennt man ihn? Seine Begleitung, eine Neue? Von einem gewissen Stolz berichtet ihr sein erhobenes Profil. Seine Schritte setzt er hurtig, einen vor den anderen. Ob sie dieses von ihm vorgelegte Tempo durchhalten wird können?
„Sind dir diese Halbschuhe nicht zu warm? Heute wird es noch ausnehmend schwül! Zu groß sind sie dir!

Kannst du damit auch gehen?"

„An den Schuhen sollte man nicht sparen, an den passenden oder meist unpassenden Schuhen scheitert so mancher erster Annäherungsversuch. Wir Frauen sind diesbezüglich ein wenig eigen. Ein Paar Schuhe weniger in der Saison, dafür aber von gediegener Machart und du hast Chancen bei den Damen, glaub mir."

„Mehr als zwanzig, fünfundzwanzig Euro gebe ich nicht für Schuhe aus. Wenn sie dann letztlich ausgelatscht sind, werfe ich sie ohne Reue weg; mehr lege ich gewiss nicht hin."

„So sehen sie auch aus", urteilt sie gnädig. „Wie eine Vollgummibereifung! Diese Ungetüme aus brüchigem, schwarzem Kunstleder hindern dich ja beim Gehen!"

„Meine Beine schwellen bei dieser Hitze an, seit ich so an Gewicht verloren habe, helfen auch die Stützstrümpfe nicht so recht."

Unbeabsichtigt finden sich ihre Fingerspitzen in seiner kühlen Handfläche, scheuen ihre Hüften jäh auseinander, finden sich ihre Schultern schon wieder Seite an Seite, prüfen sich ihre Blicke.

„Wer jetzt kein Weib hat, bekommt es nimmermehr ...?"

„Weißt du was?" Sie reckt ihr Kinn vorwitzig zu ihm nach oben hin, will ihn mit dieser kleinen Geste zum Weiterreden aufmuntern. „Was ich noch alles nicht weiß? Da gibt es so manches zu erkunden, hab ich recht?" Während sie sich aus der Bedrängnis seiner Zufallsberührungen hier im „tiefen Wiesengrunde", so lästert er schelmisch, zu entziehen sucht, würzt er die noch kein einziges Mal ins Stocken geratene Unterhaltung. Er streut mit gedämpfter Stimme ein, dass er genau genommen ein adeliger Spross sei, wenn auch vom untersten Adel, aber immerhin.

„Du, ein Prinz? Ein schleimiger Frosch? Dich dresche ich an die Wand, ein, zwei Mal, mehrmals; lange genug habe ich dich ja hingehalten! Jetzt ist er ein Herr Von und Zu?" Sie löchert ihn mit der wiederholten Frage. „Was erzählst du mir da, zier dich nicht! Du? Einer von edlem Geblüt?"
„Du beziehst dich in deinem martialischen Ansinnen auf den Froschkönig; du, den sollst du nicht an die Wand dreschen, du Walkürchen, sondern erlösen sollst du ihn, endlich erlösen aus seinem glitschigen, aberwitzig hässlichen Schicksal, nicht an die Wand ...! Du rüdes Raubeinchen!"
„Eine Schrumpfwalküre ward mir geboren, heute, mit dem Gesicht eines frisch erblühten Apfelbäumchens, gar allerliebst. Geküsst werden will der Frosch, dann gibt's den Prinzen. Nicht zuvor!"
Geputzt hat er, in Erwartung ihres Besuches, jetzt will er auch noch erlöst werden, sich einen Kuss stehlen? Sie wandern weiter, Schulter an Schulter, entlang der alten Bahntrasse. Er faselt etwas von seiner noblen Herkunft. „Das Führen von Titeln", er setzt an, spricht mit gefasster Stimme weiter, „ist uns seit Inkrafttreten des Adelsaufhebungsgesetzes untersagt."

Ob er das bedauert? Überträgt sich der nun nicht mehr geführte Adelstitel von der Mutter auf die Söhne? Er überhört ihre Fragen; setzt fort in seinem Monolog. Den Thronfolger, respektive den Leichnam unseres Franz Ferdinands hat er überführt. Ein stattlicher Seemann war sein Urgroßvater, dann hat man ihm diesen Titel verehrt und jetzt darf ihn keiner mehr tragen. Er sei, so ließ seine Mutter ihn wissen, auch zu einem Viertel Jude.

„Was soll ich denn daraus schließen? Bist du, in Anbetracht deines Vorhabens, irgendwann einmal müssen wir es ja angehen, beschnitten, und ich soll Vorfreude heucheln, da man Beschnittenen ja eine große Ausdauer attestiert?"

„War das zu anzüglich?" Er grinst. „Was hast du noch zu beichten, was soll mich abhalten von dir?" – „Da braut sich etwas zusammen, gehen wir weiter, es läuft sich angenehm an deiner Seite."
Der Sonntagnachmittagsspaziergang gestaltet sich überraschend kurzweilig. Der Adel steht ihm gut. Seine Gebeugtheit hat sich verflüchtigt. Überlegen, mit dem Blick des Eroberers, streifen sie seine lauernden Blicke. Jetzt wird er zupacken, jetzt setzt er an, sie zu küssen? Routiniert zündet er sich eine Zigarette an, mit der Linken, die Rechte ruht gewichtslos auf ihrer Schulter.
„Mein banges Leid zu lindern, such' ich am dunklen Strome, [...] gestillt war all' mein Sehnen. Dürft ich so märchenheimlich, so selig leis entblättern auf deine [blonden] Haare, des Mondlichts bleiche Blüten."
Was hat er genuschelt? Hat er das wirklich gesagt? Meint er sie damit? Schüttelt er derlei ganz unvorbereitet aus dem Ärmel?
Hat er sich vorbereitet, oder ist er ganz einfach ein abgebrühter Routinier?
Sie fühlt sich angesprochen.
„Von solchen Stimmungen zerrissen, so musst du dir meine chronisch melancholische Befindlichkeit vorstellen." Mit diesen Zeilen kann er sich hundertprozentig identifizieren.
„Wenn du mich nun endlich besuchen wolltest, dann zeig ich dir etwas Hübsches, eine der besten Einspielungen

unter Boulez!" Er sei stolzer Besitzer dieser 1998 eingespielten Version. Er sei sich so gewiss, dass ihr diese Aufnahme gefallen würde. Eine Ahnung macht sich breit, dehnt sich aus, bildet einen Kokon aus freudiger Erregung und Bangigkeit, etwas oberhalb der Magengrube, dort lässt es ihren Puls davongaloppieren, ihre Augen leuchten. „Jetzt hast du ein geeignetes Opfer gefunden. Lass mich Adressatin deiner Sehnsucht sein, sei du mein Tönesammler, Klangerzeuger, Reimeschmieder."
Diskobekanntschaften, all die Unbekannten, die nie Eroberten, die beeindruckt er mit solchen Versen nicht. Perlen vor die Säue werfen, heißt man derartige Verführungstaktiken. „Komm schenk mir Perlen, weitere Perlen, ich bin es wert, mehr als wert. Will dich erlösen, Schattenmann, im kühlen Wiesengrunde."
Wie sie sein Blick zu durchschauen vermag. Nichts, aber schon gar nichts gibt er ihr zur Antwort; er lässt sie in der Ungewissheit und hat sie erobert mit ein paar einstudierten, längst in die Musikgeschichte eingegangen Zeilen aus 'Pierrot Lunaire'.
Er, der Mondestrunkene.
Mit einer kaum merklichen Kopfbewegung fordert er sie auf, das eingeschrittene Tempo beizubehalten. Krüppelweiden säumen ihren Weg, betäuben mit ihrem scharf-säuerlichen Duft aufkommende Zweifel. Verwunschene Weibsbilder, übermütige Bacchantinnen, Verräterinnen harren auf ihre ausstehende Rache, hinter der Maskerade von gedrungenen Weidenbäumchen. Gegenüber dunkelt sich die eben noch sommergrüne frische Belaubung des Haunsberges merklich ein.
„Da braut sich etwas zusammen, heute Abend wird es noch ein Sommergewitter geben, es ist unerträglich

schwül." Von wohltuender Kühle ist sein Atem, keine Schweißperle verrät sein Vorhaben.

„Wie salzig deine Haut schmeckt, wie süß mag dein Lippenpaar munden ... mein Liebchen, dir ist heiß." Sein wohlmeinendes Lächeln umfängt sie. Jeden Quadratzentimeter ihrer Haut studiert er, vergewissert sich wiederholt, streicht sacht mit seinen Fingerkuppen über ihre Wangen. Er betrachtet sie in aller Ernsthaftigkeit, ehe er die Schweißperlen von ihrer Oberlippe, ihrer Stirn leckt. Er kann sich nicht satt sehen. Ihr ist diese eingehende Inspektion ihres Hautbildes unangenehm.

„Ein aberwitziges Schauspiel bietet mir mein Lieb. Heissa, mein Liebchen. Komm, wende dich nicht ab, es ist so anrührend hübsch, dir ist so heiß, lass mich noch ein wenig verharren in diesem so allerliebsten Schauspiel."

Er ist ausdauernd. Er herrscht sie an stillzuhalten. Er wird ihr lästig. Erste Regentropfen vermengen sich mit ihrem Schweiß. Sie suchen Schutz unter dem Vordach einer erst vor kurzem errichteten Kapelle. Vor ihnen der Haunsberg, der sich einen gebauschten Rock aus silbern aufglimmenden Nebelfetzen übergeworfen hat. Bleigraue Regenwolken haben sich hinter ihren Rücken zu einem bedrohlichen Wolkenmassiv aufgetürmt. Nichts erinnert mehr an den zuvor so heiteren Sommertag. Das Lichtblau zum zarten Grün frisch geschnittener Sommerwiesen hat sich zu einem düsteren Einerlei von eingetrübtem Grün und Erdwerten vermengt. Schwere Regentropfen ertränken sie beide in Sekundenschnelle; bis auf die nackte Haut durchnässt, ergeben sie sich. War es ein Fingerzeig von oben? Kein übereiltes Flüchten war vonnöten. Stille macht sich breit, weitet sich aus über das noch vor einem knappen Augenblick so liebliche Stück Land. Ihre Blicke, eingetrübt durch den nicht enden wollenden Dauerregen, verflechten sich ineinander. Ihr Wissen um den Zauber des Beginnes bemächtigt sich ihrer beider Herzen.

„*Und vom Himmel erdenwärts senken sich mit schweren Schwingen/Unsichtbar die Ungetüme auf die Menschenherzen nieder ... Finstre, schwarze Riesenfalter töteten der Sonne Glanz [...].*"

Von wegen Operettenkostümierung! Nein, der Schwarzafrikaner sei schon geraume Zeit im Einsatz, auf dieser, seiner Buslinie, immer mit Barett und uniformblauem Hemd, meint er, nachdem sie nass und müde im Bus zurück in die Stadt Platz genommen haben, selbstgefällig.

Behausung
Frühsommer 2008

„Ich wohne in einem wüsten, offenen Haus,
in einer Art Ruine."

Sie führten stundenlange Telefonate; auf eineinhalb, zwei Stunden, das lehrte sie die Erfahrung, musste sie sich einlassen. Es wurde viel gelacht, in der Anonymität des Festnetzes hatten sie sich im Austeilen von untergriffigen Anspielungen zu übertrumpfen versucht. Mühelos verstanden sie es, Interesse am anderen zu zeigen, sich in aller Ernsthaftigkeit auf das aktuelle Befinden des anderen einzulassen, um letztlich doch wieder in einem, für beide moderateren, gänzlich harmlosen Geplänkel die kippende Balance ihrer losen Freundschaft zu stabilisieren. Ermüdend und Zeit raubend waren seine seltenen Anrufe, amüsiert hatte sie sich. Hatte er sich. Sie hatten sich im Wortwitz, im losen Mundwerk des Gegenübers wiedererkannt. Das verband. Den einen oder anderen von ihm eingestreuten Wink, in Anbetracht seiner zunehmenden Verwahrlosung, vermochte sie nicht immer abzuwehren. Ordination hielt sie, am Festnetz, verordnete ihm ohne Skrupel Globuli, stellte ihm Teemischungen für seine meist kryptisch geschilderten, letztlich banalen Leiden zusammen. Sie ließ es sich auch nicht nehmen, ihm ab und an pragmatische Tipps zur geplanten Generalüberholung seiner kleinen Wohnung abzugeben. Rezepte wurden ausgetauscht. Sie kochte selten. Tief beeindruckt hatte sie ihn mit dem Tipp, Kümmel, Fenchelsamen und Anis in der Pfanne anzurösten. Jahre später wird er ihr noch von seinen Herdabenteuern mit dem nicht zu bändigenden „Springkümmel" berichten.

Das Betreten dieser Wohnung war ihr lange nicht möglich. Sie rettete sich nicht über fadenscheinige Ausreden hinweg; ihre offensiv vorgebrachten Absagen hatte er geschluckt. Acht Jahre hinausgezögert hatte sie ihren ersten Besuch bei ihm. Der Grund ihrer Zurückhaltung war ihr durchaus bewusst. Sie wollte ihn nicht in seinem Heim aufzusuchen. Eine sie bedrängende Scheu vor dem Ausmaß seiner Verlotterung hatte sie. Diese suchte sie vor ihm zu verbergen. Berührt hätte sie die aus allen Ritzen höhnende Ärmlichkeit seines Zuhauses. Im achten Sommer ihres Kennens wird sie diese aufs Wesentlichste beschränkte Lebensform in ihren Bann ziehen.
Sie wusste um die Eventualität einer Konfrontation mit seiner kranken Mutter. Von deren Anwesenheit. Bettlägerig war sie, Wand an Wand hausten Mutter und Sohn. Einladungen zum Essen hatte er ihr zumindest zweimal im Jahr zukommen lassen, wissend um ihre Absage. Durchschaut hatte sie ihn; die seltenen, scheinbar zufälligen Begegnungen ließ sie unkommentiert. Gut dreißig Kilo hatte er in der Zeit ihres Kennens zugelegt. Feist war er dann schon im zweiten Jahr geworden. Unendlich schwer trug er im siebten Jahr ihrer losen Freundschaft an seiner ausufernden Leibesfülle. Angefressene, oft wieder ausgekotzte, mit Unmengen an Alkohol und Psychopharmaka wieder verdoppelte Kilos bargen für ihn zumindest die Gewissheit, seiner Sehnsuchtsliebe nicht in diesem, auch nicht im nächsten Jahr erfolgreich näherzukommen. Sein gequältes Lächeln entstellte sein bleiches, später

gänzlich konturloses Gesicht. Bis ins Groteske überzeichnet, flammte auf ihr Grüßen hin aus einer jähen Beschämung sein Maskengesicht auf. Verblasste violette Gespinste an geplatzten Äderchen höhten das Bild seiner schwer zu ertragenden Isolation. Eine tief aus der Leibesmitte aufsteigende Beschämtheit war ihm in seiner desolaten Befindlichkeit ein Hoffnungsanker; er spürte sich wieder, er fühlte Etwas, Irgendetwas; wenn auch nur zermürbende, ihn quälende Scham. Nicht zur Gänze war er unter der ihn umklammernden, wabbeligen Panzerung an Körperfett, seinem angefressenen, angesoffenem Fleisch abgestumpft. Sein Schauen hatte sich hinter einem matten Steingrün verbarrikadiert. Dorthin würde ihm keiner, keine folgen wollen. Bloß nicht umdrehen! Dort drüben wollte sie niemandem begegnen. Nicht einen kleinen Funken hätte ihr befangenes Augenzwinkern in diesen entleerten, eingekerkerten, einst so vereinnahmenden Augen entzünden wollen.
Seine Verwahrlosung war rasant fortgeschritten im letzten Jahr.
Alles hatte er vorbereitet, mit Ausdauer, und einen langen Atem hatte er geplant. Ihr sei noch nicht danach ... was er vorhätte ... einkochen könne er sie nicht, ihr läge nicht so sehr an gutem Essen. Sie könnten einen Ausflug ins Umland machen – später, vielleicht demnächst würde sie ihn besuchen wollen.
„Weißt du, wie oft ich nun schon umsonst geputzt habe", schmeichelte er.
„Da musst du durch", schmunzelte er.
Da musste sie durch.
Sie handelte einen Aufschub, einen weiteren, aus, erinnerte ihn in durchschaubarer List an sein nie um-

gesetztes Vorhaben, die Böden abzuschleifen, die Türstöcke zu streichen, das Bad neu zu fliesen. Nichts war geschehen in den vielen Jahren ihres Kennens. Die Zeichen der Zeit und seine missliche Verfassung hatten der Behausung den Stempel von Krankheit und Vernachlässigung aufgedrückt. Die Mutter war nun zur Gänze erblindet, war kaum noch aus den vier Wänden, aus ihrem Bett zu bewegen. Er schlug die Wochen, Monate, Jahre, assistiert von einem Unmaß an Alkohol, in seinem Bett tot. Die bereitwillig vom Arzt verschriebenen Schlafmittel, die nicht griffen, die er trotzdem mit einer Todesverachtung aus dem Blister drückte; die kaum mehr überschaubare Anzahl an Antidepressiva, die leeren Verpackungen füllten den Papierkorb, den er nicht leeren wollte. Ovale, runde, himmelblaue, grellrote, sonniggelbe Versprechungen, die, wie auch die angstlösenden rosa Pillen, ihn zumindest soweit ruhigzustellen vermochten, als dass er immer apathischer, zunehmend unbeweglicher in seinem fetten Leib gefangen war.

Den Sommer hasste er. Dem Tageslicht entzog er sich konsequent. Der gegen Osten ausgerichtete Balkon, die Morgensonne, das aufgeladene Singen der Amseln, brachten ihn viel zu oft um den seichten Halbschlaf, der ihn an guten Tagen in den frühen Morgenstunden übermannte. Mit Packpapier hatte er die Fensterscheibe überklebt. Die neuralgische Stelle des Lichteinfalls dort auf seinem Betthaupt war durch dieses schläfrig machende Blau eingedämmt. Die Tageshelle schloss er die acht Sommer lang hinter verrosteten, vor Schmutz starrenden Jalousien aus.
Wenn er doch schlafen könnte.

Wochenmarkt

Es gießt in Strömen, wieder einmal Gummistiefelwetter, anstelle des zu erwartenden Dauersonnenscheins! „Ausgesprochen abtörnend", so sein schon vor Jahren abgegebener Kommentar zu ihren, damals zugegeben bauklötzchen-bunten Regentretern. Schon lange führen sie ein Schattendasein, in den wohl bestückten Regalen ihrer Dachkammer. Gummistiefel wären angemessen gewesen bei diesem Dauerregen.
Gummistiefel trägt sie heute keine. Mit äußerstem Bedacht gewählt, wissend um das über Jahre hinausgeschobene Zusammenkommen, ist die für diesen Tag ausgewählte Unterwäsche. Keine mädchenhafte weiße oder pastelltonige Spitzengarnitur, auch keine schwarze; kreidefarbiges Lehmbraun, von einfachstem Schnitt, hat sie eigens aus der Kommode hervorgekramt. Kein eitles Gefällig-Sein, kein berechnendes Betören mit gängigen Hilfsmitteln war angesagt. Nein, gediegenes Braun, darauf fällt die wohl überlegte Wahl. Eine Zumutung, für ihn? Ja. Auch mangelnde Wertschätzung? Mag sein. Ihr ist danach.

„Da musst du durch, mein Lieb"
Es schüttet. Das von milchig trüben Pastelltönen unterlegte Firmament erdreistet sich, wie stets im viel zu kurzen Sommer, die Stadt unter Wasser zu setzen. Altbekannter, ewig selbiger Schnürlregen überflutet in

einem nicht enden wollenden Kontinuum den gut besuchten Wochenmarkt. 'Deus ex macchina' treibt sein sadistisches Spiel mit all den Satten und nicht satt zu Bekommenden heute, an diesem regenreichen Hochsommertag. Er, der an den Schnüren zieht, die Netze auslegt dort oben, der weiß schon heute, zur Mittagsstunde, um die später einmal vergossenen Tränen, dort unten auf dem Wochenmarkt.
Noch bewegen sich die Zwei in verspielter Zuwendung aufeinander zu; in jener augenscheinlichen, von Sympathie getragenen Freiwilligkeit stolpern die beiden über den Markt. Schultern stoßen aneinander, Hüften streifen sich, ehe sie wieder auseinanderdriften. Noch trägt sie jene Unverbindlichkeit, noch meinen sie wählen zu können.

Er ordert bevorzugt fremdartig anmutende Gaumenverführungen aus dem überschaubaren Angebot des heimischen Marktes. Komponiert in einer ihr bis dahin nicht bekannten Versiertheit ein Mahl, ihr Mahl. Eben noch bezahlt er ein Schüsselchen tiefseegrüner, in Salzlake konservierter Algen; schon lockt ihn die kunstfertig aufgetürmte Vielfalt an Feldfrüchten. Er zieht das eine oder andere Gemüse in Betracht, lässt sich, nach längerem Abwägen, von jenen wunderhübschen, tiefvioletten, auch anisgrün geflammten, ganz kleingewachsenen Auberginen verführen. Diese, so meint er mit Bestimmtheit, verlangen geradezu nach einer kleinen Portion Calamaretti, in Chili-Öl getunkt. Seine Vorliebe für das Kleine macht sich auch im Kauf von Gemüse bemerkbar. Einzig für sie, so schmeichelt er, will er noch etwas Humus vom Olivenstand besorgen, dann noch ein klein wenig Ciabatta vom Biobäcker.

„So gänzlich ohne böse Kohlehydrate kommst du nicht über den Tag und in Anbetracht unseres Vorhabens ...?"

Noch könnte sie ihm Adieu sagen, einfach umkehren! Wohin umkehren? Sie wird untertauchen, sich forttreiben lassen im Gedränge der schiebenden, ruckelnden Masse an Marktbesuchern. Ganz einfach verloren gehen. Sie wird sich nicht mehr erinnern können, an ihn, an ihre Identität. Sie wird frei von Schuld bleiben. Später einmal?
Sie wird sich verabschieden! Wird ihn allein unter so vielen Geschäftigen, auch Hungrigen hier auf dem Wochenmarkt zurücklassen, mit seinen Einkäufen. Nein, er lässt es sich nicht nehmen! Keine der beiden, mittlerweile gut gefüllten billiggelben, oft schon befüllten Einkaufsbeutel will er ihr überlassen. Wenn es denn sein soll? Sie lässt sich von seiner so unverhohlen gezeigten Vorfreude mitreißen. Beschließt zu bleiben. Heute Mittag, hier an seiner Seite.

Wie umsichtig er sich über den Grünmarkt bewegt, mit welcher Sorgfalt er die Nahrungsmittel auswählt, wieder verwirft, kleine Mengen ordert. Beschämt ist sie; sie, die beim Einkaufen stets zur Übertreibung neigt. Anmut verströmt er. Staunend nimmt sie seine ungekünstelte Noblesse im Umgang mit den Marktfrauen wahr, höflich ist er und von einer wohltuenden Fürsorge.
Die dünnen Ledersohlen ihrer Stiefeletten überstehen nicht mehr lange diesen Dauerregen. Die stets zu langen Hosenbeine haben sich schon in Richtung Kniekehlen vom Regennass vollgesogen. Kühl wird ihr an diesem Hochsommertag. Eine nicht abzuschüttelnde Beklemmung erfasst sie. Vorauseilende Fremdscham überrollt

sie erneut hier, inmitten der Anonymität des Wochenmarktgewirrs. Ärmlich wird es wohl aussehen, sie wird sich nichts anmerken lassen, darüber hinwegsehen, das kann sie. Brüskieren will sie ihn nicht.

„Einen kleinen Campari zum Mut machen", schlägt er mit der Stimme eines erfahrenen Verführers vor; ein klein wenig Aufschub sei ihr gewährt, dort im vertrauten Café.
„Du kannst dich noch ein wenig aufwärmen; aber dann nehmen wir den Bus!" Die gemeinsame Linie ... sie bringt sie von ihrem Ende der Stadt im Süden bis zur Endstation, zu ihm, in den Westen. „Ein gutes Omen, uns ist ein und dieselbe Buslinie gemein!"
Endstation West, der Wagen wendet, sie werden alle aussteigen. Sie könnte noch abspringen. Sie wird sitzen bleiben, die Runde drehen, ganz einfach zurückfahren. Ihr wäre noch nach ein, zwei Campari. „Muss ich wirklich mitfahren?" Sie verpackt mit einer an Verharmlosung nicht zu überbietenden Kleinmädchen-Stimme ihre Bedenken. Den alten Freund will er ihr noch vorstellen? Seinem alten Freund, Freunden überhaupt zu begegnen, ausgerechnet heute, an diesem, ihrem Tag, danach sei ihr nicht zumute. Sie hätten heute etwas Bedeutenderes vor. „Sag ihm doch einfach ab!" Sich auch noch zur Schau stellen, sich abschätzigen oder auch wohlmeinenden Blicken aussetzen, nein, das will sie nicht. „Auf dem Bazar waren wir heute schon, sag ihm doch bitte einfach ab!"
Wissend schenkt er ihr ein Lächeln, keine Verstimmung gibt sein Gesicht preis. Später einmal wird er ihr diese Absage in unverhältnismäßig rüdem Ton vorhalten.

Ob er schon abgefüllt war mit Alkohol, Xanor …? Für sie hat er „Urbock" eingekühlt, er, der Meisterstratege. Ihr scheint er abgeklärt, erwartungsvoll.
„Wie lange wir uns schon kennen!! Du, ich möchte dir etwas anvertrauen. Soll ich dir etwas verraten?"
Sie will es nicht hören, blättert mit vorgetäuschtem Interesse in einem Journal.
„Du versprichst mir, keinem etwas davon zu sagen. Ja? Noch nie habe ich jemandem von diesem, sich über Jahre hin schon wiederholenden Traum erzählt."
Hat sie ihre um Haltung bemühte Mimik verraten? War sie angespannt, war sie zu offensichtlich abgeneigt? Sie war nicht erpicht auf dieses erste, von so vielen ihr ungefragt aufgedrängten Geheimnissen.

Ein Reserve-Blaubart bist du, wer mag dich wohl erlösen wollen außer mir? Wer schon außer mir? Ihre stille Kampfansage versickert feige im Cordsamt der Polsterung.
„Raus damit, was wird mich noch erschüttern? In meinem Alter? Sag schon, zier dich nicht so! Und dann lass uns endlich aufbrechen, ich muss es doch hinter mich bringen." Mit einem halbherzigen Grinsen fordert sie ihn auf, ihr endlich sein, dann ihrer beider Geheimnis zu verraten.
Von wurzellosen Bäumen wusste er zu berichten. Den so bewunderten, ja vielleicht sogar geliebten Therapeuten in die Irre geführt, das habe er. „Er war so umsichtig, mein Therapeut; mitten in der so vielversprechenden Therapiephase ist er verstorben. Er war so versiert, auch in musikalischen Fragen. Zu jeder Therapiestunde hat er etwas Süßes mitgebracht, bevorzugt Topfenstrudel …"

„Bäume ganz ohne Wurzelballen hast du gezeichnet!" Sie äfft ihn nach, gibt sich ungehalten, grummelt in altbekannter Schnoddrigkeit, dort in der Abgeschiedenheit der Sitznische.
„Nun, was sagst du zu so einem ... wie mir?"
Sie heuchelt etwas mehr an Interesse, meint damit die noch ausstehende Beichte abzuschwächen. Bäume, wurzellos. „Eine weniger bemüht zurechtkonstruierte Metapher hättest du mit deiner Intelligenz schon wählen können; du entwurzelter, heillos Verliebter?"
„Weißt du, was ich noch gemalt habe?"
Er kann auch malen?
„Was man so malt in Therapiestunden", knurrt er.
„Willst du es nun wissen?"

Wie er es versteht, sie über die Schrecksekunde seines aufbrausenden Grolls hinweg wieder milde zu stimmen? Was veranlasst ihn, derart mit den Wimpern zu klimpern, seinen meist sauertöpfisch verkniffenen Mund zu einem absurd verfremdeten Schnütchen zu spitzen. So necken in die Jahre gekommene Kindfrauen, so werben minderjährige Knaben um ihre Freier; solche Exemplare locken und buhlen derart überzogen. Wie befremdlich, wie affektiert! Sein Schmollmäulchen ist heute, hier und jetzt mehr als fehl am Platz!
Sie straft ihn mit Ignoranz, sieht mit betont desinteressiertem Ausdruck an ihm vorbei; macht sich ein Bild vom Kommen und Gehen in dieser etwas stilleren Ecke des Cafés, ermuntert ihn letztlich doch, mit einem wohlwollenden Nicken, ganz Caféhaustherapeutin, weiter zu erzählen. Man muss den Patienten in seinem Schweigen begleiten, die unangenehme Spanne, das

Nichteinschreiten sollte man ertragen können. Meist gerät etwas in Bewegung, ermutigt sie sich.
Und was sich da auftut! Sie will fort von hier, nicht nach Hause, weit weg; räumliche Distanz will sie schützend dazwischenrücken.
„Stell dir vor, ich ans Kreuz genagelt, erhöht, in der Mitte; meine Mutter besorgt es mir, keinen einzigen Zahn hat sie mehr in ihrem Mund; mein ekelhafter Bruder muss zusehen. Dann holt sich der fette Sack einen runter. Ist das, bin ich nicht ekelhaft?"
„Ein eindringliches Bild. Du hast geträumt, ein Traum, nur ein Traum." Sie hält seinem herausfordernden Blick stand. Hat verstanden. Ungebeten hat sich das Leiden eingeschlichen. 'Excrucior', wie treffend! „Du bangst jetzt schon um deine Seelenruhe? Das war's schon? Damit verschreckst du mich nicht."

„Wie ist eigentlich das Verhältnis zu deinem Bruder?" Eine von so vielen, nie direkt an ihn gerichteten Fragen hat sie fallen gelassen, abgelegt, in die weit ihre Ohren aufspannenden Ritzen des strapazierten Parketts. Die Nischen, die Falten der Polsterung, die Fugen des Holzbodens bergen vielerlei; sie halten sich, in Ermangelung von Interessenten, an ihre Schweigepflicht.

„Meinen Bruder erwähne nie wieder, ich hasse ihn!"
Er hasst seinen Bruder.

„Sacht, sacht, die Türe zu ..."

Da steht sie nun, eingelassen hat er sie, zuvorkommend. Eingetreten ist sie. Sie wagt es kaum, sich umzusehen, sich ein Bild zu machen von dieser Eingangszelle, welche gerade einmal zwei mal zwei Meter im Quadrat misst. Einem lautlosen Kommandoton gehorchend, hat er sich die Schuhe sofort nach dem Betreten seiner ... deren Wohnung entledigt; achtlos, aber doch auch folgsam. Er schaut sie herausfordernd und entspannt zugleich an. Sie fängt verlegen diesen Blick auf, zieht artig die ohnehin völlig durchnässten Stiefeletten aus und riskiert einen zweiten, verstohlenen Blick. Links eine Tür, wohin die führen mag? Ihr gegenüber zwei Türen, allesamt geschlossen. Geschlossene Türen ist sie nicht gewohnt. Angelehnte Türen wecken ihre Neugierde, noch zu öffnende Türen lassen den Herzschlag galoppieren, versperrte Türen ängstigen sie. Rechts, bis auf eine Handbreite angelehnt, erhascht sie einen dritten Blick in einen dunklen, fensterlosen Raum; die Küche vielleicht?
„Wo ist das Zimmer deiner Mutter", fragt sie ihn im Flüsterton.
„Die Tür links."
Was immer sie jetzt erwarten wird, sie atmet tief durch, nimmt allen Mut zusammen, huscht auf Zehenspitzen in sein Zimmer.

„Du besuchst mich, nicht meine Mutter, ich bin ihr keine Rechenschaft schuldig, nach all dem, was sie mir zugemutet hat! Du erinnerst dich?"

„Sacht, sacht, die Türe zu".
Nun erst wähnt sie sich in Sicherheit. Draußen im Flur hätte sie ihr begegnen können? Sie höflich gegrüßt, die alte Frau, ja, das hätte sie. In seinem Zimmer ist sie zumindest für eine unbestimmte Zeit gefeit vor den nicht vorhersehbaren Übergriffen seiner vereinnahmenden, hilflosen Mutter.
Auch in diesem erstaunlich großzügig geschnittenen Raum herrscht raumtrübe Düsternis. „Fünfundzwanzig Watt, mehr ist bei dieser Fassung nicht drin, wäre zu gefährlich ... hat sowieso einen Wackelkontakt." Der Alte habe zwar daran herumgebastelt, oder eher gepfuscht. „Ich rühr' das nicht an, hab einen großen Spundus vor der Elektrizität!"
„Stell' dir vor, es geht das Licht aus?"
„Was dann?"
„Was, wenn der papierene Mond des Japanballons in einer rasch verglühenden Stichflamme aufgehen würde?"
Die 25-Watt-Birne lässt Milde walten, taucht die Kargheit seiner Behausung in ein gnädiges Dämmerlicht. Nun erst kann sie sich, unbeobachtet, so meint sie, ein Bild von seinem Zimmer machen. Wie hatte sie sich sein Zuhause ausgemalt? Aus den hingeworfenen Bemerkungen, seinen vor so vielen Jahren an sie gerichteten Fragen zur geplanten Sanierung ist in ihr eine Vorstellung erwachsen. Hat nicht auch in ihrem Bewusstsein eine Wandlung stattgefunden? Komplettiert nicht auch seine Metamorphose von einem stark über-

gewichtigen, ja geschlechtsneutralen Freund hin zu diesem drastisch erschlankten, bleichen Mann das Bild seiner Behausung?
Von einem wohltuenden Zuschnitt ist dieses geräumige Zimmer mit Balkon. „Du wirst von der Morgensonne geweckt, das macht dich zu einer Lerche."
„Dort, der Haunsberg. An dem kann ich mich orientieren."
„Ja, der steht im Osten, noch immer, hundertprozentig!"
„Die Sonne. Mittags, wenn sie am intensivsten herunterbrennt, hat sie sich hier in deinem Zimmer schon verabschiedet. Du profitierst von dem wohltuenden Schatten, nachmittags belästigt dich die böse Sonne nicht mehr, so bleibt es auch angenehm kühl. Mir gefällt dein Zimmer!"
Das ist also das Zimmer eines ewigen Studenten? Eines Komponisten? Eines Junggesellen ... Scheu macht sich breit, spannt sich trennend aus zwischen den beiden.
„Jetzt umschiffen wir mit Aufwärmfloskeln unsere Befangenheit. Du hast heute Besuch erwartet, ich bin gekommen. Hierher zu dir."
Er fühlt sich wohl! Heute ist er Gastgeber, ganz Hausherr; er hat geputzt, er hat eingekauft, er hat sie geladen. Da muss sie durch.
Groß steht er ihr gegenüber. War er immer schon so groß, oder lässt ihre Scheu ihn zu dieser Größe anwachsen? Er beobachtet sie mit einem wohltuend gelassenen, ganz klaren Blick, steht fest auf beiden Beinen; gewährt ihr Zeit, drängt sie weder zum Platznehmen, noch bietet er ihr, in angebrachter Gastgebergepflogenheit, etwas zu trinken an.
„Ist dir nicht viel zu warm in deinem Sakko", fragt sie ihn. Er verneint mit einer sparsamen Geste. „Mir wird so warm."

Die vom Regen vollgesogene Hose klebt an ihren Beinen, die Wangen glühen, sie weiß, sie ist angekommen, hier in dem sechzehn Quadratmeter großen Raum; ausgerechnet hier stellt sich so etwas wie Geborgenheit ein, bei ihr. Mit wie Wenigem er sich zu umgeben weiß, wie wenig es bedarf!

Das Piano nimmt den Platz in der Mitte der an das Zimmer der Mutter angrenzenden Wand ein. Oft benutzen wird er es nicht. Warum deckt er das geliebte Instrument mit einer tantenhaften Zierdecke ab? Er soll es bespielen, nicht derart verunstalten; er darf das Klavier nicht unter diesem, in Heimarbeit mit folkloristischen, schrillbunten Motiven bestickten, ansonsten düsterbraunen Staubfänger verbergen! Gleich einem Fries erstreckt sich eine Farbkopie des 'Gilgamesch-Epos' etwas unterhalb des Plafonds. Immer und immer wieder wird sich später einmal ihr suchender Blick darin verfangen.

Ihre Anspannung hat sich verabschiedet. Ihr Blick mäandert durch sein Zimmer. Bleibt hängen, verfängt sich, tastet sich weiter.

„Wo", fragt sie halbherzig interessiert, „erwirbt man derart kleine Kunstkalender?" Höchstens zwanzig mal zwanzig Zentimeter misst dieser. Den Monat Juni ziert eine Rötelzeichnung. Ein Akt, eine dralle Nackte, aber die Nackte, auf einem anskizzierten Fels Ruhende irritiert sie. Es mangelt dem Frauenakt an femininer Ausstrahlung. Ein Vanitas-Symbol vielleicht? Rechts vom Piano, etwa in Kopfhöhe eines Sitzenden, kurz entschlossen hingenagelt von ihm, sendet dieser Farbdruck Botschaften an sie ab. Nie angekommen, viel zu spät eingegangen sind diese vereinzelten Bildverweise, Zeugen seiner variablen Vorlieben, bei ihr.

Der Kalender hat wohl das eine oder andere Jahr auf seinem schmalen Rücken lasten. Acht Jahre schon? So lange durfte er Zeuge deines keuschen Wartens sein? Deines Wartens auf mich?
„Ich hab lange danach gesucht, bin drüben in der Steingasse in einem Antiquariat fündig geworden, du kennst ja mein Faible für das Kleine."
Noch muckt sie halbherzig auf. Meint unbeschadet davonkommen zu können. „Die Brüste sind viel zu hoch angesetzt", doziert sie in einem vorvorletzten Aufbegehren, „zu unbedeutend gerundet sind diese weiblichen Attribute, diese schmalen Hüften, die Oberschenkel, ja auch die Waden sind die eines Zehnkämpfers, das Gesicht ist belanglos." Er soll sie nicht mit seinem trügerischen Verständnis erniedrigen! Er soll ihr Paroli bieten, ihren Redefluss mit einem triftigen Argument unterbinden!
„Das Modell war mit Bestimmtheit, lass dir das gesagt sein, das Aktmodell war ein Mann, nicht einmal ein besonders junger Mann, aber ganz bestimmt kein Mädchen, keine Frau!" Ein klein wenig nur kräuselt sich sein Lippenpaar. Sie ist geschult, sie weiß sein auf das Wesentliche reduzierte Mienenspiel zu deuten. Sein Grinsen unterbricht ihren, aus der Anspannung geborenen, eindimensionalen Monolog. „Auch hier in der Vorstadt, einer Arbeitersiedlung wohlgemerkt ... hörst du mir zu? ... auch hier zieren Kopfgeburten anerkannter Künstler die kahlen Wände. Einen hundertfachen Dank an die Kopieranstalt meines Vertrauens, spreche ich heute hoch und heilig aus!"

Wie sehr seine um Fassung bemühte Mimik an Kontur gewinnt! Wie sie es immerzu versteht, sein masken-

haftes Schauen zu sprengen! Er umfasst ihr Gesicht mit beiden Händen, seine Augen suchen ihren wachen Blick; sein Lächeln bezaubert sie.
Er hat mich durchschaut? Männerbündeleien, er verbrüdert sich mit den Kunstschaffenden, den malenden, den schreibenden, den komponierenden Herren? Schon hast du mich verraten, hier und eben jetzt hast du mich hintergangen! Aufgesetzt, zu gestelzt, viel zu dick aufgetragen ist dein Verständnis für mich, mich halbherzig aufbegehrendes Weib!
Nicht das letzte Wort will sie für sich herausschinden. Kritik will sie wohlverpackt in kleinen Wissensbrocken anbringen an diesem Nachmittag. Prüfen will sie ihn und hoffen, hoffen auf die einzig richtigen Antworten. „Er ist die Ausnahme, er ist anders, so ganz anders ..."

Auf gleicher Augenhöhe sollten sie sich begegnen, forderte er noch gestern, vorgestern? Ob sie seine Muse sein wolle, wenn er wieder schreiben würde? Sie lachte ihn aus, noch vor kurzem. „Wenn schon einer den Part der Muse übernehmen soll, dann doch bitte du!" Wenngleich, als seine Muse namentlich genannt zu werden, bald einmal, demnächst, später ...? Sie gesteht sich ihre Verführbarkeit, den Reiz dieser ausnehmend verlockenden Vorstellung ein.
Er wird wieder komponieren!

„Dieses Mannweib ist nicht aus der Ermangelung von weiblichen Modellen entstanden! Sie hatten die Wahl, die Herren Künstler, damals. Eine billige Dienstmagd, ein Mädchen für alles. Heute dürfen sie schon tiefer ins Portemonnaie greifen, die Malerfürsten, die weit Überschätzten. Wenn sie angemessen hübsch anzusehen

waren, nicht verwahrlost, nicht die offensichtlichen Zeichen einer Geschlechtskrankheit aufwiesen, gesund waren, dann durften sie nächtens auch noch das Bett des Künstlers teilen. Das dürfen sie nach wie vor, wenn deren Nachtlager nicht schon von einem oder mehreren Knaben belegt ist. Anrüchig? Was wäre daran anrüchig? Waren die käuflichen Damen des Mittelalters letztlich nicht die eigentlichen Wegbereiterinnen des Frauensportes?"
„Was du so zu berichten weißt! Wo du das wieder aufgeschnappt hast?"

„Komm!"
Angekommen ist sie. Beruhigend umfangen sie seine überraschend starken Arme, ganz gefasst bettet sie ihren Kopf in die Kuhle, knapp unterhalb seines Schlüsselbeins, fühlt den schwarzflorigen Samt an ihrer heißen Wange, nimmt seinen wohltuend unaufgeregten Herzschlag wahr. Tage, Wochen, Monate, Jahre haben sich eingenistet in dem regenfeuchten Flor seines Samtrevers; hier ganz nah an seinem Herzen ist sie angekommen, endlich zu Hause? Er vermag so vieles nicht, so warnte er sie noch vor Tagen, er sei so ungeschickt, vor allem aber sei er gänzlich unbegabt, eine Frau glücklich zu machen. Angekommen, das ist sie, schon macht sich Misstrauen in ihrem Herzen breit.
„Wie schön, dein Köpfchen fügt sich exakt hier in meine Achselbeuge ein. Schon immer war mir nach einem Wesen, das meinem Wuchs entgegenkommt, nicht zu groß, aber auch nicht zu klein, mein Walkürchen du!"
„Ach wie sich alles zum Guten fügt."

„Komm!"
Unverrückbar, schwarz gebeizt, in einer gut ausmachbaren Schräge, erobert sich sein Schreibtisch ein Drittel des Raumes. Noch vor kurzem hatte er die verräterischen Spuren, den angesammelten Staub des Untätigen beseitigt. Die Fensterfront nimmt die gesamte Breite des Zimmers in Anspruch. Auf Gardinen lege er keinen Wert. Für das eine Fenster, im Nebenraum, dem Zimmer seiner Mutter, hatte er Vorhänge nähen lassen, in frühlingsfrischem Gelb und einem Mai-Grün.
Die Mutter war seit Jahren schon erblindet.

Die gekippte Tür lenkt ihren Blick vorbei an dem tintenblauen Bogen Packpapier, welcher die Sicht nach draußen zur Hälfte verdeckt, auf den gänzlich unbehübschten Balkon; gibt den Blick frei auf eine dicht belaubte, silbrig-blättrige Pappelreihe. Dahinter, im kalten Grün der überpflegten Rasenflächen, wird ihr ein Moment des Atemholens gewährt, lässt sie für knapp zwei Herzschläge nur innehalten.
Noch ungestellte Fragen an ihn verstummen. Gnädig verhüllt die aufsteigende Feuchte des regennassen Asphalts der Parkzone, hier vor seinem Balkon, seine nicht eingegangenen Antworten, dort in seinem Wohnviertel.
Endlich angekommen meint sie sich?

„Du arbeitest an diesem Stehpult, ist das auf Dauer nicht mühsam?"
„Die Arbeit im Stehen verrichtet, schärft die Konzentration", schnarrt er in einer ihr fremd anmutenden, hohl klingenden Stimmlage.

„Komm!"
„Lass uns hier Platz nehmen, hier in deinem grünen Salon", neckt sie und handelt noch eine Lidspalte Schonfrist heraus. Schubst ihn ein kleinwenig nur, hin zum Fenster, in den geschützten Raum des „Salons". Noch versucht sie, sich seiner eindeutig vorgebrachten Aufforderung mit gewohntem Wortwitz entziehen zu können. „In meiner Kindheit hatten wir auch solche tiefgelegten Stühle! Die Polsterung war nicht in diesem hübschen Nilgrün, eher in einem, damals mondän angedachten Aubergine." Das ist also der marode Stuhl, der so viele unserer endlosen Telefonate unkommentiert in seinem durchgesessenen Innenleben hortet?
„Er ist hoffnungslos durchgeritten, du siehst ja, wie zerschlissen er ist. Aber ich sitze nun einmal gerne hier am Fenster, stundenlang, tagelang sitze ich hier und sehne mich, sehnte mich nach dir! Du Einzige, du mein Alles, du ..."

Er werde ihn entsorgen, der komme auf den Sperrmüll. Der nächste Abholtermin sei Mitte September. „Du bist hier bei mir, du hast mich mit deinem Besuch beehrt, der alte Fauteuil hat ausgedient, endlich."
Das schmale Bett hat sich ein Deckmantel, gewebt aus dem Gespinst von Harmlosigkeit, übergeworfen. Hüllt sich ein in ein ausgewaschenes Textil von simpler Webart, buhlt heute um sie, in einem kränkelnden Flieder. Ein Mitbringsel von einer seiner vielen Reisen, merkt er an. „Keuschheit vermittelt mir dein Junggesellenlager, du liebst diese Nuance zwischen erdigem Violett und lumineszierendem Lila, eigentlich die Farbe von Herbstzeitlosen, meinst du nicht?"

„Ob wir im kommenden Herbst gemeinsam durch die Stadtwälder streifen werden?" Sie greift nach seiner Hand, sucht seinen Blick. „Herbstzeitlosen heben sich so treffend ab von den bleichen Rostfarben, von dem abgefallenen Buchenlaub, recken ihre lichten Köpfchen knapp über dem Waldboden heraus und erfreuen in ihrem lichten Blasslilaton."

„Hmm?"
„Schon zu Beginn unseres Sommers suche ich um deine Versicherung, handle einen Zukunftsanker in ausdenkbarer Ferne aus", klagt sie verzagt.
„Hmm?"
Wie maulfaul. Will sich nicht festlegen? Mit jedem verkühlten „Hmm?" verrät er sich; verrät er sie.

„Komm!"
„[...] und wenn du sagst, ich liebe dich, dann muss ich weinen bitterlich [...]"

Wie blass er ist. Wie unendlich schmal er geworden ist! Wie bleich er sich abhebt von den tiefhängenden, von Iris gespeisten Regenwolken, welche das Geviert des großen Panoramafensters hinterfangen. Wohl fühlt er sich in seiner Nacktheit. Wie frei er sich bewegt, ohne die schützende Kleidung. Gerade noch wollte er sich nicht und nicht von seinem Jackett trennen; nun vereinnahmt er den karg möblierten Raum, widmet sich ihr, ganz ohne Scham. Von unerwarteter Ergriffenheit erfasst, fügt sie sich, lässt sich lenken, überlässt ihm die Führung.
Eben noch war er der übergewichtige Knabe mit dem ihm eigenen monotonen, von ihr längst schon verinner-

lichten Singsang. Seine wiederholte Aufforderung, ja sein tief aus dem Unterbauch hervorgestoßenes „Komm", hat sie aufhorchen lassen! Ein neuer, ihr unbekannter Ton hat sich eingeschlichen an diesem Spätnachmittag. Ein Befehlston? Fordernd, auch verführerisch, dem wird sie folgen? Heute?

Der lehmfarbene Schlüpfer, der schlichte BH ihrer Baumwollunterwäsche verleiht ihrem von der Sonne honigfarben getönten Hautton etwas Kränkelndes. Entzieht ihr jegliches Strahlen. Wie bleich er ist? Die Häkchen ihres BHs widersetzen sich seinen Handgriffen. Sie wird ihm nicht assistieren. Sparsam ist sein Gesichtsausdruck. Einzig sein Augenpaar zeigt seinen ersten Sieg. Triumphierend löst er die beiden Hälften des BHs, schnalzt verwegen angedacht mit der Zunge, umfasst ihre vollen Brüste. Hebt und drückt sie, knetet sie. Grinst. Für alle Eventualitäten ausgerüstet ist er; mit einer Nagelschere, zwischen einem Stapel CDs vorsorglich deponiert, hat er das störende Lehmfarbene, dort wo das Brustbein liegt, durchtrennt. Überraschend zärtlich streift er ihr die beiden Hälften von den Schultern. Touché, mein Lieber! Kein Wort hat er darüber verloren. Eine Zumutung war die bewusste Wahl dieser, ihrer Unterwäsche. Als Trophäe, in anpassungsfähigem Offbraun, wird dieser entzweite Büstenhalter nicht in die Sammlung dort unten in seinem Keller aufgenommen werden. Den verchromten Flächen, den verkalkten Armaturen in Bad und Küche könnte er damit zu neuem Glanz verhelfen. Nichts verkommt in seinem Haushalt.

Abwesend ist er. Abhandengekommen ist er ihr, in seinem routinierten Agieren. Aufgegangen in seiner

Konzentration, sie satt und befriedigt in seinem Laken liegen zu sehen.

Schützen will sie sich. Auch korpulente Männer lassen sich verführen. So fett, so ausgefressen wie er war? Vorgesorgt hat er. Mit geübter Fingerfertigkeit reißt er die Folie des Präservativs auf. Er behält sie im Auge, fixiert sie, streift den Gummi über. Transparentes Schwarz, ist das Absicht? Will er sie verunsichern, erschrecken, sich dem halbherzig begonnenen Akt entziehen? Schwarz verpackt senkt er sich über sie. Sie schließt die Augen. Eine Mogelpackung; schon wirft die hinderliche Maskerade eines Dämons Falten. Runzelig geworden unter schwarzem Latex, widersetzt sich sein Penis seinem Wollen. Mit halbem Herzen ist sie bei der Sache.

Du bist meinem Blick ausgewichen, hast mich geschultert und bearbeitet. Ich hab's in deinem verzerrten Gesicht gelesen, hab dein schlaff gewordenes Geschlecht mit einigem Erstaunen verspürt und stumme Bitten an die Wand gesprochen. Lass ihn kommen! Er soll sich nicht so abmühen! Es soll ein Ende haben! Er soll wieder zu sich kommen! Zu mir? Manchmal öffnet sie die Augen, verstohlen streift sie ihn mit ihren Blicken, verfängt sich in seiner, von seidig schwarzem Haar dicht bepelzten Brust, verläuft sich unterhalb seiner so schmal gewordenen Hüften. Wie filigran seine Hüftknochen durch die treibhausbleiche, jugendglatte Haut hervortreten? Ein Satyr bist du, zwei Vogelknöchelchen haben dich verraten. Von irritierender Zartheit ist deine Leibesmitte, steht im bizarren Kontrast zu deinen massigen, von Wassereinlagerungen und Krampfadern entstellten Beinen. Kein Sonnenlicht hat deinen Leib gestreift; mag sie das leiden?

Während er sich bemüht, sich hebt und senkt, ihr, der Geliebten, versierte, stoßende, auch abgezirkelte Drehbewegungen zukommen lässt, verliert sie sich im bizarren Anblick seiner viel zu groß gewordenen Haut. Hast dich noch nicht zur Gänze gehäutet, musst erst in dein neues Kleid hineinwachsen. Sie liebkost ihn mit ihren Blicken. Heiligendarstellungen rufen sich ihr in Erinnerung, überblenden sich. Eine nach der anderen taucht vor ihrem bangen inneren Erkennen auf, und verabschiedet sich. Geräderte, von Pfeilen Durchbohrte, Gehäutete, ja auch den heiligen Erasmus hat sie in zigfacher Interpretation mit seiner Darmwinde dargestellt, gesehen. War der heilige Sebastian nach den Martyriumsakten nicht eigentlich ein weit in die Jahre gekommener Mann? Wann hat sich diese Art der Darstellung verabschiedet?
Wann haben sich Gemarterte zwischen uns eingenistet?

Fast nackte, spärlich gewandete, junge, laszive, bartlose, wohl gerundete Knaben kann sie in ikonographischer Detailtreue abrufen? Hier in seinem Bett? In der Regel sind es proper gebaute Knaben, weisen keine Spuren von Askese und selbst auferlegten, mönchischen Übungen auf. Ein wenig weibisch zwar, entbehren diese Zeugnisse und Abbilder abgrundtiefer Grausamkeit nicht einer gewissen Pikanterie, wenn nicht erotisch aufgeladener Aussagekraft.

Die vielen hinter sich gelassenen Kilos senken sich über sie, streifen sie vage. Er nimmt keinen Augenkontakt zu ihr auf. Er ist ein Routinier. Endlich wird sein Atmen forcierter, weniger konzentriert, selbst die eine oder andere Schweißperle gesteht er ihr zu,

doch noch. Schweißtropfen machen sich auf den Weg hinunter zu ihr?
Vom Piano, den beiden Liebenden gegenüber, lockt ein weiterer Rückenakt, mit dem Graphitstift auf raues Büttenpapier gebannt. Die weich auslaufenden Konturen täuschen nicht über die mehr als maskuline Aussendung dieser Bathseba hinweg. Einen Zehnkämpfer, nicht eine Badende hat Michelangelo uns hinterlassen. Wie anmutig sich dieser junge, gemarterte Sebastian davon abzuheben vermag. „Ich mag keine Nacktschnecken leiden", so seine ablehnende Stellungnahme zu der, in seinen Augen grassierenden Mode, sich jeglicher Körperbehaarung zu entledigen. Etwas ins Abseits gerückt, zwischen unzähligen Kunstbänden, lockt die Farbkopie einer ein wenig blasiert auf sie herab blickenden Jünglingsfigur.
„Ist er nicht hübsch, dieser Heilige, den habe ich im Zuge meiner Recherche zu Cima ausfindig gemacht. Mir war lange nicht klar, in welchem Kontext ich dieses Vergleichsbeispiel in meiner Seminararbeit unterbringen hätte können."
Ein Rückenakt sowie ein gemarterter Heiliger blicken auf sie herab. Beide ein wenig abgehoben ob ihrer unantastbaren Schönheit. Von der gegenüberliegenden Wand werden sie von einem nackten Zehnkämpfer, der sich als Frau ausgibt, überwacht und von einem mehr als lasziv anmutenden Heiligen am Kopfende beschützt.

Sie fühlt sich zu einer Wiederaufnahme eines an Sterilität nicht zu überbietenden Liebesaktes kaum ermuntert.
„Hart wie Stahl war er all die Jahre!" Er flieht ihren wissenden, von Verständnis umflorten Blick. Verhöhnt

sie ihn? Er wendet sich ab von ihr, spricht sich frei von seiner Rolle als Verführer, als Liebhaber. Wehleidig lamentiert er, zeigt sich angewidert vor Enttäuschung ob seines Teilversagens. „Hart wie Stahl war er, den hast du in deiner Verweigerung verspielt, mein Lieb, jetzt musst du dich mit so einem, ja so einem begnügen."

„Reni, ja auch Caravaggio konterfeite so ungesättigte, so lüsterne junge Knaben", lenkt sie schmeichelnd ein. „Ein Reni ist dieses Prachtexemplar, hier über uns beiden nicht. „Er balanciert in seinem Anspruch an Realismus haarscharf an der Grenze des Erträglichen!"
„Findest du, was stört dich denn daran, mein Lieb ...?"
Diese despektierliche Lust an der Ausarbeitung von Details irritiert sie. Mit einem allerfeinsten Haarpinsel war das Schamhaar des Heiligen eingezeichnet worden.
„Schon verkrustete, satt purpurfarbene Blutstropfen haben sich im Auftrag des Meisters eingenistet. Liberale da Verona", klärt er sie auf.
Der Meister ist ihr nicht bekannt. „In welchem Umkreis? Caravaggio?", fragt sie. Eine schwer zu lavierende Fadesse nistet sich ein. Sie geniert sich, gesteht sich ihren Anflug von Prüderie ein. Eine banale Kopie eines ihr unbekannten Künstlers versteht es, sie in Anbetracht des erotisch verzerrten Sendevermögens aus der Fassung zu bringen?
Das ist ein Jahrhunderte überdauernder Wurf, ein Pinup-Knabe, prädestiniert als Masturbiervorlage für Schwule? Wie er es verstanden hat, den knappsten aller Schurze, an die Grenze der schmalsten aller Lenden zu drapieren? Schon blitzt das erst jetzt von ihr gesichtete Schamhaar hervor. In diesem erhellenden Moment weiß sie die Botschaft, seine Botschaft an sie zu

deuten? „Jetzt verstehe ich deine unverhohlene Ablehnung für die Glattrasierten."

Nichts will sie begreifen! Keine Zweifel schleichen sich ein, nicht heute, nicht morgen! Er hat sich mit den alten italienischen Meistern beschäftigt, ausführlich! Wozu sonst hätte diese seltene Darstellung eines heilgen Sebastian Eingang in seiner Klause gefunden?

Er richtet sich auf, zieht einen weiteren Kunstband aus dem Regal. Unsagbar schmal ist er in den Hüften, sein Hinterteil strafft sich wohlgerundet, wenn er seinen Rücken weit nach oben reckt, nach dem gesuchten Buch greift. Zart rote Striemen unterbrechen die Blässe seines Rückens. Sie hat sein bemühtes Stoßen über sich ergehen lassen. Keinen Anlass hatte es gegeben, ihn fester zu umklammern, ihn, von Lust übermannt, zu kratzen? „Woher stammen diese Striemen?" Herausfordernd desinteressiert geht er auf ihre Frage ein. Geduscht hätte er, wie jeder halbwegs auf Hygiene bedachte Zeitgenosse. Er nehme keinen Weichspüler, vom Abfrottieren vielleicht? Er habe eine ausgesprochen sensible, leicht zu irritierende Haut.
Ausnehmend stramm stehen die gänzlich unbehaarten Oberschenkel, ja auch die feisten Waden, im Kontrast zu seiner knabenhaften Mitte. 'Jacopo de' Barbari' - den hat er, eifrig die Seiten durchblätternd, gesucht.
„Du wirst staunen, mein Lieb, der treibt in diesem Kupferstich den Realismus auf die Spitze."

Ganz leise vernimmt sie ein Wimmern, von draußen, eine Katze vielleicht?
Das Haus ist hellhörig!

„Diesem Heiligen ist Hören und Sehen vergangen?"
Sie blickt ihn an, forscht nach weit Drastischerem in
dieser Schwarzweiß-Abbildung; sucht fragend in seinem Gesicht nach einer Antwort. „Hier!" Sein Zeigefinger nötigt sie, noch einmal einen Blick darauf zu
verschwenden.
„Nein, das ist nicht dein Ernst, dieser Schurz?" Sie
sucht um Bestätigung. „Diese neckische Draperie von
feinstem Batist, die wird wahrhaftig von einer ... na?"
„... das ist eine Erektion, was sonst, die hält das verhüllende Requisit an Ort und Stelle." Ob sie ihre hastig
übergezogene Abgeklärtheit verraten hat?
„Post coitum omne animal triste"

Die Rolle als Liebhaber hat er an den Nagel gehängt.
Zufrieden, sich seiner selbst wieder bedeutend sicherer,
ruht er sich aus. Die durchaus definierten Arme hat er
hinter dem Kopf verschränkt; zeigt seine, von zartem
Flaum geschützten Achselhöhlen. Perlmuttfarbene,
feinste Hautrisse an der Innenseite der Oberarme verraten seine Verletzbarkeit, berichten von seiner erst
seit kurzem hinter sich gelassenen Korpulenz. Fingerspitzenzart streift sie über seine Wundmale, kann sich
an dem seidigen Brusthaar nicht satt fühlen und ist
erneut überrascht über die unvermutete Größe seines
Geschlechts.
„Durchschnitt, reiner Durchschnitt", schmälert er ihre
Feststellung. Bemüht sich, seinen verräterischen Stolz
zu kaschieren.

„Von nillichtem Grün sind deine zwei Augenfenster,
von einer salbeigrünen Kontur gefasst die beiden Smaragde, du Schöner, du Blasser, du Dämon."

„Ein schöner Dämon wär ich? Dir?"
„Ein Dämon auf Xanor ..."

„Kind ..."
Kaum hörbar. Ein wiederholtes Wimmern unterbricht ihre unbeantworteten Fragen.

„Mama, was willst du? Es ist zu früh für dein Schmerzpflaster!" Nackt, nichts zieht er sich über, öffnet er die Tür zum Zimmer der Mutter. Die Mutter ist blind. Er schlüpft in Holzpantoffel. Sie, die bettlägerige alte Frau, so ihr Abkommen, soll ihn, ihren Jüngsten, zumindest hören. An seinen klappernden, schlurfenden Schritten ausmachen. Wer sucht sie sonst auf in der jahrelangen Isolation?

Rivalen
Sommer 2008

In der Umkleidekabine probierte er zig Hosen, die ihm alle zu weit waren. Er ist noch nicht vertraut mit seiner Schlankheit. Unübersehbar stolz betrachtet er sich in den schwenkbaren Spiegeln, welche seine konsequent heruntergehungerte Silhouette im Profil, in der Rückansicht verdreifacht widerspiegeln. Sie wären einen Stock höher, in der Kinderabteilung, besser beraten gewesen. Sein neuer Hintern, der eines Knaben, verliert in diesen Herrengrößen. Chopin hatte einen Bodymassindex unter fünfzehn. Ermüdend war es für sie, nach den passenden Hosen für ihn zu suchen. Ganze Rinnsale an Schweiß hatten ihr Shirt durchtränkt. Ihren Nadelstreif-Blazer mit integriertem Gilet hatte sie schon zu Beginn bei ihm in der Kabine an einen freien Haken gehängt. Noch eine Nummer kleiner wären diese letzten drei Hosen. Er reagierte nicht. Hatte es vielleicht überhört? Er war zu befasst mit dem An- und Ausziehen der schlecht sitzenden Hosen.

Was ließ sie zaudern? Sie wollte den Vorhang nur ein wenig zur Seite raffen. Er hat sich ihren Blazer übergezogen. Sein Lächeln vervielfachte sich in den beiden Ankleidespiegeln; war nicht für sie bestimmt. Um die schmal gewordene, eingefallene Brust, auch um die Schultern kniff ihr Jackett. Mit einem begehrlichen, einzig ihm geltenden Glitzern in den Augen hakte er

auch noch die drei Knöpfe der eingearbeiteten Weste fest. Nicht Aug in Aug, sondern in den beiden schmalen Spiegeln treffen sich ihre Blicke. Nur zwei Handbreit hatte sie den Vorhang zur Seite gerafft. Ihre Blicke verfangen sich ineinander, dort im Spiegel. Sie hatte es gewusst! Jahre zuvor hatte sie es zumindest geahnt! Hatte sie ihn nicht dann und wann auf seine Neigung angesprochen?
Der Anblick hatte sich ihr eingeprägt. Eine Circe ist er. Wie er sich um seine schmal gehungerte Mitte drehte. Sein selbstgefälliges Liebäugeln mit seinem x-fach widergespiegelten Konterfei gab ihr die Gewissheit ausgeschlossen zu sein.

Die Kabinen wurden von dem distanziert höflichen Verkäufer geleert. Zurückgelassene, nicht gekaufte Sakkos, Mäntel wurden von diesem gewendet, zugeknöpft, der Zipp der anprobierten Hosen hochgezogen, von ihm fachgerecht wieder auf die Kleiderbügel gehängt. Umsichtig ist er; einer, der mit einem gewissen Ernst die ihm zugewiesene Abteilung betreut. Er nickt ihr zu, kaum merklich. Sie fühlt sich ertappt, sie hält sich in der Abteilung für Herrenbekleidung auf. Nein, sie hat sich nicht verlaufen, sie ist nicht irrtümlich hier bei den Männern gelandet. Die Herrenkabinen unterschieden sich in nichts von den Umkleidezellen der Damen im Erdgeschoß. Der Angestellte rügt sie wiederholt mit strengen Blicken? Immerhin, so will sie sich rechtfertigen, hat sie nicht versehentlich die Herrentoilette benutzt! Er kommt ihr, ihnen beiden so nah. Viel zu nah. Gibt es keine weiteren Kunden, die es zu beraten gilt, hier in seiner Abteilung?

Keine, aber schon gar keine der von ihr gewählten Hosen hätte gepasst. Die letzte reicht er ihr vorwurfsvoll aus der Kabine. Keine Scheu hat er, sich in Unterhosen zu präsentieren. Die feisten Beine hat er in Stützstrümpfe, die bis zum Knie reichen, gepresst. Bizarr, wie sich seine teilentblößte Rückenfront in den neutralen Spiegeln multipliziert. Ab der Leibesmitte hält er sich zugeknöpft. Wie einer, der aus seinem Konfirmationsanzug herausgewachsen war. Er trägt noch immer ihre Anzugsjacke, blickt an ihr vorbei. Über sie hinweg treffen sich in einem stillen Übereinkommen die Blicke der beiden Männer. Alles sagten sie aus. Die beiden kennen sich! Welche Übereinkunft hatten sie getroffen? Wie sie sich an die Spielregeln halten. Trägt er deinen Silberring, der distinguierte Herr der Herrenabteilung?

Verrat, überall Verrat hinter den zugezogenen Vorhängen. Nackte, ungepflegte Füße, besockte Männerbeine höhnten sie aus! Anonym! Feige versteckt in ihren Zellen. Was sucht ihr in den Annoncen, den einschlägigen? Was müht ihr euch ab mit kostenaufwendigen Anrufen. Hier im Kaufhaus für jedermann finden sie einander, unbehelligt. Wenn sich nicht hin und wieder eine Frau in diesen Animierecken verirrte. Was phantasierte sie sich zusammen, was bildete sie sich ein? Verharmlosung anstelle einer weit verzerrten Annahme war das Gegenmittel dieser unfreiwilligen Bestätigung ihrer Vermutung. Gewogen wollte sie ihn stimmen.

In Jugendjahren, so trägt sie im Plauderton vor, hätte sich ein Schüler der Elektrotechnik aus der Parallelklasse ihren Namen entlehnt. Nächtens, wenn er die bügelfreien Trevira-Hosen und das bis zum obersten

Kragenknopf geschlossene Hemd gegen ein geblümtes Hemdblusenkleid und Nylonstrümpfe eintauschte, bediente er sich ihres Vornamens, eines für diese Geburtenjahrgänge eher seltenen Vornamens!

Warum er sie nie, aber auch niemals bei ihrem Namen nenne? Das eine oder andere Mal, mag sein. Nein, sie konnte sich an kein einziges Mal erinnern.
Er nenne niemanden beim Namen, gebe auch Haustieren keine Namen, keine verniedlichenden, keine Kosenamen. Nimmt ihren Einwand vorweg. Wenn er jemals so tief sinke, sich ein Tier in die Wohnung zu holen! Er unterhielte sich doch nicht mit Vierbeinern! Sie auch noch beim Namen rufen? Wenn überhaupt, dann käme einzig ein Kätzchen in Frage, „rein theoretisch, wohlgemerkt!" Ordentlich füttern würde er sein Tierchen, mit allerlei Leckereien verwöhnen, ja mästen, das versteht er unter Tierliebe. Fressen und schlafen, schlafen und wieder fressen. Ein Leben ohne Höhen und Tiefen hätte sein Kätzchen bei ihm.

„Warum sollte ich dich beim Namen rufen? Wenn wir miteinander kommunizieren, wirst du dich wohl oder übel als einzige angesprochen zu fühlen haben. Hab ja nur dich, was soll ich dich beim Namen nennen?"

„Siegfried, der vielseitig begabte Sohn Wagners, so erzählt man, hätte sich in seiner Frankfurter Studienzeit auch des Öfteren als Ballerina verkleidet." In eine erst vor kurzem angelesene Anekdote verpackt sie ihre Enttäuschung, auch ihre Erleichterung.
Dort, im Kaufhaus seiner Wahl, war sie Zeugin, eine zum Schweigen genötigte Mitwisserin geworden.

Er will nach Hause; schlafen will er.
Den Gründonnerstag wollte er mit Mütterlein bei Spinat und Spiegelei verbringen.
Ein Jahr später meinte er die Ostertage nicht überstehen zu können.

„Waldvögelein" – Entsagungsmotiv
Sommer 2009

„Zwei Karten ... was ist los? Sag schon, was willst du mir denn sagen? Spuck es endlich aus! Du deutest an! Du nervst! Kryptisch wie eh und je, das bist du!" Er ist verstimmt. Seine miese Laune steht in keinem Verhältnis zu dem gegebenen Anlass. Kleinlaut ist sie geworden. „Zwei Probenkarten hätte ich ..."
'Siegfried', der dritte Abend des 'Ring des Nibelungen', unsere zweite Wagneroper. 'Rheingold' stand in den letzten Jahren nicht auf dem Spielplan.
Mit welcher Bestimmtheit er sie dazu auffordert, diese Aufführung gemeinsam zu besuchen! Das lässt sie ihre Enttäuschung über seine ruppige Abwehr vergessen. Seine Ernsthaftigkeit, seine autoritäre Strenge vermag es erneut, die Wogen ihres aufflammenden Grolls zu beschwichtigen. Sie sollte sich vorbereiten auf diese, ja, eine seiner Lieblingsopern! Er wird mit ihr die Partitur durcharbeiten, eine Aufnahme aus den späten fünfziger Jahren heraussuchen, kündigt er an. Keine Widerrede duldet er!
Bei ihm zu Hause angekommen, stellt sie sich auf einen langatmigen, von Theorien überfrachteten Nachmittag ein. Ihren Mangel an ernsthaftem Interesse wird sie keinesfalls zeigen.
So Vieles, selbst die eingespielten, die vertrauten Handgriffe erliegen dem schrägen Charme seiner Herangehensweise, die Zeit anzuhalten. In jener ihm eigenen

Umständlichkeit widmet er sich den alltäglichen Erfordernissen. Dehnt die zur Verfügung stehende Zeit über die Maßen in die Länge. Er stellt sich geschickt an; er ist nicht unbeholfen. Er versteht es, den Dingen des Alltags eine nobilitierende Aufwertung zu verleihen. Wie organisiert er den sperrig den Raum dominierenden Schreibtisch abräumt? Mit welcher Selbstverständlichkeit er sich den aufgewirbelten Staub mit einer an Noblesse nicht zu übertrumpfenden Geste vom Samtsakko abstreift!

Aus der Musikwissenschaft hat er die Partitur entlehnt. Für immerhin zwei Wochen. Mit der Geste des Eingeweihten rückt er die Partitur zurecht; bewegt sich im bühnentauglichen, gemessenen Schritt hin zum Plattenspieler. Er lässt sie einen flüchtigen Blick auf das Plattencover werfen, ehe er den Tonarm gleich einem Priester auf die erste LP senkt. In die hohen Weihen der Musik wähnt sie sich aufgenommen. Er, der Komponist, nach wie vor der Postmoderne verpflichtet, der alte Wagner und sie haben sich eingefunden; hier in seiner Garçonniere. Heute Nachmittag, in der befreienden Anonymität einer Arbeitersiedlung, heute wird ihre Liebe zu Wagner geweckt und gefestigt für alle Ewigkeit! Das erwartet er.

Er versteht es Spannung aufzubauen, nimmt sie mit in das Mysterium dieses unbedarften jungen, vaterlosen Helden Siegfried. Er leitet sie an, die Abstraktion der gedruckten Noten zu entschlüsseln. Ganz gefügig hat sie sich seinem Ansinnen, ihr 'Siegfried' nahezubringen, ergeben. Sie hat sich seiner Autorität untergeordnet, hat sich den einschmeichelnden, den machtvollen orchestralen, emotionalen Überschwemmungen hingegeben. An diesem Nachmittag.

Mit wachsender Begeisterung passt sie sich seinem Rhythmus an. Spiegelt seine vornüber gebeugte, konzentrierte Haltung. Frauen sind noch abwesend, aber im Ersehnten schon hörbar präsent. „Warte ab", raunt er, beseelt über ihr Interesse und ihr unverdorbenes musikalisches Verständnis. „Du hast ein so feines Gehör, was gäbe ich nur dafür!"
'Das Waldvöglein', jetzt am Ende der zweiten Szene des zweiten Aufzugs, geleitet nicht nur den Protagonisten durch dieses Werk.
Sie lässt sich leiten von ihm, auch von jenem gefiederten Wesen. Folgt ihm akustisch und visuell durch den Nachmittag. Die hohe Stimmlage des Soprans deutet nun musikalisch den weiteren Verlauf des Werkes an. Männer, nichts als Männer besetzen die ersten beiden Akte, stellt sie mit zunehmender Anteilnahme fest.

„Wart' ab", hält er sie an. Schon lenkt sie sein Zeigefinger weiter auf der Partitur, blättert Seite für Seite um; macht sie zu Beginn des dritten Aktes auf das Motiv des 'Waldvögelchens' aufmerksam.Einzig Männer, bis zum Beginn des dritten Aufzugs. Sie wird sich, erst aus diesem Überangebot, ihrer Weiblichkeit gewahr. Noch fehlt es an einem Frauenzimmer in dieser vertonten Männerphantasie. Ursprünglich hatte sich Wagner gewünscht, dass ein Knabensopran diese Rolle besetzt. Mit einem Knabensopran könne er heute Nachmittag nicht aufwarten.
Zumindest sei durch den Sopran des Waldvögeleins das von ihr vermisste Weibliche musikalisch präsent, noch ehe eine fassbare Frauengestalt im Bühnenspiel mitmische. Ein gefiedertes Wesen weiß Rat und Antworten? Ein Luftikus, zu Hause zwischen den Welten,

entfacht ein Sehnen in dem unbedarften jungen Siegfried.

Ihre Blicke wissen um die Unwiderrufbarkeit, den Charme des Beginns. Er schraubt die Lautstärke trotz der rigorosen Hausordnung noch höher. Das Orchester taumelt in einem ekstatischen Aufjauchzen mit dem jungen Helden. Die Feuerglut ist erloschen. *„Nur wer das Fürchten nicht kennt"*, wird Brünnhilde erwecken. Der Anfang vom Ende. Das Fürchten will er lernen. Was findet er vor? Eingebettet in eine poetische Idylle klingt das Walkürenritt-Motiv leise an. Dann, so belehrt er sie, folge das Abschiedsmotiv Wotans.

Was lässt den Helden derart erschrecken? Ein schlafender Mann, in abwehrender Panzerung? Er meint in der Schlafenden zunächst Seinesgleichen zu erkennen. Er hatte sie entkleidet, erotisch verführt. Die Eindeutigkeit ihres Geschlechtes bestätigt seine ihm zugedachte Rolle. Bestätigt ihn in seinem Ergänzungswunsch. Macht ihm Angst. Noch ehe sie zu einer Frage ansetzt, verneint er, hält den Atem an, lässt sich auf die äußerste Erregtheit der Streicher ein, die von höchster Höhe abzustürzen drohen. Was lässt ihn nach der Mutter rufen? *„Dass ich selbst erwache, muss die Maid ich erwecken."* So sein Auftrag. Unter der Ägide des Liebesentsagungs-Motivs, das die Tetralogie durchwebt, küsst er sie zum Leben. Streicher und Harfenklänge türmen sich zu einem Erwachens-Crescendo Brünnhildes auf. Nein, sie wird nicht lachen. „Meine Schrumpfwalküre" hatte er sie schon im ersten Jahr geheißen. Wie weit er sich von ihr entfernt hat. Er geht auf im Sonnengesang seiner Lieblingswalküre. *„Heil dir Sonne! Heil, dir Licht! Heil, dir leuchtender Tag! [...] er ist es, der mich erweckt!"*

Die Mutter hat große Schmerzen. War es Nachmittag, Abend? Hat sie geschlafen, geträumt? Er geizt mit dem Morphiumpflaster! Ohne rechtes Zeitgefühl dämmert sie stoisch im Nebenzimmer in ihrem Bett vor sich hin. In den immer kürzer werdenden schmerzfreien Pausen fällt sie in einen traumlosen, schwer auf ihr lastenden Schlaf. Was hat sie noch zu erwarten? Was ist ihr verblieben? Ihr Kind, ihr Letzter, ihr Einziger und ihr uneingeschränktes Hörvermögen. Die Mutter liegt nebenan in ihrem sonnengelb bezogenen Bett. Sie darf heute Nachmittag teilhaben an diesem „Wagnerfestspiel".

„So starb nicht meine Mutter? Schlief die minnige nur [...]? [...] Du selbst bin ich [...]".

Für ein paar Minuten erneuern die beiden ihre verlorengeglaubte Leib-Seele-Einheit. Sie ist sein Lebensmensch? Er ihr Erwecker. Woraus? Hatten sie nicht eben erst teilgenommen an dieser Art Inzest? Ist Siegfried nicht der Halbbruder der Lieblingstochter Wotans? Schon fleht er darum, dass sie ihm seine frühere Furchtlosigkeit wiedergebe. Sie weicht ihm aus. Sie weiß, dass es seine Scheu sein wird, die sie vor seinem wieder erweckten begehrenden Zugriff schützt. Auf der Melodie des Entsagungsmotivs bringt er seine Bitte vor: *„Birg meinen Mut mir nicht mehr."*

Im letzten Jahr hatten sie sich entdeckt, einander erforscht; das hatte sein Drängen, später ihr Verlangen verstört. Die Verstörung dauert nun schon ein gutes Jahr an. Heute, in der schalen Sicherheit einer Wahlverschwisterung, überrollen sie neuerlich die unausgesprochene Not, die Schmach, der sie sich ausgesetzt hatte. Im letzten Jahr.

„[...] verwundet hat mich, der mich erweckt?" [...]
„Doch wissend bin ich nur – weil ich dich liebe!"

Sie haben die Rollen vertauscht. „Komm!" Noch zwei-, dreimal dieses „Komm!" – „Sei mein. Sei mein!" Sie hatte versucht, sein Drängen abzuwehren. Wenn er die klare Fläche des Wassers aufrührte zu schwankenden Wellen, wird er sein eigenes Bild, wird er sich nicht mehr erkennen. Wird er sie, die Frau, seinen Lebensmenschen, sein Lieb verstimmen. „Liebe dich und lass von mir!"
Sie hat sich hingegeben; nicht gänzlich aufgegeben. Hingabe schreckt den Mann. Sie hat ihren Schutz, solange ihn die unerfüllte Sehnsucht, auch seine Furcht beherrschte, verloren. Im „Zwiegesang" übernimmt ein jeder den Part des anderen. Sie hat sich von ihrer Stärke verabschiedet. Einzig um den Ewigkeitsanspruch ihrer Liebe leben zu können. Er hält sich im Jetzt auf. Das Lachen, das Leuchten, Wachen und Leben, das will er! Von den mitreißenden Klangdelirien des Orchesters angetrieben, fallen sie in himmlische Ekstase? *„Leuchtende Liebe. Lachender Tod [...]."* Sie erfahren an diesem Nachmittag nochmals Eros und Thanatos als einander bedingende, machtvolle Kräfte.

Von nebenan, ganz leise, war die Kleinmädchenstimme der Mutter zu vernehmen. „Ist was, Mama? Was fehlt dir?!" Wie barsch er reagiert. Siegfried ruft in höchster Not nach seiner ihm unbekannten Mutter. In großer Bedrängnis war er; er war Brünnhilde begegnet. Er hielt sie vorweg in dem Brustpanzer für ein männliches Wesen. Erkennt die Frau und ruft nach der Mutter. Nebenan ruft die Mutter nach dem Sohn, dem Jüngsten, dem ihr einzig Verbliebenen. Schmerzen habe sie, große Schmerzen, und eine undefinierbare Übelkeit verspüre sie schon den halben Tag. „Du hast

den Grießbrei nicht einmal angerührt, iss ein paar Madelaines, die haben dir doch immer geschmeckt!"
„Nichts werde ich essen, ich werde gar nichts essen, heute nicht und auch nicht morgen!"
Wo war ihr Singsang? Wann hat sie ihre nervende, in selbiger Tonlage auf sie eindringende Kleinmädchenstimme verabschiedet? Mütterleins Stimme überschlägt sich, der Sohn weist sie mit einer wohl artikulierten, kalten Stimme darauf hin, dass das nächste Morphiumpflaster erst morgen fällig sei.

Einen Knabensopran wünschte sich Wagner! Mag sein. Wer weiß, vielleicht als Verkörperung des an die Mutter gebundenen, noch nicht eigenständigen Mannes?
Nur zu vertraut war ihr, als ungebetener Mithörerin dieses Mutter-Sohn-Zwistes, sein kränkelnder, monotoner, manchmal weinerlicher dann auch säuselnder Singsang. Jetzt nimmt sie eine durchaus männliche, wenn auch auf das Wesentlichste reduzierte Stimme als die seine wahr.

Siegfried
Sommer 2009

Zwei Plätze, fußfrei für das Personal reserviert, nehmen sie ein, zur Generalprobe von 'Siegfried'. „Wer weiß, ob der im Programm angekündigte Heldentenor nicht wieder abgesprungen ist, er hat wiederholt Aufführungen geschmissen! Ein neurasthenischer Heldentenor eben ...", gibt er, der Insider, ihr zu verstehen. Sie macht ihm seine Rolle nicht streitig. Das Parkett, wie der Rang sind ihr vertraut.

„Kennst du diese Dienstsitze? Ich habe das Publikum über all die Jahre beobachten dürfen." Ein einführendes Begleitheft über das Gebaren der ewig Zuspätkommenden sollte sie zusammenstellen. Sie unterscheiden sich nicht wesentlich voneinander, die hartnäckigen Räusperer, die nervalen Hüstler, die sich den Frosch im Hals noch vor den großen Arien herauswürgen wollen. Die bedauernswerten, verunsicherten Theatergänger, die im Minutentakt ihre Karte mit der Nummerierung ihres Sitzplatzes vergleichen? Es gibt sie nach wie vor, jene, die auf ihren Platz beharren, uneinsichtig gegenüber dem rechtmäßigen Sitzinhaber dem Platzanweiser ihre Billets zeigen, sich nicht genieren, dass einzig sie sich im Sektor, in der Reihe geirrt hätten und für diesen Aufruhr verantwortlich seien, endlich im zutreffenden Parkett, Rang, wo auch immer, ihren rechtmäßigen Platz umständlich einnehmen und sogleich beide Armlehnen für sich in Anspruch nehmen. Armlehnen-Vereinnahmer der Opernkonsumenten und treuen Opernliebhaber.

Sie hätte eine gewisse Routine erlangt. Nach und nach hätte sie den für sie idealen Zeitpunkt zum Platznehmen herausgefunden. Er fühlt sich genötigt, ihren Ressentiments sein Ohr zu leihen. Er war ihr schon abhandengekommen, sie weiß die Zeichen seines entrückten Schauens zu lesen.

Mit der Hartnäckigkeit einer in die Enge Getriebenen setzt sie in ihren Erinnerungen fort. „Wenn der Rang sich zu zwei Drittel gefüllt hat, die Saalbeleuchtung schon auf ein Minimum gedimmt wurde, dann hat man sich noch auf das Heer der anonymen Nachzügler einzustellen. Die devot gebeugten, stets über irgendetwas und seien es nur die eigenen Füße stolpernden Schattengestalten orientieren sich mehr schlecht als recht im Schutz der Dunkelheit am Notlicht. Wenn der Lärmpegel zu einem ohrenbetäubenden Brausen anschwillt, als seien alle ehedem noch in Totenstarre ausharrenden Hornissen des Kostümfundus geschlüpft und ausgeschwärmt, wenn sich das nicht wegzudenkende Räuspern und Hüsteln breitmacht, dann erst ist es angeraten, den Sitz aus der Wandvertäfelung zu klappen, vorher nicht, man stünde nur im Weg. Sie neigt sich zu ihm, raunt ihm weitere, wohldosiert vorgebrachte Harmlosigkeiten ins Ohr, müht sich ab. Sie buhlt, vertraut auf verjährte Anekdoten, neckt mit zu belächelnden Bildern. „Kannst du dir vorstellen, wie meine weiß bestrumpften Beinchen ins Leere baumelten, haltlos in der eingedunkelten Zone des Treppenabsatzes? Ich war schon damals, im Mädchenalter eine, deine kleine Schrumpfwalküre." Sie versieht ihn mit einem nach Bestätigung heischenden, verzagten Seitenblick.

Scheitert.
Ausreichend vorbereitet lässt sie sich auf diese Aufführung ein. Manchmal riskiert sie einen flüchtigen Blick zur Seite; im Düster des Zuschauerraumes verschwistert sich seine Silhouette mit den Silhouetten der Probenbesucher. Sie weiß seine Mimik auch im Profil zu deuten. Er ist hochkonzentriert. Sie wird sich weitere vertrauliche Bemerkungen verkneifen. Wie er sich auf diese orchestrale Überschwemmung einlässt, wie durchlässig er ist; und zugleich hat er einen undurchdringbaren Wall um sich errichtet. Zu ihm vordringen steht heute unter Ausschluss. Jeder musische Mensch hat autistische Anteile. Er hat sich entfernt von ihr, von uns allen; verschanzt hat er sich hinter einer unverhohlen zur Schau gestellten Arroganz. Ihre Gedanken fangen sie auf. Lassen sie zurückkreisen. Früher einmal ... in der Kindheit.

Götterdämmerung
Ostern 1970

Man hatte sie in ein königsblaues Samtkleid mit Spitzenkragen gesteckt, mit rabenschwarz glänzenden Lackschuhen ausgestattet, damals. Die frisch gewaschenen, vorübergehend einmal überschulterlangen Haare wurden mit einem passend blauen Samtband zum Mozartzopf gefasst. Die ungeliebte Kassenbrille hatte sie noch am letzten Treppenabsatz in ihrer kleinen Lackledertasche versenkt, gesichert unter dem Spitzentaschentuch mit ihren eingestickten Initialen und einer Handvoll Firnbonbons. So umsichtig ausgestattet, hatte sie an dem fünfeinhalbstündigen Bühnenspektakel teilgenommen. Auf einem Wandklappsitz, dem Personal und deren Angehörigen vorbehalten, am Rang rechts, Reihe achtzehn, hatte sie sich vor allem von den Projektionen des angesagten Bühnen- und Lichtzauberers in die Welt der Götter und deren Untergang entführen lassen.
Wer, wenn nicht sie, das Vaterkind, die Lieblingstochter hätte sich in diese eine ganze Ewigkeit währende Zumutung gefügt? Sie hat einzig ihren jugendlichen Enthusiasmus der Nötigung eines Wagnerabends entgegenzusetzen gewusst.

Heute ist sie in Begleitung. „Brüderlein, stell dir vor, das Weltenreich ging in Flammen auf, dann unter. Wotan zog hinaus auf seiner letzten Wanderung, um sich in der Tiefe der Hinterbühne endgültig zu verabschieden. Der einsame, alte Mann, wie mich sein schleppender Gang, sein theatralisch getimtes Zurückblicken ins Publikum berührte!" Einsame Männer hätten seit jeher eine Kammer in ihrem Herzen gepachtet. Diesem Seitenhieb setzt er ein sauertöpfisches Gekräusel seines schmalen Lippenpaares entgegen. Sie ergeht sich in der Rückschau, weiß von jenem Flammenmeer zu berichten, welches die gesamte Breite des Portals erfasst hatte. Schildert in buntesten Farben, wie es loderte und den Orchestergraben in ein lumineszierendes Feuermeer verwandelte, sich über die beiden Portaltürme hinweg, im Rhythmus der letzten Akkorde, züngelnd die ersten Reihen im Parkett erobert hatte. „Deine Walküre ward geboren, damals unter Karajans Dirigat. Gebannt von der Macht des Feuers war ich, mitgenommen von der Inbrunst des Orchesterklangs wollte ich mit untergehen, wartete geistesgegenwärtig auf den rettenden Einsatz der Feuerwehr, um schlussendlich mit einzustimmen in den tosenden Applaus."

Er war ihr nicht gefolgt. Unbehaglich ist ihm, er rückt den Kragen zurecht, zieht die Schultern ein klein wenig hoch, legt den Arm auf ihre gemeinsame Lehne und blickt sie an. Ein einverständliches, vertrauliches Nicken zum Erscheinen des Waldvögeleins am Ende der zweiten Szene des zweiten Aufzuges stellte wieder greifbare Nähe zwischen den Wahlgeschwistern her. Das Weibliche schlich sich unterschwellig ein, noch nicht präsent auf der Bühne, aber hörbar. Sein kurzer Seitenblick deutete ihr sein Vergewissern an, dass sie es vernommen hatte, das Motiv des Waldvögleins. Sie war ihm eine gelehrige Schülerin.

Tränen sammeln sich auf seinen breitflächigen Wangen. Keine Tränen der Rührung, wie ihr scheint, Tränen der unendlichen Trauer, des Wissens um den Ausgang ihrer Freundschaft sind es, die sich in ihr Gedächtnis einbrennen, hier und jetzt, in 'Siegfried'.

„Warum rief Siegfried nicht nach dem Vater, warum nach der Mutter in seiner großen Angst vor dem Weib? Väterchen wäre doch der Beweis, dass man das Weib an sich überleben kann?"
„Überleben ja, aber wie? Wenn ich die gescheiterte Ehe meiner Eltern als schlagkräftiges Argument einbringen darf, dann meine ich, soll Siegfried doch lieber lauthals nach seinem Mütterlein schreien."

Seinen Vater hätte er einzig mit einer bis auf den Filter abgebrannten Zigarette im Mundwinkel, die glühende Asche ist permanent knapp an ihm vorbei abgefallen, in Erinnerung.

„Überlassen wir es dem Zufall,
wann und wo wir uns in die Arme laufen ..."
2009-2010

Alle paar Wochen wird er sie über seine Befindlichkeit informieren. Er sendet SMS.
Er komponiert wieder? An einer Kammeroper arbeitet er. Der Arbeitstitel variiert. Sieben Frauenstimmen hat er vorgesehen.
Die Besetzung ist überschaubar. Er schreibt. Das lässt sie hoffen.

„... auf einer harmonischen Struktur basiert die Oper (...)"
„... ein Hin- und Herspringen, als Mittel, sich zwischen den klassischen Vokalen auszudrücken (...)"
„... sprunghaft, impulsiv, auch trügerisch, dann harmonisch (...)"
„... Wert gelegt wird auf ein Verstummen? (...) in mehrmaligen Nichtstellen (...)?"
„... das ungeliebte Publikum wird eingebunden?"
„... Zwischen den ausgedehnten Klangpausen (...)"

Winterreise
Ostern 2010

Halbstündlich blinkt das Schreckensorange auf ihrem Display auf. Im Halbstundentakt will er sie an sich binden. Verführen will er sie; er vergreift sich gerne an den „Romantikern". Die SMS häufen sich; von unerträglicher Einsamkeit berichten die vielen Worte, Sätze, die vertonten und die nichtvertonten. *„Drei Sonnen führten dich in die Irre?"* ... Du säufst? Er säuft wieder!
Er tut sich etwas an! Er hat sich etwas angetan? Nein. Erneut zwingt sie eine kurze Mitteilung zum Lesen. Soll, muss sie reagieren? Ist er zu betrunken? Kann er sich in diesem Zustand selbst entsorgen, wie er, so grundehrlich und gesprächig macht ihn nur der Alkohol, als relativierendes Argument einzustreuen sucht? Keine gröberen Tippfehler, selbst auf die Absätze nimmt er Rücksicht. Nach dem „richtigen Leben" jenseits des „falschen" war er auf der Suche.
„Das Paradies ist verriegelt und der Cherub hinter uns, wir müssen die Reise um die Welt machen und sehen, ob es vielleicht von hinten irgendwo wieder offen ist."
– „... zum Leben wolltest du ..."
Er habe prinzipiell nichts gegen SM einzuwenden. Sie könnten die Nacht zum Tag machen. Wenn es ihr wichtig wäre, Abschiedsbriefe, SMS, Mails zu verfassen und bei bester Laune gemeinsam aus dem Leben scheiden ...?

Es geht ihm nicht gut. Betrunken ist er nicht, ein wenig angesäuselt, das wird er sein. Einsam ist er. Verlassen sieht sie ihn in seinem nilgrünen Stuhl dort am Fenster sitzen. Er weint, sie weiß nichts zu antworten auf seine missliche Lage. Was ist zu tun? *„Die Wahrheit ist, dass mir auf Erden nicht zu helfen war."*

Wie war ihr Name? Sie sollte besser zuhören! Der Name seiner Therapeutin, ein Allerweltsname. So eine unüberschaubare Anzahl an Klientenzentrierten Fachfrauen, welche auch noch auf Krankenschein therapieren, gibt es nicht. Sie sucht die Spalten des Telefonbuches nach einem ihr geläufigen, schon gehörten Familiennamen ab. Es bedarf nur weniger Minuten. Sie ist fündig geworden. Sie wählt, unvorbereitet auf die Eventualität einer Abfuhr, die Nummer. Schon nach dem zweiten Läuten meldet sich die Stimme seiner Betreuerin.
Aufschlussreich sind für sie Stimmen. Melodisch, prall und warm im Klang, wie die gestrichene G-Saite eines Cellos. Fragende, im Raum umhermäandernde Lautäußerungen, mit einem kaum wahrnehmbaren Knick inmitten der Frage, um letztlich durch ein dezentes Anheben der Tonlage diese für immer unbeantwortet zu lassen?

Die Stimme, deren 'Therapeutinnen-Hallo', die Unsitte, ihren Namen nicht zu nennen, lässt sie zusammenschrecken. Gequetscht, in der Kehle ein Rasseln, ein Gurgeln, begleitet von einem gelangweilten Anhalten in dieser abwehrenden Tonlage. Eine Säuferinnenstimme? Ob sie trinkt? Mehrmals hatte er über die Launen seiner Betreuerin geklagt; diese Unberechenbarkeit schob er auf deren Alkoholkonsum. Hat sie ein Alkoholproblem?

Sie bringt ihr Anliegen übereilt, holprig vor.
„Ist er wieder einmal soweit!"
Unaufgeregt hat sie geklungen. Die letzte Therapiestunde hatte er vor knapp zwei Wochen. Sie wusste über seine aktuelle Befindlichkeit Bescheid. Chronischer Abusus. Gut vier Jahre betreut sie ihn. Sie macht keinen Hehl aus ihrer Gefasstheit. Sie werde ihn, das verlange ihre Profession, darüber informieren!

Kaum eine Stunde war ihr zum Überdenken dieser übereilten Aktion verblieben.
„Bist du wahnsinnig geworden? Was fällt dir ein! Du musst verrückt sein!"; er zischt die 'S'-Laute hitzig ins Handy. „Nie wieder, niemals wieder, nie, nie wieder will ich mit dir zu tun haben, niemals, hörst du! Verraten hast du mich, bist du so einfältig?!"
Übergriffig sei sie gewesen! Ein Eingriff in seine Privatsphäre! „Ich hasse dich! Nie wieder will ich dir begegnen! Du bist für mich gestorben! Du bist das Letzte! Du bist verrückt, nicht ganz richtig im Kopf!" Das waren seine letzten empörten Wortattacken vor ihrer Trennung gewesen.

Schon wieder eine Woche ohne ein Zeichen von ihm. Zwei Monate sind es nun. Zwei Monate, in denen sie keine Suizidankündigungen ereilten, keine hochbrisanten Gewichtsschwankungen, keine den 'Les Fleurs du Mal' entlehnten Drohungen. Es könnte ihr gut gehen. Es geht ihr gut, es fehlt ihr an nichts. Wie sehr er, der Adressat ihrer Sehnsucht, ihr fehlte! Auf keinen der ihnen beiden vertrauten bekannten Stätten, Plätze war er ihr, war sie ihm über den Weg gelaufen. Keine unbekannte Telefonnummer, nicht einmal die Eventualität einer unbekannten Nummer wollte ihre Hoffnung nähren. Zur Verräterin, zur Vertragsbrüchigen ohne Vertrag hat er sie dämonisiert.

Muttertag, Maientag, die wärmenden Sonnenstrahlen locken sie, locken ihn hinaus. Still ist es geworden, eine heilsame Ruhe hat sich ausgedehnt, breitgemacht in ihr. Mit halbgeschlossenen Augenlidern zwingt sie dem Himmel einen Splitter Hoffnungsbläue ab. Zupft sich einen Bauschen von der Wolkenzuckerwatte ab. Einen Zipfel Süße mit einem herben Nachgeschmack lässt sie auf ihrer Zunge schmelzen. Sie denkt an nichts. Denkt nicht an ihn.
Drei Mal hat er schon angerufen. Sie hat den Stummmodus aktiviert, auf ein Vibrieren verzichtet. Der Service der Telefongesellschaft ist verlässlich. Kein Anruf wird unterschlagen, allesamt werden sie aufgelistet. Drei Mal, im Abstand von je einer Stunde, hat er sie zu erreichen versucht. Sie wird ihn nicht zurückrufen. Er hat sie aus seinem Leben gestoßen. Sie verachtet, sie verflucht.
Wie es ihm gehen mag? Ob er sich erfangen hat. Ist er endgültig abgestürzt? Hat man ihn aufgenommen, dort bei den Gestrandeten? Am Hauptbahnhof?

„Nicht der Spiegel ist schuld, wenn er mehr Schatten als blauen Himmel reflektiert."
Ostern 2010

Nein, sie wird ihn nicht trösten, sie will ihn auch nicht aufsuchen! Um Hilfe hat er gebeten. Ihn, den Älteren, den Abgelegten hat er unter Druck gesetzt, ihn beauftragt, ausgerechnet sie, die Nebenbuhlerin, anzurufen. Er verlange nach ihr, nur sie könne ihn aus dieser mehr als misslichen Lage befreien, so dessen geschäftig vorgetragene Aufforderung. Chauffeur wolle er ihr sein, sie abholen, um sicher zu gehen, dass sie sich nicht verweigert.

Er, der nicht alternde Pädagoge, steckte bis über die Bartgrenze in der Klemme. Zur Ehefrau, der Tochter und zu den Enkelkindern war er zurückgekehrt. Ausgerechnet in der Karwoche hat ihn sein junger Freund enorm unter Druck gesetzt. Mit großen Mengen an Alkohol, bunten, vom Hausarzt verschriebenen Tranquilizern hat er sich in einen tiefen Schlaf verabschiedet. Dessen Hang zur Selbstzerstörung war ihm bekannt. „Halb so schlimm, so schlimm wird es diesmal nicht werden", mit diesem wiederholt an sie, an sich gerichteten Abwehrschwur versucht der in Bedrängnis Geratene die zugespitzte Lage abzuwehren. Er hätte in den vergangenen Jahren schon weit bedenklichere Abstürze erlebt. Will er sie mit seiner Einschätzung endgültig dazu überreden, den Freund, ihrer beider Freund aufzusuchen? Mitkommen soll sie. Er wird sie begleiten. Er ruft nach ihr! Sie sollten sich versöhnen!

Morgen? Morgen hätten sich seine Tochter, die zwei Enkelkinder angesagt. Er habe Familie, er würde keine Zeit finden, sich um den Gefallenen zu kümmern. Mit der Versöhnung der beiden wäre er aus der alleinigen Verantwortung entbunden. Das hoffte er.

Was wird sie erwarten? Er war immerhin noch am Leben. Von Suizid, so der alte Mann, war nie die Rede gewesen. Nein, darüber hätte er nie gesprochen mit ihm.

Der Alte hat mit unerschütterlichem Gleichmut die ungezählten geleerten Flaschen eingesammelt und im Glascontainer entsorgt. „Er hat schon bedeutend schlimmere Abstürze hinter sich, er wird sich schnell fangen", so meinte er, der Wegbegleiter der letzten Jahre. So recht mochte sie nicht an ein schnelles Erholen glauben. Die Osterfeiertage, die eigentliche arbeitsfreie Zeit, begannen schon in zwei Tagen. „Ich muss mich krankmelden", lamentierte er wiederholt und seine Stimme kippte immer mehr ins Weinerliche. Sie beobachtete ihn mit zusehender Neugierde. So haltlos und so willensstark zugleich war er ihr fremd und doch so sehr vertraut. Mit welcher Überheblichkeit er sich die x-te Zigarette anzuzünden versucht! In Minutenschnelle leert er die Flasche Rotwein. Wie bringt er es in diesem Zustand fertig, die erheblich erschlankten, von stockblutfarbenen Geflechten gezeichneten Beine dermaßen weltmännisch übereinanderzuschlagen? Selbst den billigen Wein trinkt er mit keck ausgestrecktem kleinen Finger aus einem bauchigen Kristallglas. „Es bedarf doch eines gewissen Anforderungsprofils, um sich solchen Kreisen zugehörig fühlen zu dürfen", so seine lapidar vorgebrachte Antwort auf ihre eingestandene Sorge, ihn am Bahnhof zwischen den Obdachlosen und Verwahrlosten ausfindig machen zu müssen.

„Den Wein, den listigen Tröster bat ich oft einmal das Schrecknis, das mich quält – zu stillen, jedoch er schärft den Sinn, statt zu verhüllen."

„Dich habe ich verloren", ein tiefer Zug aus der bis an den Filter abgebrannten Zigarette, „ich sehe es in deinen Augen, ich habe dich verloren."

„Von Liebe hab' Betäubung ich erhofft, allein ein Bett voll Dornen ward mir Liebe ..."

„Nur ehrlich wollte ich sein! Wenn jemand das Recht zu hadern hat, dann mein armes, geschundenes Mütterlein! In ihrem eigenen Blut ist sie gelegen, stundenlang von Schmerzen gepeinigt, blind, während ich mich mit so Blödsinnigem nicht einmal verlustiert habe! Meine Mutter hat das alleinige Recht mir Vorhaltungen zu machen", knurrt er, erstaunlich nüchtern.

Der Alte
2000-2008

Bald nach seiner Pensionierung wurde es ihm eng, viel zu eng zu Hause. Kinder hatte er unterrichtet, vier Jahre jeweils begleitet, ins weitere Leben entlassen hatte er sie. Jetzt wollte er leben, seinen Neigungen nachgehen. Er wollte das letzte Lebensdrittel nicht mit der unbequem gewordenen Ehefrau vergeuden; nein, das wollte er nicht. Musikwissenschaft und Kunstgeschichte im Nebenfach, das sollte ihn die nächsten Jahre beschäftigen. Zwei Lehrerpensionen machten es möglich, dass sich der Abtrünnige eine kleine Zweizimmerwohnung anmieten konnte. Für das gemeinsam gebaute Haus am Stadtrand, im Schatten des allgegenwärtigen Untersberges, kam er nach wie vor auf. Von einer Freundin war die Rede; eine Frau Magister aus der von ihm favorisierten Apotheke soll seine Gefährtin gewesen sein. Die Idee, eine Alibifrau, jenes körperlose Wesen zu erschaffen, wurde von den beiden Herren schon zu Beginn ihres Kennenlernens ausgeheckt. Aus den wenigen, wohl dosiert eingeworfenen Informationen erwuchs so eine handfeste Rechtfertigung für das Doppelleben des bedeutend Älteren. Die Existenz der Frau Magistra wird von beiden in homöopathischer Dosierung wiederbelebt. Versandet, ohne große Dramen sei diese außereheliche Affäre. Wenn es da nicht die Auflage gegeben hätte, für einen bissigen, blinden Mops zu sorgen. Der Mops konnte ihn, den alten Rivalen, so ihr ausgedachter Schelmenstreich, leider auf den Tod nicht ausstehen. Letztlich gescheitert, so bedauert der Jüngere, sei diese Liaison an einem Hund. Einem uralten, herzkranken, einem zahnlosen, blinden Mops. Ein Haus in bester Lage hätte die Urgroßtante der Frau Magistra vererbt. Die Übernahme, die Pflege des Mopses war an die Erbschaft gebunden. Der Hund konnte den Pädagogen, Männer an sich nicht leiden. Blind und zahnlos war das Tier. Von Diabetes und einer Herzwassersucht eingebremst, zählte das Tier ganze sechzehn Hundejahre. Die ausgeheckte Existenz dieses Liebesverhinderers hatte als Rechtfertigung für die beiden gegolten.

Junge Männer gingen ein und aus in seiner Zweitbehausung. Auf den Straßen, den öffentlichen Stätten der Kleinstadt, bevorzugt kultureller Prägung, kannte man sich nicht.

„Du warst dort auch Gast? Mehrmals? Oft?"

Winter 2008

Im frühen Winter hatte er sie zu einem Dia-Nachmittag zu sich gebeten. Dias aus seiner Studentenzeit wurden unter die aktuellen Urlaubsfotos gemischt. Sie fand sich wieder in einem Wechselbad an Fremdscham und ungewollter Mitwisserschaft. Aus schlecht belichteten, gelbstichigen Momentaufnahmen, mit dem Selbstauslöser verewigt, blicken der alte und der junge Student gelangweilt oder triumphierend.
Ablichtungen von gemeinsam eingenommenen Mahlzeiten wurde gezeigt. Die Kochkünste des Studenten der Musikwissenschaft wurden zu laut gepriesen. Auf zotteligen, schmutziggrauen Schaffellen gebettet, hatte er in die Kamera gegrinst. Sich angepriesen, feil geboten, wofür? Die wieder zueinander gefundenen Eheleute waren sich einig in der Zurschaustellung dieses Lebensabschnittes. Er gehörte schon der Vergangenheit an.
Keine Miene verzog der Jüngere, der Verleugnete, der von seiner Vaterfigur Verratene. Man wollte ihr die Position einer Mitwisserschaft schmackhaft machen. Nichts hat sie den beiden abgenommen. Sie hatte geschwiegen.

„Schwesterlein, komm' zu mir, komm', bitte komm'!"
Ostern 2010

„Die Liebe liebt das Wandern, Gott hat sie so gemacht, von einem zu dem andern, fein Liebchen, gute Nacht!"

Er hatte sie von sich gestoßen? Zu tief war ihr Verrat! Ohne sie kann er, will er nicht mehr leben.

Weit weniger verlottert als sie befürchtet hat, trifft sie ihn an. Fetter ist er geworden, sein Gesicht ist aufgedunsen, die Konturen verschwommen. Mit jedem Atemzug, jedem erneuten Seufzer löst sich die derangierte bleiche Fläche seines Gesichtes im matten Blau des Kopfkissens auf. Er wendet sich ab. Ihre Betroffenheit prallt an seinem breiten Rücken ab. Schonzeit! Von Weinkrämpfen gebeutelt, hebt und senkt sich sein lichter werdender Hinterkopf. Die Haare hat er sich schneiden lassen. Wann, fragt sie sich, wann hatte er die Courage, den ihm vertrauten Friseursalon in seinem Wohnviertel aufzusuchen? Besoffen? Man kennt ihn. Er habe einen, seinen Ruf zu verlieren. Hat er das? Wen rührt es schon, wer würde urteilen über ihn, über all die anderen periodisch Angetrunkenen? Viel zu militant gestutzt hat ihm die Friseuse sein lichter werdendes Haar. Derart kurzgeschoren entsteht ein proportionales Missverhältnis zu seinen schwammigen, aufgedunsenen Wangen. Jetzt will er ihr weismachen, dass er schon seit Tagen, was heißt Tagen, seit Wochen hier in seinem Bett liegt. Um Milde, um Verzeihen buhlt das eigens gewählte Himmelblau. Es kleidet ihn vortrefflich, sein Lieblingsshirt. Tief gestürzt ist der Musensohn. Er seufzt und schnieft, tränkt die Matratze mit seinen Krokodilstränen und gibt das Letzte, um seine Glaubwürdigkeit, die Brisanz seines Trennungstraumas zu wahren. Sein Zimmer ist nur ein kleinwenig vernachlässigt. Verwahrlost ist er nicht. Darauf legt er Wert. Es muss erst vor kurzem gereinigt worden sein. Hat er sich die letzten Wochen überhaupt hier aufgehalten?

Bad

„Komm", fordert sie ihn auf; nicht schmeichelnd, aber auch nicht herrisch. Mit neutraler Kompetenz will sie ihn zum Aufstehen ermuntern. Ob er imstande sei, sich zu duschen? Er verneint. Die Zähne sollte er sich zumindest putzen! Er wendet sich ihr zu. Von sich selbst angewidert, beschämt. Hat er so starken Mundgeruch? Unverhohlen hält er sich die Hand vor den Mund, haucht in die Handhöhle. Mehrmals! Er sieht sie zutiefst verunsichert an, verfehlt ihren Blick. Wartet auf ihr beschwichtigendes Verneinen. Nein, er muffelt nicht! Sie wird ihm trotzdem ein Vollbad einlassen. Ungewaschen ist er nicht. Eine ihr bekannte, beißend strenge Ausdünstung umfängt ihn, attackiert sie. Der strenge Pfefferminze-Atem vermischt sich mit dem Unmaß an konsumiertem Alkohol. Er richtet sich überraschend geschickt auf. Er taumelt. Geistesgegenwärtig hindert sie ihn, sich an seinem frei stehenden Rattan-Regal abzustützen; es gelingt ihr, diese eine, kleinere Katastrophe abzuwehren. Nicht allzu trittfest stemmt er sich zwischen den Türstock, schickt seinen eingetrübten Blick hinüber in das dunkle Badezimmer, empört sich über die Warmwasserverschwendung. Der bis zum Anschlag aufgedrehte Wasserhahn hat das großzügig verteilte Badesalz zu einem Schaumgebirge wachsen lassen. Er entledigt sich ohne das gewohnte Pathos, ohne Scham von seinem blauen Schlaf-Shirt,

dem winzigen Slip. Wie stämmig seine Beine sind. Gewandt gleitet er in die Wanne. Kopfunter, lange, zu lange, taucht er in dem aufgewühlten Gefunkel des Badeschaums ab.
Still lässt er diese Waschung über sich ergehen. Er hat die Augen geschlossen; ohne ein Aufbegehren lässt er sich von ihr baden.
Badepuder hätte man in den herrschaftlichen Wohnungen des gehobenen Bürgertums verwendet; erzählt sie ihm. Befangen ist sie. Atemlos weiß sie von Badekleidern aus feinstem Batist, von Badepuder, welches man ins Badewasser zu streuen pflegte, um dieses einzutrüben, zu erzählen. Der Anblick des eigenen, des nackten Körpers wäre durch diese Finesse ausgeschlossen. Sich der Sünde, den gesundheitsfeindlichen autoerotischen Handlungen hinzugeben, wäre mittels dieser Assistenzmittel zumindest eingebremst. Ernst durchbohrt sie sein Blick. Er ist wieder aufgetaucht. Einzig der schwer auf den Schultern lastende Kopf ist zu sehen. Das blutleere Gesicht, von nassen, nun eingedunkelten, ihm noch verbliebenen Haaren gerahmt, ruht wie das abgeschlagene Haupt Jochanaans auf einem in Spektralfarben flirrenden, perlenden Schaumkissen. Dann und wann platzt eine der zum Bersten gefüllten, glasklaren Bläschen.
Das eine oder andere Detail registriert sie. Selbstvergessen ist sie. Ertappt sich bei ihrem hingebungsvollen Tun. Sie seift einen erwachsenen Mann ein; shampooniert ihm die viel zu kurz geschorenen Haare, duscht ihn mit wohltemperiertem Wasser behutsam ab; geflissentlich darum bemüht, dass keine Seife die rotgeweinten Augen noch unnötig reizt. Auch die hübsch geformten, ausnehmend kleinen Ohren säubert sie

ihm. Ausgenommen empfindlich sei sein Gehör, die Ohren überhaupt. Seine Füße sind etwas vernachlässigt, es hat sich dort und da Hornhaut gebildet, wo noch vor nicht allzu langer Zeit keine vorhanden war. Er hatte sich bemüht, ihr zu gefallen, vor der Trennung. Die viel zu rasch wachsenden Zehennägel, die unerwünschte Hornhaut an den Fersen, auch an den äußeren Fußballen hat er nicht mehr bedacht. Beim Friseur war er. Rasiert hat er sich noch am Morgen. Er hat sich aufgerafft. Nichts gibt es zu bedauern. Vertraut sind sie einander. Ihr Atem wärmt seine Wangen, sein linkes Ohr. Über den Wannenrand gebeugt, zeigt sie ihm ihren Rücken. Ein Kitzeln lässt sie zusammenfahren. Seine feuchten Wimpern, leicht wie Schmetterlingsflügel, haben sie gestreift. Das lässt sie wohlig schauern, dort zwischen den Schulterblättern, entlang dem Rückgrat.

Er weint? Lautlos? Eine falsche Träne hat sich in seinen Wimpern eingehängt. Keine Träne der Reue, keine der Rührung, keine der Entspannung streift das nackte Areal ihres weit überstreckten Rückens. Ein kurzlebiger Tropfen Wasserdampf, eingenistet in seinem Wimpernkranz, hätte sie alles vergessen lassen. Er hat sich eingerichtet in jenem halbbetrunkenen Dahindämmern. Keine aufkeimende Begehrlichkeit stört die Bade-Idylle, ihre Wiederannäherung. Sie sind sich nahe, sehr nahe; ehe sich sein Blick verfestigt. Das frivole Kräuseln seiner Lippen entstellt diesen flüchtigen, symbiotischen Moment des Ein-Seins. „Nein, mein Lieber! Den wirst du dir selbst einseifen und abspülen müssen!" Sie wird seinen fragenden Blick nicht auffangen, entfernt sich von ihm, schließt ihn aus. Sie hüllt ihn in ein ausgewaschenes, bretthartes Badetuch, fordert ihn nochmals zum Zähneputzen auf, ehe sie das sparsam ausgeleuchtete Bad alleine verlässt.

„Was hast du mir zu trinken mitgebracht!"
„Komm, iss erst einmal. Schau, was ich für uns besorgt habe."
„Was du mir zum Saufen mitgebracht hast, will ich wissen! Ich will nichts essen! Ich will schlafen! Ich muss vergessen! Ich muss endlich einmal schlafen!" Wenn nichts mehr schlüssig, nichts mehr zu ändern ist, wenn die Sorgen zu übermächtig werden, das schwer auf ihm lastende schlechte, durch seine Beichte nicht erleichterte Gewissen einen alles erdrückenden Platz im Brustraum einnimmt, „... dann will er schlafen und dazu benötigt er seinen Schlaftrunk!", meutert sie. Ihr Tonfall wird bestimmender. „Rotwein in ausreichender Menge hab ich dir mitgebracht."

„Schreib's im Vorübergehen ans Tor ..."
Ostern 2010

„Wann kommst du, ich hab nichts mehr zu trinken, nimm den nächsten Bus und komm! Tagelang habe ich mich ruhig verhalten, habe dein Familienglück nicht gestört."
Die Tür war nur angelehnt, unüblich für sein zurückgezogenes Hausen; es hätte ein jeder, eine jede eintreten können. Vor ihrer Trennung hatte er ihr noch den Wohnungsschlüssel aufgedrängt. Sie fühlte sich geschmeichelt; noch nie hatte ihr ein Mann seinen Schlüssel anvertraut. Die damit eingegangene Verpflichtung, zu jeder Zeit bereitzustehen, auf jeden seiner Hilferufe zu reagieren, stimmte sie missmutig. Er kontrolliert sie?
Es war früher Vormittag, kalt für die Jahreszeit, regnerisch, man konnte den ausgestoßenen Hauch des eigenen Atems ausnehmen. Wie verkommen er aussieht. Sturzbetrunken ist er wieder. Noch immer? In Erwartung ihres Besuches hat er sich diesmal nicht noch vorsorglich gewaschen. Rotweinflecken verunstalten das himmelblaue, nun schon tagelang getragene Shirt. Vom Alkohol enthemmt, empfängt er sie mit fordernder Arroganz im Tonfall. War das Erleichterung in seinen eingefrorenen Gesichtszügen? Was wirft er ihr vor? Warum weist er sie jetzt ab? Er hat nach ihr gerufen! Die eineinhalb Liter Rotwein hat er schon zur Hälfte ausgetrunken. Nein! Zu seiner Mutter kann er nicht fahren, in seinem Zustand. Er sei noch nicht bereit dazu!

„Wie es hier aussieht! Wie du aussiehst. Wenn du dich selbst sehen könntest?!" Wie stockbesoffen er ist! Mit einer trunkenen Geste wischt er ihre Vorhaltungen beiseite. Verneint lallend; zündet sich die wievielte Zigarette an?
„Du hast eine völlig falsche Vorstellung davon, es ist ein sauberes Geschäft, ein klar definiertes Abkommen. Sauber mit ärztlichem Attest, beinahe klinisch, das bin ich meiner psychischen Hygiene schuldig!"
Das ist er seiner psychischen Hygiene schuldig? Wie ein vorpubertierender Bub krakeelt er seine Bedürfnisse hinaus. Ein gealterter, desillusionierter Mann ist er; heute sitzt er angetrunken in seinem verlotterten Fünfzigerjahre-Stuhl am Fenster und erkennt hellsichtig die Unmöglichkeit eines dauerhaften Weiterführens ihres Verhältnisses; und weint. Tränen bringen seine von Alkohol um ihr Leuchten beraubten Augen zum Glänzen. „Ich hab dich verloren, Schwesterlein."
In Unterhosen und tabakbraunen Socken, die in das angeschwollene Fleisch seiner starken Unterschenkel einschneiden, hat er sie heute im Polsterstuhl erwartet. Erheben will er sich. Er schwankt, torkelt auf sie zu. Scham überrollt ihn. Sie greift ein, stützt ihn, verhindert ein mittleres Chaos im Chaos und wird von Fremdscham überrascht. Sie ekelt sich vor ihm.
„Dir: Gute Nacht, damit du mögest sehen, an dich hab' ich gedacht."

Blaubarts Kammer
Mutters letzte Bleibe

Er ist in einen schweren Schlaf gefallen. Soll sie gehen, ihn verlassen, für heute? Die Hände will sie sich waschen. Wie wenig Licht eine 25-Watt-Birne spendet! Im Spiegel über dem Waschbecken sucht sie nach Zeichen der Erschütterung in ihren Augen. Sie empfindet Sympathie für dieses schmal gewordene, tiefäugige Gesicht. Das ihre. Sie fährt sich durch ihr Haar. Wieder einmal hat sich ihr Zopf gelöst. Nichts will in dem Glatthaar halten. Sie wird sich die Schuhe anziehen, in den Staubmantel schlüpfen und gehen. Die Tür wird ins Schloss fallen. Ihn wird sie allein zurücklassen. Die Türe zum Nebenraum war nur angelehnt. Die Mutter wartet in der Rehaklinik seit Tagen auf seinen Besuch. Das Zimmer ist unbewohnt. Von einem abgestandenen Gemisch aus Honigkerzen, die eine strenge Süße verströmen, und der Ausdünstung einer chronisch Kranken ist dieser lichte, karg eingerichtete Raum erfüllt.

Hier hat sie die letzten zehn, zwölf Jahre in fortschreitender Blindheit verbracht, seine bettlägerige Mutter?

Ein einfaches Holzbett aus einem Diskontladen nimmt schon ein Drittel der Fläche ein. Er hat auf ein Nachtkästchen bestanden. Ein quietschbuntes Kinderradio und eine angebrochene Packung Shortbred aus dem Teeladen sind die letzten Zeugen ihrer Existenz. Die

Bettwäsche war noch von ihm abgezogen worden. Sie hatte stark geblutet, als er sie vorfand, vor drei Wochen. Im Flur war sie gelegen, ganz still war sie geworden. Gewimmert hatte sie den halben Nachmittag. Sie hätte sich den Oberschenkelhals gebrochen. In ihrem eigenen Blut war sie gelegen, so lange. Es sei ein offener Bruch. Schwer verletzt ist seine Mutter.
Sie hatte er eingeweiht. Übermannt von den Erinnerungsbildern, von einem dauernden Aufseufzen unterstrichen, hat er ihr davon am Telefon berichtet.
Den kleinen, quadratischen Tisch und einen Küchenstuhl mit einer altrosafarbenen Kunstlederpolsterung hat er noch vor Wochen ans Fenster gerückt. Er hatte zu Mutters achtzigsten Geburtstag gekocht. Steirisches Wurzelfleisch mit Semmelkren haben sie noch gemeinsam eingenommen. Gesprochen haben sie schon lange nicht mehr miteinander. Im Kultursender hörten Mutter und Sohn mit ungeteilter Aufmerksamkeit vielerlei Beiträge, die einzig von der Mutter kommentiert wurden.
Er hatte sich ihr verweigert! Seine an die Mutter gerichteten Worte waren an zwei Händen abzuzählen. Der Meister der Rhetorik strafte seine Mutter mit Schweigen. Lange schon.
Sie sieht sich verstohlen um. Die Tür bleibt angelehnt. Sie fühlt sich als ungebetener Gast. Als Eindringling. Sie nimmt in dem schilfgrün tapezierten Stuhl Platz. Zeugnisse, Kritiken, viele Zeitungsausschnitte hat er auf die blanke Matratze am Fußende des Bettes ausgebreitet. Wonach hat er gesucht? Aus dem unüberschaubaren Wust an hastig zusammengestapelten Papieren zieht sie einen unfrankierten Brief hervor. Sie behält die angelehnte Tür im Blick und öffnet das Kuvert.

Vor fünfzehn Jahren hatte die alte Dame dieses Schreiben verfasst? Gilt das Briefgeheimnis auch für nicht abgesandte Post? Sie liest einen nicht für ihre Augen bestimmten Brief seiner Mutter an den ehemaligen Primar der Augenklinik. Mit klar verständlichen, wohl formulierten Argumenten versuchte die nach und nach zu erblinden bereite Frau, diese Entscheidung vor dem Arzt zu rechtfertigen. Als Eingriff in den nicht von der Seele zu trennenden Organismus betrachtete sie, die Alleinerzieherin zweier Söhne, diese routinemäßige Staroperation.

Ihr Augenlicht hatte sie in die Waagschale gelegt, hatte sich in eine willentlich eingegangene Abhängigkeit begeben, einzig um den ihr verbliebenen Sohn, den jüngsten, den ganz besonderen vor den bösen Frauen zu retten. Er wird sie pflegen müssen, früher oder später. Er wird bei ihr wohnen müssen. Von ihrer Rente wird er leben.

Gefrorene Tränen
Ostern 2010

Ganz leise, den CD-Spieler auf kaum-mehr-hörbar eingestellt, lauschen sie der Interpretation eines angesehenen Psychoanalytikers zu Schuberts 'Winterreise'. Wiederholt nickt er für wenige Minuten ein. Jedes Mal wenn er aus dem traumlosen Vergessen erwacht, schüttelt es ihn. Von flachen Seufzern und einem begleitenden Schluchzen, vom Unmaß an Alkohol betäubt, fällt er wieder in einen leichten Schlaf. Schwer lastet sein Geständnis auf ihrem Herzen.
„Gefrorne Tränen fallen, von meinen Wangen ab: Ob es mir denn entgangen, daß ich geweinet hab?"

Tränen wollen sich keine einstellen. Bei ihr. Sie wird ihn in die Arme nehmen; in einen kurzen Schlaf will sie ihn wiegen. Der herbeigesehnte Schlaf malt ihm ein erinnerungsfreies Lächeln in sein Gesicht. Von keinen quälenden Erinnerungen erzählt sein beruhigtes Aus- und Einatmen.
„Will dich im Traum nicht stören, wär' schade um die Ruh'[...]."
Auf Distanz wird sie gehen. Nun, wo ihre Verbindung neu definiert worden war? Eine Absage nach der anderen wird er ihr machen. Sie, sie sei doch sein Lebensmensch! Wann wird er erneut wortbrüchig? Ein Mann, ihren Verführungssignalen gegenüber gänzlich immun, das war er die letzten Monate.

„Verlass mich nicht, kannst du nicht noch bleiben, bleib bei mir, bis ich eingeschlafen bin, bitte verlass mich nicht!"
„Du hast zwei Stunden geschlafen, und ich war an deiner Seite, hab deinen Schlaf bewacht. Friedlich hast du ausgesehen, alle Qualen hat der tiefe Schlaf aus deinem Gesicht gelöscht, ich habe dich beschützt. Du hast geschlafen, und keine bösen Träume haben dich in deiner Ruhe gestört."
„[...] sollst meinen Tritt nicht hören, sacht, sacht, die Türe zu! [...]."

Sie macht sich auf den Heimweg, sinniert über seine Maßlosigkeit im Trinken, seine Übertreibung in der leidenschaftlichen Liebe, auch über das Wechselbad seiner Todessehnsucht und seinen Wunsch nach der völligen Hingabe ans Leben, nach. Sie würde damit leben lernen. Sie waren jetzt Freunde, keine Liebenden; damit wird sie zurande kommen. Wankelmütig war ihr Herz.

... seinem Lebensmenschen wollte er dort begegnen? Dort, ausgerechnet dort...?
Die Frage, ob er seine Stützstrümpfe getragen hatte, wenn ja, ob er sie aus zeitsparenden Gründen anbehalten hatte, beschäftigte sie wiederholt.

„Mir war wie einer Braut, wenn sie erfährt, dass ihr Geliebter insgeheim mit einer Dirne lebte [...]."

Karfreitag

Wie anmutig er sich Raum erobert. Hager ist er geworden; seine Silhouette kippt ins Skurrile. Der große Kopf dreht und wendet sich auf dem zarten Hals, kippt nach rückwärts. Chopins Bodymassindex hast du nun endgültig unterboten, Brüderlein, was nagt an dir? Sein zuvor noch schlurfendes Vorwärtskommen hat sie sich einverleibt. Zögerlich folgt sie seinem Abgang. Verliert sich zwischen den Messebesuchern, die an alter Kunst, am Kunsthandwerk interessiert sind. Sie ist unsichtbar geworden, heute an diesem verregneten Karfreitag-Nachmittag. Nicht gesehen zu werden ist ihr heute nur genehm. Wie er tänzelt? Wie aufrecht er sich zu dieser Stunde durch die Ansammlung an honorigen Kaufinteressenten bewegt. Er ist sich seiner heutigen Attraktivität gewiss, hier auf der Antiquitätenmesse. Man kennt ihn. Jeden einzelnen Blick, auf ihn gezielt, nicht auf sie gerichtet, hat sie registriert, gezählt; deponiert. Man kennt sich. Wie ihm heute seine Arme gehorchen? Sein ungelenker Oberkörper kommt ihm nicht in die Quere. Wie er sich aufplustert in seinem Samtsakko. Selbstverliebt erkennt er sich in den zum Kauf angepriesenen, geschliffenen und prächtig gerahmten Spiegeln links und rechts vom Hauptgang. Träge hebt er die schweren Lider, reflektiert die anerkennenden Blicke der teuer eingekleideten Herren. Er senkt seinen Blick, fühlt sich bestätigt. Mit

einem letzten, nochmals aufblitzenden Augenzüngeln entlässt er die Herren, honorige Herren, deren Mimik zu einer gaffenden Grimasse eingefroren war.
Sie folgt ihm im angemessen Abstand. Seine Wertlosigkeit hat er ihr übergeworfen. Sie trägt schwer daran. Er tänzelt leichtfüßig vor ihr her. Blicke, die ihm gelten sollten, ihn selten verpassten, streifen zeitverzögert sie, unbeabsichtigt. Ein eitler, ein gealterter Cherubino ist ihr heutiger Begleiter. Was hat ihn so überlegen gemacht? Wer sind diese Herren in ihren feinen Kammgarn-Anzügen? Woher kennt ihr euch?
„*Voi che sapete che cosa è amor.*"

Täuschung – Rusalka, ein Märchen?
Sommer 2010

'Rusalka'. Ein Märchen hatte sie aus Ermangelung einer Einführung erwartet. Erlösung durch die Kraft der Liebe, das war das Programm, das Motto dieser letzten Festspiele. Die rüde Entzauberung fand schon in den ersten fünfzehn Minuten statt. Fremd anmutend in ihrer sterilen Ummantelung, machten sich drei Diwane auf der rustikal gehaltenen Bretterbühne breit. Verloren lümmelten drei Mädchen auf diesen übergroßen Requisiten.
Hotpants, Sweatshirts und viel nacktes Fleisch vom Unterkörper abwärts. Was stellen diese übernächtigen Statistinnen dar? Nymphen? Nymphen, die Kaugummi kauend auf noch in Transportfolie verschweißten Sofas eines Billigmöbelherstellers herumturnen?
„Warum diese Verpackung?", raunt sie ihm ins Ohr. Ausstattungstheater war nicht mehr angesagt. Ein wenig von 'Wilsons Lichtzauberei' hätte sie sich gewünscht.

„Was stört dich daran, Liebchen? Was irritiert dich am Regiekonzept, was an der szenischen Umsetzung? Es ist doch nur ... wie es so auszusehen pflegt, im Puff ..." Sein wissender Tonfall, seine Arroganz ließ sie schrumpfen. Ganz klein faltet sie ihr Herz, rückt weit von ihm ab; die gemeinsame Armlehne wollte sie an diesem Nachmittag, konnte sie nicht mehr mit ihm teilen.
Er weiß um solche Einrichtungen?
Man könnte seinen Lebensmenschen dort antreffen?

Es ist ein sauberes Geschäft, ein klar definiertes Abkommen? Sauber ist es, mit ärztlichem Attest? Das ist er seiner psychischen Hygiene schuldig?

Eine durch und durch saubere Angelegenheit ist das. Sie hätte eine völlig überzogene Vorstellung von diesen Häusern.
Wie darf, wie muss sie sich diese Genesungsstätten ausmalen?
So viele, zu viele Fragen? Wer, so will sie ihn fragen, wer bist du?
Wer? Ein zahlender Freier, dort bei den Huren?

Jede Perversion hat auch ihre speziellen Häuser. Jeder Gusto seine speziellen Prostituierten.
Als Kenner des Milieus plustert er sich auf. Heute. Vor ihr. Wie hat sie sich diese Etablissements vorzustellen? Bordellinterieurs eines Ingres, Lautrec, Degas überblenden sich, Szene für Szene. Genrebilder einer vergangen Zeit. Mit geschliffenen Spiegeln an den Wänden, an der Decke.
Warteten in der Grotte der Kalypso Nymphen auf ihre Freier? Auf ihn?
Stand ihm der Sinn nach einer erfahrenen Nonne? Einer Äbtissin, die ihm auf einer Pritsche Züchtigungen anträgt?
Gibt es so etwas wie einen Mittelwert? Zwischen den geschönten Montmartre-Bildern und den diversen Dokus der Kabel-TV-Anbieter?
Pascha, Carmen, Aphrodite, auch Casa Bianca, Casa Mirjam ...
'Nomen est Omen'. Ein unbeabsichtigter Bruch mit biblischen Verboten?

'Maison Lulu'? Vielleicht. Bildungsbürger wüssten um den bösen Abgang Lulus und ihrer Begleiter. 'Nomen est Omen'. Von dieser Namensgebung wird Abstand genommen?

Im Anbetracht der immer härter werdenden Konkurrenz: Die zur Auswahl stehenden Sexarbeiterinnen müssen nicht um euch buhlen. Um dich. Das Angebot ist groß. Der Überdruss der Freier ebenso. Die Landeshauptstädte werden im periodischen Wechsel mit ihrer Attraktion beehrt. Satt sehen soll man sich bloß nicht an ihnen. Distanz, sich rar machen. Greift das auch in diesem Gewerbe?
Auf Kommunikation wird verzichtet; für den Freier lernt die Expertin die überschaubaren Floskeln des Aushandelns. Des Anheizens. Des Hinauskomplimentierens.
Wer wählt hier wen aus? Schnelles, gutes Geld? Ehrlich? Was ist damit noch zu verdienen? Ein klares Abkommen? Wen wählt hier wer aus? Erliegt er nicht schon im nächsten Puff der romantischen Verirrung, dort, ausgerechnet dort seinen Lebensmenschen zu finden?
Eine saubere Angelegenheit? Keine Sentiments.

Nichts war gegangen. Impotent war er. Ist er. Nichts, rein gar nichts regt sich mehr bei ihm. Noch immer. Ein schöner Trost. Das Wissen um sein Unvermögen birgt Genugtuung. Ihr letzter Geliebter wollte er sein? Ein Jahrhundertgeliebter? Einer der alle Vorgänger aus ihr herauslieben wollte?
Vormittags wählte er Brahms, 'Deutsches Requiem', als Hintergrundmusik seiner Verweigerung. Schwer hatte

ihn sein Teilversagen, seine Impotenz getroffen. Spätnachmittags vertraut er auf Rusalkas Heilsversprechen der alles überwindenden Liebe. Verweigert hatte er sich. Kein Stehvermögen hatte er. Sie hatte ihn verraten. Teilversagen? Mangelnde Libido? Entzug?

Der Mann, auch er, säuft sich das Objekt der Begierde schön.
Hat das Verhandeln um die Wünsche als Freier nicht etwas Überschaubares?
Im Minutentakt wird abgerechnet.
Der Kunde ist König, der König bezahlt! Bezahlt hat er für ein Stück Gammelfleisch, ohne es konsumiert zu haben. Verweigern wird er sich! Nicht Versagen!
Nutten! Berechnende Weiber!
Durch nichts wird er aufzurichten sein. Kein routiniertes Handanlegen lässt ihn wachsen. Keine Assistenzmittel, kein angelerntes Anfeuern wird sein Stehvermögen beeinflussen. Zum Höhepunkt will er sie bringen. Die Auserwählte. Für eine halbe, eine ganze Stunde! Er, der Blasse mit den verborgenen Qualitäten, wird die Hure abhängig machen von seiner Liebeskraft. Sie, die Expertin, darf sich in ihrem Können, ihrem Raffinements in ihrer Profession bestätigt fühlen. Sie hat sich ihm versagt. Die Nächste? Die Übernächste? Alle versagen sich ihm. Wo sind sie verblieben? Was ist geschehen mit den willigen Mädchen? Den unaufgeregten Frauen? Den in die Jahre gekommenen Huren?
Der übereifrige Stammgast, den eine ungestillte Sehnsucht zu ihnen führt, den gilt es an sich zu binden! Übers Jahr hin gesehen, wären die damit einhergehenden Einkünfte kalkulierbar.

Nichts war gegangen. Kein Stehvermögen hatte er.
Er wird sie mit Verachtung strafen!
Dafür bezahlt hat er. Viel zu viel bezahlt.
Hat das Verhandeln um die Wünsche als Freier nicht etwas Überschaubares?
Im Minutentakt wird abgerechnet.
Am Caféautomaten geriet er in eine schwer nachvollziehbare Rage. Damals. Die eingeworfenen Münzen hatte er geschluckt, der Automat. Das gewählte Instant-Gebräu hatte er nicht ausgespuckt.
Dort, bei seinen Wahlverwandten gibt er sich generös.

Die Türken sind den Huren die Allerliebsten. Kaum drinnen, schon draußen. Übererregt seien sie, die orthodoxen, die kurzbeinigen Patriarchen. Erzählte er ihr. Mit Potenz ausgerüstet sind sie, die kleinen Herren aus dem vorderen Orient.

Wo bleibt seine kollektive Lust zu teilen? Wo seine Generosität?
Ist er inkonsequent?

Ist er einer der Männer, denen der Sinn nach Raffinement steht?
Raffinements verschrecken ihn doch! An den Hosenstall soll sie ihm gegangen sein! Unaufgefordert! Empört war er! Damals.
Oder ist er einer, der sich keinem Vergleich stellen mag?

'Belle de Jour', im Bahnhofsviertel. Man könnte sie dort tagsüber aufsuchen. Nie am Abend. Nie des Nachts! Das käme ihm entgegen. Ohne jede Spur von Vulgarität,

die er so verachtet, akzeptierte seine Schöne einen ausgedehnten Liebesakt in einem quasi ehelichen Schlafzimmer. Mit ihm. Er ist ein Intellektueller! Mit Bedürfnissen! Er begehrt die Frau eines anderen. Sucht dort den käuflichen Ehebruch. Er ist unfähig, Frauen anders als auf diese Weise zu gewinnen!
Hier könnte er sich der Illusion hingeben, ein kultivierter Verführer zu sein. Sein Bedürfnis, sich wenigstens die Illusion eines Gefühls zu wahren, wäre gegeben? Die Demütigung im grellen Licht der Laufhäuser wäre mit dem regelmäßigen Besuchen einer 'Maison de rendezvous' ausgefiltert?
Den Rivalen wäre er überlegen. Verheiratete Frauen, die sich aus der Gleichgültigkeit ihres Ehealltags flüchten. Sich für ein paar Stunden in der Rolle der Begehrten, der Dominierenden wiederfinden, ohne das Risiko einer amourösen Verstrickung einzugehen. Für das Bordell um die Ecke brechen harte Zeiten an.

Und wenn er einer dieser farblosen Allerwelts-Perversen ist? Alma hatte in ihrem Verständnis für Fetische, für sadomasochistische Handlungen ein großes Herz und eine gewisse Rohheit mitgebracht. Er ist ein ungehorsamer Sohn. Einer, der in der Heimlichkeit, die er dort in der Anonymität findet, unentdeckt bleibt. Unentdeckt? Was macht den Reiz des Verbotenen aus, wenn die Ausgesperrten, der Rest der Welt nichts davon erfährt?

Er ist einer dieser Schwulen, bedauernswert einzig deshalb, weil er sich diese Liebesvariante nicht zugestehen kann. Ein Homo unter Gleichgesinnten dort? Auch eine Variante seine Wahlverwandten zu finden. Von der Gesellschaft anerkannte Herren gingen dort ein und aus. Kafka soll eine nie eingestandene homoerotische Neigung zu Max Brod, seinem Prager Freund, gehegt haben. Aus dem akribisch durchforsteten Briefwechsel schließt der Kafka-Kenner auf dessen Neigung. Die dem Jahrhundert entsprechenden Visitationen von städtischen Bordellen dienten der Maskerade eines lavierten Homosexuellen.

Da sitzt er dort, säuft sich in den Schlaf zu weit überteuerten Preisen. Lässt sich von den Animierdamen umgarnen und träumt von den anderen Freiern. Plant er solche Visitationen im Voraus? Lässt er sich von seinem fortschreitenden Anlehnungsbedürfnis, dem Grad seiner Betrunkenheit verführen?
Zu viele Fragen. Unbeantwortet.
Wer, wer ist er? Wer, den sie nicht erkennen wollte?
Sollte er jemals wieder sein favorisiertes Etablissement aufsuchen, dann ausnahmslos mit ihr an seiner Seite! Diesen kaltäugigen Weibern würde er sein Juwel gerne unter die verkoksten Näschen reiben.
Die Frage, ob er seine Stützstrümpfe getragen hatte, wenn ja, ob er diese aus zeitsparenden Gründen anbehalten hatte, beschäftigt sie wiederholt.

Brief

Liebe Frau Sofja Tolstaja, wie konnten Sie nach der infamen Psychohygiene ihres Gatten weiterleben, ihn weiterlieben? Sie haben ihm dreizehn Kinder geboren, das funktionierte zumindest damals, vor der In-Vitro-Retorten-Befruchtung, nur über den banalen Akt der Zeugung. Sie haben ihn geliebt, Sie haben seine Manuskripte niedergeschrieben, ja ins Reine gebracht. Was ich Sie gerne fragen würde, mit einem Augenzwinkern mit Verlaub, es haben sich doch beträchtliche Ungereimtheiten in dem 'Opus magnum' Ihres Gatten eingenistet. Namensverwechslungen, selbst die Augenfarbe variiert da und dort. Die vielen slawischen Namen sind schon recht mühsam für einen nicht Eingelesenen; das kann Ihnen nicht entgangen sein! Zum Bahnhof durften sie noch anreisen, durchs Fenster durften Sie dem alten Hero beim Sterben zusehen; ihm zur Seite zu stehen war Ihnen nach dem ekelhaften Streit verwehrt. Von ihm? Es stirbt ein jeder für sich allein, an seiner Seite aber waren so viele! Sie als seine langjährige Lebensbegleiterin, die Mutter seiner, ihrer Kinder, sein Eheweib, Sie ließ man nicht an sein Sterbelager!
Seine abstrusen, sektiererischen Verirrungen haben Sie erduldet. Haben Sie zumindest ein wenig in sich hineinschmunzeln können, kurz in Erwägung gezogen, die eine oder andere Korrektur vorzunehmen?

Uns Frauen ist nicht hundertprozentig zu trauen. Da geben wir all den Geistesgrößen recht, pflichten ihnen stets bei. Da hätte es keiner Kreutzersonate, diesem abstrusen Eingeständnis eines Frauenphobikers bedurft. Wir wissen uns schon zu helfen, es bedarf keiner griechischen Tragödie, keiner antiken Sühne-Dramen; da und dort einen Namen, ein Geburtsjahr, ein Augenblau vertauscht ...

Seien Sie herzlichst und unbekannter Weise von mir gegrüßt.

Schlaf – Vergessenstrunk
Ostern 2010

„Ich muss schlafen!"
Wagner, sein Alter Ego, bediente sich eines Vergessentrunkes; wenn nichts mehr schlüssig war, dann griff er zum Schlaftrunk. In kaum einer Wagner-Biografie wird auf dessen Alkoholproblem hingewiesen. „Saufbruder Wagner"? Die Ambivalenz seines Liebeslebens spiegelt sich ohnehin in seinem Gesamtkunstwerk wider.
Wenn er nur schlafen könnte.
Cosima führte akribisch Tagebuch über Richards Träume. Sie war seine Chronistin, sein platonischer Lebensmensch, bald nach der Verehelichung.

Schreiben soll er!
„Komponieren, sollst du, ich bitte dich!"
„Ich muss schlafen!"
Er richtet sein Leben einzig auf den sich nicht und nimmer einstellenden Schlaf aus.
„Du wolltest mich zum Leben verführen und hast mich beinahe ins Jenseits geleitet, Schwesterlein." Schlafen, endlich schlafen, alles vergessen will er, die Mutter kann er nicht aufsuchen, zu elend, zu schuldbeladen fühlt er sich. So kann er ihr nicht gegenübertreten. Zum Leben konnte ich dich nicht verführen. Schlafen willst du, schlafen sollst du; keinen Schritt sollst du nach draußen tun.

Man darf meinem Brüderlein keine Gewalt antun in diesen Kreisen! Zur nächstgelegenen Tankstelle wird er wanken, die eine oder andere billige Halbprofessionelle mit nach Hause abschleppen. Im Stiegenhaus zusammenbrechen? Alles schon vorgekommen.

Blaubarts Kammer – Mütterleins Gemach – Blutsee

„Öffne, öffne. Geh und öffne!
Alle Türen will ich öffnen."

Die Klinik sollte sie für ihn anrufen, er wäre nicht fähig dazu. Das konnte sie nur bestätigen. Was hatte sie dazu veranlasst, sein Handy dafür zu verwenden? Weder war sie mit der, von ihrem Fabrikat abweichenden Technik vertraut, noch wollte sie Einblick in sein ihr nicht bekanntes Privates nehmen.
Klein und handlich ist sein Handy, mit einer Kamera ausgestattet. Damit hatte er eigenwillige, aufs Äußerste verfremdete Fotos gemacht. Gegenstände des Alltags pflegte er einzig im Negativ zu knipsen. Gelungene Aufnahmen von ihr beherbergte sein Handy, ein relativ unbekanntes Fabrikat.
„[...] Gib mir die Schlüssel, Blaubart, gib sie mir, weil ich dich liebe! [...]"
Blaubarts Schlüssel war dieses Teufelswerkzeug! Sie quält sich durch das ihr nicht vertraute Menü, stößt auf gesendete und eingegangene Nachrichten; hält inne. Sie ist irritiert, legt das Gerät zur Seite. Er war so unendlich einsam gewesen, so verlassen in der Zeit ihrer Trennung? Das hatte er ihr mit überzeugender Eindringlichkeit vorgehalten.
„[...] Wen hast du vor mir besessen? [...]"
„Mir geht's gut"; eine Nachricht, noch vor ihrem Wiedersehen von ihm abgesandt? Aber nicht an sie adressiert. Ihm ging es also gut? Sie weiß von seinem unmittelbar in Auflösung begriffenen Zustand zu berichten.

Gut ging es ihm also?
Die Nummer ist ihr nicht bekannt.
Wie alle nun aufscheinenden Nummern!
Getrieben von der Angst, dass er seine Geliebten mehr geliebt haben könnte als sie, besteht sie auf dem Öffnen der letzten Tür?

Nachrichten für Nachrichten öffnen sich, wie von selbst ...?

Notgeil?!/ Sexwillig- Lehrerin./ Stöhne laut./ Nimm ihn raus! 60 J., unten behaart?/ Hausfrau privat allein./ Sex noch heute ohne Geld./ Gratissex. Scharf und willig!/ Ich mache Alles!/ Oma macht's dir./ Junge Transe./ Domina nackt./ € 99,- Std., Super-Blondine./ Zu mir oder zu dir?/ Naturfranzösisch inklusive Taxi im Stadtgebiet./ € 97,- Std. Traumgirls! Bei mir oder bei dir? Taxi inkl. Stadtgebiet und Umgebung!

Von notgeilen Hausfrauen, die gratis ins Haus kommen, von rattenscharfen Eurasierinnen, auch von jungen Asiaten mit großer Ausdauer berichten diese eingegangenen SMS.
Wir sind nun Freunde, kein liebendes Paar! Er ist mir keine Rechenschaft schuldig. Ich ihm auch nicht! Keine Beichten mehr, bitte keine weiteren Einführungen mehr. Die Hände, angstklamm, sie gehorchen ihr nicht! Keine weiteren Offenbarungen! Sie legt das Handy ab.
„[...]Will deinen Schlaf nicht stören [...]."
Eingedämmt die Lebenszeichen. Ihre. Verschüttet unter einer dicken Last Schnee. Sie will nach draußen, zu den Unwissenden, den Nichteingeweihten, den Glücklichen? Es ist ihr aufgeschreckter Herzschlag? Fort von hier.
Bei den Professionellen, bei den Käuflichen war er; ein sauberes Geschäft, klare Abkommen? Damit wird sie leben können. Es gibt nichts zu verzeihen. Er hat sie

erwählt, sie ausgezeichnet. Er hat sie zu seiner Wahlschwester, seiner Beichtmutter bestimmt.
Wie kontrolliert die Wahlschwester, Mutter, Freundin, wenn nicht Geliebte den Mann? Undurchführbar, aussichtslos! Solange es eine Sehnsuchtsliebe, eine um Ergänzung bettelnde Projektion bliebe? Kein ermüdendes Werben ist vonnöten. Dagegen kommt sie nicht an. Ein kurzes Aushandeln, davor wird bezahlt. Dann wird er sich verpflichtet fühlen zu beichten. Ihr, seiner Wahlschwester? Weinen wird er. Impotent bleibt er. Er sei eine Zumutung. Sie dürfe ihn nicht verlassen. Er hätte nur sie. Prahlen wird er wieder. Von wegen Versagen? Dick wird er auftragen mit seiner wieder erlangten Potenz.
Alma hatte ihren Werfel, ihr Mann-Kind, eingesperrt, zum Schreiben! Lakonisch äußerte sie sich über die bizarre Erotik ihres musischen Liebhabers. Werfel hatte ein außerordentlich fein geschnittenes Gesicht, das im Widerspruch zu seinem gedrungenen Körper stand. Rilke hatte andere Qualitäten. Mit seinen wulstigen Lippen wird er die Damen nicht verführt haben. Er sabbert doch jedes Blatt Papier durch, das sein Konterfei trägt. Werfel hatte ein Faible für leicht versehrte Damen, gerne auch Amputierte. Wenn man Almas zurechtgerückten, ins rechte Licht korrigierten Aufzeichnungen Glauben schenken will.

Er komponiert nicht! Nie mehr!
Sie wollten gemeinsam etwas Passables, nein, etwas Großes schaffen!
Keinen Komponistengartenpavillon kann ich dir bieten, bin keine Wesendonck, keine Frau von Bülow. Sie hätten es ohne spendable Eherivalen schaffen können.

Zwei Kunstschaffende wollten wir sein! Die eine oder andere Nana hätte ich schon toleriert. Nicht die Traviata, die war schon wieder zu keusch. Einmal ist keinmal; viel zu viele Male – ungezählt; das relativiert sich irgendwann zu keinem Mal. Kein Mal ist sie gestrauchelt. Unserem Marienbildchen ganz nahe. Sie liebte! Die Liebende war der Schwindsucht zum Opfer gefallen. Auf unsere Freundschaft hätten wir nicht verzichten müssen, wegen der einen oder anderen aus den Oststaaten. Sexarbeiterinnen über Inserate gefunden, gewählt. Hausbesuche. Der günstigere Straßenstrich kommt für ihn nicht in Frage, ohne Auto, ohne Führerschein. Junge Männer, alte Herren? Wo bleibt die gepriesene, die aseptische Sicherheitszone eines ordentlich geführten Puffs?
Sie kritzelt mit bebenden Händen diverse Telefonnummern auf einen Zettel, legt diesen demonstrativ auf seinen unbenutzten Komponistenschreibtisch.
Von berückenden Giften eingeschläfert, von namenlosen Wesen Antworten geflüstert im herbeigesehnten Schlaf, hast du deine Ängste eingeschrieben auf die blanke Platte deines Schreibtisches. Neuer Staub hat sich zum alles überdauernden Staub dort auf dem Mahnmal deiner Untätigkeit hinzugesellt.
Die über Jahre angehäuften Staubschichten werden sich ihrem Vorwurf annehmen. Der Vanitas überantwortet. Dann zerfallen?
„Hurenbock, du Säufer, du!"
Das Herz schlägt ihr bis in die Kehle.
„Sacht, sacht, die Türe zu!"
Die Wohnungstür wirft sie lautstark ins Schloss.
„Was sind das für Nummern", klagt er weinerlich, sturzbetrunken in sein Handy.

„Deine Verbindung nach draußen! Einsam warst du!"
„Die vielen Nummern?"
„Sind alle auf deinem Handy gespeichert, jederzeit abrufbar."
„Telefonnummern! Welche?"
Das fragt er sie, ausgerechnet sie?
Er sei in einem Ausnahmezustand gewesen, das hätte sie zu akzeptieren!

Forderungen reihen sich an Forderungen. Für diese angepriesenen Dienste müsse man ordentlich blechen! Umsonst sei gar nichts!
Einsam hatte sie ihn geglaubt, Kontakte hatte er aufgenommen zu den Berechnenden, den Gierigen, den Genötigten, den Opfern. „Was ist schon umsonst", so seine lasche Rechtfertigung im Anbetracht seines maroden Kontostandes, „was ist schon umsonst im Leben, in der Liebe?"
Sie sei von einer berührenden Naivität, schmeichelt er. Das würde er an ihr lieben. Was ist schon umsonst?
„Mein Lieb", krakeelt er mit dem Aberwitz eines selbst Geprellten, „geht den inserierten Aufforderungen zu Gratis-Hausbesuchen auf den Leim."
„Im Minutentakt haben sie meine Telefonate abgerechnet", klagt er wehleidig.
Wer war wem auf den Leim gegangen?
Den Konsumentenschutz wird er bemühen.
Ein solch konsequentes Handeln hat sie ihm nicht zugetraut.
Wer ist nun wem auf den Leim gegangen?
Ein sturzbesoffener „Paris" hat seine Wahl getroffen unter den inserierenden Anbieterinnen gängiger Handwerkskünste.

„Was ist schon umsonst", klang es in herber Wehmut in ihr nach.

Sie hatte ihn an seine Therapeutin verraten, einzig sie! Sie habe ihn erst zu solchen dummen Ausrutschern getrieben!
„[...] *und Wollust unerhört! Durch dieser Lippen Reine, gieß' ich das süße, feine, mein schändlich Gift, das, Schwester, dich zerstört [...].*"

Im Taschenverlag erschienen war die Geschichte der Pornografie. Auf dem Nachhauseweg war ihr dieses Ekelbuch, so nennt er es kurz darauf anklagend, ins Auge gefallen. Sie kauft den Band und legte ihn ihm, noch in Folie eingeschweißt, ans Bett, ehe sie ihn verlässt.
„*Sacht, sacht, die Türe zu!*"
Er hat das Buch aus der Vakuumfolie befreit, mit spitzen Fingern darin geblättert, für ekelig, unwert befunden und tief in der Plastiktüte versenkt. Schwarzer und roter Schriftzug auf kränkelndem Gelb, mehrmals benutzt. Er favorisiert die Edelmarke des arroganten Intellektuellen.
„[...] *wirf das Teufelsbuch hinweg, das so toll und so voll Leiden, [...] wirf's weg! [...] wir versteh'n uns nicht, wir beide [...].*"
Er wird dieses „Ekelbuch" weit weg von zu Hause, im Altpapier-Container des städtischen Kurhauses entsorgen.

Albtraum des Trinkers
1993-2011

*„Will dich im Traum nicht stören,
wär' schade um die Ruh"*

*„... ich träumte von Lieb um Liebe,
von einer schönen Maid,
von Herzen und von Küssen,
von Wonne und Seligkeit.
Und als die Hähne krähten,
da wurd mein Herze wach;
nun sitz' ich hier alleine
und denke dem Traume nach.
Die Augen schließe ich wieder,
noch schlägt das Herz so warm.
Wann grünt ihr Blätter am Fenster?
Wann halt' ich mein Liebchen im Arm?"*

Kirschblüte, seine Kirschblüte war in ihre Heimat zurückgekehrt. Schwanger. Er wusste nichts davon. Ihr Piano hatte sie ihm überlassen; sein ganzer Besitz, sein Stolz, sein Halt. Seit kurzem spielt er wieder darauf.

Sein 'Jugendwerk' hatte sie in ihrer Heimatstadt Taichung auf die Welt gebracht. Keinen Namen hatte sie für das Kind. Es wird bei Pflegeeltern aufwachsen. Namenlos? Ein Mädchen, apart mit schräg geschnittenen, jadegrünen Mandelaugen. Zu offenkundig war der westliche Einschlag. Ihr Körperbau unterschied sich von dem ihrer Altersgenossen. Stramme Beine, von

den Knien abwärts hatten sich die Erbanlagen ihres Erzeugers durchgesetzt. Sie hatte stark ausgeprägte X-Beine und überraschend große Brüste. Später einmal. Das feuchtwarme Klima begünstigte die quälenden Wassereinlagerungen in den kurzen Beinen. Ihre Mutter, seine Kirschblüte, hatte Beinchen wie Stöcke! Sie hatte einen gesegneten Appetit. Nichts legte sich um ihre knabenhaften Hüften, die schmale Taille an. Das wusste er zu berichten. Zu offenkundig war der westliche Einschlag. Sie verließ schon mit vierzehn Jahren die Provinzstadt, um in der Hauptstadt Taipeh ein unbelastetes Leben zu führen. Die Konkurrenz war groß, die Nachfrage ebenso in diesem Gewerbe.
Er wird seiner Kirschblüte, dessen war er sich gewiss, über den Weg laufen. Ihr Profil wird er ausmachen, dort im Gewusel der Hauptstadt. Er wird sie suchen, in den öffentlichen Verkehrsmitteln, den Garküchen, den Parks. Er wird sie erkennen. Folgen wird er ihr, alles klären will er. Auch der Notverkauf seines, ihres alten Pianos wäre durch diese Wiederbegegnung gerechtfertigt. Der Flug war übertaueuert. Zu dieser Jahreszeit.

Schlafen wollte er erst einmal. Nein, nicht am Flughafen. Der Flug dauerte. Er ist angekommen. Die ruhige Landung ließ ihn hoffen. Ein gutes Omen? Die feuchtwarme Luft lässt ihn nach Atem ringen. Seine Beine werden zu grotesken Elefantenstampfern anschwellen. Die Stützstrümpfe werden ihm keine Erleichterung verschaffen.
„Du allein, junge Mann? Ich zu dir gehen, machen Massage ... ich 'Fanglangmei'!"
Was hindert ihn daran? Wem war er Rechenschaft schuldig? Seine Wohnung hatte er zugesperrt. Nicht

sobald und vor allem nicht alleine wollte er zurückkehren. War diese grünäugige, feiste Halbasiatin endlich sein ihm bestimmter Lebensmensch? War sie seine Kirschblüte? Er hatte sie vermisst. Verloren geglaubt. Schwesterlein, du bist es? Du hier? Was stellt diese Halbprofessionelle mit ihm an?

Diese Taiwanerin mit europäischem Einschlag war bedeutend weniger forsch als die vielen halbstundenweisen Leibesdienerinnen. 'Xiao Mei'? Bist du es wirklich?

Vergessen, alles vergessen, abgelegt im Keller?
Ein Brausen macht sich in seinem nunmehr ganz nüchternen Denken breit.

Mit einem Billigflug nach Taiwan gereist war er doch nicht. Seine Sehnsucht hat ihn in die Irre geführt. Schlafen, endlich einmal wieder schlafen, alles vergessen wollte er, in seinem Bett. Zum Schlaftrunk hatte er gegriffen. Maßlos übertrieben? Das hatte er.

Der Arzt kommt
2011

„Ich möchte dich einladen!"
„Was hast du vor?" Sie zeigt sich interessiert, ihr Pulsschlag legt merklich an Tempo zu. Er zieht ein Beisammensein mit ihr in Betracht? Nahe möchte sie ihm sein in diesen stillen Novembertagen. Viel zu oft sucht sie seine Nähe, abgelenkt, gespalten zwischen zwei Behausungen. Flugs, flugs die Türen, die Fenster zu. Bald schon klagt er wieder über diese untragbare Vereinnahmung, lamentiert über ihre Hartherzigkeit und mangelnde Hingabe.
Die Wohnungstür öffnet sich auf ihr kurzes Läuten. Kaum lesbar sind die mittig angebrachten Namensschilder. Im Hochparterre dämpft die senffarbene, fleckabweisende Auslegeware das rege Kommen und Gehen der Mieter.
Von der Kellerebene in das Hochparterre tastet sie sich die wenigen Stufen nach oben. Austauschbare, beinahe idente, spärlich beleuchtete Flure führen die dort nicht Wohnhaften in die Irre. Nach dem letzten Treppenabsatz einmal rechts und dann geradeaus? Die langen Pausen zwischen ihren Besuchen hatte er eingefordert. Heute hat er sie eingeladen, zu einem in den frühen Abend greifenden Besuch. „Mütterlein bekommt ihre Monatsspritze, um den Verlauf ihrer Tumor-Erkrankung zu drosseln."

Wie wenig er wusste! Seine Unwissenheit sollte ihn schützen. Den Gedanken an den Verlust seiner Mutter an die Krebserkrankung schob er vor sich her. Mit keinem Gruß empfängt er sie; mit einem ihr vertrauten Nicken fordert er sie auf einzutreten. Ihre Augen gewöhnen sich nur schwer an die 25-Watt-Birne. Den Rest der Lichtquelle schluckt die verdreckte Deckenleuchte. Überraschend fest drückt er sie an sich. In die Dauer seiner Umarmung zwängt sich ein Abschied mit ein. „War der Arzt schon hier?" Sie warten zu Dritt auf den Hausarzt. „Nein, aber die letzten Male ist es auch spät geworden. Wir sind seine letzten Patienten, ehe er nach Hause fährt."
Hört sie so etwas wie Stolz aus dieser Feststellung? Diese abendlichen Visiten, einmal im Monat, gaben Mutter und Sohn eine gewisse Sonderstellung im Sozialsystem.

Küchenlieder
2011

*„Dann sank' die Welt in nächtige Dunkelheit,
mein Auge suchte deins!"*

„Wenn du den Fenchel ganz fein schneidest, verliert er diese leicht holzige Note, noch etwas Salz, Pfeffer, wenn überhaupt, ein ordentlicher Schuss Zitronensaft und gutes Olivenöl, das wird dir schmecken!"
Er übernimmt auch in der Küche das Regiment. „Küche", die Bezeichnung ist maßlos überzogen. Diesen stets hinter einer angelehnten Tür vor sich hindämmernden Raum hatte sie erfolgreich zu meiden gesucht. Heute überrumpelt er sie mit einem entspannten Lächeln, einzutreten. Er schubst sie in diese Kochzelle. Herabgewirtschaftet und beengt ist der fensterlose Raum. Die Kargheit der Küche nimmt sie gefangen. Die wenigen Küchenmöbel reihen sich in einer L-Form entlang der Stirn-, wie der Seitenwand. Der rahmende Korpus des Unterbaus ist in einem bleichen Bananengelb gehalten. Man hat sich an der fruchtfleischblassen Tönung, nicht an dem kräftigen Bananenschalengelb orientiert. Die merklich schief in ihren Angeln hängenden, oft benutzten Unterschranktüren raunen in einem müden Türkisgrün. Der zweiteilige Geschirroberschrank ist mit verwässerten himbeerfarbenen Schiebetüren versehen.
Das Mobiliar stammt aus den sechziger Jahren. Das Selbstbauregal, lässt er sie wissen, hatte er in seinen guten Jahren eigenhändig zusammengeschraubt. Auch die fünf-Kilo-Tee-Dose weiß von besseren Zeiten zu

berichten. Ihr war der hier beworbene Assam Tee stets zu streng, zu wenig differenziert in seinem Parfum gewesen. Heute ist dieses blecherne Relikt mit angebrauchten Packungen von Grieß, Mehl und Semmelbröseln vollgestopft. „So viele ungesunde, böse Kohlehydrate, die haben bis vor kurzem einen ordentlich im Saft stehenden Koch erlebt", lästert sie. „Nun vergammeln sie, strikt abgelehnt von dir, dort oben abgestellt, in ihrem Blechgehäuse."

Das Holzregal, zum Zeitpunkt des Kaufes noch bleich, hatte die Patina eines angegrauten Honigtons angenommen. Die Hartplastikschüssel hat sich der Gepflogenheit dieses Haushaltes, abzuwirtschaften, widersetzt, sie würde gewiss noch einen Atomkrieg überdauern. Sie ist zu keinem kränkelnden Orangeton verblasst. Dieses Siebzigerjahre-Behältnis gibt den Blick auf einige wenige Gewürzsäckchen frei, ein jedes wurde von ihm ordentlich mit einem Haushaltsgummi zusammengehalten. Vom Springkümmel hat er ihr oft zu erzählen gewusst. „Die ätherischen Inhaltsstoffe", so belehrte sie ihn vor Jahren „könnten sich durch ein vorsichtiges Rösten in der Pfanne weit besser entfalten." Belustigt beklagte er sich über das unfolgsame Betragen des Kümmels. Er widersetze sich immer und immer wieder seiner bemühten Zuwendung, suche sich flugs den Weg nach draußen. Puff, Pop, Hopp über den Pfannenrand hinüber zur Spüle, bordüber auf den Boden; er fegt ihn selten. Ein Drittel, so seine Überschlagsrechnung, ging bei diesen Röstaktionen stets verloren. Welche Verschwendung, welche Erheiterung!

Wie sorgfältig er mit Lebensmitteln umzugehen pflegt, das rührt sie immer noch. In die vordere Ecke, gleich neben der angelehnten Tür, hat er den desolaten Kühlschrank gerückt. Wie heruntergekommen sich diese Errungenschaft einfügt! Wie klein sich das Kühlgerät in der zugedachten Ecke macht. Ob er überhaupt noch ausreichend zu kühlen vermag? Die lädierte Klappe des Gefrierfachs wird von einem Wust an grauschlierigen Eisknollen am Schließen gehindert. Er hätte noch eine geöffnete Packung Scampi, ob er die, kurz vorm Servieren, noch mit Knoblauch und Chili anbraten soll? Ihr graut vor diesem Ansinnen, sie verneint kaum hörbar. Drei winzige Kartoffeln, etwas laschen Brokkoli und zwei große Karotten von erstaunlich fester Konsistenz zaubert er hervor aus diesem abgetakelten, laut brummenden Kühlschrank.

Auf einem runden Tablett, wie man sie in Wirtshäusern zum Servieren von Getränken kennt, präsentieren sich diese Allerweltsgemüse auf ihrem rutschhemmenden Belag, als seien sie von ausgesprochener Exklusivität. Buhlen und raunen in ihrem kühlen Gemach, um endlich von ihrem Meister ans Licht, nun, auch hier herrscht das Dämmerlicht einer 25-Watt-Birne, geholt zu werden. Ab in die Wärme mit euch, nehmt teil an der ungewohnten Belebung der heute von zwei Personen überfüllten Küche.

„Wo finde ich ein Gemüsemesser?"
„Ich hab nur dieses eine, das werden wir uns redlich teilen, Schwesterlein. Große, spitze Gegenstände sind mir nicht geheuer, haben in meinem Haushalt keinen Platz. Was meinst du, was du jetzt in Händen hältst?"
Sie fühlt sich zu keiner Antwort aufgerufen, beginnt die Kartoffeln und Karotten zu schälen. „So grolle er doch nicht! Was hat es denn mit diesem antiquierten

Küchengerät auf sich, so spreche er, gestrenger Meister der schnellen Küche!"
„Ein wenig mehr Ehrfurcht wäre angebracht!"
„Warum? Kläre mich endlich auf, was halte ich so unbedacht in meinen Händen?"
„Den Kartoffelschäler der Witwe eines großen Dirigenten, den behandelst du so derart schändlich!"
„Hast du den Gemüse-Sparschäler mitgehen lassen, damals aus dem Gartenhäuschen, oder hat ihn dir die Witwe mit einem persönlichen Auftrag, gleich einem Dirigentenstab verehrt?"
„Den hab ich geklaut!"
„Du hältst ihn in Ehren, der Diebstahl eines Sparschälers ist längst verjährt."
„Wie hättest du denn gerne die Kartoffeln, auch die Karotten geschnitten?"
„Lass mich das machen, du bist nicht präzise genug. Komm, rück zur Seite, siehst du, so feine Scheiben stelle ich mir vor."
Sie gewöhnt sich mit leichtem Schaudern daran, direkt auf der malträtierten Küchenplatte zu schnipseln. Daher rühren also diese, für Schmutz gehaltenen Verfärbungen?
„Weißt du was?" So lange hat sie seine ihr vorenthaltene Zugewandtheit entbehren müssen. Er zieht sie weg von ihrem konzentrierten Gemüsezerkleinern. Zwei starke Arme umfangen sie, drücken sie mit einer lange nicht mehr gezeigten Innigkeit. „Soll ich dir etwas sagen? Liebchen! Ich liebe dich!"
„Da haben sich zwei gefunden?! Wir zwei Irrlichter."
„Ganz fest halte ich heute mein Schwesterlein in der kleinsten aller Küchen, hier lass ich dich nicht mehr los."

„Werden die Karotten wie der Fenchel angebraten oder dünstest du sie lieber mit den Kartoffelwürfeln?"
„Wir beginnen mit dem Aufsetzen der Kartoffeln, ich hab nur diese eine Platte, die anderen Herdplatten haben schon vor langer Zeit ihren Geist aufgegeben."

„Ich hab das im Griff, lass mich nur machen!"
„Wie ich dich liebe, heute riecht mein Liebchen aber wirklich allerfeinst. Ein wenig Eisenkraut und Pampelmuse, das macht dich zu einem unbedarften, ganz jungen Mädchen. Komm, wie ich dich liebe."
Von einer unspektakulären Heiterkeit ist der Raum erfüllt. Das enge Geviert der Küche dehnt sich wohlig, reckt und streckt sich. Das aufgesetzte Kartoffelwasser simmert in der mittleren Tonlage, dazu gesellt sich das besänftigende, rhythmische an- und abschwellende Klappern des schweren Emaildeckels. Die verbleibende, noch intakte Herdplatte bringt den schweren, pastelltonigen Kochtopf zum Klingen. Vertrautheit hat sich wieder eingestellt zwischen den Zweien. Ihr Kichern, ihre im Wechselspiel eingeworfenen Albernheiten fügen sich gleichberechtigt in diesen Orchesterklang.

„Wo bin ich? Geht es hier ins Bad? Ich habe solche bösen Schmerzen, alles ist wund!"
„Was fragst du, Mama, warum fragst du nach dem Bad, du stehst davor, was soll diese Frage!"
„Kind, mir ist heute nicht gut, ruf doch den Arzt!"
„Um 19 Uhr rufe ich mit Sicherheit nicht den Arzt! Er wäre, das weißt du doch, Mama, nicht mehr zu erreichen, er war erst letzte Woche hier. Was soll diese Frage nach dem Badezimmer?"

Ganz ruhig verhält sie sich, hält den Atem an, sieht die alte, unsagbar geschrumpfte Frau in der gnädig düsteren Gangbeleuchtung stehen. Sie ist doch blind? Sie kann mich nicht sehen. Ich übersehe sie einfach. Es wäre unpassend, ausgesprochen unhöflich wäre es, sich jetzt bemerkbar zu machen. Sie konnte unser albernes Herumfeixen hören, das Gehör einer Blinden ist verfeinert. Jetzt will ich mich nicht zu erkennen geben. Zu spät. Sie sucht seinen Zuspruch, nichts verrät seine erkaltete Mimik.
Zwei Frauen stehen sich gegenüber, die eine alt, von anrührender filigraner Zerbrechlichkeit, die andere von Liebesbezeugungen zum Strahlen gebracht. In ihrer Widersprüchlichkeit verhalten sie sich, als gäbe es die jeweils andere, die Konkurrentin nicht. Ich benehme mich wie ein Kind? Was mach ich bloß? Ich schließe einfach die Augen, verbanne was immer mich ängstigt. Sie ist blind?
Überlegen steht sie im Flur, hat alle Zeit der Welt, bewegt sich nicht von der Stelle. Sie, die alte Frau, blickt ihr streng und ihres Heimvorteils gewiss, in die Augen, in die Augen der Sehenden.
Große Achtung hat sie vor dieser Frau, sie gibt ihr unausgesprochen recht. Die weiß um unser Unvermögen! Die kann sehen, die ist nicht zur Gänze blind. Sie schleudert mir drohende, eingetrübte aber bei mir ankommende harte Blicke zu, sie ist nicht blind!
So hilf mir doch! Was soll ich denn machen, viel zu spät ist es jetzt, viel zu weit fortbewegt hab ich mich. Jetzt kann ich mich nicht mehr bemerkbar machen, mich ihr vorstellen. Sie fleht ihn mit stummen Blicken in aller Eindringlichkeit an. Er wendet sich ab, begibt sich in den Waschraum, kontrolliert routiniert, ob auch

alles für einen Toilettengang seiner Mutter vorbereitet sei. Er hebt den WC-Deckel, wischt vorsorglich noch einmal mit einem feuchten Tuch darüber, legt ihr das kleine, eigens für sie bestimmte Handtuch ans Waschbecken, knipst das Licht an.
Er dreht wirklich das Licht an? Er geht davon aus, dass sie nichts mehr, gar nichts mehr wahrnimmt, aber er macht ihr diese Funzel Licht an?

Die alte Dame zupft an ihrem Nachthemd.
Sie, die Anwesend-Abwesende, will über die Alte hinwegsehen. Wiederholt wird sie den Blick abwenden müssen. Um die Würde seiner Mutter zu wahren.
Wo bleibt er? Was spielt er für ein Spiel mit ihr? Sie wird die Tür schießen. Er soll endlich eingreifen, er soll diesem Kräftemessen ein Ende machen. Die Haare schneidet er der Mutter, alle paar Monate. Wie stolz er von seinem ersten geglückten Probehaarschnitt berichtet hatte, damals. Ein hübscher Schnitt. Er hat mittlerweile eine gewisse Routine erlangt. Mädchenhaft hebt sich ihr Köpfchen vom Furnier der Badezimmertür ab. Die vorderen Haarsträhnen hat er etwas länger belassen, das graue Haar am Hinterkopf hat er leicht angstuft. Ein mädchenhaftes Profil hat sie, sehr schmal ist ihr Gesicht geworden. Damals erschien sie ihr als Hünin, dort an der Brücke. Wenige Falten hat sie, trotz des starken Gewichtsverlustes, einzig um den eingefallenen Mund kräuseln sich unschöne Plisseefalten; sie hat keinen einzigen Zahn mehr in ihrer Mundhöhle!
Die Mutter nestelt mit ihren pergamentgleichen, von tief violettblauer Äderung gezeichneten Händen an ihrem weißen Nachtgewand. Und hebt es. Ausnehmend

gelenkig dreht sie sich im Stand. Sie ist blind, sie ist nicht unbeholfen. Sie wendet sich ab, dreht sich in Richtung Badezimmer und lüftet in aller Eindeutigkeit ihr von vielen Waschgängen angegrautes Chemisette. Zeigt ihr den ausgezehrten, flachen, den blanken Hintern.

Sie zeigt mir ihr bloßes Hinterteil! Frau Mutter, das habe ich verstanden! Sie hat mich gesehen, zeigt, was sie von mir hält.

„Du kannst das Bad jetzt benutzen, Mama, ich habe dir alles zurechtgelegt", meint er.
Der Kampf ist ausgetragen, wer darf sich als heutiger Sieger ins Küchenkalendarium eintragen? Ehe er sich der weiteren Zubereitung des Abendmahls widmet, schließt er die Tür. Endlich! Er umarmt sie.
„Weißt du was?" – „Hmm?" – „Ich liebe dich, ich liebe dich so sehr."
Diese Wand muss an sein Zimmer grenzen. Beschwichtigend senkt sich das von der Decke abstrahlende spärliche Licht des Reispapierballons auf sie beide herab.

„[...] Blut aus deinen mageren Brüsten, [...] deine ewig frischen Wunden, glühen Augen, rot und offen. Steig o Mutter aller Schmerzen, auf den Altar meiner Verse! In den abgezehrten Händen hältst du deines Sohnes Leiche [...]."

Mütterlein, so ganz allein in ihrem eigenen Blute
Spätsommer 2011

Ist es Frühling, Sommer? So heiß ist ihr. Die Bettdecke lastet schwer auf ihrem aufgedunsenen Leib. Schmal sei sie geworden. Sie ruft sich den aufmunternd gemeinten Zuspruch des Hausarztes in Erinnerung. Korpulent war sie all die Jahre.
Schon in der ersten Monatshälfte wäre ein striktes Einteilen des kleinen Monatsgehaltes erforderlich gewesen. Es mangelte ihr an Konsequenz. Am Essen für ihre zwei Buben, darauf war sie stolz, hatte sie nie gespart. An den Portionsgrößen der panierten Schnitzel, an den in Suppenschüsseln nicht in kleinen Förmchen zum Abkühlen auf die nordseitige, die eingeschattete Fensterbank der Speis abgestellten Vanille- und Schokoladenpuddings sollte man ihre Mutterliebe messen. Weit in den Himmel gewachsen war er, der Große. Freilich auch im Umfang. Die aufgetischten Extraportionen dieser Mutterliebe hatten in der Hauptsache den Älteren zu einem bewegungseingeschränkten, fetten jungen Mann heranwachsen lassen. Einen weiteren Nachschlag verwehrt hatte sie auch dem Jüngsten nie; niemals!

Übel ist ihr! Ein, zwei Löffel vom erstarrten, kalt gewordenen Grießbrei hat sie hinuntergewürgt. An den steinharten Biskuites hatte sie genuckelt. Ohne Zähne, so viele Jahre schon.

In der mit wenigen trippelnden, schlurfenden Schritten zu durchmessenden Garçonniere findet sich die blinde, alte, geschwächte Frau alleine zurecht. Schmerzen hat sie. Jeder einzelne Knochen, jede Sehne, jeder geschwunden geglaubte Muskel erinnert sie daran, dass sie noch am Leben ist. Selbst die geringste Luftbewegung quält sie mit bösen Nervenschmerzen. Gestern schon, aber heute bestimmt!

Heute ist wieder ein „Pflastertag"! Warum geizt er mit der Verabreichung des Schmerzpflasters derart?

Wie viele Tage war es nun her?

Haben wir Frühling?

Heiße Schauer überfallen sie. Vom feuchten Schoß aus machen sich von Angst aufgepeitschte Wellenbewegungen nach oben hin auf den Weg. Lasten schwer wie die Bettdecke auf ihrer eingefallenen Brust. Die gnädigen, schmerzberuhigten Pausen lassen ihren Oberkörper, das feuchte Haupt mit der fleckig roten, fiebrigen Stirn in das durchgeschwitzte Kopfkissen zurücksinken. Kein Laut dringt von draußen in ihre selbstgewählte Abgeschiedenheit. Es wird Sonntag sein. „Der Tag des Herrn", nuschelt sie in zahm gewordenem Angewidert-Sein. Kinderglauben, Herrschaftsglauben, alles Papperlapapp. Am siebten Tage sollst du ruhen. Zum Umfallen müde war sie. Sie liegt, wie viele Jahre liegt sie schon in diesem, ihrem Bett? Umfallen war ihr verwehrt. Aus dem Bett fallen, das könnte ihr noch widerfahren. So viele Umstände würde sie machen. Er ist so beschäftigt, ihr Jüngster. Bloß keine Umstände will sie ihm machen. Warum er mit dem Schmerzpflaster so geizt? Er will sich rächen. Will sie langsam verrecken sehen, ihr Jüngster, ihr ganz Besonderer.

1980

Zum Sterben, so ihre wiederholte Ansage an die beiden Söhne, würde sie sich auf den Diwan in der Wohnküche betten, sollten sie ihr widersprechen, sie gar allein zurücklassen an diesen stillen, von Arbeit überfrachteten Sonntagen. Gestorben wurde nicht. Ehe sie am frühen Abend die Stapel Wäsche bis Mitternacht wegzubügeln pflegte, holte sie ihr Salz-und-Pfefferkostüm aus dem Schrank. Gekniffen um die Leibesmitte, das Gesäß hatte es all die Jahre, letztlich seit sie es, in welchem Jahr war das, im besten Laden für Damenbekleidung, in der Einkaufsstraße in der Neustadt, für ein Vorstellungsgespräch erworben hatte. In welchem Jahr war das gewesen? Zwölf Monatsgehälter stotterte sie in kleinen, trotzdem schmerzenden Beträgen ab. Das Kostüm hatte sich amortisiert. Zeitlos war es, wie letztlich ihr gesamtes Erscheinungsbild. Beherzt zwängte sie sich hinein in die wollene, kratzige Salz-und-Pfeffer-Ausgehkombination. Zog sich das gemusterte Textil an Angepasstheit über und tauchte unter in der noppigen Schwarz-Weiß-Webe. Sie ordnete mit sparsamen, routinierten Handgriffen ihr fahlblondes, schütter gewordenes Haar zu einem winzigen Dutt am oberen Hinterkopf; legte ein klein wenig Puder auf die feucht glänzende Nase, auch die fülligen Wangen auf und trieb die vor sich hin trödelnden Knaben hinaus auf die sonnendurchwärmte Hauptstraße. Entlang der

schattenspendenden Kastanien auf der gegenüberliegenden Seite nahmen sie, begleitet von ihrem endlosen Kleinmädchensingsang, den Spaziergang in das kleine, aber feine Café Fürst auf.
Großmütig, nicht kleinherzig gewährte, nein, forderte sie die Buben stets dazu auf, zwei Stück Torte zu ordern. Der Ältere der Brüder ließ sich nie, kein einziges Mal auf ein Experiment im Hinblick auf die Wahl der Süßspeise ein. Stets, über die Jahre hin, bestellte er, mit wechselnder Stimmlage vom Knabensopran zum gesetzten Bariton, sein Stück Malakoff wie die Sachertorte mit dem obligatorischen Klacks Schlagobers. Der Jüngere naschte sich, den Magen noch von den überdimensionierten Schnitzeln besetzt, durch die Kuchenvitrine. Galt es doch, die verführerisch lockenden Erdbeere, Himbeere, die aus der Fülle des Sommers erweiterte Auswahl des Kuchenangebots, die Augen- und Gaumenverführungen der hübsch anzusehenden Früchtetorten zu gustieren. Sacher, Linzer wie die nicht zu verachtende Haustorte ließ sich der schon im Knabenalter den Genüssen weit aufgeschlossenere der beiden Brüder in den Herbst- und Wintermonaten munden. Die Mutter gönnte sich eine Melange und pflegte die stets in ihrem Sinne erfolgte Konsumation ihrer beiden Söhne mit einem beherzten In-die-Hände-klatschen zu goutieren.

Mit der Übernahme der Hausmeisterei hatte sie ihre beiden Söhne, die ihr verbliebenen, durchgebracht. Sonntags wurde nicht geruht. Die Wäsche, liegengeblieben über die Woche hin, musste gewaschen werden. Die schweren Körbe, angefüllt mit nasser, klammer Weißwäsche, mit Buntwäsche, die es separat zu waschen galt, wurden zu jeder Jahreszeit draußen im Innenhof zum Trocknen zwischen den Teppichstangen aufgehängt. Wie schwer ihr das Bücken gefallen war, damals schon. Wen wundert es, nach einer arbeitsreichen, Tag für Tag durchstrukturierten Woche. An den Sommersonntagen stand ihr der Jüngste, ihr ganz Besonderer beim Abnehmen der großen Wäscheteile zur Seite. Die Laken, die Bettbezüge legten sie in eingespielten sich aufeinanderzu-bewegenden und sich voneinanderentfernenden Tanzschritten zusammen. Akkurat und beinah schranktauglich stapelten sich die Frische aussendenden Wäschestapel im Weidenkorb. Die Schnitzel mussten geklopft, in Ei, mit einem ordentlichen Schuss Schlagobers verschlagen, in Mehl und den Semmelbröseln gezogen, getaucht werden. Schwimmen mussten die derart vorbereiteten Schnitzel im Butterschmalz. Goldgelb, mit den gewünschten, aufgeworfenen Blasen überlappten diese stets den Tellerrand. Darauf legte sie Wert, großen Wert. Sie selbst gönnte sich kaum ein halbes Stück. Groß sollten sie werden, groß und stark, ihre beiden Söhne.

Sommer 2011

Kinder, kleine Kinder geben ohne Unterlass ihre Lautbekundungen ab. Es wird wohl Sommer sein. Eine schwüle Luftwoge lässt sich auf ihrer kaltfeuchten Haut nieder. Keine Sommergrippe lähmt ihre untätigen Glieder; draußen hatten sie Hochsommer. Endlich erbarmt sich ein Lufthauch ihres verzehrenden Brennens. Sie wird sich übergeben müssen. „Kind, ich bitt' dich, sei so gut, stell mir den Eimer hier ans Bett ... die viele Mühe, Kind, du arbeitest so schwer, auch sonntags ... die viele Arbeit, die ich dir mache ... jede Woche überziehst du mir das Bett ... das wäre doch nicht nötig ... ich, ja ich schwitze und friere und schlafe ...!"

Sie wird es nicht mehr rechtzeitig schaffen. Wie unbeholfen sie geworden ist. So viele Kilos hatte sie verloren, hier in ihrem Bett. Unsicher stützt sie sich auf der stark nachgebenden Matratze ab. Eine Leere macht sich in ihrem Kopf breit, der Magen revoltiert; die fünf, sechs Schritte hinaus, einmal rechts ...! Sie wird noch rechtzeitig die Toilettmuschel erreichen? Keinen Stock braucht sie! Wozu? Sie benötigt doch keine Gehhilfe in der vierzig Quadratmeter kleinen Wohnung! Wo hat sich der eine, der linke Hausschuh versteckt? Neue Holzpantinen hat er ihr noch letzte Woche vom Schrannenmarkt mitgebracht. Keine raue Stelle, kein Holzspan durfte ihre empfindlichen Fußsohlen quälen.

Er habe dieses Paar Holzpantoffeln mit äußerstem Bedacht gewählt!
Mutter und Sohn haben sich darauf geeinigt Hausschuhe zu tragen. Ihm ist ein Schlurfen zu eigen, auf ein Nachklappern der Holzsohle wäre der Sohn nicht angewiesen, um sich und seine Existenz anzukünden.

Agonie
Spätsommer 2011

„Kindchen, Kind wann kommst du?"
Seit Stunden, Tagen hat sie nicht das Geschäftigkeit vortäuschende Klappern seiner Holzschuhe vernommen. Liegt er nebenan? Hat er sich wieder betäubt? Ist er betrunken, stockbesoffen? Wie sein Vater? Hört er sie nicht? Will er ihr inständiges Flehen, Rufen nicht hören?
Er hat ein Mädchen bei sich? Wie ihm das gut tut. Nein, dieses Weibsstück! Den gesamten Sommer ist sie ein und ausgegangen. Was hat sie ... was ich ... nicht ...? Was lässt dich, Kind ...? Mein liebes Kind, wo bleibst du? ... Was hat sie mit dir angestellt? Mein Wimmern, du hast es doch gehört? Leugne es nicht! Du bist mein Sohn, mein Fleisch und Blut ... unter großen Schmerzen hab ich dich geboren, auf die Welt gebracht, mein Letzter, mein mir einzig Verbliebener.

Abgenommen hast du! Einen Teufel werde ich tun, du sollst nicht hager werden wie ein abgetakelter Kellner! Dein Vater war überschlank. Du sollst ein stattlicher Junge bleiben, mein ganz Besonderer? Nichts werde ich bemerken! Was soll die Häme, deine Mutter bin ich, bleibe ich! Blind bin ich, für dich, mein Kind, nur für dich! Mein Augenlicht habe ich geopfert für dich, mein Bübchen! Wo wärst du verblieben, ohne mich? Dort bei deinen Asiatinnen? Verlassen haben sie dich, alle! Ausgenutzt haben sie meinen Augenstern. Was hast du einen Narren an diesen androgynen Wesen gefressen. Stattlich war ich, die rechten Rundungen am rechten Ort hatte ich. Griffig! Den Männern, ja, auch deinen Vater haben sie verrückt gemacht, meine Kurven, meine Fülle. Keinen Busen, keinen Arsch, überall die langen, schwarzen Rosshaare, im Waschbecken, in der Wanne. Gesehen? Was soll ich gesehen haben? An den Händen, an den Fußsohlen, überall haben sich diese verdammten Haare verfangen.

Jetzt, heute, liegt er Wand an Wand mit diesem Frauenzimmer?

Hilfe, komm mir doch zu Hilfe! Schmerzen, so schlimme Schmerzen ... warum? Mir ist so heiß ... ganz kühl wird mir. Feucht, ich werde mich doch nicht ...? Nein. Ich muss mein Hemd wechseln! Eingenässt habe ich, gestürzt bin ich ... über diesen elenden Holzschuh. Kind, hilf mir, ich bitte dich ... wo du nur bleibst? So roh, nein, so kalt bist du nicht zu deinem Mütterlein! Wo bist du? Bei der Arbeit ... was, wo bist du angestellt, Kind? Mit deinem Talent! Erst am späten Nachmittag geht er aus dem Haus? Zur Probe? Zur Vorstellung?
So wunderbar hast du gespielt, keinen Flügel konnten wir uns leisten. Die eine, die Asiatin, die Gute, die hat uns ihr Piano überlassen. Ein schöner Zug. Sie war es dir schuldig, gewiss, Kind. Du bespielst es wieder, die letzten Monate. Doch, ich habe es vernommen! Erteilst du Klavierunterricht, du Guter, du Begabter? Die Banausen. Nun, wenn sie ordentlich zahlen.

Kind, hilf mir auf. Ein neues Nachthemd, frische Unterwäsche. Blut, soviel Blut unter mir, überall. Warmes, wohlig warm duftendes Blut. Süßes Blut, blaues Blut, heutzutage muss man sich zurückhalten. Einen, meinen, unseren Titel zu führen, das wird nicht goutiert. Ein Strafregister, Vorstrafen, Bewährungsstrafen, alles schon gehört. Aber meinen edlen Titel, deinen, mein Sohn, den müssen wir verleugnen.

So übel ist mir, so leer wird mir im Kopf, im Herzen ... Ich sterbe? Mit Schmerzen geboren, mein Letzter, so große, so unsagbare Schmerzen! Wenn ich mich nicht bewege? Das rechte Bein ein wenig nur anwinkle? Der Hausschuh, der soll mir zum Verhängnis geworden sein? Ganz ruhig bleiben. Stille. Atemholen, alle halben Minuten. Weniger Schmerz? So klebrig ist das Blut, soviel Blut!

Kind, was das Flecken gibt! Wir werden den Vorleger mit Zitronensaft beträufeln, viel Zitrone, besorge Zitronen ... es ist Sommer, wir können den Teppich auf den Rasen legen, die Sonne wird das Rostfarben der Blutspuren meiner Wunde, meiner großen Wunde bleichen ... Bleichen, wie meine Gebeine ... in Bälde ...!

„Mama, was ist geschehen? Wieso liegst du ...? Du bist gestürzt. So viel Blut! Du bist verletzt? Was soll ich tun? Ja, nein, ich komme ... ja, du weißt doch, ich arbeite auch am Sonntag!"

Die Mutter liegt in ihrem eigenen Blut. Ich muss die Rettung, den Notarzt anrufen! Mit dem Taxi ... ich komme nach. Ich packe das Nötigste. Wie schwer ist die Verletzung? Wird sie wieder gesund? Mütterlein musste so unsägliche Schmerzen aushalten ... während ich mich, ich wollte... ich, mir war so unerträglich schwer ums Gemüt ... mein Liebchen, verlassen ... ich hab sie verlassen. Verlassen müssen, verraten hat sie mich. Beide, alle haben sie mich verraten. Mama, wie sehr hast du gelitten. In deinem Blut, so warm ... ich werde das Spülwasser noch und noch einmal wechseln. Getrocknetes Blut am Türstock, in den Fugen, auf den Kacheln ... Mutter, während ich mich verlustiert habe. Verlustiert!? Wegen einem Stück Gammelfleisch? Verlustiert! Noch nicht einmal konsumiert habe ich! Impotent bin und bleibe ich ... bezahlt habe ich, weit überhöht bezahlt! Mütterlein, so verlassen ...?

Liebchen, deine Stimme, sie ist mir fremd, so verjüngt. Dir geht es gut? Ohne mich? Was ist mit dir? So weit entfernt hast du dich. Sind doch erst zwei Monate. Wie fremd du mir geworden bist. Schwesterlein, Liebchen, komm ... ich bitte dich, komm ...!

„Zum Leben wolltest du mich verführen,
hast mich beinah ins Jenseits geleitet."
Spätsommer 2011

„Dass wir nicht verrückt werden, nicht untergehen, nicht sterben, sondern all das ertragen können, was doch unerträglich ist. Es gibt sie, jene Menschen, Dichterinnen und Dichter, die an der unerhörten Liebe zerbrochen sind, im Gebirge umherirrend wie Lenz, oder gleich Hölderlin in den Irrenturm gesperrt ..."

Heute, nach der ersten, noch im Nacken hockenden Trennung, nach dem infamen Verrat zweier Frauen, nach seinem tiefen Fall, nach einer zaghaften Wiederannäherung, heute trifft man sich zwischen den Bergen, auf einem Bahnhof im Süden.

Bleich ist er, sein Gesicht ist unübersehbar aufgedunsen. Er erwartet sie, er nimmt eine aufgesetzt stoische Haltung ein. Sein Blick sucht auf dem überschaubaren Terrain eine Bahnhofsuhr, er wird nicht fündig. Dann und wann erscheint eine digitale Einblendung. Im Minutentakt vergleicht er die Ortszeit mit der seiner Armbanduhr. Tief hat sich das schwarze Lederband in seinen Unterarm gegraben. Seine Schulter schmerzt ihn, sein Handgelenk schwillt zusehends an, er wird die Uhr abnehmen müssen. Dass er sie bloß nicht verliert, hier in dieser Abgeschiedenheit. Ein treuer Begleiter war ihm diese Armbanduhr. Ein Überbleibsel aus seinen guten Tagen. Damals, nach seinem ersten erfolgreich aufgeführten Auftragswerk, hatte er diese schlichte

Uhr erworben. Das Ziffernblatt gefällt ihm auch heute noch ausnehmend gut. Die platingrauen arabischen Ziffern heben sich ohne störende Extravaganzen vom matten Schwarz des Ziffernblattes ab. Das Rund der Uhr steht in einem ausgewogenen Verhältnis zu seinem Handgelenk.
Der Rücken schmerzt. Was ihn wirklich beunruhigt, ist sein geschwollener Kiefer; angeschwollen und von sensorischen Störungen begleitet, hindert ihn diese Irritation am Essen, am Trinken, vor allem am Sprechen. Er wartet am Bahnsteig auf sie, auf ihr Eintreffen mit dem nächsten Zug der Regionalbahn. Sie hat es sich doch noch überlegt? Sie wird nicht kommen? Wahrscheinlich ist sie ausgestiegen. Der Zug hält in jedem Kaff!

Er hat ein Zögern in ihrer Stimme vernommen. Ihre, auch seine Stimme klang verzerrt. Die Verbindung war miserabel hier in dieser stadtfernen Region. Sie hat den Zug versäumt? Sie wird den Nächsten nehmen? Er nimmt Haltung an, rückt seinen malträtierten Rücken gerade, bemüht sich um ein wenig mehr Standfestigkeit, indem er die Füße nach beiden Seiten hin raumgreifend einrasten lässt, dort auf dem Perron.
Einen Fremden aus der Hauptstadt, unübersehbar angeschlagen, hat die zuletzt eingetroffene Zugverbindung angespült, dort auf dem menschenleeren Bahnsteig. Wie er sich hinter seiner dunklen Sonnenbrille zu verschanzen sucht! Was hat das Leben mit ihm vor, was war ihm widerfahren? Wie versehrt er dort Stellung bezieht. Ein Rekonvaleszenter vielleicht, auf dem Weg in die Klinik, weit drinnen im Tal. Man nutzt das Heilklima in wohltuender Höhe. Um die siebenhundert

Meter ab Meeresspiegel, so wirbt man dort am Südhang. Gewiss, aber selten kommen diese Kranken mit der Bahn an. Er war vorausgefahren. Und zwei Stationen vor dem Ziel ausgestiegen. Warum? Um sie früher an seiner Seite zu haben? Gegen das Pochen in seinem Handgelenk? Atem anzusaugen vor dem schwer auf ihm lastenden Mutterbesuch? Ein dunkel gekleideter Mann mittleren Alters harrt auf das Eintreffen des nächsten Zuges.
Sie wird kommen, bald schon, mit der nächsten ausgewiesenen Fahrt der Regionalbahn!

Die georderten Habseligkeiten der kranken Mutter führt er in zwei gelben Supermarktbeuteln mit sich. Schwarz gewandet und übersät mit Blutergüssen, das ist er. Was war ihm zugestoßen? War er gefallen? Hatte er nicht bezahlt? Hatte er überhaupt ausreichend Geld bei sich gehabt? Wurde nicht im Minutentakt abgerechnet? War er niedergeschlagen worden? Wer hatte ihn so übel zugerichtet? Waren es viele? Ein überschaubares, ein bezahlbares Maß an Zuwendung, viel zu viel Alkohol, daran kann er sich schwach erinnern.
Er hat große Schmerzen. Er hat sich auf den Weg gemacht, es war ihm nicht eher möglich. Aber heute fühlt er sich imstande, seine kranke Mutter aufzusuchen; seinem verloren geglaubten Liebchen wird er wieder begegnen.

Über eine Tonkonserve, lautstark übersteuert, im Singsang eines befremdlich anmutenden Hochdeutsch, wird der demnächst einfahrende Regionalzug angekündigt.
Wie sehr er sich um Haltung bemüht.

Wurden dir deine krähenschwarzen Flügel zum Verhängnis? Jetzt wartest du dort drüben auf mich. Ein gestrandeter Engel, auf der Suche nach ein wenig Attraktion? Die vorletzte Bahn habe ich versäumt. Aber jetzt bin ich gleich hier, hier bei dir …! Du hast auf mich gewartet. Viel zu lange waren wir getrennt. Du musstest gut zwei Stunden, zwölf Wochen, drei Monate ausharren; das macht mürbe, das ließ deinen Oberkörper in sich zusammensacken? Ganz klein erscheinst du mir. Geht es dir auch wirklich gut? Wir haben noch eine ordentliche Strecke vor uns. Wirst du das auch schaffen? Wie ihn die Trennung gezeichnet hat, wie verheerend er aussieht, dort drüben am gegenüberliegenden Bahnsteig?

Unübersehbar hat sich sein Absturz in seiner linken, dem Herzen näheren Gesichtshälfte flächig breit gemacht. Ein haarfeines Gespinst aus purpurroten, erst vor kurzem geplatzten Äderchen, ganz knapp unter der Hautoberfläche, lässt seine Wange Botschaften absenden. An sie! Ein loderndes Feuermal auf seiner linken Wange bereitet sie auf seine missliche Lage vor. Schickt nonverbale Nachrichten über die Entfernung zweier Geleisstränge hin zu ihr.

Unsicher mustert sie ihn, wähnt sich in Deckung, hinter der eingedreckten Verglasung des Abteilfensters. Lange schon hat er sie ausgemacht. Langsam, beinah im Schritttempo ist die Zuggarnitur in den Bahnhof eingefahren, Bischofshofen; sie hat nach ihm Ausschau gehalten, er hat ihre Silhouette wahrgenommen, sie hat ihr Versprechen gehalten. Sie ist zu ihm gekommen. Sie ist angekommen. Jetzt werden sie die restliche

Fahrt zu seiner Mutter zusammen bestreiten. Auch die Heimfahrt werden sie zu Zweit antreten. Wie zukunftserhellend. Nach dem so lange vor sich hergeschobenen Aufsuchen seiner Mutter hat er die unverrückbare Versicherung, mit seiner Wahlschwester anderthalb gemeinsame Stunden in ein und demselben Zugabteil verbringen zu dürfen. Die Fahrt nach Hause ist ihm gesichert. Die Zeit wird er zu nutzen wissen. Alte, neu errungene Vertrautheit wird sich einstellen, später, am frühen Abend, wenn sie sich, wenn schon nicht nebeneinander, so doch gegenüber sitzen werden, in einem der von Menschen entleerten Abteile der Regionalbahn. Sie ist angekommen.
Brüderlein, wo kommst du her? Was hat man dir angetan? Was hast du dir zugemutet? Alles Leben hat man dir entwendet. Hast du dich bestehlen lassen? Was ist dir widerfahren?
Sie wird aussteigen müssen. Sie beide werden auf den nächsten Regionalzug warten, die Fahrt zum Zielbahnhof werden sie Seite an Seite antreten. Sie müht sich ab mit der Gesetzmäßigkeit der hydraulischen Türöffnung, hadert mit deren Funktion, hier und heute. Wie viel Langmut es bedarf; sie ist endlich eingetroffen nach der anstrengenden Fahrt! Die ungezählten Haltestationen hatten zumindest die Hälfte der eigentlichen Reisedauer in Anspruch genommen. Geduld war angesagt; gehofft hatte sie, sich in geduldigem Warten geübt, das hatte sie, in der Zeit ihrer Trennung. Jetzt kann sie es nicht eine Minute länger abwarten, bis sich endlich die Tür öffnen lässt, der von ihr in Frage gestellte Mechanismus der ausfahrenden Einstiegshilfe endlich in Bewegung gerät, sie endlich den Boden unter den Füßen zu spüren bekommt.

Nicht noch eine Tür öffnen ...! Nicht noch einmal in sein heillos in Unordnung geratenes Innenleben blicken müssen, nicht heute, auch nicht morgen. Nein, das will sie nicht mehr.
Er hält es nicht für nötig seine Unterarme zu bedecken? Tiefviolette, gallegelbe, kränkelnd anmutende subkutane Hautblutungen entstellen diese. Als flächig angelegte Vorzeichnungen könnten seine Blutergüsse später noch bunter eingeritzte Tätowierungen aufnehmen; von seinen Ausflügen in ihr fremde Welten berichten. Den gesamten letzten Sommer wollte er sich nicht und nicht von seinem Samtjackett trennen. Heute sucht er seine Mutter auf, viel zu lange hat er diesen Gang hinausgezögert, heute hält er es für angemessen, ein ausgewaschenes, anthrazitgraues Kurzarm-Shirt zu tragen.

Kein Gruß, einzig ein müdes Nicken schenkt er ihr; zu Vieles an Zurückgehaltenem lastet in beider Herzen. Heute wird er nicht den Fehler begehen und seine zerrüttete Befindlichkeit durch folgenschwere Beichten erleichtern. Ihr wird er heute mit einem konsequent durchgehaltenen Schweigen den Wind der Schuldlosen aus den Segeln nehmen. Er weiß um die Gratwanderung, die Grenze haben sie schon lange zuvor überschritten. Er weiß um die logische Konsequenz, in absehbarer Ferne.
Sie wissen um die Aktualität ihrer Liebe, kein Ablaufdatum hat sich in ihr Herzenskalendarium eingeschrieben. Sie wissen beide um die Unvereinbarkeit ihrer Sehnsucht. Sie werden daran scheitern. Das Mäntelchen einer erdachten Geschwisterliebe wird sie nicht auf Dauer wärmen.

Die Fahrtstrecke Richtung Schwarzach im Pongau nehmen nur wenige Bahnkunden in Anspruch. Es gäbe leere Abteile in jedem Waggon. Er drängt sie in ein halb besetztes. Nimmt nicht ihr gegenüber Platz. Nein, er setzt sich ihrer Musterung nicht aus. „Ist der Platz neben Ihnen noch frei?" Höflich ist diese Frage an den Abteilnachbarn gerichtet, schon setzt er sich in umständlicher und überaus befangener Manier neben sie.

Durch das von Schlieren trübe Glas nimmt sie die herbe Anmut des Salzachtales wahr und beäugt ihn in der Spiegelung des Abteilfensters. Sie ahmt seine angespannte Haltung nach. Sie hat sich sein Unbehagen einverleibt, erfährt jäh eine Beklemmung des Herzens.

Alles löschen will er. Nichts war vorgefallen. Nichts Nennenswertes war geschehen in den letzten Wochen, Monaten. Nichts gibt es zu beichten! Er bedarf keiner Absolution, nicht von ihr, seinem Lieb-Schwesterlein. Wie traurig ihr Schauen an mir vorbeifließt, wie schön sich diese Traurigkeit in ihrem Gesicht abzeichnet ...?

Heute, auf dem Weg zu seiner Mutter, erinnert er sich. Bilder überblenden einander, tauchen auf, entschwinden. Hingekritzelt hatte er seine flüchtigen Impressionen, hatte sie in die Folie eingeritzt, mit seinem Plastikgriffel. Um Schönschrift bemüht war er, der Zehnjährige. Mikroskopisch klein, wie stets, hatte er ihm Bedeutendes niedergeschrieben, mit Skizzen bereichert, einst. Oft, viel zu oft hatte er, aus einer unerfindlichen Abscheu, alles mit einem einzigen Wischen gelöscht. Keine Spuren wollte er hinterlassen. Keine Spuren, keine Partituren, keine Aufzeichnungen.

Dem Prinzip des Spurenverwischens hält er die Treue. Ab in den Keller damit. Nichts sollte ihn an seine guten, nichts aber schon gar nichts an seine üblen Tage erinnern. Alles hat noch seinen vorgeschriebenen Weg in den Keller gefunden. Keine Spuren, keine Fotos, keine Namen. Er heißt niemanden bei seinem Namen, keine ihm Liebgewordenen wird er je beim Namen nennen. Auch keine ihm einst anvertrauten Tiere, gefiederte, auch bepelzte, hatte er je mit einem Namen bedacht. Der von ihm sosehr geschätzte Wunderblock war ihm ein Fluch und Segen zugleich, damals in den Tagen seines Kindseins. Mit der Rakel einmal drüberwischen, schon war alles gelöscht.

Nichts war geschehen? Abusus, Vergessens Tränklein?

Wie klein er sich macht, die Beine windet er in einer an Akrobatik grenzenden Grazie in- und übereinander. Wie blattschmal er sich einfügt, wie körperlos er sich in den hart gepolsterten Coupé-Bänken verliert. Schütz dich, Brüderlein, deine Mutter ist gut aufgehoben dort oben am Berg. Sie ist blind, zur Gänze erblindet ist sie doch? Du zweifelst? Es bleibt unser beider Geheimnis; deine unübersehbaren Blessuren behalte ich für mich; Mutterliebe erahnt alles, verspürt alles am eigenen Leib. So sagt man? Wird sie dich in den Arm nehmen wollen? Wirst du es zulassen können? Wie werdet ihr beide mit eurem Wissen, deiner Scham, eurer Verlustangst hinter dem Berg halten können, dort oben?
Sie wird sich möglichst neutral verhalten. Nimmt sie sich vor. Wird sie seine Mutter in ihrem Krankenzimmer aufsuchen wollen?
Sie wird sie nicht besuchen?

Schütz dein Herz, aber erdrücke es nicht; so wenig Platz gewährst du deinem von Scham verseuchten Herzen in deinem zusammengepressten Brustkorb.
So einen Sitznachbarn mag man sich schon wünschen. In der Bahn, im Kino, in der Oper! Kein nonverbaler Streit, kein Gerangel um die begehrten Armlehnen. Verloren sitzt du nun neben mir. Hier in der Bahn, auf dem Weg zu deiner Mutter.

„Den Zug hätte ich versäumen können ...!"
„Dann hättest du den Nächsten genommen!"
„Deine Mutter weiß nichts von deinem Überraschungsbesuch, oder doch?"
„Sosehr gefehlt hat mir deine Unberechenbarkeit, deine Spontanität ... Liebchen."

„Zum Leben wolltest du mich verführen ... hast mich beinah ins Jenseits befördert ..."

Kafkas Stadt – die Karlsbrücke

Verreisen wollten sie beide. Sie hatten sich gegenseitig Zukunftspläne zum Geschenk gemacht. Den nächsten Sommer hätten sie auf der Karlsbrücke begrüßen wollen? Dort auf der Brücke untertauchen in der wohltuenden Anonymität, das wollten sie doch? In den nicht abbrechenden Strom von Tagestouristen hätten sie sich eingefügt. Keinen neugierigen, keinen abschätzigen, sie verurteilenden Blicken wären sie dort drüben, über der Grenze ausgesetzt gewesen. Sie hätten sich an den Händen gefasst, die Arme hätten sie sich, wie so viele, um die Schultern, auch um die Taille gelegt. Hand in Hand wären sie durch die Stadt Kafkas geschlendert. In unausgesprochenem Einverständnis hätten sie sich treiben lassen durch die geschichtsträchtigen Gassen Prags.

Eine jähe Blickverschränkung gewährte ihnen beiden Einblick in ihre nie ausgesprochenen Begehrlichkeiten.

So viele Briefe hatte er abgefasst, verspätet, nie abgesandt, der Literat. Eine große Liebe auf Distanz, aufrechterhalten in der Wahl zweier Wohnorte, Städte, zweier Nationen. Hunderte von Kilometern hatte er dazwischen gerückt; nur über diese selbst gewählte räumliche Distanz war es ihm möglich, eine große Liebe, eine seinem Kopf entsprungene Liebe frisch zu halten.

Quicklebendig wie zwei Fischlein im fließenden Gewässer hätten sich die beiden durch die Stadt eines schreibenden Liebenden bewegen wollen. Dem trägen Strom hätten sie sich anvertraut, eines von so vielen zueinandergefundenen Paaren wären sie gewesen. Eingesogen vom überstrapazierten Zauber dieser Stadt, hätten sie sich in ihrer Bestimmung bestätigt gefühlt.

Auf der Karlsbrücke, mit Blick auf den Hradschin, hätten sie ihren Vertrag verlängern wollen. Ihren Schwur hätten sie niedergeschrieben, in eine geleerte Flasche Urbock versenkt, zugekorkt und den Untiefen der Moldau überantwortet.

Ronda

„Ronda! Seid gegrüßt, alte Stadt!"
Jetzt, wo wir euch einen lange schon hinausgezögerten Besuch abstatten, jetzt verbergt ihr euch in unangebrachter Verschämtheit hinter jenem Wolkengebirge? Ihr, die ihr die Zauberstadt Rilkes seid? Ihr seid gemeint, ja ihr! Eine unvergleichliche Erscheinung, eine auf zwei Felsmassen aufgehäufelte Stadt, ja, das seid ihr doch? Seht ihr, so werbend hat unser Dichter uns Ronda ans Herz gelegt.

Nichts wie weg, ganz einfach fort wollten wir aus der Kälte. Abhauen wollten wir später auch aus der Bruthitze, aus dem Moloch Málagas.

Nur einmal täglich lädt ein klimatisierter Reisebus die von unterschiedlichsten Sehnsüchten Getriebenen ein, dort auf dem Busbahnhof. Nebeneinander wollten wir Platz nehmen, uns Schulter an Schulter ausruhen. Unsere Blicke hätten sich in der Spiegelung der unterseegrün eingedunkelten Verglasung der Fensterscheibe ineinander verschränkt, sich kurz ausgeruht, und in träger Wanderlust hätten wir, ein jeder für sich, unsere Hoffnungen in die Ferne, in die schmerzvolle, das Auge attackierende Weite des Tales auf Erkundung geschickt.

„'Prosper Mérimée' wäre schuld daran ...!"
„Schuldig woran, Brüderlein?"

„Carmen könnte noch am Leben sein, José hätte sich nicht schuldig gemacht, der heillose Narr!"
Er habe schon immer ein wenig den José-Liebesvirus in sich getragen. Misstrauisch sei er, zu rasender Eifersucht gleich einem spanischen Granden sei er fähig.

Er würde gleich nach ihrer Ankunft Karten für die Corrida reservieren lassen. Sie solle sich jenes hübsche Bild nur ausmalen. Sie beide, nebeneinander sitzend, dort im Süden, dort in der ursprünglichsten aller Stierkampfarenen. Auf der glutheißen, von der andalusischen Sonne aufgeheizten Zuschauerseite würden sie ihre Plätze einnehmen. Zwei bedeutungsschwere Plätze hätte er gewählt. Am Ende eines Kampfes hätte der schmucke Torero das abgeschnittene Ohr des bedauernswerten Tieres ihm, dem jüngeren Mann, als Zeichen seiner großen Anerkennung überreicht. Er, der Ausgezeichnete, wüsste nichts Besseres zu tun, als diesen Fetisch an sie, seine an Jahren reichere Begleitung weiterzureichen. Einen Sonnenstich wäre ihm dieser inszenierte, man sagt: männlichste aller menschlichen Existenzkämpfe, allemal wert.
Er solle sich bloß nicht dazu verleiten lassen!

Wie sehr er sich danach verzehrt hatte, all die Jahre zu Hause. Nebenan, in lähmender Vertrautheit, die blinde Mutter wissend, bettlägerig seit Jahren schon.

Hier und jetzt, so würden sie beide erkennen, seien sie einzig aus der einlullenden Gewohnheit an ein Land gebunden, welches mit sechs Monaten Winter gestraft wäre und die restlichen Monate, von wenigen Tagen abgesehen, von Dauerregen unter Wasser gesetzt würde. Nichts wie weg, ganz einfach fort wollten wir aus der Kälte.

Die zu dieser Jahreszeit schier explodieren wollende Natur würde sie nur nachäffen, sie beide imitieren, dort in der sonnendurchtränkten Weite Andalusiens. Mit einem wohlig beschleunigten Herzschlag hätten sie diese Reise angetreten.

Steil wäre der Aufstieg, kräftezehrend wäre die von Hupsignalen begleitete Anfahrt mit dem Reisebus geworden. Mit der Souveränität des schon einmal Dagewesenen hätte er ihr Staunen auf die über ihnen, gleich einem Adlerhorst, über den Felsauftürmungen wachende, zweigeteilte Stadt gelenkt. Er wüsste um die Ausweglosigkeit, dieser steinernen Circe mit ihrem betörenden, magnetisierenden Funkeln, ihrem fremden Zauber entkommen zu können.

„Ihnen, hochverehrte Stadt", so wollte sie lästern, „ja, Ihnen sind schon weit bedeutendere Reisende auf den Leim gegangen." Mit einem gewissen Stolz wollten sie sich einreihen in die Riege der illustren Gäste.

Von einer perlhuhngrauen Lichtkontur gefasst, rempelten und schöben sich torfschwarze, bis zum Bersten mit Regenwasser aufgefüllte Schlechtwetterwolken zu jener horizontal geschichteten Gewitterfront zusammen. Die unwirklich aufglimmende Kontur bändigte die interne Unruhe jenes, über der kleinen Bergstadt nistenden Luftgebildes. Wie es rollte und grollte! Welcher Takt würde geschlagen dort unter der trügerischen, watteweichen Aufbauschung? In jenem balsamische Wärme verheißenden Täubchenbrust-Rotbraun schiene es, als hätte sich die Stadt Ronda gar ihre Pelzmütze etwas zu tief in die Stirn gezogen.

Das alte wie das neue Städtchen thronen auf gut siebenhundert Metern Höhe; sie haben ihren Nistplatz gefunden dort oben auf dem mächtigen Plateau. Wie geschwisterlich sich die Alte wie die bedeutend Jüngere die Platzknappheit aufzuteilen wissen. Von Stolz getragen, teilen sie sich die edlen Brücken, wie von Zauberhand erschaffen überspannen diese Denkmale des Bauhandwerkes die tiefen, einzig von den Tieren in Besitz genommenen, wüsten Schluchten.
„Wagemutige lockt die Stadt an, Ronda, unser beider Ronda ..."

Nach Ronda wollte er mit ihr! Sie mit ihm? Vielleicht nicht eben in der heftigsten Augusthitze. Im Frühling, gewiss doch, ja im Vorfrühling wollte sie mit ihm die alten Stätten aufsuchen. Die heilen Jahre, die von Preisen und Lobeshymnen verbrämten Jahre seiner produktiven Zeit, seiner Jugend wollte sie mit ihm wieder heraufbeschwören; sie einfangen, erneut zum Leben erwecken, in Schraubgläsern einwecken, sie konservieren. In den dürren Jahren könnten sie darauf zurückgreifen.

Im selben kleinen Hotel absteigen, das wollten sie doch? Angekommen wären sie vielleicht zur Mittagszeit. So vieles wollte er ihr zeigen, ihre Neugierde, ihre Liebe zu dieser Stadt wollte er wecken. Längst schon verführt worden wäre sie, dort unten, im Angesicht dieser verheißungsvollen Auftürmung an stolzem Mauerwerk. Den Fußweg von Romeros Arena hätten sie auf sich genommen. Heiß, viel zu heiß wäre ihnen geworden. Aus der Mittagsglut wollten sie ihre Ehrerbietung entrichten, dort in Rilkes Refugium. Zur „blauen Stunde", wie er meinte, wollte er sie einer weiteren Verführung erliegen sehen. Zur blauen Stunde im Garten der Reina Victoria hätte er ihr seine nicht zu therapierende Höhenangst eingestanden. Sich, auch ihr keinen weiteren Blick hinunter auf den Tajo hätte er gewähren wollen.

Sie hätte ihn verloren im Labyrinth der beinahe identischen Gassen. Schon in Prag hatte sie ihn verloren geglaubt, ehe er nach langen, bangen Stunden am Spätnachmittag mit einem befangenen Lächeln vor ihr gestanden wäre.

Wie gut, dass sie angemessenes Schuhwerk tragen würde. Den Hürdenlauf über die ganz wohlig rund geschliffenen Kieselsteine hätten sie auf sich genommen. Ihr Aufmurren hätte sich verloren in dem Sandbett, zwischen den Steinpfaden, die von zig Milliarden Schritten und Hopsern, auch dem scharfen Abbremsen der Wagen und Karren zu berichten wüssten. Über Kopf und Stein hätten sie sich leiten lassen, hinein in die belebte Altstadt, hinüber in das von Gelassenheit gemilderte, beruhigte Treiben des Mercandillos. Schattige Fluchten, schützende Nischen hätten sie herbeigesehnt. Hinüber in die stille Ecke der 'Plaza de Carmen Abela' hätten sie sich geflüchtet, ehe sie auf dem Weg in ihre Absteige vom lebhaften Getümmel auf der Plaza de Espana aufgesogen worden wären.

Im selben kleinen Hotel absteigen, das wollten sie doch? Ausgesetzt zwischen all den Touristen, wieder einmal verloren in der fremden Stadt, so hätte sie sich gefühlt. Eingeladen sei er geworden, von einem Einheimischen? Hineingelockt hätte man ihn in den, bis in die letzten Winkel mit allerlei Sammelsurium angefüllten kleinen Laden in der Neustadt. Ein Geschenk

hätte er ihr als Einstand, als Andenken an ihren ersten Tag auf den Spuren Joyces, Rilkes, Hemingways mitbringen wollen. Eine Zambomba, eine kleine Trommel, allein der Name, von ihm mit so erheiterndem Zischlaut überbetont, hätte sie zum Lächeln verführt, nach all der Sorge, der bösen Verlorenheit dort in der fremden Stadt. Von einem Erdbeerbaum wüsste er zu berichten. Ein Bäumchen bloß, das so manchen gefiederten Freund von dessen wohleingeübten balzenden Trillern und kapriolenschlagenden Lebensäußerungen abzubringen vermöge? Betrunken hätte er sie durch die engen Gassen taumeln gesehen, die kleinen Vögel. Kaum hätten sie zum Flug angesetzt, schon wären sie wie bunte, vom Nass beschwerte Wattebauschen, trunken bis in die kleinen Federköpfchen, vor seinen Füßen getorkelt. Die Früchte des Erdbeerbaums, wenn sie die süße Reife überschritten hätten, wären so manchem Vöglein zum Verhängnis geworden.
Im nächsten Frühling wollten sie nach Ronda. Sturzbetrunkene Freunde würden zu dieser Jahreszeit nicht ihren Weg queren.

Die Sandalen, nein nicht jene feinen mit den geflochtenen Lederriemen und Stickereien, sondern eigens zum Wandern erworbene, hätten trotzdem ihre nackten Füße gequält. Von Wundwasser daumennagelgroße, prallgefüllte Blasen hätten sie an einem Weitergehen gehindert. Er würde auch diese kleine Eintrübung eines durchaus gelungen Tages dort in Ronda mit Fassung, ohne Lamento aufnehmen. „Komm, mein armes, fußlahmes Schwesterlein", so würde er werben, „lass' du dich zu einem labenden Tränklein verführen, dort drüben ... nur noch einmal um die Ecke."

Wie treffend, so würde er den Fortgang weiterspinnen, wie es sich immer und immer wieder füge, einpasst in das Patchwork, was man so lapidar das Leben hieße! Er würde sie auffordern, dort Platz zu nehmen, in der Bodega 'Descalzos Viejas'; Bodega der alten Barfüßigen, wie sie die Mönche zu nennen pflegten.

Der Hitze des Nachmittags hätten sie ausweichen können; hinter dickwandigem, erdfarbenem Gemäuer hätten sie sich ausruhen wollen auf den schmalen, durchgelegenen Matratzen. Die beiden Betten hätten sie nach einem kurzen Abwägen auseinander gerückt und sich dort in der von ihnen in aller Selbstverständlichkeit in Besitz genommenen Fremde das eine, so schmale Lager geteilt. Beide wären sie in der keuschesten aller geschwisterlichen Umarmungen eingenickt.
Von ganz fern hätten sich von der brütenden Hitze gefilterte Sprachfetzen in ihre endlich vom Schlaf übermannte Wahrnehmung geschlichen. Ihre Tagträume wären von einem babylonischen Wirrwarr an Worten, Silben, Lauten unterlegt gewesen. Auch die Unverwüstlichen, die Tagestouristen hätten in der einen, der ihrigen, der eingeschatteten Gasse Abkühlung gesucht. Nur auf wenige Worte wäre deren Konversation beschränkt, ermattet wären sie allesamt vom Anstieg und der brennheißen Glut dieses Bergstädtchens.
Die geschlossenen Jalousien filterten das allzu grelle Tageslicht. Durch deren Lamellen suchten die gleißenden Sonnenstrahlen ihren Weg in diese, ihre Absteige; hätten seinen matten Leib in zig Scheiben zerstückelt. Gleich einem Streifenhörnchen hätte er auf dem angegrauten Laken nach Abkühlung gehechelt. Hätte ihr in jenem grafisch anmutenden, Ordnung verheißenden

Licht- und Schattenspiel so vielerlei Facetten eines ihr doch beinahe unbekannten, liebgewonnenen Menschen offenbaren wollen. 'Jailhouse Rock', hätte er, dem Tag, der Hitze erlegen, aus dem rauen Laken gesäuselt!
Gefangen wären sie! Verfangen hätten sie sich, ausgebremst hätten sie sich auf ihrer nie in die Tat umgesetzten Reise. Fehl am Platz wäre ihre nie gestellte Frage nach den Stunden seiner Abwesenheit. Unangebrachte Eifersucht hätte sich zwischen den Laken, dem Wahlbrüderlein, dem Liebschwesterlein eingenistet.

Die Schatten und Kühle spendenden Jalousien hätten sich mit der Sonne verbündet.
„... sei mir Sonne, sei mir Licht ..."
Mattigkeit würde sich breitmachen, ließe sie in wohltuender Verzögerung ihre wiedererlangte Vertrautheit erleben. Dort im Licht- und Schattenzauber ihrer Beheimatung auf Zeit; dort oben, in der fremden Stadt.
Ronda im Frühling wollten sie beide erkunden. Auf der Karlsbrücke, im Spätherbst, hätten sie auf einen trennungsarmen Sommer anstoßen wollen. Wie listig sie waren, wie abgebrüht sie zu verhandeln suchten, die beiden? Kleine, keine großen Opfer wollten sie bringen. Die Wahl ihrer ausgelegten Köder mag wohldurchdacht gewesen sein; den Schicksalsgöttinnen, den Moiren, kostete dieser Bestechungsversuch einzig ein mildes Lächeln. Einen kurzen Sommer, so meinten jene, auch noch den lange währenden Herbst würden sie den beiden ihren Schutz nicht entziehen wollen.

Schwarzach

Die Regionalbahn hat sie entlassen, hier auf den mit ornamentierten Pflastersteinen gedeckten Bahnsteig ... gegeneinander verschachtelte Pistolenmuster, Griff und Lauf, immer wieder Griff und Lauf, mit aufgeweichten, welligen Konturen ... Dicke, zum Bersten gefüllte Tropfen durchweichen die beiden Angekommenen in Sekundenschnelle. Ein warmer Sommerregen heißt sie willkommen. Ihre Kleidung ist nicht mehr imstande, noch mehr Flüssigkeit von diesem Fingerzeig von oben aufzunehmen. Wahllos fallen die Regentropfen vom Himmel; was nicht ihnen gilt, findet genügend andere Auffangflächen. Schwere Tropfen, von einer zähen Konsistenz, als wären sie mit etwas Öligem versetzt, spuckt das über ihnen gestrandete Wolkenschiff aus. Plump ist deren Landung dort unten auf dem Trottoire. Wasserinseln besiedeln die Bahnhofsareale, sammeln sich in den zuvor nicht wahrgenommenen Vertiefungen, den unregelmäßigen Senken, den Stolperfallen für die ankommenden Reisenden. Rinnsale greifen ineinander, entkommen, finden zueinander, verdampfen auf dem überhitzten aufgeweichten Asphalt. Einzig die auf eine Umrisslinie reduzierten, natternbraunen Kringel dort auf dem rasch aufgetrockneten Bahnsteig berichten noch von jenem Sommerregenguss. Durchnässt sind die beiden bis auf die Haut. Sie friert. Ihr Shirt klebt auf dem Körper, die Kondenskühle zwischen Shirt und Haut lässt sie schaudern. Auch ihn?

Keine schmucke, von Sentiment durchdrungene Bahnhofshalle im Stil des Historismus nimmt die Eindringlinge, die Fremden hier in Empfang. Ein Becher heißen Tees für sie, einen doppelten Espresso für ihn, diese Trinkpause würde dem befremdlichen Unbehagen den Garaus machen. Nicht eben von Gastfreundlichkeit durchtränkt, werden sie in Empfang genommen.

Auf der gegenüberliegenden Seite des Platzes halten zwei kränkelnd blaue Containertoiletten standhaft Wache. Er steuert ohne Ankündigung auf die eine, die betriebsbereite zu.
„Die beiden Plastiksäcke kannst du hier bei mir abstellen, ich gebe Acht darauf! Was meinst du?"
Die Zeit seiner Abwesenheit nützt sie, macht sich am Fahrplanaushang kundig. Kaum frequentiert wird diese Strecke. Viermal am Tag gibt es eine Postbusverbindung hinauf in die Klinik oben am Berg. Einst Lungenheilanstalt, Anlaufstätte, letzte Stätte; jetzt hat sich diese als Rehabilitationszentrum neu deklariert und einen guten Ruf erworben.

Den letzten Bus, am frühen Abend, zurück in die Hauptstadt, den müssen sie erreichen. Es bleiben ihnen nur wenige Stunden für diesen unangemeldeten Besuch. Was ließe sich in fünf Stunden schon klären? Nicht die marode, nun eindeutig in eine Kipplage gerutschte Mutter-Sohn-Bindung, auch nicht ihre aus allen Verankerungen gehobene, einst so ernsthaft eingegangene Freundschaft, Liebe.
Wie verkommen, wie brüchig er sich in seiner verwaschenen Schwarzpanzerung verkriecht. Die Fahrkarten hat er geordert, hat sie bezahlt. Er hat sich höflich

nach dem letzten Bus von der Klinik hinunter zum Bahnhof erkundigt. Ihren Angaben hat er nicht so rechten Glauben geschenkt. Er hat neben ihr Platz genommen, in den hinteren Sitzreihen des Busses. Die Platzwahl fiel ihnen aus dem Überangebot an freien Plätzen nicht eben leicht, waren sie doch die einzigen Passagiere an diesem Tag.
Sie weiß, er wird die Bustickets wiederholt aus seinem Portemonnaie holen, sie eingehend studieren, ihre Aktualität wird er im Minutentakt überprüfen. Wie angespannt er nur die vorderste Kante des Sitzes beansprucht? Welchen liebenswerten, ihr Herz berührenden Zwangscharakter sein wiederholtes Kontrollieren der Tickets hat!

Wie entkräftet, wie unsagbar leblos er den Platz hier neben mir einnimmt!
Bist schon am Absprung, jetzt wo du wieder unter uns weilst, Brüderlein? Was hat das Leben mit dir vor?

Frau Mutter hält Hof
Der verloren geglaubte Sohn

Einem gut einstündigen Fußmarsch wäre er in seiner misslichen Verfassung nicht gewachsen gewesen. Hier, auf siebenhundert Metern, hatte man es verstanden, den jungen, todkranken Bernhard zumindest soweit herzustellen, dass er schreiben wollte. Hier oben, dem Himmel schon ein wenig näher, war er seinem Lebensmenschen begegnet. Krank war er ein Lebtag lang, gestorben ist er viel zu früh. Auf seinen Wunsch ließ er sich zu ihr ins Grab legen. Ein schöner Zug von ihm, das anrührende Bekenntnis eines Außenseiters, eines Menschen, der sich aufgerieben hat in seiner steten Opposition.

Die wettergrauen Schindeln des alten Traktes erinnern an ein Schweizer Hospiz, gefühlt weit über zweitausend Meter hoch gelegen, dem Himmel schon ein wenig näher.

„Soll ich dich ins Krankenzimmer begleiten? Was meinst du? Ich richte mich nach dir? Ich muss nicht dabei sein, ich setze mich in den Park, es ist angenehm warm, dann vielleicht ins Café, lass dir Zeit ...".
„Komm, begleite mich!"

Im Schwesternzimmer im zweiten Stock wird er sich nach dem Befinden der Mutter erkundigen.

Beliebt, so ihr spontanes Gefühl, also wirklich gern gesehen, so meint sie aus den Blickverschränkungen der Angesprochenen ablesen zu können, nein, beliebt dürfte die alte Dame, seine Mutter, hier bei den Pflegerinnen nicht sein. Wie sie den Sohn taxieren, sich ein Bild machen, ihn aburteilen! Drei Wochen ist es her, dass sie die alte Frau auf ihrer Station aufgenommen haben. Keine Telefonate waren eingegangen, keine Nachfragen hinsichtlich des Gesundheitszustandes durften sie an die Alte weiterleiten. Was soll man von so einem auch halten? Aus der Stadt kommt er. Krank ist so einer, wie der aussieht! Sein bemüht seriöses Auftreten täuscht nicht über eine gewiss noch nicht überwundene Krise hinweg. Höflich ist er, Manieren hat er ja!

Vier bodenständige Frauen mittleren Alters, in den obligaten weißen Hosen, versuchen den Herrn aus der Stadt auf ihre Seite zu ziehen.
Was gibt ihnen den Freibrief?! Schützend schiebt sie sich zwischen die Neugier und Anklage der Pflegerinnen. Was haben sie in Erfahrung gebracht? Was wissen sie schon über deine prekäre Lage!
Keineswegs um eine Schönung der Situation bemüht, klärt ihn die Stationsleiterin über die kapriziösen Attitüden seiner kranken Mutter auf.
„Zu nichts, aber zu rein gar nichts lässt sich Ihre Frau Mutter bewegen! Sie sollte täglich ihre Gehübungen mit dem Beistand einer jungen Physiotherapeutin absolvieren! Wir tun unser Bestes, aber die gnädige Frau verwehrt sich gegen derlei Ansinnen! Ihr mangelt es am geeigneten Schuhwerk, sie hätte Schmerzen und zum Essen ließe sie sich schon erst recht nicht zwingen!

Der Herr Professor, Ihr Herr Bruder, hat schon vor zwei Wochen versprochen sich darum zu kümmern! Und Sie waren verhindert!"

Keine Miene verzieht er. Er könne nicht so ohne weiteres frei bekommen, er habe seiner Arbeit nachzugehen! Es sei ein ordentliches Stück Weg hierher in den Pongau, mit der Bahn, ohne Auto. Nach einer Rechtfertigung klingt seine ruhig vorgebrachte Erwiderung keineswegs.
„Mein Bruder lebt nicht in Österreich, was könnte der schon in Bewegung setzen, aus der Entfernung. Was also ist zu tun?!"

„Kind, dass du nur da bist! Den weiten Weg hast du auf dich genommen, du Guter, ... du musst essen, die lange Fahrt ...".
„Mama, ich bin nicht alleine gekommen, ich habe eine Freundin mitgebracht, sie hat mich hierher begleitet."
„Diese ungelernten Schwestern! Ich unterhalte mich doch nicht mit diesem Personal! Mit keiner von denen, hörst du, Kind, mit keiner werde ich sprechen! Die Ärzte, ja die verstehen ihr Fach. Einer, der Oberarzt, ein ausgesprochen kluger, ein charmanter Mann, ja dem schenke ich mein Ohr, aber doch nicht diesen Weibern! Wie die mich zu kommandieren versuchen!"
„Kind, wir holen uns, wenn überhaupt, nur Rat von den Studierten! Alles nur Hilfspersonal! Die Zehennägel! Kind, hast du an den Nagelknipser gedacht, du Guter ... die wirst du mir doch schön machen, gell?"

Sie ignoriert mich! Deinen blanken Hintern hast du mir zugemutet, damals zwischen Tür und Angel! Altes

Miststück, hältst Hof in diesem Sechsbettzimmer; laborierst an einem Oberschenkelhalsbruch, kommst eben erst aus der klaustrophobischen Enge des Tomographen, bist blind! Jetzt verteilst du in wohldosierten Happen deine Gunstbezeugungen, hier in diesem Krankenzimmer. Verschaffst dir gehörigen Respekt! Du altes Flintenweib, jetzt nötigst du deine Zimmergenossinnen, deinem Dauerlamento ihr Ohr zu schenken!

Allesamt Frauen um die Siebzig, angeschlagen von ihren sie begleitenden Leiden, so hat es den Anschein. Alle sind ans Bett gefesselt. Kein Entkommen in Sicht. Langmütig erscheinen sie ihr. Sie kommen überwiegend, so meint sie aus deren sporadischen Lautäußerungen zu entnehmen, aus den hiesigen Gebirgsgauen. Die lassen sich nicht bloß auf ein Spiel ein, die ordnen sich unter. Da säuselt eine aus der Stadt in gepflegtem, fremd anmutendem Hochdeutsch mit Wiener Einschlag ihre Kommandos, verteilt die eine oder andere ganz lieb gemeinte Wertschätzung. In Anbetracht der, von der Städterin leicht zu gängelnden Leidensgefährtinnen, allesamt von ihr als simple Gemüter eingestuft, und deren, so urteilt jene, vorhersehbaren Kommentaren, blüht sie auf. Eventuelle zögerlich vorgebrachte Einwände werden im Keim erstickt, von ihr, der Nichtsehenden, der nicht selbständig gehen Könnenden, der Gnädigen! Deren Singsang, ohne Anfang und Ende, die Attitüde eines verzogenen Görs hält sie in Schach. Sie hält Hof hier im Sechsbettzimmer der Klinik. Das Pflegepersonal straft sie mit Ignoranz, ausdauernd. Den Zimmernachbarinnen nötigt sie mit ihrem endlosen Geplapper permanente Zustimmung ab. Sie weiß sich durchzusetzen, die feine Dame, eine Edle aus der Stadt.

Zum Leben erweckt, so scheint es, ruckeln jene versehrten, angeschlagenen, zur Untätigkeit verdammten Leiber unter den straff gespannten Bettlaken. Einem nicht hörbaren Appell folgend, heben sich von Infusionen in Zaum gehaltene Köpfe aus den abweltweißen Kissen.

Aus der Stadt ist so einer gekommen, hierher. Ist in dieser heilsamen Abgelegenheit gestrandet, hat den weiten Weg auf sich genommen, um seiner Mutter die Füße zu pediküren? Der Sohn. Ihr Sohn!
Er breitet ein verwaschenes, aber sauberes Handtuch zu ihren Füßen aus, findet in der leidigen Plastiktüte das Nagel-Necessaire und beginnt mit der ihm eigenen Bedächtigkeit an ihren verunstalteten Zehen zu hobeln, diese zu glätten, sie zu feilen und zu kürzen. Die alterssprödden Zehennägel widersetzen sich schon beim ersten Anlauf seinem Pediktür-Einsatz. Sie splittern und verirren sich gleich uringelben Hobelscharten auf dem mattblauen Linoleum, verunstalten auch das Bettzeug der Frau Nachbarin.

Darf sie sich ekeln? Ein ganz klein wenig nur? Sie ist eine Patientin. Sie ist seine Mutter! Sie ist blind? Sie ist krank, wird vielleicht nicht mehr laufen können. Wie hilflos sie sich in ihrem hochgestellten Krankenbett ausmacht?
Sie ekelt sich, sie wendet sich ab.
Es ist früher Nachmittag. Der Tag wird noch lange währen. Besuche stehen nicht in Aussicht, es ist Hochsommer. Gewitterwolken brauen sich zusammen. Ganz fern nimmt man das stete Tuckern der Traktoren wahr; das Grünfutter muss noch vor dem zu erwartenden Regenguss eingefahren werden. Es gibt viel zu tun für

die Angehörigen. Für Krankenbesuche bleibt keine Zeit. Sie können es nicht fassen, die Bettgenossinnen in der kühlen Abgelegenheit des Krankenzimmers. Ein Mann, in Begleitung einer nicht mehr jungen Frau, widmet sich in absoluter Konzentration der Fußpflege seiner alten, erblindeten, schwerkranken Mutter. Sie wissen um die Zuwendung einer Maria Magdalena. Einer Bekehrten? Diese, so wird berichtet, hüllte die gesäuberten Füße Christi in ihr Haar, trocknete sie mit ihrem Haar, in fraulicher Vernarrtheit? Blond wird sie uns präsentiert, Maria Magdalena, die Verführerin, die Verführte, die Bekehrte. Ihre Haarpracht ziert jedes bildhafte Zeugnis, angesiedelt zwischen jenem verwässerten Tizianrotblond bis hin zu Rubens gelbstichigen Wattewellen. Dunkles Haar wird sie gehabt haben. Verstand man sich auch zur Zeit Christi auf die Kunst des Bleichens, des Tönens? Ein blondes, lichtes Köpfchen stimmt die Betrachter, die zu Bekehrenden ganz einfach milder. Blond gewellten Ehebrecherinnen ist man gewogener? Eine solche Art der Darstellungen findet sich unten in der Dorfkirche.

Hier oben, in der Abgeschiedenheit des Reha-Zentrums, am frühen Nachmittag, werden sie allesamt Zeuginnen jenes Liebesdienstes. Der Sohn bringt die vernachlässigten Füße der Mutter wieder in einen mehr als passablen Zustand. Im Raum macht sich ein Staunen breit. Bis zum erneuten Atemholen wird es dauern.

Sie lässt, in der dankbaren Rolle der Unbeachteten, der Ignorierten ihre Blicke schweifen; ertappt die zum Leben erweckten Sanatoriums-Mumien bei ihrem voyeuristischen Gaffen, schwächt deren schuldbewusstes

Zusammenzucken mit einem gerade noch merklichen Nicken ab, entlässt sie. Erteilt ihnen die Absolution, letztlich waren sie ungefragt Mitwissende geworden. Schwer sinken die Häupter mit einem kollektiven Seufzen in ihre aufgetürmten Kissen zurück; sie üben sich in Langmut. Im Wissen um den abwechslungsarmen Abend, die lange währende, von Schlafphasen zerhackte Nacht, erwarten sie für heute nichts mehr als das schon in Bälde servierte Abendbrot. Dann folgen sie mit geteilter Aufmerksamkeit den ewig selbigen Lokalnachrichten, ehe die Nachtschwester die individuelle Medikation in schmalen, stimmig blauen Pillensarkophagen mit gläsernen Schiebedeckeln austeilen wird.

„Darf ich Ihnen ein Stück Torte aus dem Café besorgen? Später vielleicht, zum Nachmittagskaffee? Die Torten sehen frisch und appetitlich aus! Eine Esterházy-Schnitte vielleicht? Oder doch lieber ein Stück Linzer Torte? Die Malakoff wird Ihnen wohl zu üppig sein?" Sie hat sich bemüht! Sie hat Mitleid mit dieser um Haltung ringenden alten Mutter. Sie hat sie an den Händen gefasst, ihr ein klein wenig über die vogelknöchern zarte Schulter gestrichen. Er blickt sie an. Keine Regung geben seine eingebremsten Gesichtszüge preis. Sie hat so etwas wie Zuneigung für das alte Weib verspürt?

Sie war gestürzt, war über Stunden in ihrem Blut gelegen, hat einen langen Nachmittag gewartet. Auf ihren Sohn. Seine Arbeitszeiten variieren. Drei lange Wochen sollte es dauern, so hatte sie die Pflegerinnen, auch die Zimmernachbarinnen vertröstet, drei Wochen, bis er sich nun doch einen Tag freinehmen konnte. Er war wohl unabkömmlich. Heute ist er hier, bei ihr.

Sie sieht durch mich hindurch, mit ihren toten Augen. Sie blickt mir ins Gesicht und schaut durch mich hindurch? Sie ist nicht zur Gänze erblindet. Ihr geht ihr allesamt auf den Leim. Konturen, Hell-Dunkelkontraste wird sie wahrnehmen! Sie blendet mich aus, straft mich mit Ignoranz, noch immer!

„Kind, ich werde nichts essen, mir ist doch immer und immer wieder so übel! Der Herr Doktor, der Gute. Weißt du, Kind, das ist ein ganz feiner Mann! Was den in dieses Nest verschlagen haben mag? Man braucht solche Koryphäen!"
„Du sollst essen, Mama, kleine Portionen! Wie willst du zu Kräften kommen? Ganz schmal sind deine Knöchel."
„Ja, denk' doch, Kind, wie mich das Wasser in den Beinen gequält hat, so viele Jahre, mein halbes Leben lang. Jetzt sind sie schmal, sagst du? Solche Stampfer hatte ich; kräftig gebaut war ich, wie hätte ich euch sonst versorgen können, euch beide? Blond war ich, mein Haar hatte ich zu einem dicken, weizenblonden Zopf gebunden, damals, in meiner Zeit als Elevin im Landestheater. Den Balser habe ich noch erleben dürfen ...!"
„Den Balser?"
„Sie können diesen wunderbaren Mimen nicht kennen, dazu sind sie zu jung?"
„Ewald Balser, wer kennt ihn nicht! Den Jedermann hat er gespielt, wer war seine Buhlschaft?"
„Die Zimmer war seine Buhlschaft, Grete Zimmer! Neunzehnsechsundvierzig war das, ein Jahr nach Kriegsende. Sie kennen Balser? Die Jugend heute? Kind, du kannst dich an Szenenfotos erinnern, bestenfalls. Ich war ihm ganz nahe, die Zweite von rechts als Tischfräulein! Heißa, so licht und weizenblond bin ich

gewesen, ich war schon ein ganz besonderes Mädchen! Der Albers war vernarrt in mich! Knapp sechzehn Jahre war ich, was war er doch für ein schöner Mann?"
„Der war ein allseits bekannter Schwerenöter, kein Kostverächter!"
„Was sie so sagt, sie kennt den Albers etwa auch? In Ihrem Alter ist Ihnen ein solcher Mime, einer von der alten, der sprachmächtigen Schule geläufig?"
„So jung bin ich nun auch wieder nicht."

Kaum ausgesprochen, schon reut sie ihre Leutseligkeit. Wie das alte Muttertier zu manipulieren versteht! Sie horcht mich aus?
Sie wirft ihm einen verschwörerischen Blick zu. Nichts verrät sein sichtlich aufgehelltes, nun ganz waches Schauen. „Wollen wir ihr mein Alter verraten? Was meinst du? Gerät sie in Aufruhr oder kann sie sich dann entspannt zurück in ihre Kissen betten?"
Kindersegen muss sie keinen befürchten; sie zur Großmutter machen, ungefragt, das stünde unter einem von der Natur vorgegebenen Ausschluss.

Ewige Wiederkehr, Triaden-Spiel, das alte Spiel, der Ausgang ist gewiss. Sie wird sterben, die Eine, die Mutter. Metastasen hat man gefunden. Über und über von Metastasen überwuchert ist der gesamte Bauchraum, so lautet die emotionslos vorgebrachte Befundsituation nach der letzten Untersuchung. „Was ist zu tun? Kann man operieren?" – „Hier an diesem Ort? Wohl kaum möglich!" – „Wie lange? ... Wird sie überleben? Wie lange noch?" – „Mit dieser Verletzung ...?"
Der Arzt wendet sich von ihm ab, sucht ihren Blick. „Der Bruch wird heilen." Gewohnter Berufsalltag für

ihn, den Oberarzt. Die Narkotisierten unter ihren OP-grünen Planen sind ihm die bedeutend Lieberen. Die zu erwartende Reaktion, das Nicht-Wahrhaben-Wollen eines nahen Verwandten weiß er zu übergehen. Reine Routine! Er kann damit umgehen. Der Stationsarzt blendet die offenstehenden Fragen des Sohnes aus, sucht nochmals ihren Blick. Ihr, der Außenstehenden, wird er die Wahrheit über den absehbaren Tod der alten Dame, der Mutter, in klaren Ansagen vermitteln.
„Wir operieren hier vor Ort nicht. Sie werden sich nach einem Pflegeplatz umsehen müssen, am besten in der Stadt, in Ihrer unmittelbaren Umgebung!"

Von einer Operation würde er abraten, zu weit fortgeschritten sei der Zustand der Patientin. Man könne ihr die Schmerzen erleichtern. Jetzt müsse er weiter, die eigentliche Visite auf der Station habe schon vor geraumer Zeit begonnen.
„Ich wünsche Ihnen und Ihrer Familie alles Gute, auf Wiedersehen!"
„Wir haben es versucht, einen Tag lang, sie hat vor Schmerzen geschrien! Ich kann sie nicht weiter pflegen, ich verliere noch meine Arbeit. Ein, zwei, drei Jahre, bis jetzt war es mir möglich, irgendwie. Ich habe sie gewaschen, sie in die Wanne gehoben. Ihre Haare ...? Sind sie nicht hübsch geschnitten? Von mir! Das bisschen Bettzeug, die Nachtwäsche, sie hat nur noch Nachthemden getragen, die letzten Jahre."
Gegessen habe sie schon seit Monaten kaum noch; wenn, dann nur ein wenig Milchreis und zwei, drei Happen Klebrig-Süßes. Der Herr Bruder, der Herr Professor, der drücke sich wie gehabt um die Verantwortung. Tägliche Telefonate, auf Kosten seines Dienst-

gebers vermutlich. Das ist alles. Die Katholiken könnten sich so einen Präpotenten, Gefräßigen, Bigotten leisten!
„Machen wir einen kleinen Spaziergang, dort unten zwischen den alten Nussbäumen am Weiher, es ist unerwartet schön geworden. Komm, ich will mit dir diese Stätte erkunden, Schwesterlein, du große Seele, die du bist."
„Komm."

Eisengrau präsentiert sich der eigentliche, der Urbau. Von Hoffnung und Verzweiflung berichtet dieser hoch in den Himmel ragende alte Trakt. Sein mattsilbernes Schuppenkleid aus Lärchenschindeln hortet und archiviert das Leben der Todgeweihten, der Atemlosen. Ausgewogen in den Proportionen, in der den Jahren überantworteten Patina, hat dieser Altbau seinen Platz behaupten können, hielt Stand gegen die museale Konservierungs-Gepflogenheit, die sich breit macht. Heute beherbergt das alte Haus den Verwaltungsapparat.

Im gut besuchten Sanatoriums Café bestellen sie, um der sich ausdehnenden Angespanntheit und Übernachtigkeit entgegen zu wirken, Würstelsuppe.
Leutselig verschwendet die Kellnerin ihre etwas eindimensionale Gunst. Hier, unter den Rekonvaleszenten, hebt sie sich beinahe bizarr von diesen ab, in ihrer erdhaften Vitalität. Die Genesenden sind spendabel im Austeilen von Trinkgeld. Wenn nicht alljährlich, dann zumindest alle zwei Jahre finanziert sich die reiselustige Servierdame damit eine Fernreise. Hinaus aus der Enge des Tals, weg von den Gebeutelten, den Versehrten, fort, in die Sonne wird sie fliegen im kommenden Winter.

Gefügig nehmen beide den Befehlston wahr, knipsen ihr gut eingespieltes Lächeln an, verneinen im Duett, einen weiteren Wunsch zu haben. Sie beugen sich wiederum in nicht eingeübter Eintracht über ihre dampfenden Suppenschüsseln und beäugen einander in ungewohnter Befangenheit.

„Zum Leben wolltest du mich verführen, hast mich beinah' ins Jenseits geleitet!"
Konzentriert malt er Buchstabe für Buchstabe, in mikrokleinen Rundungen, diese Zeilen auf eine Ansichtskarte. *„Eine wertlose Null, eine kugelrund gebauchte, will er [...] unbedeutend in seinem Leben werden."*
Eine nostalgisch anmutende Karte musste es sein. Jene wieder neu aufgelegten, mit scharfer, stark vergilbter Zackenrahmung auf die fünfziger, sechziger Jahre hin getürkten, in Sepiatönen von einer heilen Welt berichtenden Zeitzeugnisse; eine solche hat er mit Bedacht am Kiosk gewählt.
Wozu er auch noch eine Briefmarke besorgt hat, immerhin fünfundsechzig Cent hat er umsonst ausgegeben; die hätte er der Kellnerin noch großzügig zum Trinkgeld legen können? Wie er bemüht ist, möglichst wenig von seiner Zunge zu zeigen, wie verschämt er das kleine gezackte Viereck ableckt? Wie ausgesprochen penibel er diese in die rechte obere Ecke einpasst! Keinen Millimeter darf die Marke aus seinem Koordinatennetz rücken, der Horizontalen wie der Senkrechten wird er mit seiner Klebetechnik gerecht. Das vorgegebene Geviert der Karte hat er in exakt zwei Hälften unterteilt. Die Briefmarke, wie ihr Name, ihre Anschrift verlieren sich auf der blanken weißen, der rechten Kartenhälfte. Keinen Rand, weder nach oben, schon gar nicht zu

den Seiten hin belässt er auf dem linken, dem Text vorbehaltenen Feld.
Was mag er schon unterbringen, was nicht schon gesagt wurde? Setzt er einen neuen, einen modifizierten Vertrag auf? Schreibt er sich seinen, ganz auf ihn zugeschnittenen Ablassbrief selbst?

Über die heute endlos erfühlte Distanz des Wirtshaustisches schiebt er ihr die Ansichtskarte mit einem zu Herzen gehenden, alles Zukünftige schon in sich bergenden Wissen zu. Sie nimmt die Botschaft in Empfang, rückt sie verstohlen etwas abseits, stellt ihre Handtasche darüber, blickt ihn an. „Keine weiteren Beichten, keine Offenbarungen ... ich bitte dich, lass das sein", fordert ihre um Abwehr bemühte Mimik! Er weiß um ihre Vermutung, weiß, sie wird die Zeilen nicht lesen wollen. Dem wird er hier und sogleich vorgreifen. Gelesen hatte sie nichts, rein gar nichts. Sein wohlüberlegtes Geburtstagsgeschenk an sie, vor einem Jahr! Lesen, sich an den Vertrag halten, ja das hätte er sich erwartet. Vertragsbrüchig ist sie geworden ... trotzdem! Sie ist auf der Hut? Sie ist ihm zugeneigt? Er hakt sich unter mit seinem lauernden Blick. Lässt keine Fragen zu. Sie muss die Karte nicht lesen. Er gibt die Antworten, hier und jetzt.
Sie wird nicht fliehen, wohin sollte sie schon ausweichen, in dieser Abgeschiedenheit. Schnell gesagt, was ausgesprochen sein muss. Wenn ihm sein geschwollener Kiefer nicht noch einen Strick drehen wird. Er setzt an, verhaspelt sich, „... dfr ... dar... dafür, mein Lieb, dafür schätze ich dich so sehr."
Was wirft er mir jetzt schon wieder vor, was fällt ihm ein? Sie stemmt ihre Füße fest in den Boden, meint,

mit den Handflächen den schweren Tisch schützend zwischen sie beide rücken zu können. Keine Schwäche zeigen, bloß keine Angst zugeben. Sie ringt sich ein unbedarftes Lächeln ab. Das schneidende Quietschen der Stuhlbeine auf dem Klinker, verrät ihre Anspannung. „Komm, Schwesterlein, entspanne dich! Für deinen Mut, deine Verwegenheit lieb' ich dich!"
Was unterstellt er ihr, wann soll sie verwegen gewesen sein? Verletzt war sie, ist sie, und er setzt das gleich mit Mut?
„Ach, Liebchen, deine schonungslose Emotionalität ... ich war schon drüben, ich bin mir sicher, wie man sich in dieser Ausnahmesituation nur sicher sein kann, es war, als hätte ich eine Nahtoderfahrung durchlebt. Dem Hinübergleiten so nah war ich ohne dich an meiner Seite. Dann musste ich erwachen! Habe überlebt ... das, mein Lieb, das hab ich dir zu verdanken!"

„Überlebt haben wir beide. Nie aber, niemals mache ich einen Fehler zweimal, dreimal ... entscheide dich! Hier und jetzt! Gib dir den heilsamen Ruck, gesteh es dir ein, du hast ein Problem! Trink nicht mehr! Ich bitte dich. Für dich, für mich ...? Zum Leben wolltest du mich ...? Eine rechte Verführerin kann ich nicht gewesen sein! Wenn sich der Ertrinkende in strangulierender letzter Entscheidung an die sich kaum mehr über Wasser haltende Retterin kettet – dann spricht er von Verführung zum Leben? Aus dem Leben scheiden, dass wäre eine eindeutige Entscheidung, damit hätte ich fertig werden müssen, irgendwann einmal? Mich mitnehmen, das war dein überaus großmütiges Angebot an mich. Dagegen habe ich mich zu wenig eindeutig verwehrt. Mit ein paar Litern Rotwein? Wie viel werden es schon gewesen sein? Fünf Eineinhalb-Liter-Flaschen, immerhin siebeneinhalb Liter, mehr waren es nicht. Zusammengebrochen bist du, schon mehrmals, streite es nicht ab. Zusammengeschlagen hat man dich. Sieh dich an, woher stammen die Blutergüsse, dein geschwollener Kiefer? Dich schützen wollte ich! In meiner blödsinnigen Blauäugigkeit ging ich davon aus, dass, wenn ich dich nur mit ausreichend Alkohol eindecken würde, dann ...? Du bist trotzdem aus dem Bett gekrochen, kaum dass ich die Tür hinter mir ins Schloss einschnappen habe lassen. Kaum auf den Beinen konntest du dich halten, aber den Umweg zur nächsten Tankstelle, den hast du, wie auch immer, geschafft! Wie viele Flaschen hast du dir besorgt? Wie war es dir möglich, diese teure Fracht heil nach Hause zu schaffen? Ins Jenseits geleitet hätte ich dich? Das lasse ich nicht auf mir sitzen! Gestürzt bist du? Gestützt hat sie dich, in dein Bettchen gelegt hat sie sich, eine, zwei, waren es drei, mehrere aus dem Billigangebot? Komme ins Haus, Taxifahrten innerhalb des Stadtgebietes sind im Preis inbegriffen. Hat man dich ordentlich gepflegt? Nein? Wie roh! Selbst behandelt hast du deine Blessuren, mit den Schmerztabletten deiner Mutter. Streite es nicht ab, du hast dir als krönenden Abschluss auch noch ein Opiatpflaster deines Mütterleins gegönnt! Gut versorgt, wohlvorbereitet warst du für deine erste, deine x-ste Nahtoderfahrung!"

„Wie ungemein erotisch sich deine Fingerchen um das Würstchen krümmen ...?"
Er beendet ihren ungeplanten Monolog in gewohnter Manier, setzt mit einem liebenswerten, stark angeschlagenen Lächeln einen Punkt.

Um Haaresbreite war sie entkommen. Herausgerissen hat er sie, entlastet von einer, ihr weiteres Leben eintrübenden Schuld, mit einer süffisanten Feststellung, hier im Café der Klinik. Den Verlust dieses Menschenkindes muss niemand betrauern. Glockenhelles Lachen schafft sich den Weg frei, aus der eng geschnürten Kehle. Endloses Glucksen fördert der verkrampfte Unterleib zu Tage, tief aus dem Bauch.
„Sei nicht so anzüglich, du gefallener Musensohn, du geläuterter Säufer!"

Die verstehen sich gut, die beiden! Die zwei aus der Stadt. Ein ungleiches Paar. Stellt man einhellig fest. Ungesagt.

Wo geht es hier zur Psychiatrie?

„Wo geht's hier zur Psychtrr ...?" Wie er über sich selbst lachen kann, jetzt wo er, der Meister der Rhetorik, einen unaufgeregten Pfleger nach dem Weg fragt, hin zur Psy ... Selten, wenn überhaupt, schon lange nicht mehr waren diese unterirdischen Verbindungsgänge von einer derartigen Heiterkeit belebt worden. Das Lachen will sich einfach nicht abstellen lassen, sie prusten. Immer und immer wieder berühren sich ihre Schultern, stoßen sich erneut ab, halten inne. Die Tränen, die nie erlaubten, sammeln sich zu einem ganzen Freudensee, dort unten zu ihren Füßen. Gelöst hat sich hier im Keller, in der Begrenztheit des Verbindungsganges alles an Ängsten, an Nöten. Ausgelöst, durch seine holprige, stammelnde Frage nach dem Weg zur Psychiatrie?
Er kann über sich lachen, und wie er über seine kleinen Schwächen lachen kann! Sie mag sich nicht mehr beruhigen. Erlösende Heiterkeit senkt sich auf beide. Im Spiegelrund erheischen sie unverhofft ihr Konterfei. Dieses Verkehrsrund wurde dort angebracht, um die heimtückischen Windungen des Ganges zu überblicken. Tagein, tagaus genutzt von den Pflegern, die die bedauernswerten Kranken in ihren sperrigen, auf Rädern fahrbaren Betten dorthin, nach drüben in die Abgeschlossenheit der psychiatrischen Abteilung überführen; nach Getürmten Ausschau halten. Der Verbindungsgang fasst exakt zwei Krankenbetten, zwei hintereinander oder zwei sich gegenüberstehende Betten. Aug in Aug

stehen sich dann die Geheilten und die auf Linderung Hoffenden vis-à-vis.
Im Verbindungsgang hin zur Psychiatrie finden wir uns wieder?
Ein Zerrbild der Wirklichkeit ist dieses Labyrinth aus ewig selbigen Türfronten und unvorhersehbaren Abzweigungen. Einmal eingestiegen in diesen Stollen, kann man schon jeden räumlichen Bezug verlieren.
Schweiß dunkelt seinen schütter werdenden Stirnschopf in jenes, ihr so liebgewordene Biberbraun. Was war ihm widerfahren? Was ist ihr entgangen? „Wem bist du begegnet?"
Gerade noch haben sie beide die Absurdität dieser Szene mit einem Heiterkeitsausbruch begossen, jetzt weicht sein Augenpaar ihrem prüfenden Blick aus. Zu gerne hätte sie ihm die Narrenkappe von vorhin übergestülpt; seine farbentleerten Augen schrecken sie.
„Was ist mit dir? Komm, wir gehen an die frische Luft, es ist stickig hier drinnen. Du bist ganz durchgeschwitzt. Wem bist du begegnet? Hat Frau Tod sich bei dir eingehängt? Du hast bloß die Orientierung verloren! Dir fehlt jeglicher Orientierungssinn. Die einzig standhafte Koordinate bin ich dir, komm, du verläufst dich nur allzu gerne."

Wer hat ihm einen solchen Schrecken eingejagt? Seine Augen, die Nase, die Lippen, ja selbst seine wunderhübsch geformten Kleinkindohren haben sich in die neutrale Eindimensionalität einer Skizze verabschiedet. Die prägnanten Linien, die aufs äußerste reduzierten Vertiefungen sind in einem Caput Mortuum gehalten; angerissen nur, auf jenem kränkelnden Urin-Ton, gespannt wie aufgetrocknetes Pergament.

Die eindrucksvolle Hässlichkeit von Masken beruht auf der Asymmetrie ihrer Gesichtszüge. Nicht die Schelmenkappe trägt er hier und jetzt. Mit wenigen Federstrichen hinskizziert, die Nase, dein Lippenpaar, die Augen. Wer hat deinem Gesicht jegliches Volumen entwendet, hat es so blattdünn werden lassen?
Von Sand und Schlamm verunreinigt, in ein milchtrübes Nilgrün abgeglitten, war mir dein Augenpaar einst ans Herz gewachsen. Einblicke hast du mir auf der kurzen Herfahrt mit der Bahn nicht gewähren wollen. Dein so viele Jahre überdauerndes Requisit, eine dunkle Markensonnenbrille, hat mir keine Botschaften übermitteln wollen, heute Mittag. Mich selbst konnte ich als ungewollte Voyeurin in doppelter Ausgabe ausmachen. Statt dich zu sehen, aus deinem Blick die Brisanz deiner Befindlichkeit zu entnehmen, sah ich mich, weil die dunklen grünen Gläser, deren Durchsichtigkeit zum Trotz, mich nur widerspiegeln wollten. Das Visier deines Helmes hast du heruntergelassen. Das hat nicht viel geholfen. Der böse Blick hat dich getroffen, hier unten in dem Labyrinth der Klinikfluchten.

Von einer rot-weiß-roten Bänderung gerahmt, zu wuchtig für die Begrenztheit des Stollens, erfassen sie verwundert die Absurdität dieser Szene. Was ist oben, was ist unten? Das was rechts ist, soll das links sein? Was, Brüderlein gibt uns diese Momentaufnahme an Rätseln auf, ehe sie sich schon wieder verflüchtigt?

„Wo geht's hier zur Psychiatrie?"
Der böse Bann war gebrochen. Was ist Abbild, was Gegenbild? Was spiegelt sich wider? Welchen Part spielt sie, welche Rollen haben sie beide übernommen?

Was war Ursache, der Auslöser? Was hat es zur Folge?
Für sie? Für ihn?
Groß und mächtig nimmt sie die Rampenposition ein,
sie ist heute in das Rollenbild der personifizierten Liebenden geschlüpft. Ganz weit draußen, zum Kippen,
dort am äußersten Rand der Weltscheibe macht er sich
klein, verewigt diese Begegnung mit dem Auslöser seines
Fotohandys.
„Was fängst du mit der unüberschaubaren Menge an
Schnappschüssen an?"
„Hab alle Bilder vernichtet nach unserer Trennung."
„Du auch? Dann stapeln sich keine trügerischen Zeitdokumente in deinem Kellerverlies?" „Momente von
großer Innigkeit wollten wir konservieren. Wie konträr
unsere Wahrnehmung ist? Erinnerung ist trügerisch?"
„Wir zwei dort oben im Spiegelrund? Wie wir uns zum
Affen machen! Held und Heldin, den Brettern einer
Provinz-Laientruppe entstiegen. Sieh uns an!"
„Ein Segen, Schwesterlein. Das Wesen der Reflexion
ist wohltuend flüchtig."

Er war ihr einmal groß erschienen; jetzt buckelt er. Wo
bleibt der Minne Strahlkraft? Wann und wo war ihr
Siegfried abhandengekommen? Seine unstillbare Sehnsucht, seine Gier nach permanenter Erregung, die hat
ihn beinah ins Jenseits befördert! Hinauskomplimentiert,
eingeschläfert wie einen lieb gewordenen Hund hat er
sich. Sie hat ihn wohlversorgt mit Rotwein zurückgelassen?

Er, ihr stillster aller Wagnerianer? Nein, nach solch
einem Helden hat sie nie gesucht!
Dort oben in den Raumtiefen des alles verfremdenden

Spiegels, nimmt sie die Unmöglichkeit seines Ansinnens wahr. Sie sind sich nicht einig über die Auslegung, sein Ausleben, ihre Duldung seiner Passion.
Bizarr spiegeln sich die beiden in diesem Behelfsmittel, hier unten in dem Verbindungsgang zur Psychiatrie wider.
So raumfüllend und mächtig wollte sie sich nicht in seinem Leben ausbreiten! Stark überzeichnet, eine mehr als gelungene Alma-Persiflage schickt das trügerische Bildrund zurück. Reptilisch kriechend lauert er ihr auf. Gedrungen, mit einem viel zu großen Kopf hat er Ähnlichkeit mit dem kleingewachsenen Werfel. Alma, so rechtfertigte sie ihre lang dauernde physische Abneigung, Alma fand ihren Werfel, ihr Mannkind, auch physisch wenig attraktiv; störte sich bloß daran, dass er Jude war.

Wie hartnäckig er um Akzeptanz, nicht um Vergebung heischt, dort im vis à vis. Die Welt, ihre, auch die der anderen stellt er auf den Kopf, der Spiegel. Ein Kontrollrequisit! Hier unten ganz hilfreich.
Nichts glaubt sie diesem Trugbild!
Was zeigt der sinnigerweise unter der tief herabgezogenen Decke angebrachte Spiegel schon?
Was oben zu sein vorgibt, ist letztlich weit unten. Steht er ihr etwa links, dem Herzen nah? Steht er ihr zur Seite? Fügt er sich rechts außen, in den Schwung ihrer Taille ein? Was vorne ist, ist ...? Nein! So mag sie ihn nicht in ihrem Herzgedächtnis archivieren. Die Liebe zum Bild, zur Projektion, so hat die Trennung uns gelehrt, ist keine Liebe. Wir haben uns verstiegen. Eine Begegnung jenseits des Spiegelrunds dort oben haben wir vergeigt.

Nichts gibt es zu verzeihen. Wir sind einzig an der Unerreichbarkeit unserer Erwartungen gescheitert.
„Komm, kehren wir um, diesen Weg will ich, wollen wir beide nicht beschreiten."
Zwei bizarr verzerrte Gestalten spiegeln sich wider.
„Lass das, bitte!"
Zwei Verirrte, beide mit dem Makel einer pathologischen Liebessehnsucht stigmatisiert, werfen einen letzten Blick in ihr verzerrtes Altneuland, dort oben im blind gewordenen Rund. In beidseitigem Einverständnis kehren sie um, dort unten in den mäandernden Verbindungsgängen zwischen all denen, welche an Körper und Seele laborieren.

„Zum Leben wolltest du mich verführen, hast mich ..."
Jetzt weilt er wieder unter den Lebensbejahenden, mit nicht zu leugnenden Blessuren. Wie obergäriges Fallobst sehen seine Unterarme, sein Unterkiefer aus! Sie stehen in einem widersprüchlichen Kontrast zu seinen manierierten Händen.
Trommelfinger, ungesund blutleer die kurz gehaltenen Nägel. Uhrglasnägel?
Klauen eines Greifvogels.
Nein, komm mir nicht zu nah'!

„Lass uns die Segel hissen, wir haben guten Wind! Nimm Platz in unserem Wolkenschiff! Wenn wir, du wirst sehen, wie im Fluge angekommen sind, falten wir es zusammen und stecken es in unsere Tasche."

Parsifal
Spätsommer 2011

Zu einem „Wagnerabend" waren sie geladen. Wiederholt hatte er, der alte Freund, angekündigt, sie zu 'Parsifal' in sein Haus zu bitten. Einige Male war dieser Abend schon verschoben worden. Meist war die von ihm so sehr geschätzte DVD entlehnt gewesen. Er drängte die beiden zu einer Zusage. Ihm lag daran. Er hat sie und ihn mit seinem Zweitwagen abgeholt, hat auf der Fahrt zu ihm nach Hause noch Bienenstich und Zwetschkenfleck besorgt. „Für die zweite Pause", so seine Erklärung für die unerwartete Fahrtunterbrechung. Die Zwei blicken sich an, in beiderseitigem Einverständnis. Sie waren sich nahe gekommen, Stunden zuvor. Den halben Tag schon. Sie tragen ihre Entscheidung füreinander wie eine dem Abend angemessene Robe.
„Gibt es nur diese klebrige Süßigkeit? Wie viele Pausen überspringen wir?"
„Sie hat einen kleinen Imbiss vorbereitet."
Sie?!? Wen meint er, der Alte? Wen darf sie noch erwarten zu diesem Opernevent? Die Alibifrau wird, so ihre Überlegung, bei aller Fantasie nicht imstande sein, ein real aufgetischtes kaltes Buffet zusammenzustellen. Die Ehefrau, er heißt sie bei ihrem Namen, hätte schon alles vorbereitet. Zwei Paare, die wieder zueinander gefunden haben, treffen sich im Haus der Gastgeber. Der Alte ist angespannt.

Es ist halb sieben Uhr früh. Eine Tür fällt ins Schloss. Sie schlägt die Augen auf. Sie wird aufstehen. Sich zurechtmachen. Duschen. Er mag den Duft von Eisenkraut. Mit einem kräftigen Sprühstoß 'Verveine' aus dem Klosterladen vermischt sie die reichhaltige Körperlotion, cremt sich ein. So viel Zeit muss sein. In wie vielen Rollen sie schon seine Begehrlichkeit zu wecken suchte? Ein Blick in die überquellenden Laden ihrer Wäschekommode lässt sie innehalten. Comicfiguren, Snoopys, Mangas, das würde sich hübsch auf ihrem fraulich gerundeten Leib ausmachen? Er hatte es ernst gemeint, noch vor kurzem, in der Dessous-Abteilung. Keine grellbunten, keine großäugigen Verniedlichungen, auch keine Blütenverführungen wählt sie aus dem Überangebot aus. Heute zieht sie sich mit weinrotem Satin eine gewisse verführerische Würde über. Der Büstenhalter im Balconette-Schnitt hebt ihren Busen ein klein wenig nur, der dazu passende Slip in festlichem Rot mit hochgeschnittenem Bein schmeichelt ihrer Silhouette. Sie sprüht noch einen Hauch von 'Verveine' ins frisch gewaschene Haar, in den Nacken, den Nabel. Sie ist bereit? Wofür? Die Tagesdecke aus grobem Leinen hat sie schon in einen großen Bettartikelsack gepackt. Er wird sie für sie waschen und trocknen in seinem Gemeinschafts-Wäschekeller.
Ausgeschlafen, mit lichten, wachen Augen erwartet er sie, noch ehe sie die Türklingel drückt. Er zieht sie an sich. Sie umarmt ihn. Sie blicken einander an. Keine Scheu lässt sie zögern. Er mustert sie unverhohlen. Sie trägt sein weißes Konzerthemd, hundert Prozent Synthetik. Sie wird es nicht lange tragen, heute am frühen Vormittag. Einen weiteren Knopf hat sie geöffnet, er nimmt das weinrot verpackte Dekolleté mit einer

begehrlichen Bewegung seines Lippenpaares entgegen. Die bockige, schwarze Lederjacke steht im aufreizenden Kontrast zu dieser offenkundigen Zurschaustellung. Er hilft ihr aus der 'Domina Rüstung', zieht sich ihre Jacke über und sucht in ihrem Blick Bestätigung. Bestätigung wofür? Das steife Leder spannt, es ist ihm etwas knapp um die Schultern. Die Ärmel bedecken kaum zwei Finger breit seine Handknöchel.
Schlank ist er geworden. Er passt in eine Damenjacke? Ein Konfirmand? Einer, der über den kurzen Sommer zu schnell in die Höhe gewachsen war? Er soll die Jacke ausziehen. Sie steht ihm, ja gewiss? Heute ist er zurückgekehrt. Als ihr Geliebter. Auf seine Potenz, sein Stehvermögen ist Verlass, heute? Er darf sich nicht der Lächerlichkeit preisgeben. In dieser Verkleidung!
Er hat das Bett frisch bezogen. Der reichlich verwendete Weichspüler, in Plastikflaschen abgefüllt, sein synthetischer Moschus-Duft verrät sein heutiges Vorhaben. Sie sei seine Schwester, er sei ihr Bruder! So hatte er sich die letzten Monate ihrem wachsenden Begehren mit sie kränkendem Durchhaltevermögen entzogen. Was hat er ihr in den Tee gekippt? Was lässt sie alle Vernunft vergessen? Heute? Von wegen Brüderlein. Heute ist er ein Mann, ohne Wenn und Aber! Einer auf den Verlass ist? Sie ist ihm heute Geliebte, nicht sein Lieb Schwesterlein. Ein potenter Liebhaber wird er ihr sein; einer, der die verführerische Sprache der Minne anzuwenden versteht. Heute Vormittag. Ein Profi ist er, kein lamentierender Amateur. Sie ist erregt von seinem Begehren. Begehren weckt Begehren. Ein-, zweimal. Später ein drittes, ein viertes Mal; schlafwandlerisch bewegen sie sich aufeinander zu. In Dur oder Moll? Auf welchen Kammerton hatten sie sich in

den Vormittagsstunden, bis hinein in den späten Nachmittag, eingestimmt? Zwischen ihm und ihr, zwischen den beiden hat sich Lust breitgemacht. Nicht angekommen, nicht zu Hause wähnt sie sich. Sie hatten sich wiedergefunden, sich hingegeben, den Berührungen freien Lauf gelassen. War das Wollust?

Er müsse in den Waschraum. Zehn Cent-Münzen hätte er noch eigens in der Bank besorgt. Wenn sie die Tagesdecke noch heute mit nach Hause nehmen wolle, dann müsste er sich aus ihrer Umarmung lösen, schweren Herzens. Er müsse Münzen für den Trockner nachwerfen. Wie lange das dauern kann? Ist er aufgehalten worden im Waschkeller? So still ist es. Das Zimmer nebenan ist nun unbewohnt. Er konnte sich noch nicht dazu aufraffen auszumustern, den lichten Raum nach seinen Bedürfnissen einzurichten. Das kann dauern. Vielleicht ist der große Trockner noch belegt? Ein altbekanntes Misstrauen kriecht über ihren Bauch hin zum Herzen. Er ist es. Sie nimmt das erlösende Schnarren des Schlüssels wahr. Groß steht er neben ihr, am Bett. Tief versenken sich ihre Blicke ineinander. Keine Scheu hat sie, weiß den Verschluss der Gürtelschnalle zu öffnen. Kein Wimmern von nebenan wird ihnen diesen Tag eintrüben. Zeit hätten sie. Ausreichend Zeit für eine weitere Wiederholung.
„Da capo?"

„'Parsifal' beginnt mit einer Pause!" Schon am späten Vormittag, halbherzig, ein wenig abgelenkt von ihrer neu errungenen Vertrautheit, hat er es sich nicht verkneifen können, sie über das eine oder andere Wissenswerte dieser Wagneroper zu informieren. „Die bekannte

Viertelpause, die komponierte Stille?" Fragt sie. Er ist nicht so recht bei der Sache. Was heckt er aus? „Wir könnten absagen. Ruf ihn an, deinen Freund, lass dir etwas einfallen! Wir machen es uns in deinem Bett bequem, hören Peter Hoffmann als Parsifal? Draußen regnet es, keiner wird uns stören. Sag die Einladung ab, jetzt. Ehe er sich auf den Weg macht!"
Er ignoriert ihren Vorschlag. Kramt zwischen den gestapelten Langspielplatten seine favorisierte 'Parsifal'-Einspielung hervor.
Es sei nicht so einfach, sich unvorbereitet auf 'Parsifal' einzulassen. Wagner verlange unsere ganze Konzentration. Er hat die unüberwindbar scheinenden Mauern zwischen dem deutschen und dem französischen Fach eingerissen. „Weißt du, was er an Mathilde geschrieben hat?" Ignorant ist er und herablassend. Er geht davon aus, dass sie nicht eingeweiht ist in den Briefwechsel Wagners mit der verheirateten Wesendonck. Sie zieht wiederum voreilig Schlüsse aus dieser unsanft beendeten Liebesgeschichte. Wie kann sie sich darauf vorbereiten. Wie wappnen? Was, wenn er sich, durch die Musik aufgeheizt, dazu entschließt, der Liebe zu ihr endgültig zu entsagen? Er wird sich einem Männerorden anschließen? Was, wenn das Beispiel macht? Sie wird von ihm aus ihren Zukunftsängsten gerissen. Er weiht sie ein, wie einst der Meister seine Mathilde. Wagner trug in sich die Vorstellung, eine grundböse Arbeit, die weit über den dritten Akt 'Tristan' hinausginge, zu beginnen?
Wie sich sein Vormittagslächeln hinter dieser Andeutung verzerrt hat! Überlegen rempelt sie sein harter Blick. 'L'après midi d'un faune' sollte sie abrufen können! Unwissenheit attestiert er ihr! Angetrieben von

seinem Wissen legt er eine weitere Lektion nach. Zumindest 'Daphnis et Chloé' sollte sie kennen! Wie ihn die Arroganz kleidet? Da bricht Mütterchens abhanden gekommener Adel durch. Dass er sich mit so einer, einer Halbgebildeten, heute Abend zeigen wollen wird?

Still war es geworden im Fond. Neben ihm Platz nehmen, das würde er, gewiss! So hätte es sich der Chauffeur gedacht, so war er es gewohnt. Stets war er neben ihm dort auf dem Beifahrersitz gesessen, hatte die mitgebrachten CDs eingelegt, gewechselt. Seine klugen Überlegungen hat sein junger Freund oftmals die gesamte Fahrt lang von sich gegeben. Profitiert hatten sie beide von solchen, lange im Voraus geplanten Fahrten ins Blaue. Verwaist bleibt der Sitz heute. Auf der langen, von uralten Kastanienbäumen gesäumten Geraden ertappt er sich dabei, wie er über den Gangknüppel hinweg hinüber streicht. Zu ihm? Eine eingespielte, eine vertraute Geste zwischen den beiden, all die Jahre. Raues Textil anstelle der erwarteten Körperwärme lässt ihn aufschrecken. Schamwellen färben sein faltenreiches Gesicht, dämpfen die schwer zu kontrollierende Raserei.
Er wurde ausgetauscht! Verlegen ist er! Hat man ihn, hat sie ihn bei diesem Ausrutscher ertappt? Hat er sich, auch ihn verraten? Weit hat er es gebracht. Nach Nähe war, ist ihm zumute, noch immer. Nach ihm, dem Abtrünnigen hat er greifen wollen. Ertappt meint er sich. Er legt den dritten Gang ein, der sich sperrig seinem Impuls widersetzt. Hat man ihn beobachtet?
Er war es so leid! Er hat die Fünfundsechzig überschritten, war zu seiner Frau zurückgekehrt. Ruhe sollte einkehren! *„Die Liebesqual als Kreuz des Lebens*

annehmen?" Nein, er wird sich zurückziehen, sich im Entsagen üben. Was treibt ihn immer und immer wieder an, ihn zu rufen? Ihm erneut die kalte Schulter zu zeigen? Jetzt sitzt er dort hinten im Fond, in Begleitung, und straft ihn mit Nichtbeachtung. Verschanzt sich hinter der vertrauten Maske des Triumphierenden. Worin liegt der Reiz, ihn wiederholt derart zu quälen? Nichts hat sich abgenutzt, nichts den Schmerz geschmälert. Was treibt das janusköpfige blasse Wesen an? Diesem grausamen Spiel will er sich nicht mehr unterwerfen.
Er hat wieder Oberhand gewonnen, der Jüngere. Untergehen, an ihm scheitern, das wünschte er, das ließ ihn durchhalten. Bewundert hat er ihn, den Jüngeren, den Versierten. Den Abgestürzten.

Sind die zwei rückwärts im Fond zu sehr miteinander befasst? Die, ausgerechnet die hatte es heute verstanden, den Burgwall seiner Gleichgültigkeit zu durchbrechen? Ihr schenkt er alle Aufmerksamkeit. Ihr blickt er viel zu lange in die Augen! Die umfängt er mit dem exklusiven Lächeln des Liebenden?
Im Rückspiegel gehen die unruhig aufflackernden, sie kontrollierenden Blicke des Fahrers mit den ihren auf Konfrontation. Zum Strahlen hat er sie noch mittags verführt. Ein abgeschwächtes, sanftes Glimmen hat sie sich in ihren Augenfenstern bewahren können. Bis zu diesem Moment? Jetzt, eben erst, haben sich zwei Augenpaare ineinander verbissen, im Spiegel, ungewollt. Er ringt mit sich, der alte Mann? Er hat Lunte gerochen. Sie könnte sich entspannt zurücklehnen?
Ein Rivale weniger. Wie lange wird ihr Triumph währen? Wie grausam er sein kann. Ungerührt taxiert er, der

Jüngere, den Revierkampf der beiden, dort vorne, im Geviert des Rückspiegels. Die linke Augenbraue hebt er, kaum merklich. Seine Lippen wirft er in einem Anfall von eitler Koketterie auf; korrigiert blitzschnell sein aufgesetztes Mienenspiel, glättet sein krauses Lippenpaar zu einem beruhigteren Wellenschlag. Dem kulturellen Anspruch des heutigen Abends steht ein angedeutetes Lächeln am ehesten zu Gesicht. Er wird es beibehalten.
Was war in den Wochen seiner Abwesenheit vorgefallen? Der Betrüger, der über alles Geliebte?

Das einlullende Surren des Motors hat sie auf diesen Abend eingestimmt. Ein Paar ihres Alters, ihres Bildungsstandes, so meinte er sie umstimmen zu können, ein solches Paar hätte auch einen Freundes-, einen Bekanntenkreis von annähernd selbem Niveau? Wie eitel er ist. Er wiederholt sich; er dreht sich im eng gesteckten Kreis seiner Rechtfertigungen. Untätigkeit zeichnet ihn aus. Heute bekennt er sich zu seinem Unvermögen. Er wird nicht mehr komponieren! Das hätte sie, wenn sie ihn denn lieben würde, zu akzeptieren! Als 'eine bedeutungslose Null', so solle man ihn respektieren. Sie hat keinen rechten Draht zu diesem eitlen, auf jugendlich gestemmten Studienfreund. Kein Verlangen verspürt sie, dessen Alibigeliebte zu goutieren, noch seine Frau kennenzulernen. Das grenzt an Nötigung. Sie will sich ihre Freunde, ihren Bekanntenkreis weiterhin selbst wählen.
Der grobe Kies der Auffahrt rüttelt sie durch, weckt sie sie aus ihren Fluchtüberlegungen. Etwas abgelegen, im Schatten des Untersberges, haust das wieder vereinte Lehrerpaar.

Die nächste Hürde war geschafft. Man solle bloß die Schuhe anbehalten, so tönt es aus der ebenerdig gelegenen Küche. Schmal ist der Rücken, die Stimme kippt kaum merklich ins Schrille, verflüchtigt sich in der Tiefe des Backrohrs. Sie prüft den Backfortschritt des Apfelstrudels, dreht, jetzt wo die Gäste angekommen sind, die Oberhitze höher und wendet sich mit einem ungekünstelten Lachen den Eingetroffenen zu. Die vollen Wangen, die wachen Augen der Hausherrin überraschen sie. Gut gehalten hat sie sich. Schlank wie ihr Gemahl ist sie. Gesund und mit sich im Reinen. Sie hat einen Apfelstrudel ins Rohr geschoben. Der Duft von Zimt und Äpfeln hat sie in aller Gastfreundlichkeit empfangen. Wusste sie nicht Bescheid? Hatte sie sich gesträubt? Wenn es einen Disput gegeben hat zwischen den Gastgebern, dann überspielt zumindest sie diesen in lockerer Haltung. Auf eine schlanke Linie wird Wert gelegt in diesem Haushalt.
„Wir halten uns nicht lange auf hier oben." Seine Anspannung wird sich nicht legen an diesem Abend. In der ersten Pause werde er eine Führung durch die eine Hälfe des kleinen Doppelhauses vornehmen, schlägt der Hausherr vor.

'Parsifal' beginnt mit einer Pause!

Wie er sich aufplustert, der wissende alte Mann! Er weiß seinen Heimvorteil zu nutzen, ergreift nochmals das Wort. „Mit dem 'Parsifal' an der Met hat es eine besondere Bewandtnis. Dort wurde das Stück zum ersten Mal außerhalb von Bayreuth gegeben! Am Heiligen Abend 1903 und nicht an einem Karfreitag!"

Das zu erwartende Passionspathos beginnt, so Wagners Anweisung, mit einem 4/4-Takt, Streicher und Holzbläser, sehr langsam, sehr ausdrucksvoll, die Sechzehntel immer ruhig und getragen.
Die berühmte Viertelpause mit Prosecco zu verwässern, mit belegten Brötchen die Nerven zu besänftigen, das gliche einer Entweihung, so die einhellige Entscheidung der beiden Musikkenner.
Ab in den Keller, vorbei an einem übergroßen Bett, welches sich in die Schräge der nach unten führenden Treppe einfügt. „Was soll das? Ist das euer Bett? Hier?!" Er ist betroffen. Wütend. Das freundliche, kaum durchzuhaltende Interesse aneinander läuft Gefahr in jene, gefürchtete, bekannte Schräglage zu kippen.
Sie, die verlassene Gattin, hätte nach seiner langen Abwesenheit, so ihr betont heiterer Erklärungsversuch, das Ehebett ganz einfach nach unten befördern lassen. Sie hatte keine Verwendung mehr dafür. War in ihrem angestimmten Lachen ein nicht gelöster Konflikt mitgeschwungen?
Es behage ihnen beiden hier unten im Keller, im Schutz der großen Treppe. Wenn die Enkelkinder in den Ferien zu ihnen kämen, meist auf ein paar Wochen, dann hätten die heranwachsenden Kindeskinder in ihrem ehemaligen Schlafzimmer ausreichend Platz. Keiner würde den anderen stören.
„Wobei stören?", schiebt der Jüngere in einem abgeschwächten Missfalls-Ton noch nach. Der Alte zuckt mit dem gebrochenen Stolz eines Wiederaufgenommenen die abfallenden, schmalen Schultern. Der leichte Ansatz eines Buckels, die Beugung seines Kopfes verrät sein wahres Alter. Die Wahl der Kleidung, „jugendlich", betont die fortschreitende Hinfälligkeit seines durchaus

trainierten Körpers. Er geht voraus, in Erwartung erneuter Vorwürfe wappnet er sich hinter hochgezogenen Schultern, einem wachsam geneigten Haupt. Voller Misstrauen rucken und zucken seine stark verkleinerten Augen hinter der altväterischen Goldrandbrille nach allen Seiten. Der Alte wird die Kontrolle nicht abgeben, nicht an diesem Abend!

Dunkel ist es hier unten. Das Studio liegt mannshoch unter der Erde. Ein schmales, einer Kerkerzelle Genüge tuendes Kippfenster hat man noch kurz vor ihrem Eintreffen geöffnet. Dem muffigen, von Feuchtigkeit modrig unterlegten Raumklima hat das Lüften nichts anhaben können. Die Decke nötigt sie zu einer geduckten Haltung. Den Hausbewohnern ist die Raumhöhe vertraut, gelassen fordern sie die beiden Gäste auf Platz zu nehmen. Alles landet irgendwann einmal im Keller. Das ausgediente Sofa aus dem Jugendzimmer. Der ramponierte Schaukelstuhl aus Rattan, der sich seiner Gebrauchsblessuren im Düsterbereich dieses Verlieses nicht zu schämen braucht. Der Fernsehapparat ist von ausnehmender Größe. Dem Mitverfolgen der Met-Aufzeichnung steht, was die Sichtverhältnisse betrifft, nichts im Wege. Die halbmeterhohen Boxen versprechen eine angemessene Hörqualität. In den achtziger Jahren für eine Urlaubszulage erworben, haben sie ihren ausgereiften Stereoklang über die Jahre nicht eingebüßt.

Wer nimmt wo Platz? Sie hat mit einer schnellen Runduminspektion die Kellerzelle erkundet, ihr Blick zielt auf eine bodennahe Matratze. Auf Fellen, auf gehäuteten Tieren werden wir uns niederlassen müssen? Das hat Stil. Eine Marotte vielleicht? Will man die eine oder andere eingeschläferte Hauskatze als Polsterüberwurf in Erinnerung behalten? Sie hatten mehrere Katzen? Jede der zum Sitzen, auch zum Liegen vorgesehenen Flächen hat das Gastgeberpaar mit naturwollgelben, graudüsteren Tierfellen bedacht.

Erneut kreuzen sich zwei Augenpaare. Nichts kann sie davon abhalten! Sie hält ihn, den Alten, auf Distanz; rempelt ihn mit einem Folgeblick aus dem Spielfeld. Fordert ihn, den Jüngeren, mit bestimmender Geste auf, hier neben ihr Platz zu nehmen. „Unter-Kniehöhe, das halten nur die Jüngeren durch, knapp fünf Stunden!" Mit dieser vorgeschobenen Argumentation trägt sie nicht wirklich zu einer entschärften Grund- und Einstimmung auf die Opernvorführung bei. Es bröckelt hinter der weltmännischen Gefasstheit des Hausherrn. Erneut ist er von seinem Platz verwiesen worden. Von ihr. Die auf heitere Akzeptanz gestriegelte Gastgeberin lässt sich in erwarteter Selbstverständlichkeit im Schaukelstuhl nieder. Wo wird sich der Gemahl platzieren? Von seinem Entsetzen wird er nichts preisgeben. Ruckartig, in ganz eng gestecktem Kreis, trippelt er. Orientierungslos ist er. Die weit aufgerissenen, kurzsichtigen Augen verraten seinen internen Aufruhr. Keinen rechten Platz findet er. Routiniert legt er die angepriesene DVD ein, ehe er sich mit dem Gestus des Ausgeschlossenen seinen Platz im Raum wählt. Er zieht die viel zu eng geschnittene Jeans zurecht, zupft an seinem Ripp-Shirt. Das Trikot betont ungewollt den eingefallenen Oberkörper. Fahrig streicht er sich über den kurz getrimmten grauen Bart. Noch einmal wendet er sich ab von den beiden, ehe er sich einen Hocker an die Seite seines Weibes rückt und endlich Platz nimmt. Er hat sich

gefasst. Schnell noch geschäftig auf die Vorlauftaste gedrückt, dann darf es beginnen.
„Schräge Töne. Englischhorn mit Klarinette geblasen, Oboe mit Bratschen und halben Zweiten Geigen schmeicheln sich im piano ein!"
„... im piu piano, im pianissimo, im piu piano!"
Wie gewohnt erntet er, der Jüngere, die bewundernden Blicke vom Alten. Er, der Ältere, der Kenner, setzt fort sein Wissen kundzutun, nimmt den ersten musikalischen Eindrücken den Zauber. Er fühlt sich dazu berufen, er muss weiter referieren, setzt fort im Kommentieren des Vorspiels. „Am Ende nimmt Wagner die Klangfarben regelrecht auseinander, löst sie in vielerlei Ausgangspigmente auf. Krude Farben, viele Arpeggien bei den Streichern." Er wendet sich ihr zu, macht sie auf die solistischen Einsätze von Oboe, Klarinette, Flöte aufmerksam.
Wie vertraut sich die beiden sind; ein nicht zu durchdringender Feuerkreis aus Zuneigung schenkt ihnen ein Leuchten dort auf den wärmenden Fellen. Die Lichtfläche des Bildschirms tanzt in einem fernen Rhythmus durch die Dämmerung des Kellerraumes. Klangkostproben der ersten Viertelstunde glätten die angespannten Gesichter. Sie seien „von jenem glasklaren Spektrum", so holt er erneut aus, „in dem sich nun das Licht bricht."
Mit flackernden Blicken beäugt der Alte die Eintracht des jüngeren Paares.
„Was", so raunt sie ihm zu, „macht Wagner in seinem 'Parsifal' anders?"
„Das Orchester ist bedeutend schlanker, hat abgespeckt", näselt er.
Sie weiß um die verpackte Anspielung, flüstert ihm

ihren Code 'Chopin und Bodymassindex' zu, blickt sich nach dem Ehepaar um und fühlt sich von dessen Blick durchbohrt.

Er hat immerhin vier Semester Musikwissenschaft vorzuweisen. Er ist der Hausherr, er darf das Wort ergreifen, ungefragt! „Das Vorspiel", schon verhaspelt er sich, setzt fort, „beinhaltet a priori, das heißt: vor der Erfahrung der Bühnenhandlung die Idee des folgenden Bühnendramas. Sehr langsam, sehr getragen vertraut Wagner", er blickt sich nach seinem Freund um, „auf die Holzbläser und Streicher."
Der einzig Kompetente rückt seine blasierte Mimik zurecht. Er fühlt sich dazu berufen, sie heute mit seinen Kenntnissen einzuweisen. Soll er sich erheben, aus dem rupfigen Lager aufstehen, um mehr an Aufmerksamkeit zu erhalten? „Nicht nötig, wir hängen an deinen Lippen, die so Kluges von sich geben", schmeichelt die Frau des Hauses und nickt ihm bestätigend zu. „Komm, führe uns ein in die Mysterien Wagners, lass dich nicht aufhalten." Er hält Abstand zu ihr, zu den anderen.

Er ist in seinem Element. Ob vor dreißig, hunderten oder nur vor drei Interessierten zu referieren, was macht das für einen Unterschied? Singsang, monotone Wissensauswürfe, die hat man heute von ihm erwartet.
„Um auf das getragene Thema zurückzukommen, dessen Aufstieg im Rahmen des As-Dur-Dreiklangs zu Beginn von Takt Drei nach unten abgebogen wird, um erneut diatonisch aufzusteigen, endet in einer Aura aus statisch anmutenden Triolen in den Bläsern und irisierend gebrochenen Zweiunddreißigstel-Akkorden in den Streichern."

Auf dem Bildschirm flackert das kunstblaue Licht, überzeichnet das staunende Unverständnis der beiden Frauen. Zu viele Termini? Der Alte hat sich aus dem Notsitz erhoben, betet jede der auf sie, auf ihn einplätschernden Erläuterungen förmlich nach.
Er, der Jüngere, ignoriert ihn. Auf seine Ovationen ist er nicht mehr scharf, das lässt er ihn spüren. Da kann er noch so devot vor ihm, vor ihnen herumhampeln.
„Die Bewegung, durch Arpeggien vorgetäuscht, beschreibt gleichsam den Stillstand." Er hat kein Mitleid mit ihm, dem alten Mann. Er ist heimgekehrt.
„Die Musik definiert die Zeit dadurch dass sie in der Zeit vergeht."
Mit wachsendem Interesse folgt man der Inszenierung. Der Titel der Oper sei irreführend, merkt die Frau des Hauses an. Ehe der Alte sie in ihren, wie er meint, unqualifizierten Kommentaren unterbricht, stimmt der Kenner ihr wohlwollend zu. Sie habe nicht unrecht. Der Titelheld, ein Tenor, was sonst, hätte am wenigsten zu singen.
Von Verführung keine Spur. Kundry, ein mäßig dramatischer Mezzosopran, dunkel geschminkt, soll Amfortas, später den Knaben Parsifal verführt haben? Ihn dann vernichten? Umgarnt von tänzelnden Blumenmädchen, soll der Auserkorene auf Kundrys erotische Verführungskünste eingestimmt werden. Die Gralsbotin, die Eingeweihte in die Heilkunst der Kräuter, der Drogen, scheitert in ihrem Wissen an Amfortas Wunde. Bei Wagner ist sie sich ihrer Macht bewusst. Sie ist eine Hure, nicht die büßende Maria Magdalena. Sie hat Christus am Kreuz verlacht, wird in einen todesähnlichen Schlaf fallen, ehe sie durch die Taufe endlich sterben darf. Zur ewigen Wiedergeburt ist Kundry verurteilt.

Eine Interpretationsmisere? Wer liefert sich den klischeeüberfrachteten Deutungsversuchen eines Regisseurs derart aus? Trägt die Schuld ein dilettierender, schwuler Kostümbildner? Oder ist es die späte Rache einer missachteten Stoffkünstlerin? Wer zieht die gesangliche große Leistung der Kundry-Verkörperung derart ins Lächerliche?

Eben noch hat man in einer hyperrealistisch umgesetzten, für die Ewigkeit gebauten Kulisse Vorbereitungen für Amfortas' morgendliches Bad getroffen. Die ins Possenhafte gerutschte Personifizierung Kundrys als kundiges Kräuterweiblein ist, so wird sich in der Folge herausstellen, der Beginn von peinlich aufgeladenen, Fremdscham evozierenden Regieverfehlungen. Ein schweres, mit tiefroten Flecken versetztes „weißes Etwas" donnert auf den Bühneboden. Seiner bösen Wunde erlegen, stirbt ein Schwan auf der mit Klebeband markierten Stelle im Zentrum der Mittelbühne. Parsifal, der unbedarfte Knabe, hat den Vogel abgeschossen. Er wird vom tief grollenden Bass des alten Gurnemanz zur Rede gestellt. Unbedarft ist er. Ein Privileg der Jugend. In ihm, dem reinen Toren, sieht er den Erlöser? Auch diesem Toren werden sie mit Nachsicht begegnen. Wagner sieht es so vor. Auch dem Helden Siegfried hat man sein Unwissen nicht allzu schwer angelastet.

Nachdem Gurnemanz im ergreifenden Bass den jungen Helden aus dem Gralsbezirk verjagt hat, könnte man doch die erste Pause überspringen. Man stimmt einhellig dem Gastgeber zu. Sie werden Parsifal in Klingsors Garten begleiten.

Mannhaft soll Klingsor in der Verkleidung eines Halloweennarren den Speer durch die weiträumig angelegte

Bühne schmettern. Das Timing stimmt, auf die Bühnentechnik ist Verlass. Der Speer hat sich über dem Haupt Parsifals eingependelt. Keinem entgeht mit diesem Inszenierungswink die Botschaft. Dass er sich bloß nicht in den späteren Aufführungen die Schulter auskegelt? Sonst wird aus dem mit der Waffe ungeschickt Hantierenden noch selbst ein Märtyrer.
Die Kamera verfolgt den Flug dieses silbern glimmenden Phallussymbols, trägt aber, so stellen sie mit Bedauern fest, zu einer ernüchternden Entzauberung bei. Sie überlegt, ob man diesen Effekt vom Schnürboden aus über mehrere K-Rollen gelenkt hatte? War es vielleicht doch eine Projektion? Sie kann sich ein lautes Auflachen nicht verkneifen, erntet rügende Blicke von den beiden Wagnerkennern und klinkt sich aus.

Wer von uns Vieren folgt eigentlich in erwarteter Konzentration dieser mehr als banalen Inszenierung, fragt sie sich. Wir observieren einander, gehen davon aus, nur selbst Beobachter dieses hier stattfindenden Kammerspiels zu sein. Eingelullt von dieser antiquierten Inszenierung taxieren wir uns heimlich im Bühnendunkel dieses einem Verlies gleichen Raumes.
„Du siehst mein Sohn, zum Raum wird hier die Zeit."
Gurnemanz' Worte klingen in ihr nach, sie wirft einen prüfenden Blick auf ihn. Er folgt als einziger dem Ringen Parsifals. Wie Monate zuvor dem des Naturburschen Siegfried.
Wie der alte, vor Begehrlichkeit ausgezerrte Mann aufsprang, den muffigen Kellerraum verlies, nach kurzer Abwesenheit wieder auftauchte, das war dem Jüngeren entgangen. Von Wagners Xenophobie gebeutelt, das sei er, der Ältere! Erschrocken über seinen Kontrollverlust

holt er die Rechtfertigung einer unglücklichen Kindheit zu Tage. Von einem despotischen Vater war die Rede. Seine Frau bleibt unbeteiligt, er nimmt sie so gut wie nicht wahr. Sie folgt weiterhin entspannt den Entwicklungsschritten Parsifals.

„Weder sie noch die einzige Tochter entsprechen dem feurigen Wesen Penelopes!" Er, der Gealterte, erdreistet sich, sein Urteil ungebeten auszusprechen!" Ein pensionierter Pädagoge trifft die Wahl? Paris' Wahl?

Der gealterte Heimgekehrte trägt das Bild eines jungen Gottes von sich im Herzen. 'Puer Aeternus'? Tut es kund. Wie darf man sich die in Konkurrenz stehenden Göttinnen erst vorstellen?

Sie nimmt die Naivität der Gattin wahr. Ausreichend Zeit, wiederholt Gelegenheit hat sie, die vorgelebte Toleranz der Ehefrau im Dunkel des Vorführraumes aus dem Augenwinkel zu beobachten. Die weiß um seine Neigung! Das erklärt ihre Gelassenheit. Ihr wisst alle um eure Neigungen! Welchen Part habt ihr mir zugewiesen?

Sein Faible für die Kleinen, die Zarten hat den Alten über die Jahre hin verunsichert. Das Piano hat er von seiner Kirschblüte zurückbehalten, in positiver Erinnerung hat er sie, die mehrjährige Gefährtin, er, der junge aufstrebende Student der Kompositionsklasse. Hintergangen hat er sie damals, sie eingetauscht gegen eine Mandelblüte. Sie gefallen ihm, dem Jüngeren, noch immer. Keine dieser jungen Frauen würde er von seiner Bettkante stoßen. Wie oft hat er ihn mit dieser eingestreuten Bemerkung auf sein Alter, sein Geschlecht hingewiesen, ihn ins Abseits gerückt?

Nicht naturblond, nicht dunkelhaarig ist sie! Nicht

jung, auch nicht alt! Nicht puppengleich zart, auch keine Amazone, keine Walküre ist die!
Das ist sie also? So viele Jahre hat er sie ihm vorgezogen! Seine Sehnsuchtsliebe hat ihn ausgebootet? Das ist sie. Er hat seine Wanda erobert, sie haben sich entzweit, mehrmals. Gelitten wie ein Hund hat er, der Abtrünnige!
Die verstehen sich, die beiden. Die haben sich versöhnt. Wenn er wählen wollte, dann käme für ihn eine rassige, eine exaltierte, eine vom Typus Penelope in Frage. Keine Asiatin, auch keine von diesem Typ Frau?
Was hat sie, was spricht ihn derart an?
Was sieht sie in ihm? Er ist ein Habenichts, ein hochbegabter, ein stetes Versprechen, mag sein. Er wird nichts Wesentliches mehr vollbringen. Komponieren wird er keine Note mehr. Man durfte ihn zur Postmoderne zählen.

Er wird ihn in den nächsten Tagen zum Segeln an der Küste Kroatiens einladen, er wird ihn sich zurückerobern, seinen jungen, seinen Abtrünnigen. Er wird ihm seine Verirrung mit dieser unpassenden Sehnsuchtszuneigung nachsehen.

Du alter, selbstgefälliger Sack! Nicht Fisch noch Fleisch! Was verbindet euch beide? Du rüstest dich auf in dem Glauben, eine wie Penelope würde dir nur einen Blick gönnen, dich erhören? Träum weiter! Warum sollst du nicht auch Opfer deiner erotischen Versteigungen werden? Hast dich ein wenig verheddert im Gestrüpp deiner Gier, deiner Phantastereien? Ein in die Jahre gekommener Paris fürs Alltägliche! Das bist du, du alter Mann!

Ein Bäuchlein hat er bekommen, seit er wieder zu Hause lebt. Was schwingt hier an Ressentiments mit? Ausgemergelt ist er. Das Alter, gewiss.

Man geht auf den Vorschlag des Hausherren ein und legt sich auf eine Dreiviertelstunde Pause bei Wein und Wurstsalat fest.

Was macht Wagner in 'Parsifal' anders?
„Opern, die länger als vier Stunden dauern, wie die heutige, Opern mit leicht angewelkten Primadonnen werden oftmals favorisiert von ..."
Der Alte stemmt sich gegen die Tischkante, verschluckt sich an einem Stück Baguette, schweigt.
„... solcherart ausgestattete Diven beeindrucken vielleicht die kleine Schar an Travestiekünstlern ...?"
„Wie kommst du auf solch einen vereinheitlichenden, vorverurteilenden Schwachsinn", geifert er. Sie spürt die Aburteilung der beiden 'Musikwissenschaftler'. Sie hat sich disqualifiziert. Eine alte Übereinstimmung macht sich zwischen den beiden Herren breit.

„Was also unterscheidet 'Parsifal' von Wagners früher entstandenen Opern?"
„Alles! Der Bestand von Leitmotiven!" Mit einem verschwörerischen Blick setzt fort: „Kein einziges Leitmotiv taucht zweimal in der gleichen Gestalt auf, alles verändert sich immerzu, wie in einer unendlichen Metamorphose."
Das Orchester sei schlanker besetzt als im 'Ring'. Was im Vergleich zum 'Ring' fehle, seien die Tuben, Basstrompeten, Bassposaunen, also das dunkle Blech.
„Wisst ihr, dass Basstuben ausschließlich weibliche,

Trompeten Männernamen tragen? Und Posaunen irgendwo dazwischen als Zwitterwesen von ihren Eigentümern getauft werden?"

„Wie heißt dein Waldhorn?" Stolz ist er, er wächst zusehends aus seinem Stuhl. Es wäre jetzt an ihr nachzufragen. Ihr war nicht danach. Sie übergeht seinen Erwartungsstolz. Erfolglos!

„Er bläst das Waldhorn? War es nicht Richard Strauss' Vater, der unter Wagner eben dieses Horn gespielt hat?"

„Wagner war ein Trinker, Strauss' Vater hielt nicht viel von seinem damaligen Kapellmeister!"

Mit wachen Augen, denen nichts aber auch gar nichts entgeht, blickt die Gattin in die Runde und meint: „Die Pause ist zu Ende!"

„Wie viele Tage sind es nun her, dass deine Mutter unerwartet gestorben ist?"

Er verehrt Wagner. Dieses Aufgebot an Todessehnsüchtigen, Todesseligen, Todgeweihten, Verdammten und letztlich auch Verlorenen! Aus dem Leben scheiden ist auch in 'Parsifal' Thema. Vieles bleibt im Verborgenen, im Vergangenen, auch im Zukünftigen. Dauernd wird in seinen Opern auf den Tod hingearbeitet. Herzeloide, Parsifals Mutter, stirbt, als ihr Sohn sie verlässt!

> *„Sie harrte Nacht und Tage*
> *Bis ihr verstummt die Klage*
> *der Gram ihr zehrte den Schmerz*
> *um stillen Tod sie warb*
> *Ihr brach das Leid das Herze*
> *und Herzeloide – starb."*

„Wie wenige Tage bist du schon allein? Keine zwei Wochen sind es, seit dem Tod deiner Mutter, oder?"
„Das hat sie uns dauernd angedroht. Meine, unsere gesamte Kindheit stand unter dem Erwartungsdruck, unter der Angst, sie würde sterben, auf dem Diwan, wenn sie sich ans Herz gegriffen hatte. Jetzt ist sie gestorben, niedergespritzt hat man sie dort oben, nebst dem Friedhof, wie passend, bei den Sterbehelfern. Wie einen Hund hat man sie eingeschläfert! Jeden Tag verfiel sie noch ein wenig mehr. Keine drei Wochen hat sie dort verbracht. Die Prognose der Stationsärztin war präzise!"

Wie Klingsor, einer der mit beneidenswerten Zauberkräften bedacht ist, untergehen kann? Er stirbt, verreckt, Ende des zweiten Aktes. Unglaubwürdig, nicht ausreichend überzeugend. Lasst ihr euch diesen Abgang auftischen? Kundry, die Zerrissene? Sie ist eine zur Wiedergeburt verdammte Maria Magdalena! Die ist doch nicht wirklich gestorben? So viele Ungereimtheiten? So vieles bleibt offen!

„Wenn nichts mehr schlüssig ist, dann greifen wir zum Vergessens Tränklein. Prost! Auf unsere Gesundheit, auf die Liebe! Wir wollen anstoßen auf diesen gelungenen Abend!"

Karfreitagsszene

Bis in den Schnürboden, weit über drei Geschosse erstrecken sich die Säulen der Gralsburg. Im letzten Bild vertraut man auf die Abstraktion. Gewebebänder wurden auf den einsichtigen, transparenten Wabentüll geklebt. Den weißen Lilien nachempfundene Blütenköpfe beugen sich dem weihevollen Erscheinen Parsifals auf der Osterwiese, neigen ihre Häupter zustimmend auf ihren glasklaren Plexiglasröhrchen, richten sich mit ihren biegsamen Plastikhalmen nach jedem Durchschreiten wieder empor.
Die Gralsglocken stimmen in tiefem C, G, A und E an.
„Was ihr hier hört, ist Rom, Roms Glaube ohne Worte. Nietzsche hat Wagner diesen Rückgriff auf eine Kirchenfabel zum Vorwurf gemacht!"
„Ach, Nietzsche!"
„Wagner hat ja chinesische Tamtams vorgesehen. Heute werden hackbrettartige, handlichere Instrumente verwendet. Aber die Bildregie legt ohnehin keinen Wert darauf, die Orchestrierung im Bild einzufangen", bedauert er, der Versierte.
Männer suchen und begeben sich freiwillig in die Klostergeborgenheit. Frauen, wenn überhaupt zugegen, verschwinden nicht immer nachverfolgbar.
„Parsifal lässt, nach der Heimführung des Speers, Kundry den Gral enthüllen ..."
„... und hebt damit die Trennung der Geschlechter auf!"

Die beiden Herren sind bewandert. Sie haben Erfahrung mit diversen Wagnerhelden? Herausfordernd blickt der Jüngere in die Runde. „Verliebte Erregung nimmt in Wagners Darstellung immer die Form einer verrückten Raserei an."
„Dort wo man Empathie auf die Klammer des Zölibats beschränkt, ruft die unterschwellig oder aufdringlich gezeigte Erotik Angst bei den Protagonisten hervor."
Diese Überzeugung will sie nicht teilen.

„Hat Wagner je etwas Besseres gemacht?"
„Wir waren Freunde und sind uns fremd geworden."
„Nietzsches Abkehr ist im Kern aus einer Kränkung erwachsen. Warum sollte es nicht menscheln zwischen zwei Individualisten, treffender: Narzissten?"
„Wisst ihr denn, was wirklich zu dieser Abkehr geführt hat? Der große Nietzsche kam offenbar nie über den Vertrauensbruch hinweg, den der ‚Schöpfer von Weltuntergangscouplets' an ihm beging, als er einen Arzt in die vermeintlichen sexuellen Probleme des Freundes eingeweiht hatte!"

„Dieser Tag wird uns in steter Erinnerung bleiben!"
Wiederholt klang diese Aufwertung in ihren Ohren wie eine Androhung.
„[...] das Heil der Seele enthüllte ihm den Mund. – Ha, dieser Kuss![...]"

Der Entsagende hat lange schon über den Begehrenden und die Liebende triumphiert. Sie wussten nicht um diese Macht und Ohnmacht.

MMS

Als Zeugnis ihrer Männerfreundschaft ereilte sie sein MMS. Blass, mit einem verschmitzten Ausdruck sitzt er auf einem Bürodrehstuhl, unten in den Betonfluchten irgendeiner Tiefgarage. Beim Siedeln hatte er ihm geholfen. Über viele Tage erstreckte sich dieses vielleicht letzte ihrer gemeinsamen Projekte.
Die Trennung war vollzogen, der Ort ihrer Zusammenkünfte war gekündigt. Die Zeit ihres Miteinanders wollten sie noch im endlos in die Länge gedehnten Übersiedeln hinauszögern. Nach Hause ist der Alte zurückgekehrt. Ihn, den Jüngeren, hat er allein zurückgelassen.
Eine Wiederannäherung war für alle Beteiligten vonnöten.

Grabstätte
Spätsommer 2011

"Doch ob ihr neuen Blumen die ich träume
In diese ausgespülten Flächenräume
Die Nahrung findet, deren ihr bedürft?"

Kaum einen Arm voll Weizen, Roggen und Hafer, gebündelt und in voller Reife, hat er ihr in die Arme gedrückt, mit dem Auftrag diese zu trocknen.
Jetzt hat sie ihr eigenes Grab auf dem Kommunalfriedhof, die Frau Mutter. Ein wohlüberlegter, ausgesprochen langwieriger Prozess ging dieser letzten Stätte voraus. Wie werden sich zwei Brüder einig über die Gestaltung des Grabes, die schwer absehbaren Kosten, wenn der eine mit dem anderen kaum mehr ein Wort sprechen mag?
Der Ältere der beiden und der wesentlich jüngere, der gescheiterte Bruder, teilen sich die Kosten für das Grab ihrer verstorbenen Mutter.
Einer der unzähligen Steinmetzbetriebe dort droben beim Hauptfriedhof bietet für den Grabstein und seine Aufstellung sogar eine Trauer-freundliche Ratenzahlung an. Fünfzig Euro monatlich für jeden der beiden auf eineinhalb Jahre, das war machbar, für ihn.

Der große Bruder hat es sich nicht nehmen lassen, die Verstorbene zu ehren; er hat dem katholischen Priester, einem alten Bekannten der Familie, assistierend zur Seite gestanden. Pittoresk anmutend überragte er allesamt an Masse und Größe, kein Zweifel sollte sich breit machen an der Trauer des Erstgeborenen. Am offenen Grab schwingt er in eingeübter Handhabe den

Weihwassersprengel. Er schaufelt als Erster dunkle Erde auf den abgesenkten Sarg und observiert die überschaubare Anzahl der anstehenden Trauer-Geladenen.

Schon kurz nach der Beerdigungszeremonie stürzt sich der Jüngere der beiden Brüder, der in Salzburg Ansässige, auf die anstehende, umfassende Grabgestaltung.
„Das Grab muss sich senken, erst dann ist an eine Einfassung wie auch an die Setzung des Grabsteines zu denken", rät der Steinmetzmeister. Mahnt auch sie. Ungehört. Schon stellt er die abstrusesten Überlegungen zur Gestaltung dieses kleinen Fleckchens Erde an. Er spielt mit dem Gedanken, ein, zwei Bäumchen zu pflanzen. Liebäugelt letztlich doch mit dem verheißungsvollen Frühsommerduft von cremefarbenen Rosen anstelle von Bäumen, die, wie er abwägt, doch nur mühsam zu entsorgendes Laub im Herbst abwerfen würden; er wird letztlich doch eine oder gar zwei idente Kletterrosen am Kopfende, in Südausrichtung, einsetzen.
Er sollte die Gepflogenheiten der umliegenden Grabstätten berücksichtigen, am besten spräche er mit der Friedhofsverwaltung, ehe er an die Umsetzung seines Vorhabens ginge. Noch meint sie ihn von seinem, zugegeben sie amüsierenden Vorhaben abbringen zu können. Er, der Tonkünstler, der sich durchaus als Intellektueller von der breiten Masse verkannt sieht, er wäre, so ihre erhellende Eingebung, doch am besten in der von strikten Regeln geprägten Gemeinschaft einer Kleingartenanlage aufgehoben. Ein zu Höherem berufener Schrebergärtner, das wäre seine wahre Beheimatung, so räsoniert sie im geschützten Dunkel einer Schatten spendenden Zypresse. Schmunzelnd

verfolgt sie sein Ansinnen, ist berührt ob seiner sich ihr offenbarenden, strikt geleugneten Wesensanteile eines Biedermannes.

Ein Fleckchen Erde war der auf die überschaubare Zahl Drei geschrumpften Familie zu eigen geworden. Nur ein Stück gepachtete Erde, eine von den günstigeren, weil knapper bemessenen Grabstätten, die er zum vegetabilen Leben erwecken wird. Mit sorgenvoll gerunzelter Stirn misst er diese, nun einzig ihm überantwortete Stätte dort am Hauptfriedhof, aus. Wurmartige Auswürfe auf dem Erdhaufen, die sich täglich vermehren, registriert er, untersucht diese eisengraue, toxisch-schmierige Konsistenz. Er stellt so manche Überlegung an, sieht einen Zusammenhang mit dem Zersetzungsvorgang seiner Mutter, zieht daraus weitere Schlüsse. Zumindest jeden zweiten Tag nimmt er die Fahrt mit dem Rad vom Norden in den im Süden, schon am Stadtrand gelegenen städtischen Friedhof auf sich. Es ist ein heißer, trockener Spätsommer.
Sie beobachtet sein eifriges Agieren aus sicherer Distanz. Ewas abseits, geborgen im Schattenwurf der über hundert Jahre alten Nadelbäume, entlockt ihr sein eifriges Tun ein Schmunzeln. In seiner überzogenen Geschäftigkeit, auch seiner kleinlich eingebrachten Gescheitheit gemahnt er sie an jenen 'Mime' einer Opernverfilmung aus den achtziger Jahren. Die Regie hatte die Chuzpe, die Rolle Mimes als Persiflage des „Juden schlechthin" zu überzeichnen.
Alle Anspannung löst sich auf. Sie erliegt seinem kabarettreifen, eifrigen Tun. Sie kichert kaum hörbar in sich hinein. Wie er mit den plötzlich viel zu langen Armen rudert, wie er mit den Miniaturgartengeräten

auf den sich seinem Befriedungsansinnen widersetzenden Erdwall eindrischt, diesen anhäufelt, wie er scharrt und harkt?! Schweiß steht ihm auf der immer lichter werdenden, zu tiefen Sorgenfalten gerunzelten hochroten Stirn. Das dunkel glänzende Biberhaar sträubt sich ihm im Nacken; die stämmigen Beinchen stampfen den aufgeworfenen Grabhügel ganz plan.

„Nun ist der Herbst der Jahre angekommen
ich muß zur Schaufel greifen und zum Karst
die Erde wieder sammeln die verschwommen
wo mancher Riss von Grabestiefe barst."

Während er an einem der Seitentore, gut zweihundert Meter entfernt, zwei Gießkannen entlehnt, je einen Euro Pfand in den Sperrgehäuseschlitz einwirft und sich durch die langen, von Hitze durchdrungenen Wege mit den randvoll mit Wasser gefüllten Kannen wieder zum Grab seiner Mutter bewegt, nutzt sie die Gelegenheit, einen neugierigen Blick auf das von ihm immer wieder neu gestaltete Grab zu werfen. Akkurat abgezirkelt hat er ein kleines, rechteckig ausgewiesenes Feld mit dunkler Graberde aufgefüllt. An jeder der vier Ecken setzte er ein kleines, kümmerlich, ja kränkelnd anmutendes Pflänzchen ein. Ein Fünfkilo-Sack Blumenerde aus dem Supermarkt wurde von ihm mit dem Fahrrad befördert. Ein leeres, noch nicht entsorgtes Samentütchen wilder Wiesenblumen berichtet von seinem letzten gärtnerischen Einsatz. Das rührt sie. Vor Jahren hatte sie von ihrem geglückten, gänzlich laienhaften gärtnerischen Einsatz geschwärmt. Von jenem kleinen Flecken Erde hatte sie ihm berichtet, der sich über Nacht in einen Zaubergarten verwandelt

hatte. Von blutrotem Mohn, traumblauen Kornblumen, goldenem Fenchel, mattrosa Schafgarbe, glockenhellem Geläut der Pulsatilla, der Kuhschelle, sonnendurchtränktem Johanniskraut und sommerreifen Ähren von Weizen, Roggen und Hafer hatte sie ihm erzählt. In diesem Sommer versuchte er sich in ebendieser Aussaat, hier am Grab seiner Mutter.
„Was machst du hier? Wie lange stehst du schon da? Schau, Schwesterchen, wie hübsch zurechtgemacht alles ist! Schön dass du hier bist. Willst du mir beim Anhäufeln der Erde helfen?"
„Bin schon eine kleine Weile hier, hab mich ein wenig umgesehen. Wie du gerackert hast! Dein Gesicht ist erdverschmiert. Hübsch gestaltet hast du das Grab. Du weißt, dass das alles nur provisorisch sein kann, nicht für die nächsten zehn Jahre Bestand haben wird. Das Grab soll sich doch erst noch ordentlich senken, Brüderlein, investiere nicht zu viel und vor allem mühe dich nicht umsonst ab."

Mit tibetanischen Totenritualen hat er sich in den letzten Wochen befasst. Immer wieder hat er ihr die Frage nach dem Ablauf der Zersetzung gestellt, sie nach der Gesetzmäßigkeit des Verwesungsvorgangs gefragt. Diese eigenwillig anmutenden kringelförmigen Auswürfe beschäftigen ihn ausnehmend. Die erstaunlich gleichmütigen Friedhofsangestellten, das Bestattungspersonal, die Totengräber können ihm letztlich auch keine befriedigende Auskunft geben. Sie haben schon manches auf diesem parkgleichen Anwesen erlebt, warum sollten sie sich von einem übereifrigen Angehörigen und seinen tolerierbaren Aktivitäten aus der Ruhe bringen lassen?

Getreide hat einer angesät auf dem Grab seiner verstorbenen Mutter. *„Der Sommer war sehr groß ..."*. Nun ist es an der Zeit, die Ernte einzufahren. Mit einem in die Jahre gekommenen Steckholz aus dem überschaubaren Nachlass von Mütterlein, locht er in zentimetergenauer Anordnung die trockene Erde. Ende August will er winterharte Pflänzchen setzen. Das schüttere, aber auf gut eineinhalb Meter hochgeschossene Getreide muss weichen, muss Platz machen für das nächste kleingärtnerische Vorhaben.

„Nimm meine, also in Anbetracht deiner Mithilfe: unsere Ernte mit nach Hause!" Auf ihre zögerlich gestellte Frage, warum nicht er die Ernte seines Muttergrabes mitnähme, schnarrt er angeekelt: „Ich will mir doch keine Getreidekäfer und Mehlmotten in meine Wohnung holen!" Sie hat das getrocknete, ungeliebte Getreidebündel entsorgt, in den großen Müllcontainer versenkt.

Wahrscheinlich hat er es übersehen? Die Trennung lastet schwer auf ihrem Gemüt. Die Trennung, die Funkstille. 'Tie a Yellow Ribbon round the Ole Oak Tree'. Gewogen sollte es den Finder dieser Zeilen stimmen, so hofft sie. Die Explosivität seines lange genährten Grolles schmälern sollte dieses Friedensangebot. Gelbe Bänder um die hoffnungsgrünen Bäume winden? Friedensangebote am Grab hinterlassen.

Sie hat ihren Stolz in ein geleertes Glas versenkt. Solcherart aufbereitet, schwankt sie zwischen der Hoffnung, dass er ihre Botschaft fände und der bangen Sorge, sich seinem Zorn stellen zu müssen. Schlimmer noch ... was wenn er nicht auf ihr Einlenken reagieren wird? Ein einziges Verhandeln auf dem Bazar der Liebesbezeugungen, des Liebesentzugs.

Das schriftliche Gesuch um die Fortsetzung einer Freundschaft hat sie in ein ausgebranntes rot-gläsernes Grablichtbehältnis getaucht. Um Vergebung bittet sie. Eingeflüstert von ihrem Assistenzengel? Keiner dieser drallen großköpfigen Putti, sondern ein ausnehmend groß gewachsener, keinem eindeutigen Geschlecht zuzuordnender Erzengel verleitet sie zu solchen Versöhnungsunternehmungen! Seine schwarz irisierenden, sie weit überragenden Flügel wird er demnächst schon gleich einem Pfau hier auf dem Friedhofsareal zu einem Rad schlagen. Ihr schöner Begleiter an ihrer entwurzelten Seite. „Auch ein Erzengel ist nicht gefeit vor Hoffart", neckt sie. Der Wunschzettel harrt darauf, gefunden und gelesen zu werden; verborgen in den Untiefen seines Pressglases. Aus Ermangelung eines schützenden Deckels greift sie zu einem aus der Taschentuchverpackung gerissenen Stück Folie. Das zum Postkasten umfunktionierte Grablicht wird damit nach oben hin abgedichtet. Verstohlen hat sie sich mehrmals umgeblickt.

Steht er am Grab der Mutter? Der Angeschriebene, der aktuelle Adressat ihrer nicht zu stillenden Sehnsucht? Wo bleibt ihr attraktiver, einzig für sie sichtbarer Schutzengel? Hat er sie heute versetzt? Will er heute keine Räder schlagen? Für sie? Hinter welchem dieser alten, breit ausladenden Friedhofswachen, dieser kaltgrünen Fingerzeige Gottes, hält er sich verborgen, jetzt kurz vor der Sperrstunde? Sie streift ein Lufthauch, im Nacken. Sein Atem? Hat er doch noch sein Rad geschlagen? Ihr makelloser 'Himmel-zur-Hölle'-Pförtner, ihr

Herr Erzengel, der Namenlose?

„[...]seit mich mein Engel nicht mehr bewacht, kann er frei seine Flügel entfalten und die Stille der Sterne durchspalten, – denn er muss meiner einsamen Nacht nicht mehr die ängstlichen Hände halten – seit mein Engel mich nicht mehr bewacht [...]."

Hoffnung und Sorge lasten auf ihren Schultern.
Empört ist er! Ungefragt hat niemand seine einzig ihm überantwortete Grabstätte zu betreten. Sein aufgestauter Ärger, sein lange konservierte Groll entlädt sich in einem heiseren, spröden Kehllaut, bringt den eben noch windstillen Spätnachmittag in Aufruhr. Noch sichtet sie ihn nicht. Seine Empörung, mehr noch seine Beglücktheit entlädt sich in einem nicht zu überhörenden Zischlaut. Erneut macht sich friedhofsinterne Unruhe breit. Die letzten Grab-Pflegenden streben zu den Haupt- und Nebentoren. Die Eigentümer der weit anspruchsvoller ausgestalteten Grabstätten entlang der das Areal im Norden umfassenden Backsteinmauern schicken sich an den Friedhof zu verlassen.
Ein gutes Jahrhundert haben die dort situierten Arkadengrüfte überdauert. Der Zahn der Zeit, die maroden Vergänglichkeitsspuren haben vor den protzig zur Schau gestellten Geltungsnischen nicht Halt gemacht. Dem Historismus verpflichtet, wurden die Gewölbe freskiert. Bunte Falter, aufknospende Rosen, alles umwindende Efeuranken, allesamt Auferstehungssymbole, wetteifern um die noch zu füllenden, weiß gekalkten Flächen. Ohne fachkundiges Konservieren werden diese Überdachungen zum Himmel hin kein halbes Jahrhundert überdauern. Verwehrt euch den

Künsten des Landeskonservators, raunt ihr geflügelter Begleiter, überantwortet euch dem milden Verfall, geht konform mit den euch Anvertrauten. Für die Ewigkeit konservierte Erinnerungsbauten, zu Tode restauriert, werden sie die nächsten fünfzig Jahre noch überdauern. Mahnmale der dort tätigen Künstler. Erst an zweiter Stelle erinnern sie an die Verstorbenen.

Kleine, schwer zu übersehende weiße Täfelchen machen sich neuerdings auf dem Hauptfriedhof breit. Wie eine nicht einzubremsende seltene Flechtenart ermahnen sie die vielen, meist unauffindbaren, vielleicht längst selbst verstorbenen Besitzer der Gräber und Grüften, die jährliche Pacht zu begleichen. Säumig in der Zahlungsgepflogenheit sind nicht nur die auf die Dauer von zehn Jahren verpflichteten Grabpächter. Nein, auch der honorige Mittelstand lässt sich bitten, so die vorgebrachte Klage der Friedhofsverwaltung.

Kaum einer hat dieses zischend vorgebrachte Seufzen vernommen, sie hat den erlösenden Atemzug einzig an ihrem mit Hoffnung bepackten, angespannten Leib zu spüren bekommen.

Nie abgesandt hatte die Bachmann ihren letzten Brief an Celan. Es waren Sätze der ungeschönten Erkenntnis einer gereiften Literatin, einer liebenden Frau. Einsichtige, auch demütige Worte einer Zurückgewiesenen? Der letzte Brief an den an sich, an seiner Geschichte Leidenden vor ihrer großen Schreibblockade? Auch Patti Smith zitiert sie. Mit grässlichen Geschlechtskrankheiten hatte der Jugendfreund sie, die knabenhafteste aller weiblichen Punk-Ikonen, infiziert; die freundschaftliche Liebe, ihre Zuneigung blieb ungebrochen bis zu seinem frühen Aids-Tod. Sartre und

Simone, sein 'Biber', durften nicht fehlen auf diesem um Versöhnung flehenden Blatt Papier.
Gerade waren sie getrennt. Jetzt stehen die beiden in neu definierter Vertrautheit am Grab der Mutter. Schneeflocken haben sich gnädig über das Schlachtfeld der verlorenen Hoffnungen gesenkt. Alles an Sperrigkeit, an Ecken und Kanten, an denen sich die frisch Gehäuteten hätten stoßen können, hat der Auswurf des Winters geschwächt. Der Grabstein ist gesetzt. Trägt gar ein adrettes Pelzhäubchen. Ein schneekristallenes Hermelinchen für Frau Mutter! Im Frühjahr hat es ein Ende mit diesen koketten Behübschungen, die böse Sonne brennt euch das schmeichelzarte Mützchen weg von euerm schwarz polierten Stein.
Die Inschrift hatte man ganz weit oben in den Stein gefräst. Die auf wenige Eckdaten reduzierten Zeugen eines immerhin achtzig Jahre währenden Lebens waren mit einer billig anmutenden, grünstichigen Goldeinlage hervorgehoben worden. So weit nach oben gerückt, ringt dieser übertragene, neu aufpolierte Grabstein permanent um Homöostase.
„Jetzt erklärt sich mir diese etwas unausgewogene Setzung der Inschrift! Damit ihr, du und dein älterer Bruder, auch noch Platz findet auf der hier ausgewiesenen Stelle."
„Ich lege mich doch nicht mit meinem Herrn Bruder in ein und dasselbe Grab!"
„Du bist noch so jung! Lange sollst du leben! Freilich, dein Lebenswandel, dieses stete Auf- und Ab zwischen Exzessen und Askese, bringt dich schneller als du glaubst zu deinem Lieb Mütterlein ins Grab? Überlege es dir gut! Stell dir deine fernere Zukunft vor! Du ruhst auf den längst schon zersetzten Überresten deiner

Mutter und ungefragt macht sich dein verstorbener Bruder mit seinen gut 140 Kilo breit? Auf euch beiden! Das raubt dir schon vom Zuhören die Luft zum Atmen! Abstinenz ist angesagt, ab heute! Lass das Saufen! Nur dann wirst du ganz oben auf den beiden Platz finden. Du Fliegengewicht, du mit deinem längst schon unterbotenen Bodymassindex eines Chopins."

Er ringt um Fassung, sucht und weicht ihrer flapsig vorgebrachten Bitte aus. Gerade noch haben sie sich in neu auflebender Vertrautheit gegenseitig stumme Wünsche an eine krisenfreie Zukunft adressiert, schon ahnen sie um die baldige Fremdheit, die sich unausweichlich ihrer ermächtigen wird.
„Eine Frage ..." Er hebt mit Bravouresse die rechte Augenbraue wie ein in die hohe Stirn greifendes Fragezeichen.
„Was willst du mich fragen?"
„Lange habe ich mit mir gerungen, schon in der bösen Zeit unserer Funkstille. Jetzt eben hier mit dir am Grab ist es mir wieder in den Sinn gekommen. Du hast das Grab zigmal aufgesucht, ein wenig gegärtnert, Kerzen entzündet hast du. Ist dir beim Austauschen des Grablichtes nicht vielleicht ein Zettel in die Hände gefallen?"
„Was soll ich gefunden haben? Drück dich doch bitte nicht so umständlich aus, ich verstehe nichts, rein gar nichts! Was soll ich, wo? In der Grabkerze? Ich bitte dich, was soll ich dort vorgefunden haben?"
Er grollt ihr nicht. Er ahnt um ihre Not, das zeichnet sein Gesicht ganz weich. Wie der frisch gefallene Schnee kühlt und bedeckt er die gerade eben verheilenden Wunden, die diese letzte aller Trennungen ihnen beiden tief in ihre Seelen geschlagen hatte.

„Im Sommer hätte ich dir ein Versöhnungsbrieflein hinterlassen, hab es in eines der ausgebrannten Grablichter eingeworfen. Auf ein Einlenken, eine Versöhnung hatte ich gehofft."
Er blickt sie an, aus Augen, so klamm. Kein Grün mehr, nur noch Steinmassiv und daran grenzt nahtlos der bleigraue Horizont. Er war in der Fremde. Sie weiß um diese Ferne, weiß um seine Ausflüge in die Subkultur, seinen zu befriedenden Ekel, seine beklemmenden Depressionen, seine Sucht. Sein Oberkörper senkt sich schwer über das weiß bedeckte Geviert der Grabstätte, wirft einen langen, dunklen Schatten. Gerade noch erträglich wird ihr die Dauer seines Abwendens. Die Spanne Zeit ist weit überdehnt. Sein erheitertes Aufseufzen macht der Anspannung ein Ende. Er scharrt mit rot-verkühlten, sich der Kälte widersetzender Fingerfertigkeit die Stelle um das Grablicht frei; nestelt an der vereisten, zwei Jahreszeiten, den Sommer und den Herbst, überdauernden Folie; atmet wohltuend hörbar ein und aus und stößt einen tief im Bauch gehorteten Freudenschrei aus.
„Da habe ich doch wirklich und wahrhaftig ein Palimpsest von meinem Schwesterlein gefunden!"

Es ist Abend geworden. Sie nehmen, ein jeder für sich allein, den Weg in ihr Zuhause auf. Spät abends noch blinkt das gefürchtete, viel zu lange vermisste Nachrichtenzeichen einer SMS auf ihrem Display auf.

„Nun ist mir ein Palimpsest, wahrlich ein Schriftstück meines Liebschwesterleins zu eigen geworden. Der wochenlange Schnürlregen, die anschließende Trockenheit, das Auf- und Ab der Wechsel der Jahreszeiten konnten deinem Versöhnungsbrieflein nichts Gröberes antun. Ich bin im Besitz eines Palimpsestes mit dem Konterfei von dir, Schwesterlein. Du magst es nicht glauben, aber die bizarr ineinander verronnenen, versöhnenden Worte, Sätze haben sich zu einem allerliebsten Abbild meines Wahlschwesterleins formiert. Das musst du dir ansehen! Ich hab's schon x-mal fotografiert! Im Negativ wird die frappierende Ähnlichkeit mit dir noch eindringlicher sichtbar! Ich kann es kaum erwarten, bis spätestens übermorgen, dann zeig ich dir die Abzüge, faszinierend! Schwesterlein, du warst mir schon von Anbeginn ein wenig unheimlich. Du! Du von den Göttern gesandte Tochter, Schwester, mein Walkürchen du!"

Letzter Abgesang

Spät ist es, zwei, drei Stunden hat sie geschlafen. Ein Palimpsest von ihr will er ihr zeigen? Mehrmalig überschriebene Pergamente, abgeschabt, ausgekratzt? Wie Mütterleins Secondhand-Grabstein; dann neu beschrieben, übermalt, in Stein gehauen?
„Brüderlein", so beginnt ihre in den Äther kurz vor Sonnenaufgang abgesandte SMS an den chronisch schlaflosen Adressaten. „Brüderlein, ist das nicht ein Fingerzeig, eine Fügung des Himmels, wenn es denn einen gibt?"

„[...] hat auch mein Engel keine Pflicht mehr, seit ihn mein strenger Tag vertrieb, oft senkt er sehnend sein Gesicht her und hat die Himmel nicht mehr lieb [...]."

Die bösen Wochen, Tage löschen. Einfach auf die Reset-Taste gedrückt und der Vergessens Trunk aus Wagners Opernwelt wäre überflüssig geworden. Freuds treffender Vergleich mit einem „Wunderblock" beharrt auf die Unauslöschbarkeit. „Im Übrigen, unsere SMS werden registriert, womöglich abgespeichert. Wenn wir genügend Interesse wecken bei den Überwachern!" Von Altlasten hat er wiederholt lamentiert. Die geraubte Unbefangenheit hat er beklagt. „Wir tragen schwer an unseren Blessuren. Die Jahre vor uns holen uns ein? Docken an. Beschweren. Wir scheitern an unseren Erwartungen. Machen wir uns nichts vor."

Mishima
Sommer 2011

Einen ganzen Sommer trägt er Mishimas 'Thirst for Love' mit sich. Offensiv! Das Cover führt in die Irre. Eine alterslose Asiatin in einem Kimono gibt eine Brust frei. Die flächige Durchgestaltung wird von mattbunten Grafismen durchbrochen und zieht die Blicke auf sich. Ein unverdächtiges Titelblatt, ein handliches Taschenbuch. Und dann, und viel bedeutsamer, dieser zweite Band, 'Die Todesmale des Engels', von Mishima, dem Todessehnsüchtigen, dem Homosexuellen, dem muskulösen Narzisst, der den Selbstmord ins Zentrum seines Schreibens und Denkens gerückt hat, der den eigenen Selbstmord zu Wagner-Musik im Film stilisiert vorgespielt und schließlich in tödlicher Konsequenz vollzog. Nach den Regeln der Samurai, zusammen mit seinem Lieblingsschüler ...
„Sieht er nicht männlich aus, gestählt? Einen solchen Body hatte ich angestrebt, damals in der Zeit unseres Kennenlernens."
„Du warst normal gebaut, mehr Muskelmasse um die Schultern hattest du. Deinen trefflich proportionierten Oberkörper hast du gerne gezeigt. Das stand dir gut, im Kontrast zu deinen halblangen Haaren und den femininen Zügen."
„Was hält dich davon ab, einmal einen Blick hineinzuwerfen, es könnte dir gefallen, komm, gib dir einen Ruck!" Sie überfliegt den Klappentext, blickt auf das

undurchdringliche, selbstverliebte Konterfei dieses Literaten. Verhöhnt, miteinbezogen in ein Spiel, nicht aufgenommen in die Welt der Männer, der Jünglinge, so fühlt sie sich?

Falsche Fährten hast du mir, uns allen ausgelegt. Mit dem 'Wachturm' vor der Brust werben die Jehova-Anhänger, stoisch; sie sind sich ihrer Aufnahme ins Himmelreich gewiss. Mit einer Pinup-Grafik, unter die linke Achsel geklemmt, mimst du den Vielbelesenen, den durch und durch Heterosexuellen. An den ungeraden Wochentagen würde sie, anstelle eines Pelzes, Masochs Buch tragen. Er sollte, um Balance bemüht, mit Mishimas Roman das Haus verlassen. An den Sonn- und Feiertagen, wenn es sich einrichten ließe, könnten sie ihre mitgebrachte Lektüre auf den Kaffeehaustisch auspacken. Deren Inhaltsschwere würde dem kühlen Glanz des Marmors ein Pfirsicherröten entlocken. Eins würden sie sein.
Eine Novelle, ein niedergeschriebener Vertrag, ein gebrochener Vertrag. Niedergeschrieben von einem angesehenen Mann des vorletzten Jahrhunderts. Sie hat einzig nach romantischen Absätzen und verborgenen Liebeseingeständnissen geblättert. Sie ist vertragsbrüchig geworden, ohne je einen Vertrag eingegangen zu sein.

Nicht an den favorisierten Beinkleidern sollt ihr euch erkennen. An den zig Rotausmischungen, an den Babyrosa Popelin-Hemden, meist eine Nummer zu klein gewählt, werdet ihr euch erkennen. Auch an den langgedehnten „aber geh', was d' net sagst", dem 'Servus du, baba'-Versprechen könnt ihr euch orientieren. An

den viel zu hoch in den Schritt hinaufgezogenen engen Hosen, den in den Fokus gerückten, stets zusammengekniffenen Popos, den abfallenden, schmalen Schultern werdet ihr als potentielle Liebespartner erstgereiht, auch ausgemustert. Silberringe sind die Zeichen eurer Verbundenheit und Ausrichtung?
Mishima führt der Schöngeist mit sich.
Masoch verteilt er an das jeweils favorisierte Gegenüber.

Short Message – SM

Wir sind auf der Höhe der Zeit, unserer Zeit. Wir können mithalten mit den ganz Jungen. Wir nutzen das im Vertrag fixierte Guthaben von eintausend Short Messages. Eintausend für dich, Brüderlein, eintausend sind mir freigestellt.
Kein 'Postillion d'Amour' in Sicht? Kein anonymes Postschließfach für ein kleines Sümmchen angemietet? Kein Kuvert im Briefkasten? Diskret zugesteckt? Sehnsüchtig erwartet? Keinen Tag länger, keine Stunde meinte man überstehen zu können. Wenn nur ein Zeichen, ein paar Zeilen des liebsten Menschen für eine kurze Dauer das Atmen wieder erleichtern wollten, wenn der Schlaf, der im Aufruhr des Erwartens verscheuchte Schlaf sich zumindest heute, vielleicht auch noch morgen einstellen wollte!

Von sehnsüchtigem Erwarten kann nicht mehr die Rede sein. In aggressivem Orange hebt sich die Info einer neuen Nachricht vom Blau des Displays ab. Stündlich informiert er sie über seine Abkehr vom Leben und dem Lieben. Seine Todessehnsucht. SM-Kürzel, kryptisch, nicht von ungefähr ein permanentes Missverstehen. Sado-Maso, Sacher-Masoch, Selbstmord, wenngleich der Appendix von Mord nicht zutreffend ist. Er hätte prinzipiell nichts einzuwenden gegen 'SM'. Tief haben sich Erinnerungsspuren in ihrem „weiten

Land, ihrem ureigenen Palimpsest" eingenistet. Was meint er mit 'SM'?
In Herz-dehnenden Strophen eines Heine-Gedichtes hat er seine aktuelle Befindlichkeit verpackt. Fünf SMS waren es ihm wert. Er geizt nicht mit seinem Guthaben. 'SM'? Selbst-Mord? Er spielt mit dem Gedanken Suizid zu begehen. Er bezieht sie neuerdings mit ein. Zum Leben wollte sie ihn nicht verführen. Seine erwiderte Liebe wäre Anlass, sich des Lebens, wie es sich hier und heute gestaltet, zu erfreuen? Zum Doppelsuizid will er sie verführen. „Das geplante Ende aller Müh und Plag"? Ein „finaler künstlerischer Ausdruck". Der romantische, eigentliche „Beginn einer Jahrhundertliebe"?
Er sei prinzipiell offen gegenüber 'SM'. Soll, muss sie ihn zurückrufen? So früh am Tag? Wenn er doch schläft? Er wird sich nicht melden. Wenn er sich etwas angetan hat, diese SMS seine letzte Kontaktaufnahme gewesen sein wird? Er noch zu retten wäre? Wie soll sie reagieren? Sie löscht die verpackte Botschaft seines angekündigten Suizids. Zu dieser Stunde schläft sie, das weiß er! Sie stellt seine wiederholten Ankündigungen in Frage.

„Was hast du gegen ein breit gestreutes Spektrum an Liebes- und Todesarten vorzubringen, Schwesterlein?"

Nur einen Kalendermonat war ich dir liebende Frau. Jetzt finde ich mich in der Rolle der Wahlschwester, dem Gegenpart deiner sexuellen Ausrichtung wieder.

Siegfried oder das Lindenblatt
Herbst 2011

Ich hab dich hintergangen, Brüderlein, mehrmals. Nichts von Bedeutung. Frag nicht danach. Schon zu Beginn unseres Sommers. Wie sollte ich wissen, wohin wir uns bewegen? Wie tief wir uns aufeinander einlassen würden? Dazwischen ... hin und wieder hatte es sich ergeben. Eine alte, nach Bedarf und Gelegenheit wieder aufgenommene Liebelei. Was heißt Liebelei, eine alte Freundschaft mit einem gut aufeinander eingespielten Erotikfaktor. Man kennt sich schon so viele Jahre, da stellt sich aus der Vertrautheit eingespielte Lustbefriedigung ein. Nicht mehr und nicht weniger. Unser Zueinander war nie in Gefahr.
Wie grausam sie sein kann! Wie sie seinen wunden Punkt, sein Siegfrieds-Mal zu bedienen weiß? Herzlos ist sie. Kein Lieb Schwesterlein ist sie ihm heute.
Zornröte lässt seine Wangen unwirklich aufflammen. Seine Lippen verschmälern sich rasierklingenscharf. Aus den Tiefen seines getretenen Stolzes ergießt sich eruptiver Groll. Geiferbläschen entstellen seinen verzerrten Mund, die Augen berichten ihr von seiner Verunsicherung.
Auf neutralem Terrain beichtet sie. „Nichts von Bedeutung, wir wollten ehrlich sein! Jetzt, wo wir uns auf eine Freundschaft geeinigt haben? Wir beide? Nichts Erwähnenswertes, frag nicht danach." Ein ganz passabler Liebhaber wäre jener Ungenannte.

Mit abgezirkelten Vorwärtsschritten entfernt er sich Meter für Meter. Sie hatte ihn überrumpelt. Darauf war er nicht gefasst. Sie war nicht frei. Das wusste er, darauf hatte er sich eingelassen. Es gibt, gab noch andere. Diese Zurückweisung beugt seinen eingefallenen Oberkörper. Wut auf sie, auf die unbekannten Konkurrenten schüttelt ihn.

„Ich habe es geahnt! Gewusst habe ich es. Ich wollte dich um Verzeihung bitten!"

„Ein klares Abkommen ... dort bei den ...!"

„Was du mir angetan hast! Keine dieser Nutten wäre fähig dazu, keine! Ein sauberes Geschäft ist das. Du hast mich, unsere Liebe verraten! Mit einem Liebhaber, wahrscheinlich waren es mehrere, hast du unseren Lebenstraum aufs Spiel gesetzt! Für Alltags-Bumsereien! Wie konntest du nur?!"

„Das war's! Ich muss zur Arbeit."

Das sei er seiner psychischen Hygiene schuldig? Ein ganz und gar sauberes Geschäft ...?

In einer aktuellen 'Spiegel'-Ausgabe liest sie, wie als Untermauerung ihres Rollenwechsels, dass die junge Sofja T. als Morgen-Gabe das Tagebuch ihres lebens- und liebeserfahrenen, frisch angetrauten Jewgeni T. als Zeichen unbedingten Vertrauens von ihm überreicht bekommen hatte. Abgrundtiefe Grausamkeit, als Präsent verpackt? Der wortgewaltige Meister, der Idealist und Welterneuerer hatte sich noch im hohen Alter von seinem triebgelenkten Leben vor und während der Ehe distanziert, sich von seinem Eheweib und der Mutter seiner Kinder losgeschrieben.

Sie verstand seine Forderung zu absoluter Ehrlichkeit und seine Einforderung von Treue und den Konsequenzen eines Treubruchs durchaus als Aufforderung.

Westbahn
2012

Der Hauptbahnhof präsentiert sich den ankommenden Reisenden, aber auch jenen, die Salzburg hinter sich lassen, in einer konsequent durchgeführten Behübschung.
Der hier Ansässige hatte auf die unangefochtene Kompetenz der Bundesdenkmalpflege zu vertrauen, sich der Omnipotenz der jeweiligen Geldverteilungsressorts von Stadt und Bund zu beugen; in Etappen wurde diese logistische Herausforderung gemeistert. Das bautechnische Novum des vorletzten Jahrhunderts, die Meisterschaft der Stahlkonstruktion, hatte man bewahrt. Der Reisende wird heute von einer lichten, aus Glas und Stahl gewölbten Hallendachkonstruktion in Empfang genommen. Die über so viele Jahre Schicht für Schicht gewachsene Patina aus molekularem Feinstaub war entfernt worden. In einem satten, für Qualität bürgenden Offweiß lackiert, hebt sich die organisch nach oben strebende alte Bahnhofshalle von der reduzierten Ästhetik der heutigen Baugepflogenheit ab. Der Reisende entschwindet über die gläsernen Türme, in denen sich chromglänzende Aufzüge nach oben wie nach unten bewegen. Die Mühsal der Gepäckbeförderung entfällt. Man vertraut sich den raupengleichen Förderbändern, den Rolltreppen aus Stahl und schwarzem Gummi an. Die Flächen des unteren Geschäftsbereiches hat man mit beinbleichem Untersberger

Marmor ausgekleidet. Die Empfangshalle erlebte ihr Revival; anstelle des rotbraunen Adneter Marmors hat man auf die Erstfassung zurückgegriffen. Touristisch zu erkundende Lichtblicke lassen die Düsternis der letzten fünfzig Jahre vergessen. Der Eingeweihte, der ein Faible für die Architektur des ausgehenden neunzehnten Jahrhunderts hat, fühlt sich in das Fin de Siecle zurückversetzt.

Kioske, öffentliche Toiletten, die Informationsschalter haben ihren Platz im neu eröffneten Bau gefunden. Die damit einhergehende ungewohnt freie Fläche des Bahnhofvorplatzes galt es nun zu gestalten. Großzügig hatte man das freie Bodenareal mit Granitplatten ausgelegt, unverrückbare, steinerne Bänke wurden als Flanier- und Ruheinseln dort eingelassen. Einen kleinen Buchenhain hat man in guter Absicht in diesen urbanen Stein-Garten gepflanzt, drei Meter hohe Hainbuchen mitsamt ihrem Wurzelballen versenkt. Im Gegensatz zu den schnell in den Himmel drängenden Pappeln bürgen sie für ein verzögertes Wachstum. Unter diesem urbanen Bonsaihain lässt es sich zumindest in den Sommermonaten gut auf den Anschlusszug warten. Ob die frisch gepflanzten Schattenspender und Chlorophylreservoire auch nur annähernd gesunde Wurzeln bilden würden, zwischen dem Asphalt, den Steinanhäufungen? Das war nicht nur eine sich ihr aufdrängende Frage in Anbetracht dieser übereifrigen städtebaulichen Umsetzung.

Siebzigerjahre-Plattenbauten säumen unverändert den auf dem Reißbrett gewiss weltstädtisch angedachten Bahnhofsvorplatz. Ebenerdig harren abgewirtschaftete, teils leer stehende Lokaleinheiten auf Klientel. In goldenen Lettern auf dunklem europäischem Blau

gedruckt, werben um Seriosität bemühte Wettbüros um ihre Glücksritter. Nebenan buhlen zig Spielhallen in aufblinkenden Spektralfarben um die Fortuna-Gläubigen. Ein neu eingerichteter Billigschuhladen versorgt die in der Hauptsache aus den Ostländern zugewanderten, hart in Konkurrenz stehenden Herrenbetreuerinnen. Eingezwängt, allen Umwälzungen zum Trotz, hat das Eckbeisl, das 'Stiegl-Eck', überdauert. Einzig die Besitzer haben seit den nunmehr gut vierzig Jahren seines Bestehens mehrmals gewechselt.
'Nomen est omen'? Inmitten dieser multikulturellen Betriebsamkeit verheißt die auf Zirbenholz getürkte Resopaleinrichtung so etwas wie verloren geglaubte Behaglichkeit. Das Seidl Bier hat sich allerdings auch den Preisgepflogenheiten der Altstadt angeglichen. Bis vier Uhr Früh hat der hungrige Nachtarbeiter, haben die vielen durstigen Seelen, auch der zeitig Abreisende die Möglichkeit, aus der kleinen Speisekarte zu wählen. Grüne Leberknödel, gebackene und saure Leber, Wiener Backhendl, das obligatorische Fiaker-Gulasch, auch der Toast Hawaii wecken Erinnerungen beim Studieren der Speisekarte. Jetzt, am frühen Nachmittag ist die Lokalität spärlich besucht, die zu erwartenden Gäste in den Morgenstunden gleichen das Manko der Tageseinnahmen bei weitem wieder aus.

Nebenan teilen sich ein erstaunlich gut frequentierter Hundesalon und ein Damen- wie Herrenfriseur das ansonsten zu große, zu teure Lokal. Eine rasch eingezogene Rigips-Wand sorgt für die behördlich geforderte Trennung dieser Verschönerungsetablissements. Lebensgroße, auf Sperrholzplatten aufgezogene Fotos von ausgesprochen jungen Herren werben mit pastellig

kolorierten Schwarzweiß-Fotos für die angesagteste Frisurenmode. Präzise ausgeschoren die Ohren, der Nacken, ein strichschmal belassenes Zitat eines Bartes akzentuiert die Kieferpartie des Trägers, eine gegelte Riesentolle gleicht den Mangel an Körpergröße ein wenig aus. Gezupfte aber auch ausrasierte Augenbrauen irritieren, grafische Muster akzentuieren den wohlgeformten, ansonsten kahlen Hinterkopf, zeugen vom handwerklichen Vermögen des Haarkünstlers.
„Wer geht das Wagnis einer solcherart beworbenen Barbierkunst ein", fragt sie ihn, mit einem Seitenblick auf seine endlich nachgewachsenen Haare.

Lange, von einem kränkelnden gelbgrünen Fluchtlicht spärlich beleuchtete, ungelüftete Gänge fräsen sich durch diese monströsen Betonburgen. Mietwucherer haben für günstige Konditionen noch vor Jahren diese Einzimmerunterschlupfe erworben, welche sich entlang der Treppenhäuser und Gänge aneinander reihen.

Unbehelligt bliebe man hier in den Allerweltsbehausungen am Bahnhof. Keinem müsste man Rechenschaft abgeben in den angemieteten Eremitagen. „Stell' dir vor, 'Belle de Jour', du gingst deinen Sehnsüchten im hiesigen Bahnhofsviertel nach, in diskreter Anonymität?", brachte er mit einem um Zustimmung bedachten Augenaufschlag vor.
In den teils fünfstöckigen, auch über sieben Stockwerke hinauswachsenden Bauten herrschte Leben. Gewiss, sie hatte eine gewisse Vorstellung von den Behausungen.
Ein-Zimmer-Garçonnieren fanden damals, in den Siebzigern, reißenden Absatz. Die wachsende Stadt

warb um die Vereinzelten, die Arbeitswilligen, die Aufstrebenden aus den umliegenden Landgemeinden. Heute kann sich kaum ein Student mehr mit der Tristesse eines solchen überteuerten Apartments anfreunden. Die unterschiedlich großen, teils silbrig aufblinkenden, meist schmutzigweißen Satellitenschüsseln schießen wie Pilze aus dem Mauerputz, befallen die freien Flächen wie ein nicht mehr einzudämmender Baumschwamm.

Vom Wirtschaftsaufschwung Ende der siebziger, Anfang der achtziger Jahre erzählen die Leuchtstoffreklamen der abgesiedelten Banken und Versicherungen. Sie überdauern, zu riesenhaften Buchstaben aufgebläht, marodieren auf den regenlecken Flachdächern. Selbst in ihrem abgetakelten Erscheinungsbild werden diese Embleme noch ihrer angedachten Aufgabe gerecht. Sie werben, sie locken, sie manipulieren, dort oben auf den nie begangenen Blechinseln am Bahnhof. Mit der Angst der Mittelschicht, mit deren Prämien haben sie es zu weit repräsentativeren Bauten gebracht, die abgewanderten Unfall-, Auto-Vollkasko-Sachschaden- und Personenversicherungen. In einem Höllentempo errichtete Vorsorgepaläste, in ewig selbiger 'Guss-Beton-Kuben-Manier', mit über- und vorgestülpten Glasfronten machen dem ersten und lange Zeit einzigen Hochhaus dieser Stadt Konkurrenz.

Generalsaniert wurde auch der Hochhausturm. Das Bahnhofshotel. Die Reisenden und Rastenden werden mit der aseptischen Aussendung einer italienischen Espressobar umworben und zum kurzen Verweilen angehalten. Von großflächigen, getönten Glasfronten umfasst, haben sich der Café- und der Barbereich als

solcher deklariert. Von Resopalplatten bedachte Chromrohre bilden die knapp kalkulierte Auflagefläche für überteuerte Espressos, Café Latte und Cappuccinos. Aschenbecher finden sich keine, auch hier hat sich die raucherfreie Zone durchgesetzt. Wo sind die liebenswerten, da abhanden gekommenen Anarchisten ihrer Jugendjahre untergetaucht?!
Eine Packung Zigaretten für mindestens vier Euro? Am Automaten muss man sich auch noch über die Bankomatkarte registrieren lassen!
„Dein Kauf-, oder besser: dein Suchtverhalten wird an die umliegenden Versicherungsanstalten weitergeleitet."
„Was halbherzig abgestritten wird."
„Du bist einfach ein Angepasster, ein richtiger Spießer bist du, mein Lieber."
„Der Mann hat das Weib geschaffen – woraus doch? Aus einer Rippe seines Gottes – seines Ideals."
„Verschone mich mit dem Syphilitiker! An Paralyse hatte er schwer zu tragen gehabt, über Jahre! Dahinvegetiert war er. Seine Mutter, auch die Schwester haben ihn gepflegt. Ein unbedacht gewähltes Idol? Von dir?"

Auf die gezielt gewählte Farbexplosion von kaltfeurigem Fuchsia und kränkelndem Orangerot hat sich das Raumausstattungsteam verlassen. Das herbeizitierte Raumklima entspricht dem Verkaufskonzept des schnellen Konsumierens. Allzu lange lässt es sich nicht aushalten auf den schwer zu erklimmenden, sitzschmalen, mit pflegeleichtem orangefarbenen Skai überzogenen Hochbänken. Zu lange ausgedehntes Verweilen ist hiermit ausgeschlossen. Die hoch aufgezogenen, gepolsterten

Rückenlehnen des Kaffeehaus-Mobiliars entlang der Wand imitieren die Sitzbänke der alten Abteilbänke der Westbahn?
Getürkter Marmor, Kunstleder, auf Granit getrimmtes Resopal. Alles Surrogat-Materialien, alles Zitate aus der Jahrhundertwende. Das hat Stil, baut eine Brücke hin zur aktuell restaurierten Bahnhofshalle. Sie nippt am schal schmeckenden Espresso, und fragt, mehr an eine nicht anwesende Zuhörerschaft, als an ihn gerichtet: „Ob dem dauerschwarzgewandeten und hornbebrillten Einerlei der Architektenzunft dieser Brückenschlag im Anbetracht der Innenraumgestaltung hin zum Anbeginn der Westbahn bewusst war?"

Die wespentaillenschlanke, marmorne Kaiserin Sisi hat man hier vor der gleichfalls schmalbrüstigen Café-Terrasse abgestellt. Lieblos entsorgt hat man sie, die Patronin der Westbahn. Die Gute hätte sich einen ansprechenderen Platz verdient. Einen exponierteren Aufstellungsort. Sie war sehr menschenscheu. Trotzdem, hier zwischen Fahrradständern und verdorrtem Buchsbaum hat man sie eingezwängt? Im Hellbrunner Schlosspark war ihr zumindest ein eigens ausgewiesenes Rondell zugestanden worden. Der Teint der Kaiserin wurde dort von uralten Bäumen beschattet.
Sie steht jetzt nun einmal hier!
Ihr Profil hat man in Stein gegossen.
Sie hat ein Allerweltsgesicht! Nichts Überzüchtetes! Der überlieferte Haarkult wurde in den Stein gebannt. Sie trägt eine, der Position einer Kaiserin gerechte, bieder anmutende Aufsteckfrisur. Nichts Animalisches. Eine Venus zwischen Asphalt?"

Dreizehn Stockwerke zählte sie immer und immer wieder. Im Vorbeifahren mit dem Bus oder der Westbahn. Im obersten Stockwerk ließ es sich sehr gut speisen, damals in den Siebzigern. Weit oben blickte man aus großen Panoramafenstern auf den Pulsator der Stadt, den Bahnhof und seine angrenzenden, ihn einschließenden Geschäfts- und Wohnviertel. Vergeblich sucht man im Fahrstuhl den Knopf in den dreizehnten Stock im ersten und lange Zeit einzigen Hochhaus. Einfach übersprungen wird dieser von Aberglauben überfrachtete Baumakel. Schönberg litt an Triskaidekaphobie, der panischen Angst vor der 13, vor dem 13. Tag jeden Monats. Ob sich ein neuer Pächter für das lange verwaiste Restaurant gefunden hat? Sie würde sich an einen Fensterplatz nach Norden hin niederlassen, die Speisekarte nur halbherzig studieren und einige Stunden dort oben verweilen wollen. Ein passabler Ort um Brüderleins Untergang zu observieren.
Der gesamte Bahnhofsvorplatz, der zum 'Hotel Europa' in Konkurrenz stehende Fingerzeig der Gebietskrankenkasse, die aus- und einströmenden Ansuchsteller, die Gestrandeten unter der Glasverdachung der Busleisten hätte sie im Blick. Vom zwölften Stock, der ein dreizehnter Stock ist. Dort meinte sie ihn ausfindig machen zu können, vielleicht.

„Es bedarf schon eines gewissen Anforderungsprofils, um in solchen Kreisen aufgenommen zu werden." Das sagte er doch?

Herzog Blaubarts Burg
Gang in die Oper – Béla Bartók
Sommer 2008

„Weißt du, was die Türen bergen?"

Dort oben in dem hohen Turm hatte er sie einsperren wollen, hätte er sich dazu entschließen können, nach langem wieder einmal auf Reisen zu gehen?
Einen Turm, verschlossene Türen oder einen Tränensee gab es nicht zu sehen in dieser gemeinsam besuchten und von der Kritik wohlwollend beurteilten Aufführung in ihrem ersten von drei miteinander begangenen Kultursommern.
„Es überrascht mich, mit welchem Unverständnis du auf die Umsetzung dieses Regisseurs reagierst!"
„Ob es einer Bebilderung bedarf? Musikalisch, wenn man sich einzulassen weiß, erzählt es sich relativ eindringlich und eindeutig."
„Was meine Wanda schon von Bartók zu verstehen glaubt!", geifert er. Erschrickt, errötet hinunter bis unter den Brustansatz, schämt sich über seinen rüden Ausrutscher in jenem ersten Sommer.
Nein, sie lässt sich nicht einfangen, keine Grenzen werden ausgereizt, so hatten sie es abgemacht. Sie bremst ihn ein. Fremd ist er ihr. Kaum geschehen, schon bereut. Er neigt seinen bleichen, schlanken Nacken und lässt sich trösten. Eineinhalb Stunden Bartók und sie wird Mitwisserin seiner latent mitschwingenden und nicht einschätzbaren Aggressionsbereitschaft. Sie besänftigt ihn, spricht ihn frei von seiner Unbeherrschtheit mit einem bewährten Lächeln.

Die junge Regiegilde kocht auch nur mit Wasser. Nichts Neues, ein Klischee löst das andere ab. Plakativ, vorhersehbar ist der Deutungsansatz des Teams. Judith in der Kostümierung einer Pflegerin, die vor simpler Sinnlichkeit strotzt? Sie wird zum spärlich weiß verhüllten Inbegriff eines jeden Männertraumes. Warum nicht? Sie liebt ihn, meint ihn zu lieben; der Unausweichlichkeit ihres jugendlichen Auftrags wird sie nicht entkommen. Die letzte Begehrte, die letzte Ge-ehelichte dieses emotional abgestorbenen alten Mannes will sie sein.

Man hat Blaubart in einen Rollstuhl aus dem Fundus gesetzt, er mimt einen Kriegsversehrten, in abgetakelter Uniform. Eine Metapher für sein emotionales Unvermögen, seine Unzulänglichkeit? Gebeutelt vom Leben, vom Ausschluss von der Liebe, lahm bis zum Hals, lässt er sich von seiner blutjungen Frau im Rollstuhl vorwärts bewegen. Seine endgültige Abhängigkeit gesteht er sich nicht ein. Die beiden weiten den reduzierten Aktionsradius in diesem 'Erster-Weltkrieg-Relikt' aus, erobern sich in weit ausgreifenden Achterschlingen den breit dimensionierten, kulissenlosen Bühnenraum. Sie schiebt? Sie bewegt ihn doch, den alten, fordernden Mann?
Unbedacht geäußerte Kränkungen, viele nie angesprochene Zweifel häufen sich, machen sich ungefragt breit auf ihrem Freundschaftskonto. „Entspricht Judith deinem Idealbild der in der Liebe starken, duldsamen Frau?"
Er ist ein Wagnerianer, ein getreuer. „Die Frau hat sich dem Manne unterzuordnen. Das ist ihre zweite, unbedingte Pflicht!" Er grinst.

Sie wird in der ihr zugedachten Rolle eines liebenden Weibes aufgehen. Bald. Er wird ihr diese grenzüberschreitende Begehrlichkeit vorhalten, später einmal.
„Die Frauen sind zu wahrer Liebe nicht fähig", lästert er selbstzufrieden. Er vermeidet es, sie anzublicken. Vogelherzen schlagen schneller, hasten aneinander vorbei. Der Mut sich einzulassen verabschiedet sich in beiden Herzen. Wie unabgesprochen einig sie sich letztlich sind, wie geschickt sie ihrer Betroffenheit ausweichen. Mit dem Mut der in naher Zukunft doch wieder Verschmähten schießt sie eine Vorhut an Lästerpfeilen ab.
„Du bemühst Masoch?" Sie hakt nach. „Da beklagt ihr euch. Über das Weib? Ihr Männer folgt stets euren Prinzipien? Wir Weiber folgen einzig unseren Regungen. Wie verabscheuenswürdig wir sind!"
„Du verbarrikadierst dich wiederholt hinter abgedroschenen Zitaten, du verstrickst dich in Widersprüchen."
„Was, frage ich dich, ist noch irrationaler als eine liebende Weiberseele?"

Er ist ein Verfechter der absoluten Wahrheit? Ein Seiltänzer? Ein wahrer Meister des „sowohl als auch". Wie wird seine Antwort heute ausfallen? Morgen schon geleugnet, widerlegt.

Einblicke hatte sie gewonnen. Allein, einsam hatte sie ihn geglaubt. Kontakte hatte er aufgenommen zu den Berechnenden, den Gierigen, den Genötigten, den Opfern.
„Was ist schon umsonst", so seine lasche Rechtfertigung in Anbetracht seines maroden Kontostandes, „was ist schon umsonst im Leben, in der Liebe?"

„Von einer berührenden Naivität bist du", schmeichelt er. „Das liebe ich an dir".
„Was ist schon umsonst?" Er wiederholt die Frage gleich einem Abwehrbann. „Mein Lieb geht den inserierten Aufforderungen zu Gratis-Hausbesuchen auf den Leim", krakeelt er mit dem Aberwitz eines selbst Geprellten. „Im Minutentakt haben sie meine Telefonkontakte abgerechnet", klagt er wehleidig.
Wer ist wem auf den Leim gegangen? An den Konsumentenschutz will er sich wenden. Diese Konsequenz hat sie ihm nicht zugetraut.
In verknapptesten Sätzen waren seine SMS-Anfragen formuliert. Aus dem bebilderten Tagblatt hatte er gewählt. Ein sturzbesoffener 'Paris' hatte seine Wahl getroffen unter den inserierenden Anbieterinnen gängiger Handwerkskünste.

„Was ist schon umsonst", klingt es in herber Wehmut in ihr nach.
Unvorbereitet hatte sie in die letzte Kammer eines Vorstadt-Blaubarts, eines aufstrebenden und tief gefallenen Komponisten, eines Edlen von ... blicken müssen.

Nur ein Blick nach draußen
Spätherbst 2012

*„Der Reif hat einen weißen Schein
mir übers Haar gestreuet."*

Sie weiß von einem Mann zu berichten, einem blassen, nicht mehr jungen Mann mit dem allerbezauberndsten Profil.
Er ist es? Am frühen Vormittag steht er ohne Schirm, ungeschützt im Regen. Er wartet. Der Bus hält, Menschen, Geschäftige, auch Müßiggänger steigen zu, steigen aus. Sie ist in Gedanken versunken, dort auf ihrem erhöhten Sitzplatz am Fenster. Sie verliert sich durch das verdreckte Fenster hinaus; streunt.
Ihr Blick verheddert sich in der blassen Gestalt dieses Passanten dort draußen. Er ist es. War er immer schon so klein gewachsen? Er ist ein wenig eingegangen? Bei ihm Zuhause, im Waschkeller, im großen Wäschetrockner …?
Wie sauertöpfisch er sich unter den Wartenden ausmacht. Wenn er das Risiko eingeht und an dieser stark frequentierten Bushaltestelle zu warten pflegt, muss er damit rechnen, gesichtet zu werden. Sie heftet ihm diese wohlmeinende Stichelei an die vornübergebeugten Schultern, rügt ihn in schwesterlicher Milde. Aus ihren Tagträumen hat er sie gerissen, unüberlegt blickt sie ihm nach. Er hat sich abgewendet, zeigt ihr seinen Hinterkopf.
War sein Haar nicht einmal ganz dicht, ganz leicht gewellt im schmalen Nacken? Weniger ist es geworden, es hat sich am Zenit gelichtet. Wie er damit gehadert hatte! Sein Haaransatz dehnte sich immer weiter nach

hinten aus. Das betonte die hohe Stirn. Der Haarschwund war nicht mehr aufzuhalten. Zu einer Stirnglatze hat es noch nicht gereicht. Sie dachte, schon im Vorbeifahren, mit Wehmut an sein halblanges Haar. Meist war es mit einem weichen Gummiband zu einem Pferdeschwanz zusammengebunden; dann und wann löste er oder löste auch sie das Haarband. Es war ihm, auch ihr ein Angenehmes, durch das im Nacken äußerst dicht gewachsene Haar zu fassen. „Lass dir deine Haare bitte wieder ein wenig wachsen! Es sah so hübsch aus, fast wie der junge Brahms ..."
Sie erinnerte sich an sein Dreiviertelprofil. Die eine oder andere rattendunkle Locke züngelte sich vorwitzig entlang seines weißen, überraschend glatten, ausgesprochen zarten Nacken nach allen Seiten. Den Wunsch nach einem weniger militanten Herrenschnitt verwehrte er ihr. Am Kopf durfte man ihn nicht anfassen! „Lass dir das Haar nachwachsen!" Wenn ihn die Zaddelungen, die gehassten, zu sehr störten, dann könnte sie ihm diese ganz einfach fassonieren. Sie sei sehr geschickt darin. Sie beherrsche das!
Jetzt hat sich sein Haar in ein falbenes Brünett mit einem Schwenk ins Rötliche verabschiedet; am Stirnschopf war es noch etwas lichter geworden. „Verwaschen, von undefinierbarer Tönung steht dein Kurzhaar in Konkurrenz zu deinen geflammten Wangen und harmoniert nicht mit dem kränkelnden Grau deiner Hosen", murmelt sie ausweglos berührt von seinem flüchtigen Anblick. Eine Tonsur hat sich unübersehbar gebildet. Er kommt in die Jahre.
Ob er sich über das nicht mehr zu leugnende Ausmaß seiner schütter gewordenen Haarpracht im Klaren war? Er, der Verfechter der absoluten Wahrheit, der anzu-

zweifelnden Wahrnehmung? Mit einem kleinen Handspiegel hatte er diesen Haarschwund beäugt, über Monate, im halbblinden Badezimmerspiegel. Die 25-Watt-Birne ließ Milde walten an solchen Tagen der Selbstinspektion.

Wollte er nicht Laienbruder werden? Der Welt abhandengekommen war er ohnehin. In einer überschaubaren Gemeinschaft von Brüdern wünschte er aufgenommen zu werden, im abgelegenen Kloster der Kapuziner, etwas oberhalb der Neustadt. Sie hatte seinen Ruf nach Beheimatung verstanden, wüsste ihn wohl aufgehoben in dieser Gemeinschaft. Sie sah sich von einer Riesenlast befreit. Geborgen wäre er. Unterzuordnen hätte er sich. Ein geregelter Jahresablauf, sich täglich wiederholende Rituale kämen seiner Unrast entgegen. Hätten etwas Heilsames.
Die Gralsglocken stimmten in tiefem C, G, A und E an. Männer suchen und begeben sich freiwillig in die Klostergeborgenheit. Frauen, wenn überhaupt zugegen, verschwinden nicht immer nachverfolgbar.
Eine Neuauflage von 'Parsifal'? Dort im Kreise seiner Mitbrüder? Dort auf dem Stadtberg der Neustadt. Sie hätte ihn nicht ganz aus den Augen verloren. Besser an die Schwarzkutten abtreten als ihn in den Bordellen der Stadt auslösen zu müssen. Ein akzeptabler Handel? Sie kann ihn nicht vom Trinken abhalten. Ihn kontrollieren? Das war ihr nicht möglich. Ihn trösten? Aufrichten? Das könnte sie.

Sie träumt sich über die auf ihr lastende Verantwortung hinweg. Ob man ihm den Klostergarten überantworten würde? Mit seinem Geschick wäre er überall gut einsetzbar. Die Böden zu bohnern hatte er von seiner Mutter gelernt, in der Klosterküche würde er dem Küchenvorstand bald den Rang ablaufen. Lesen, Musik hören, ja selbst die Orgel spielen könnte er. Er wäre nicht mehr einsam. Mit einem Laienbruder befreundet zu sein, stellte sie sich aufregend und zugleich beruhigend vor.

Kränkelnd bleich, von roten Äderchen in Unruhe versetzt, korrespondiert dein Maskengesicht keinesfalls mit dem ins verwaschene Violett kippenden Grau deiner etwas zu kurz am Saum umgenähten Hose. Das Samtsakko gebietet dir noch immer eine Art von Beheimatung; zu groß ist es dir, nach wie vor. Ein Sakko aus Samt sollte es sein, vor wie vielen Jahren? Im Anbetracht deiner musikalischen Vergangenheit die durchaus richtig getroffene Wahl. Einst war es von einem tiefen Elfenbeinschwarz. Selbst im heißen Jahrhundertsommer, unserem kurzen, von Zuneigung getragenen Sommer hast du es dir nicht nehmen lassen, dir, manchmal auch mir dieses schon etwas mitgenommene Kleidungsstück zumindest um die Schulter zu legen. Nach mehreren Waschgängen mutierte der schwarz gedachte Flor zu einem rostfarben durchwirkten, eingeplätteten, samtähnlichen Gewebe. Nach und nach hat es auch an Schwärze verloren, wie dein Haar.

„Einen weißen Fleck des hellen Mondes. Auf dem Rücken seines schwarzen Rockes, so spaziert Pierrot im lauen Abend, aufzusuchen Glück und Abenteuer. Warte: denkt er, das ist so ein Gipsfleck! Wischt und wischt, doch bringt ihn nicht herunter! Und so geht er, giftgeschwollen, weiter, reibt und reibt bis an den frühen Morgen, einen weißen Fleck des hellen Mondes."

Zugenommen hast du kaum. Ein wenig vielleicht? Das nimmt den Hunger aus deinem Gesicht. Du fügst dich ein in die breite Masse der Einsamen zwischen den Betonbehausungen, den unfreiwillig angemieteten Eremitagen dort im Bahnhofsviertel.

Ob er ihren, nun seinen unteren Vorderzahn noch trägt? Ihn auch ordentlich pflegt? Die Zahnprothese hatte sie noch im letzten Herbst zum Geschenk gemacht. Es waren nur wenige eingestiegen, der Bus fährt mit einem Ruck an, schert aus und entfernt sich Meter für Meter. Fügt sich ein in den träge dahinfließenden Alltagsverkehr, noch vor Mittag. Hat er sie zuerst gesichtet? War er ihr zuvorgekommen? Er hätte sie schon im Näherkommen beobachten können, dort an ihrem Fensterplatz.

In der Zeit ihrer gemeinsamen Abenteuer hatten sie die Neustadt gemeinsam erkundet. Vom Fluss in eine Alt- und Neustadt durchteilt, waren ihr beide Stadtteile durchaus bekannt. Schätzen gelernt hat sie die Neustadt erst mit seinen kleinen Stadtführungen. Sie hat sich seinen Blick einverleibt. Dieser Stadtteil blieb von den überfallsartigen Überschwemmungen der Bustouristen verschont. Seine Kindheit und Jugend hatte er hier verbracht. Von schattenspendenden Platanen, auch Kastanienbäumen gesäumt, leiten die großzügig angelegten Hauptstraßen die Ansässigen zwischen den eleganten, dem Historismus verpflichteten mächtigen Bauten zu ihren jeweiligen Zielen. Arztpraxen, kleine Handwerksbetriebe und Geschäfte, mittlerweile wieder kleinere Galerien, welche in der Altstadt drüben den weltweit selben Handelsketten zum Opfer gefallen waren, findet man noch hier in der Neustadt.

Bäumchen hätten sie gepflanzt, damals in den späten siebziger Jahren. In seiner Schulzeit. Er sieht sich um. Sucht, wonach? Kaum mehr als zwanzig Zentimeter maß die kleine Fichte. Er hatte sie aus der Schule mit nach Hause gebracht und im Innenhof eingepflanzt. Ordentlich gewachsen war dieses Nadelbäumchen, hatte in seinen Studienjahren schon einen zweimannslangen Schatten geworfen, der schon nach wenigen Jahren bis an sein Fenster im ersten Stock reichte. Nachts, wenn sich die Stadt ein wenig von dem aufgeregten Treiben beruhigt hatte, seine Mutter und der große Bruder längst schliefen, saß er in den lauen Sommernächten am offenen Fenster und arbeitete an seinen Kompositionen, schrieb seine Partituren ins Reine. Er wurde von gefiederten und bepelzten Kleintieren aufgesucht. So erzählt er. Von flügellahmen Nachtfaltern, seltenen Raupen, einem Käuzchen, auch von Fledermäusen wusste er zu berichten. Beseelt war seine um Fassung bemühte Mimik. Die glatte Fläche seines Maskengesichtes war schwer aufrecht zu halten.
Hoch aufragende Glasfronten, gefasst von schweren, genieteten Metallplatten, hatten sich zwischen die Fassaden der Jahrhundertwendebauten gezwängt. Rostfarben greifen sie in den Himmel ein. Den Erosionsprozess hatte man mit Eisenoxid beschleunigt.

Der gesamte Innenhof, die Beetrosen, auch die beiden Kletterrosen, die seine Mutter gepflanzt hatte, erst recht sein Fichtenbaum waren einem zur Gänze asphaltierten Parkplatz gewichen.

Ein junger, noch nicht flugtauglicher Vogel, ein Rotkehlchen, war aus dem Nest gefallen. Er hatte es retten wollen in einer seiner Viertelstunden-Pausen. Genistet wird überall. Das Rotkehlchen hatte sich in seinen schützenden Handflächen noch einmal ordentlich aufgeplustert. Die Zigarettenpause war gleich zu Ende; wie schnell ein so kleines Vogelherz zu schlagen vermag? Dann? Kein aufgeregtes Pochen mehr? Der Vogel war in seinen Händen verstorben. In seiner übernächsten Pause erreichte er sie endlich. Es war ein bedrückendes Telefonat, sie konnte seine Ohnmacht traurig nachvollziehen.

„Der Reif hat einen weißen Schein mir übers Haar gestreuet; da glaubt' ich schon ein Greis zu sein und hab' mich sehr gefreuet. Doch bald ist er hinweggetaut, hat' wieder schwarze Haare. Dass mir's vor meiner Jugend graut. Wie weit noch bis zur Bahre!"

Herbstzeitlosen
Herbst 2011

Er soll nicht davonlaufen. Er soll sich auf ihr Schritttempo einstellen, soviel Empathie wird er aufbringen können! Seite an Seite wollen sie den vorgegebenen Wanderweg beschreiten. Was treibt ihn derart an?
Wie ein roter Faden zieht es sich durch ihre gemeinsame Geschichte, wie ein roter Faden lästert er, einem Echo gleich. „Kann Madame vielleicht ausnahmsweise das geeignete Paar Schuhe aus der überbordenden Sammlung wählen?" Er stelle sein Ego weit hinten an, schraube seine Ansprüche auf ein nicht mehr zu unterbietendes Mindestmaß herunter. Das ist seine Meinung, unverrückbar! „Da hätte die Gnädige doch ein einziges Mal die passenden Schuhe für ihre seltenen Vorhaben mit ein wenig mehr Bedacht, nur ein klein wenig mehr, wählen können!"
Was sollen die Riemchen, die sich unhübsch ins Fleisch schnüren, die Absätze, die Stöckel, zugegeben: von High Heels noch Lichtjahre entfernt. Warum trägt sie diese Sandaletten, solche Stiefeletten? Er ist fünfzehn Zentimeter größer. Um eineinhalb Köpfe sollte der Galan das angebetete Weib überragen, zumindest! Mit diesen eitlen weibischen Mogeleien treffen sich ihre beiden Schultern in unbeabsichtigter, in gleicher Höhe! Der Mann habe das Weib auch an Zentimetern messbar zu überragen! Was, so hadert er, verspricht sie sich von diesen vier, fünf Zentimetern mehr?

„Wirst du diese Gerade auch wirklich schaffen ohne gröbere Blessuren der allerfeinsten, so allerliebsten Füßchen? Wie gesund, wie unversehrt diese kleinen Füßchen einen Schritt vor den anderen setzen!" Sie nickt, abgelenkt von seinem Tempo.
Wie er tänzelt? Die Füße hat er in einem 30-Grad-Winkel nach außen gedreht, von der Ferse über den Rist hin zu den Zehen rollt er sie ab. Es marschiert sich gut in seinen neu erworbenen Billigtretern, made in Taiwan. Sein Oberkörper steht in einem frappierenden Widerspruch zu seiner wieselflinken Schrittabfolge. Wie sich der ganze Mann an ihrer Seite in einem permanenten Widerspruch befindet.

Dieses Tempo wird sie nicht durchhalten. Die lange Gerade der Allee, am Ende das Ziel schon ausnehmbar, das ist machbar. Dort angekommen, wird sie streiken, sie wird sich einen schattigen Platz an den Fischweihern wählen. Soll er doch weiterhetzen! Bis zum nach englischem Vorbild weitläufig angelegten Park wird sie es schaffen, gewiss.
Wenn sie ihm ein Taschentuch hinüberreichen würde? Findet er das in Ordnung? Ist ihm bewusst, wie enervierend es für sie als seine in guten wie in schlechten Tagen zugetane Weggefährtin ist, der holprigen Konversation Folge zu leisten, wenn er einzig zu einem Schnüffeln, einem Rüsseln, einem Rotzhochziehen seinen marginalen Anteil zur Unterhaltung beizutragen bereit ist? Drei Viertel der Strecke hat er durch die Nase, die zuvor doch schnupfenfreie, hochgezogen!
Einer seiner Ticks, erwähnte er beiläufig, nicht zwingend behandlungsbedürftig. Er hoffe doch, dass es sie nicht allzu sehr störe?

Und wie sie dieses Nasehochziehen nervt! Was will er ihr weismachen? Was zieht er sich auf seinen wiederholten Toilettgängen hinein? Sein Aufsuchen von WC-Anlagen lässt die Frage nach einem Prostataleiden zu. In seinem Alter? Ein wenig bald? Er sei eben ein ganz frühreifes Kerlchen, damit wiegelt er die Frage nach seiner schwachen Blase ab. Prostatamassagen seien ein viel zu selten ins Liebesspiel miteingebrachtes Aphrodisiakum, so seine süffisante Entgegnung. Was erwidert man auf ein solches Ansinnen? Sie, sein 'Lieb Schwesterlein', seine Wahlverwandte, seit Monaten zur Geschlechtslosigkeit mutiert, die ehedem Angehimmelte, was soll sie darauf erwidern?

Er dreht jeden Euro dreimal um. Kokain, Crack? Wo erwirbt er das, wie kann er sich das leisten, was verdammt noch einmal schnüffelt er? Im Freien pinkeln? Niemals! Nie im Leben wird er es seinen Geschlechtsgenossen gleichtun im Stehen zu urinieren! Sich der Kritik, den prüfenden Seitenblicken seiner Konkurrenten aussetzen? An seinem Gemächt gibt es nichts auszusetzen! Nie und nimmer setzt er sich den neugierigen Blicken aus. Keiner wird seine ausreichende Strahlstärke, die Dauer des Urinierens, den hohen Bogen ins Pissoir beurteilen. Keiner von denen? Niemals! Er sucht stets die Toiletten auf, die mit einer ordentlichen Tür zu verriegeln sind.

Er hat Schulden, seinen Dispokredit hat er überzogen. Schützt ihn seine finanzielle Dauermisere vor diesen Drogen? Er kann seinem Verlangen nicht nachkommen, wie es ihm lieb wäre. Betäuben will er sich mit Alkohol. Der ist verlässlich in seiner Verfügbarkeit.

„Hier, nimm das Taschentuch, blas ordentlich hinein! Schnäuz dich, ich bitte dich!!!" Er schenkt ihr ein abtrünniges Lächeln. „Weißt du was ...?"

Seine Rotzerei hat ein Ende. Es wird wohl wirklich eine Art von Tick sein. Die Sandalen haben eine moderate Absatzhöhe. Kieselsteinchen haben sich zwischen den Riemchen, unter die Fußsohlen verirrt. Sie wird die Beine hochlagern, einfach in die Sonne blinzeln. Mehr an Aktivitäten ist von ihr heute nicht mehr zu erwarten!
Er hebt sein Kinn, weist in abgespeckter Gestik nach rechts, hin zu den öffentlichen Toiletten. Den Schlossberg will er noch besteigen. „Geh' du nur, oder wohl eher: sprinte in deinem dir eigenen Tempo. Ich warte hier im Halbschatten, lauf' dir gewiss nicht davon, heute nicht, morgen auch nicht." Mit dieser Ansage entlässt sie ihn, blickt dem skurril angedachten Figurenkomposit nach. Falscher Oberkörper zum passenden Unterteil, oder vice versa? Mutter Natur hat sich einen Scherz erlaubt? Kein Geliebter, auch kein Bruder. Ein Freund? Ein unpassender Begleiter ist er ihr. Falscher Mann im richtigen Körper? Falscher Körper im passenden Mann ...?
Wenn es doch eine Allergie wäre, eine chronifizierte Sinusitis vielleicht, damit könnte sie sich anfreunden. Abhilfe würde sie schaffen.
Schnupft er an Klebstoffen? Macht man das heutzutage noch? Schnee von gestern. Schnee? Wenn es doch Kokain sein sollte? Das würde seine in Sekundeneile wechselnden Stimmungen erklären. Sie weiß um seine Sanftmut, sie kennt auch den um sich schlagenden, geifernden Wortakrobaten. Alles nur eine Frage

von „Schnee"? Eine Sache der jeweiligen Dosis? Wie naiv sie ist! Wie weichgespült sie sich neben seiner notorischen Abgründigkeit wahrnimmt.

Ein dicht gebundenes Sträußchen in jenem lichten Violett mit sehnsuchtsblauen Einschüben hat er ihr dort oben im Buchenwald gepflückt. Er hat ihr Herbstzeitlosen mitgebracht. Stehen diese nicht unter Naturschutz?

Wie mag man seine Gangart benennen? Dieses schlurfende Schaben der weichen Gummisohlen hinterlässt flüchtige, verwischte Spuren im Gras. Er besinnt sich auf ihr Wiedersehen. Die Vorfreude treibt ihn an. Er nähert sich ihr in einem tänzelnden Vorwärtsstolpern. Wirft weit überlängte Schatten seiner schmal gehungerten Gestalt hin zu ihr; über das letzte üppige Grün des Englischen Gartens. Ein letztes Mal vor dem anstehenden Winter hatte man die vielen Quadratmeter gemäht. Ein Mann voller Widersprüche, ein Mensch voller Widrigkeiten.

Sein Rücken, der trotz seiner grenzwertigen Magerkeit ausnehmend breit ist, schoppt sich. Unübersehbar! Er hat einen Witwenbuckel, erst im Ansatz? Am Pult, vornübergebeugt über die noch fertigzustellenden Partituren, hat er sich einen Intellektuellenhöcker wachsen lassen. Das Rückgrat hat sich gekrümmt, ein wenig aufgewölbt.

Er ist ein Dromedar! Er hat Zeiten der Dürre überstanden, eben noch. Mit solch einem Überlebenswulst übersteht er die nächste Wüstendurchquerung. Gewiss! Daher rührt sein Gang? Eine Art Passgang, schwankend.

Wenn er vielleicht doch befasst ist mit dem Schreiben von Partituren. Jetzt?

Sein Cello im Keller
2012

Einen kurzen Sommer war ein unterdrücktes Wimmern zu hören gewesen. Die Nachbarn oberhalb, ja selbst diejenigen im zweiten Stock hatten es damals mitbekommen, diese Schmerzenspein.
In den letzten Monaten, seit einem Vierteljahr etwa, hat sich ein neues, nicht auf Anhieb deutbares, aufgrund der Hellhörigkeit dieses Mietshauses nicht auszublendendes Geräusch, ein Brummen und Summen, Gehör verschafft.
Der Heizkessel im Keller stand im Verdacht. Eine defekte Wasch- oder Trockenmaschine? Ein übereifriger Heimwerker vielleicht?
Stundenweise, bevorzugt am frühen Abend, machten sich sonore, klagende, kurz aufwimmernde, dann grollende, keinem defekten Hauswirtschaftsgerät zuzuordnende Geräusche, aus dem Keller nach oben hin durch die Lift- und Lichtschächte freigelegte Klänge breit. Schotteten das an Geräuschen nicht arme Mietshaus ab, tauchten es in eine müde tönende, aus dem Winterschlaf gerissene elegische Stimmung.
Nicht von aufwühlenden, den Pulsschlag in Aufgeregtheit versetzenden Techno-Bässen wussten die Mieter zu berichten. Wenn diese neu hinzugesellte Dauerbeschallung nur zu orten wäre? Irritierend war einzig die ungeklärte Quelle dieses feinstimmigen Nebengeräusches.

Man hatte sich an die Hausverwaltung gewandt. Ein Zivilingenieur, die zuständige Betreuerin und ein Heizungstechniker wurden von dem Hausmeisterehepaar in Empfang genommen. Es folgte eine Begehung des Heizraumes, des Waschkellers wie des Trockenraumes.

So ein zurückhaltender Mann sei er gewesen. Einhellig gewogen gestimmt war die nahe und entlegenere Bewohnerschaft in der Beurteilung des als vermisst gemeldeten Herrn dort unten, Stiege links, im Parterre.
„Vor Jahren", so der zögernd vorgebrachte Einwand der unmittelbaren Nachbarin, „vor gewiss schon zehn Jahren mag er wohl eine üble Zeit durchlebt haben. Dem Alkohol hatte er in diesen Jahren zugesprochen! Können Sie sich nicht an diese prekäre Situation erinnern? Ich hatte meinen Waschtag, kam aus dem Keller, die Wäsche war noch ein wenig klamm, Sie baten mich um Unterstützung. Sie erinnern sich doch? Mein Gott war der Mann betrunken, nicht und nicht wollte er die Augen aufschlagen, dort im Flur! Man hätte ihn direkt übersehen können. Die Gangbeleuchtung fiel, trotz mehrmaliger Meldung an die Hausverwaltung, ständig aus. Ein zusammengekauertes Häufchen Mensch haben wir beide vorgefunden. Seine Mutter, die letzten Jahre habe ich sie kaum noch zu Gesicht bekommen, war damals noch am Leben. Er hatte sie über Jahre hin gepflegt. Wie viel Gewicht er in dem einen Sommer verloren hatte! Ja, er war schon recht korpulent geworden, das waren die vielen Medikamente, der Alkohol!"
„Meinen Sie?"
„Kaum wiederzuerkennen war er in diesem Sommer, vor wie vielen Jahren noch gleich? Wie sehr wir uns auch bemühten, wir beide, wir konnten ihn nicht und

nicht hochbekommen. Meine Sorge war durchaus berechtigt, seine Atmung war ganz flach, er hat uns nicht wahrgenommen, oder vielleicht doch? Mir war, als hätten seine stark eingetrübten Augen schon in eine andere Welt geschaut? Ganz eigen ist mir geworden, Ihnen doch ebenso? So schaut nur einer, der schon im Hinübergleiten ist. Man liest ja so viel von Nahtoderfahrungen. Ich behaupte, unser stiller Nachbar hat diese Erfahrung gemacht, ehe wir die Rettung gerufen hatten. Dass dann auch noch die Polizei anrücken musste, war das wirklich nötig?"

„Wer hat sich in der Zeit seines Klinikaufenthaltes eigentlich um die alte Mutter gekümmert?" „Der Herr Professor, ja, der hat sich nur ein-, zweimal im Jahr blicken lassen. Wie ungleich die beiden sind. Sie sind doch Brüder, ein und derselbe Vater, die Mutter?"
„Besuch? Nein, soweit ich das überschauen kann, Besuch hatte er nie. Wir haben uns gegrüßt, oft war es auch nur ein Nicken im Hausgang, im Waschkeller. Gewaschen hat er regelmäßig. Pikobello hat er die Waschküche hinterlassen, ein ganz ordentlicher Herr. Er hat sich stets an die eingetragenen Waschzeiten gehalten! Da gibt es ganz andere, meine Güte, was habe ich schon an Beschwerdebriefen verfasst! Wenn sich nur allesamt so penibel an die Hausordnung halten würden. Meinen Sie nicht auch?"

„Seltsam, wenn ich ihm begegnet bin, dann meist im Keller. Hat er sein Abteil, das kann nicht größer sein als das unsrige, nicht im ungeraden Bereich?"
„Wenn Sie so danach fragen, Herr Ingenieur, also Besuche muss er schon so dann und wann gehabt haben.

Da fällt mir ein, die letzten Jahre habe ich ihn mehrmals in Begleitung eines älteren Herren gesehen. Manchmal hat dieser seriös wirkende Herr ... hatte er nicht einen Bart, einen silbrig grauen Bart und etwas längere Haare, für einen Mann in diesem Alter ...? Nun ja, Mitte sechzig, schätze ich, wird er schon gewesen sein, also der hat ihn hin und wieder mit einem Chinchilla-weißen Ford abgeholt. Ich kann mich deshalb so genau daran erinnern, weil er auf unserem Parkplatz gestanden ist, für Stunden!"

„Zig Flaschen hatte er entsorgt, ich habe ihn mir ganz genau angesehen, am Altglascontainer, hab mir noch gedacht, der wird doch nicht sein Altglas hier bei uns in der Siedlung entsorgen! Das war in der Zeit, als unser Nachbar massive Alkoholprobleme hatte, nicht wahr?"

„Hin und wieder waren auch zwei, drei jüngere Herren, mir scheint, es waren Russen, zumindest aus dem Ostblock, so vom entfernt Zuhören, dabei. Kurz vor ihrem Tod, in welchem Jahr war das doch gleich, also wenige Monate vor ihrem Tod, immerhin, sie ist noch achtzig geworden. Zwei Herrschaften von der Stadtverwaltung haben sie im Auftrag des Herrn Bürgermeisters aufgesucht. Ich kann mich deshalb so genau erinnern, weil sie zum einen den Familiennamen an der Klingelanlage nicht finden konnten. So geht man um mit unseren Daten, ein weiches 'D' anstelle eines harten 'T' und schon stehen sie da wie die Gefoppten! Magistratsbeamte eben, aber was wirklich an Pietätlosigkeit grenzte, was mir deshalb in übler Erinnerung geblieben ist, das war das Präsent für die Jubilarin."

„Ein Bildband mit alten Schwarz-Weiß-Fotos der Stadt zum achtzigsten Geburtstag! Hat man nicht früher eine Armbanduhr in Geschenkschatulle bekommen? Das heißt, eine Uhr wäre in diesem Fall vielleicht auch nicht eben passend gewesen. Die gute Frau hat eine Invalidenrente bezogen aufgrund ihrer Erblindung! Dann fällt diesen Amtsschimmeln nichts Gescheiteres ein, als der alten, absolut nichts sehenden Frau einen Bildband zu verehren!?"

„Da hörten wir dieses eindringliche Wimmern, an jenem Sonntagnachmittag im Mai."
„Sehen Sie, man vergisst so vieles, die Zeit verfliegt derart rapide, je älter wir werden! Sie ist ja lange schon nicht mehr außer Haus gegangen. In früheren Jahren hat er sie zum Arzt begleitet, sie war so selig, wenn er sie zum Essen ausführte. Erinnern Sie sich noch an die beiden? Ein eindringliches Bild, der schmale, blasse Mann und die Hünin, die Blinde. Sie hätte sich operieren lassen sollen. Ein Klacks, so eine Star-Operation! Meine Schwester war schon weit über siebzig, die hat sich beide Augen machen lassen und benötigt heute nicht einmal eine Brille zum Lesen."
„Wie sie sich alteriert hatte, wenn man sie darauf ansprach! Das sei ein Eingriff in die Natur; wenn es so gewollt sei, dann will sie auch in Demut erblinden, in Demut das Augenlicht zusehends verlieren. Wer verlangt Demut in Anbetracht einer solchen Geißel, frage ich Sie! Ihr Jüngster wird sie betreuen, meinte sie, erinnern Sie sich noch? Anfangs hat er sie noch drei-, viermal in der Woche besucht, Erledigungen für sie gemacht. Irgendwann ist er dann ganz bei ihr eingezogen."
„Wenn ich mich so recht erinnere, war er doch ein erfolgreicher Musiker, oft auf Tourneen?"

„Das tut nicht gut, Alt und Jung zusammen. Ein junger Mann soll sich eine Freundin suchen, eine Familie, eine eigene gründen meinetwegen, aber die herrische alte Mutter pflegen, bei allem Respekt vor dieser Leistung ..."

„Eine Frau, vielleicht seine Schwester, eine entfernte Verwandte? Ja, die hat man in diesen letzten zwei Jahren kommen und gehen gesehen. Die hat ihm gut getan, richtig aufgeblüht ist er. Er hat mit fester Stimme gegrüßt, selbst ein Lächeln hat sein gar nicht so unhübsches Gesicht erhellt. Wer will sich schon mit so einem Gescheiterten abgeben? Das war mit Sicherheit eine entfernte Verwandte. Die Mutter hat in ihren frühen Jahren hier in der Siedlung von Kindern aus der ersten Ehe gesprochen."

„Eine passende Partnerin findet so einer nicht einfach im Vorbeigehen. So ein Muttersohn, Musiker und arbeitslos, dann noch ein Quartalsäufer!"

„Ein bisserl weibisch ist er aber schon. Die jüngeren Herrn, der ältere Mann, die gingen, wie Sie richtig sagten, eine Zeit lang ein und aus? Ob er nicht vielleicht doch so einer von der anderen Fakultät ist?"

„Wenn Sie es schon ansprechen, mein Mann hat das schon lange in Erwägung gezogen. Egal, sind ja auch Menschen, jedem Tierchen sein Pläsierchen."

„Man sieht ja, was diese Aufopferung, ja, so nenne ich diese Zumutung, mit ihm angerichtet hat. Wenn Sie mich fragen, er hat sich aufgegeben, irgendwann hat er sich aufgegeben, seine Karriere hat er der Mutter geopfert!"

„Ganz bleich, erschreckend blass war er in diesem letzten Sommer!"

„Mein Mann und ich haben an besagtem Sonntagnachmittag die Geranien in die Kistchen gepflanzt, dann Kaffee getrunken, draußen auf unserem Balkon. Deshalb war ich so derart irritiert. Dieses dauernde Wimmern? Über Stunden hat sich ein immer brüchiger werdendes Jammern hingezogen. Das hat uns letztlich dazu veranlasst, die Polizei zu rufen. Die Wohnungstür war ohne Gewalteinwirkung ganz leicht zu öffnen gewesen. Dieses erbarmenswerte Bild bring ich auch mein Lebtag nicht mehr aus meinem Kopf. Da liegt diese alte, so gebrechlich gewordene Frau in Vorhaus, das linke Bein ganz unnatürlich verdreht, liegt sie da. Ihr leerer Blick. Trotzdem voller Angst! Eine große stattliche Frau war sie einmal. Da krümmte sie sich in ihrem eigenen Blut! In einer großen Blutlache. Sie wimmerte ganz still vor sich hin, murmelte den Namen ihres Sohnes. Er wäre zur Arbeit. Da könnte sie ihn nicht über sein Handy erreichen. Den Telefonhörer konnte sie nicht in die Halterung einhängen, der baumelte noch am Kabel. Kein Piepston war mehr zu vernehmen."
„Was für ein Elend, in ihrem eigenen Blut hat sie gelegen, so viele Stunden!"

„Dann stand er im Hausgang, du lieber Himmel, wie war er schmal geworden."
„Was ist mit dir Mama? Was ist geschehen?!?"

„Der Notarzt hatte die Rettung verständigt, man hat sie umgebettet, ihr etwas Schmerzstillendes verabreicht. Das war das vorletzte Mal, dass mein Mann und ich sie gesehen haben. Einmal noch, nach der Reha, hat er sie heimgeholt, für einen Tag, eine Nacht. Wir

haben sie wieder vor Schmerzen schreien gehört. Dann ist sie im August verstorben. Den Parte-Zettel habe ich aufgehoben, er wird sich gewiss noch in der Küchenkredenz finden. Soll ich ihn holen? Die Polizei hat dann die fehlenden Daten aufgenommen. Er war gezeichnet, es war schon eine sehr enge, aber wenn sie mich fragen, ungesunde Bindung!"
„Ob er von der Arbeit gekommen war? Seine Arbeitszeiten dürften unregelmäßig gewesen sein, aber meist ging er erst am späten Nachmittag außer Haus."
„Musiker war er, das hatte sie mir voller Stolz damals in ihren rüstigen Tagen erzählt. Alle Kritiken hatte sie mit ihrem schwindenden Sehvermögen ausgeschnitten, gesammelt in einer Keksdose. Er hatte großen Erfolg, ein junger aufstrebender Künstler, Musiker und Komponist, nicht umsonst hatte er zweimal den Staatspreis erhalten!"
„Was Sie nicht sagen? Musiziert er noch? Komponiert hat er auch? Das kann man ja überall. Darum konnte er sich um die kranke Mutter so bemühen, da braucht es nicht viel. Bleistift und Notenpapier, den Rest hat man ja im Kopf, denke ich."

„Wenn uns noch etwas einfällt, Herr Ingenieur, dann haben wir ja Ihre Durchwahl im Büro."

„Wie lange wird der Herr Musiker schon vermisst?"
„Gut einen Monat? Seit vier Wochen, seltsam."
„Was erscheint Ihnen seltsam?"
„Nicht so wichtig, aber irgendwie eigenartig, wenn ich darüber nachdenke? Seit ungefähr einem Monat habe ich dieses Summen, dieses alltägliche Brummen in seiner schon gewohnten Monotonie nicht mehr zu hören

bekommen? Seltsam. Nichts habe ich vernommen? Seit eben diesen vier Wochen."

Sein, dann ihr, nun wieder sein Cello hatte er ihr abgerungen. Ein ungeliebtes, ihr einst förmlich aufgedrängtes, dann wieder zurückgefordertes Pfand einer ernsten Freundschaft, einer unschön beendeten Liebe.

„Du hast es mir so lange angetragen? Geschenkt hast du es mir. Du wolltest mir die ersten Grundgriffe beibringen, hast mir ein Etüden-Büchlein als Untermauerung deines, unseres Versprechens dazugesteckt?"
„Zsssss", spuckte er ihr in frisch geborener Gekränktheit ins Gesicht. „Ein Geschenk, ja, an meinen Lebensmenschen! Du hast dein Versprechen gebrochen!"

„Verderberin! Weich von mir! Ewig, ewig von mir!"

„Verschwinde aus meinem Leben, ich will dich niemals mehr zu Gesicht bekommen müssen."
Sein Cello forderte er zurück.

Noch im letzten Jahr hatte sie ihm einen neuen Vorderzahn geschenkt; den rechten Einser, Mitte unten. Ob er sich von diesem Stiftzahn, wie von den anderen Geschenken an ihn in durchgehaltener Konsequenz getrennt hat?
Tänzelt er mit dem Mahnmal einer verratenen Freundschaft, einer Zahnlücke umher?
Hat er sich den Stiftzahn womöglich selbst gezogen?
Wann und zu welchen unmöglichen und passenden Anlässen trägt der Mann seine Stützstrümpfe?
Vielerlei Fragen, keine Antworten auf die Fragen?

Brief an sein Cello

Hochwohlgeboren, Ihr Edles von ...? Im tiefen Grunde, dort unten im Verschlag. Zwischen viel zu groß gewordenen Kleidungsstücken, stapelweise gehorteten Langspielplatten, den mit Isolierband auf immer und einen Tag versiegelten Kompositionen und einem nie benutzten Damenfahrrad, mit drei schweren Schlössern gesichert, dort unten ward Ihr abgestellt worden. Zwanzig Jahre in Dunkelhaft haben Euch nichts weiter anzutun vermocht, als den einen, kleinen Makel einer gerissenen Saite. Bis zu jenem schicksalshaften Winterabend, als Ihr aus Eurer Agonie gerissen ward; als Geschenk angepriesen wurdet, aus dem stillen Ort dort unten ans müde dämmrige Licht einer 25-Watt-Birne gezerrt wurdet und die kurze Reise mit Eurer neuen Besitzerin aufgenommen habt.

Als ungeliebtes Geschenk mit einem ordentlichen Wintermäntelchen mit Bogen und Etüden ausgestattet, habt Ihr, wunderhübsches, so derart bezaubernd honiglichtglänzendes, ausnehmend edles Präsent, nur die Örtlichkeit gewechselt. Habt den einen Verschlag unten im Keller mit einem weiteren im Süden der Stadt getauscht. Nie hat Euch Eure neue Eignerin aus dem adretten Transportsack gehoben! Ein abgestelltes Pfand einer unseligen Freundschaft seid Ihr dort unten in Eurem neuen Verlies. Es gibt nichts zu klagen, es wird ein langer Winter. Immerhin sorgten in Eurer neuen

Behausung dort unten, im Süden der Stadt, drei dicke Heizungsrohre für ein ausgewogenes, ja behagliches Klima. Was für ein „Musikerleben"! Nicht im lecken Speicher unter einem durchlöcherten Parapluie vergessen wurdet Ihr. Ungefragt habt Ihr die Reise aufgenommen von einem Keller in den anderen. Wenn nicht Ihr, Euer Hochwohlgeboren, Edles von und zu, mit Eurer Blessur, Eurer geringfügigen Versehrtheit hadert? Nun ja, die fehlende G-Saite mag zu verschmerzen sein. Nicht eben unwichtig, die eine, die G-Saite!

Werfel, wusstet Ihr das, hatte ein Faible für etwas Angeschlagene, Versehrte eben, das schien ihn in eine gewisse Erregung zu versetzen. Wenn man Alma Glauben schenkt.

Seien Sie herzlich und ungenannt gegrüßt!

Stundenweise, bevorzugt am frühen Abend, machten sich sonore, klagende, kurz aufwimmernde, dann grollende Klänge breit. Er ist heimgekehrt. Nächtens bespielt er, schlaflos wie eh und je sein Cello. Nach Hause hat er das Instrument geholt. Abgestellt hat er es in seinem Verlies, der Zeugstätte seines Scheiterns. Ein Kellerverschlag, den es einmal, später, sehr viel später zu durchforsten gilt.
Der Alltag ist in wohltuender Monotonie wieder eingekehrt.
Wohlbekanntes, kurz vermisstes Brummen geleitet die Tagmüden, die mit dem Schlaf Ringenden in ihr Traumreich. Schlanke, überaus helle, ja strahlende Klänge dringen bis weit über die Stadtteilgrenze hinaus, hin zu ihr, in das entlegene Viertel im Süden.
Er bespielt die A-Saite? Ob er ihr noch grollt?
Er hasst sie? Er liebt sie? Liebt er sie noch? Liebt sie ihn?
Nein, er kann ihr nicht vergeben. Sie vernimmt es.
Kellertiefste, dunkelmüde Basstöne würgt er heute der C-Saite ab.
Ein sperriges Pfand war sein Cello. Ein fehlerhaftes Pfand! Das Fehlen der G-Saite wäre zu beheben gewesen. Sie hätte sich zwischen einer G-Saite aus Stahl und der nobleren Variante, einer G-Saite mit Edelmetall umsponnen, entscheiden müssen.
Wer wenn nicht er hätte sie ihr aufgezogen, gestimmt? Konnte er das? So ungeschickt war er nicht. Was hielt sie beide davon ab, das Instrument wieder bespielbar zu machen? Bespielen wollte sie das Instrument nie.

Der Makel einer gerissenen G-Saite erinnerte die beiden an ihr Unvermögen. Die gerissene G-Saite! Hat er sie ersetzt? Hat er sich dazu aufgerafft? Hat er darauf hin-

gespart? Sie aufgezogen und auf die intakten Saiten eingestimmt?
Jetzt klagt sie in ihrem helleren, ganz weichen Sehnsuchtston dort unten im trockenen Keller. Die Anordnung der Heizungsrohre begünstigt die Klangverteilung, trägt sie hinauf. Nach oben hin zu den Eingemieteten, hinaus, von Kumuluswolken hinüber getragen, in ihren Stadtteil. Tief graben sie sich ein, die gestrichenen Klagen, verschmelzen zu jenem Amalgam, das die Trennung lange noch überdauern wird.
Wunden heilen! Noch ätzt das Salz des Saitenspiels die klaffenden Wunden, lässt sie schwären. Auch solche Wunden heilen, irgendwann. Narben werden überdauern. Zeig mir deine Narben, Brüderlein, zeig mir den Schorf, die abgeplatzten Verkrustungen.
Was lässt sie aufhorchen? Ein neuer Ton? Eine weitere Facette? Eine Besänftigung, von ihm? Mit dem Bogen erzeugt, für sie? Der D-Saite schenkt er seine Aufmerksamkeit. Ja, auch diese gemahnt an seinen, ihren Verlust. Sie, die einzige, die gute Saite darf sich glücklich schätzen. Sie hat sich ihren solistischen, solitären Klangcharakter gegenüber ihren Schwestern in jenem tiefsamtenen Grollen bewahren können. Ein wenig nasal, blasiert wie ihr Klangschöpfer, erbarmt sich das Instrument der Hörenden? Er führt den Bogen, erzeugt Klänge, die ins Bizarre kragen. Ein Scheitern negiert er, spielt weiter.

Er bespielt sein Cello!
Endlich!

Er wird wieder komponieren.
Bald!

Tanz eines Abhandengekommenen
Der lange Weg nach oben
2012

Wie sich der Anstieg hinauf zum Eingang zieht. Nackte, unbebaute Flächen, zu einer wehrhaften Rampe aufgebläht, bilden das Fundament für den gläsernen Wissenspark. In einer eindeutigen Schräge wird der Bildungshungrige dazu angehalten, gemessenen Schrittes über die Mühsal eines steilen Anstieges Einlass zu finden. Dann erst nimmt man die Hürde ins Innere, durch die Lichtschranke der haargenau gleich aussehenden Portale. Der gesamte Bau legt es darauf an, mit der Idee von absoluter Transparenz zu beeindrucken. Es kann dauern, ehe man im Spiegelkabinett der Glasfronten die eine, die zu öffnende Tür findet.
Sie ist das Anstiegsprozedere gewohnt, es ist ihr zur Routine geworden. Sie ist wie fast immer bepackt mit viel zu vielen ungelesenen Büchern, die es zurückzugeben gilt, ist halbherzig verärgert über die Hartnäckigkeit dieser meist jungen Männer aus dem Balkan, welche sie nötigen, von ihrem Selbstbild einer toleranten, weltoffenen Beobachterin abzuweichen.
Wie drückt sich solcherart Verstimmung aus? Hat sich dieses tägliche Ärgernis in ihrem Antlitz niedergeschlagen? Vereinzelt nimmt sie Silhouetten in Bewegung wahr. Studenten, welche an ihrer Masterarbeit über die Sommerzeit hier vor Ort arbeiten. Touristen, die sich in dem Bau verirren oder nach freien Toiletten suchen. Sie hat sich an die Vereinzelung, die lähmende

Beruhigtheit dieser von Lehrveranstaltungen freien Zeit gewöhnt.

Es ist Hochsommer, noch hat sich in diesem Jahr kein rechter Sommer eingestellt. Dem Dauerregen zur Wehr setzt man sich mit ewig feuchten, nie wirklich auftrocknenden bunten, Schirmen, die man für ein paar Euro an jeder Straßenecke erwerben kann.
Der Glätte der Marmorflächen meint der Hausdienst mit einem Gumminoppen-Läufer Herr zu werden. Sandalen, Pumps, Riemchensandaletten hat sie in diesem Sommer, der kein Sommer sein will, kaum getragen. Sie vertraut den regentauglichen Biker-Stiefeln; mit einem moderaten Blockabsatz läuft sie zumindest nicht Gefahr, sich in den Vertiefungen der Fußmatten zu verheddern.
Konzentriert ist ihr Schauen nach Innen gerichtet.
Was, wer fordert sie auf, den Kopf zu wenden? Sie hebt ihren Blick, der auf die wabenförmig strukturierte Behelfsauslegeware gerichtet ist, fühlt sich zu einem erneuten, zweiten Aufschauen ermuntert.
Ein schlanker, kein groß gewachsener Passant, ein Student vielleicht, kreuzt ihren Weg. Weicht in einem um Distanz bemühten Bogen aus, will sich die schwarze, gummierte Anstiegshilfe nicht mit ihr teilen.
Einer von so vielen, die einen Dreitagebart tragen und aus diesem Attribut Profit schlagen? Kein Kriterium für ein gesteigertes Ausmaß an Attraktivität.
So heruntergehungert lässt es sich leichten Schrittes tänzeln; angezogen fühlt sie sich von diesem Unbekannten. Ein schwarzes, um die Hüften zu gebauschten Falten aufgeworfenes Sakko trägt er zu kittgrauen Hosen. Schon setzt er fort, unterbricht seinen Abgang

mit einem angedeuteten Sidestep. Sie sucht seinen Blick. Das ist er?

Schmal ist er geblieben, das steht ihm gut. Einen Bart hat er sich zugelegt. Seit wann? Er hat sie erkannt. Sie nimmt ein ihr vertrautes Lächeln um seinen Mund wahr, bezieht es auf sich. Blickt ihm nach.
Er ist es. Aus der bevorzugten Position, von oben herab, hat er sie schon die Dauer des langen Aufstiegsweges ausgemacht. Ihren empörten Gesichtsausdruck, den mit den kleinen Dämonen des Alltags hadernden Blick, mag er ihr vielleicht mit einem Schmunzeln verziehen haben. Er hat ihr mit seinem kaum merklichen Kopfzurechtrücken, dem eingefügten Schlenker seiner viel zu langen Arme so etwas wie verjährte Milde signalisiert, ehe er sich wieder in seine Welt aus Tönen zurückzuziehen.

Wie oft waren sie sich in diesem Sommer über den Weg gelaufen? Beide hatten sie die Stätte dort am schattigen Weiher, bei den Stören aufgesucht. An seinen Beinen hatte sie ihn erkannt. Getänzelt war er. Zwischen den grellgrünen Flächen des gepflegten Rasens hatte er sie erst mit seinem unbeholfenen Rasen-Tanz auf sich aufmerksam gemacht.

Heute hat er, über seine Ohrstöpsel mit Klängen versorgt, die ihn von ihr, von allen trennen, zur Unterstützung mit weit ausholenden Achterschlingen die Luft mit seinem Schirm durchschnitten. Mit zwei, drei eingefügten Wechselschritten hat er seine Ergriffenheit untermalt.

Wird er sich heute aus der sicheren Distanz dort unten an der Ampel nach ihr umdrehen? Seine Beine haben ihn schon immer verraten. Sie tänzeln, sie scharren, wissen nie, wohin? Wollen nicht so recht den vorgegebenen Weg über den Zebrastreifen hinüber in die Altstadt einschlagen.

Sie blickt ihm nach. Seine Schultern zaudern, der Stockschirm markiert einen eng gezogenen Kreis, in dem es sich, derart gewappnet, vertraut anfühlt.
Sein dunkles Haupthaar hat sich nun endgültig in einen Unton verabschiedet. Schütter ist sein Haar geworden. Wie schmal er nach wie vor ist! Mit den zig Kilos, die er sich konsequent abgehungert hatte, hat er sich Gramm für Gramm von ihr entfernt. Auch sie hat an Gewicht verloren. Hat ihn die für ihn nicht unwesentliche Gewichtsreduktion zu diesem angedeuteten, ja zustimmenden Lächeln verleitet?
Seinen Namen hat sie gerufen, kein Ton ist nach draußen gedrungen. Hat er sich umgedreht nach ihr? Ehe er in der Altstadt untergetaucht war?
Der Arm will sich nicht heben? Was, wenn sie ihm mit einem angedeuteten Winken die Last von seinem Herzen wischen wollte? Trägt er schwer an dieser Schuld? Er ist sich keiner Schuld bewusst? Hat er denn Schuld? Woran soll er schuldig sein? Scham mag ihn daran hindern, ihr zumindest ein Nicken zukommen zu lassen. Scham über seine Kleinlichkeit. Ab in den Sack mit dir, du widerwärtiges Gefühl! In den Sack zum Stein des Anstoßes, zum Liebespfand! Ab in den Keller. Wer wird sich schämen, jetzt wo sich alles zum Eintönigen, zum Erträglichen gewendet hat?

Zwischen Alt- und Neustadt besänftigt sich der Rhythmus ihrer beider Herzschläge.
Die Ärmel seines Sakkos sind ihm viel zu lang. Zwei Flügelhüllen baumeln unbeteiligt neben ihm her, schleifen am Boden, sind seinen improvisierten Tanzschritten hinderlich. Wo hat er sie, seine gebrochenen Flügel? Zu Hause? Hat er sie am Türhaken unter sein schüttgelbes Kunstpelz-Ungetüm verbannt? Wen umfängt er heute mit diesem wankelmütigen Requisit? Wem säuselt er den Dichtern dreist entwendete Worte, Sätze ins gewogene Ohr?

Gib Acht dort drüben in der Altstadt! Verlauf dich nicht auf den überfüllten Plätzen! Erdolche keinen, der dir in unbekümmerter Neugier in den Takt-Schirm läuft. Lass Milde walten!

Bahnhof

Er trägt natterngrüne Hosen, bevorzugt neuerdings orange Sportbekleidung anstelle seines, ihres schwarzsamtenen Zuhauses?

Er singt! Er bereichert den hiesigen Chor mit seinem Bariton. Er tanzt! Er wiegt sich gelenk in den schmalen Hüften. Dreht die Damen, wirbelt und fängt sie auf? Keine wird seine Wahl ablehnen. Derjenige, der zum Tanz auffordert, wird nicht mit einem Nein am Rand der Tanzfläche zurückgelassen.

Such dir eine Nische, umgib dich mit Makellosen und du wirst einen Abglanz ihrer Perfektion erhaschen. Umgib dich mit Minderwertigen? Nein, das hatten wir schon.

Selten noch nimmt sie den Umweg über den Bahnhof auf sich. Sie wird ihm nicht begegnen, dort zwischen den Obdachlosen, den Traumtänzern.

Orange, ein billiges, ordinäres, ein 'Nimm-Mich-Wahr-Orange' trägst du? Das bringt deine Gesichtsfarbe, deinen Teint in Unruhe!

Du hättest mich nicht mit Nichtbeachtung strafen müssen. An den Türhaken, wenn überhaupt, hast du unsere Freundschaft verbannt? Abgehangenes erfährt Qualität, steigert den Wert, erhöht den Preis. Oder hat das 'Samtschwarze' Einlass im Keller, neben dem himmelblauen Schlafshirt, dem kanariegelben Muskelshirt gefunden?

Wie stellst du es an, wie bringst du deine schläfrigen Beine dazu, ganze Schrittfolgen, Wiege- und Schleifpassagen auf das Parkett zu legen? Einmal erfasst, sind sie eingebrannt in deinem Kopf. Die ungelenken Beine, die ich unter all den gerade gewachsenen, den stämmigen, den spindeldürren, den O- und X-Beinigen überall erkenne, gehorchen jetzt dem Rhythmus fremder, einst von dir verachteter südamerikanischer Klänge?

Orpheus und Eurydike
Oper in drei Akten von Christoph Willibald Gluck

Hauptprobe – ein Wachtraum
Spätsommer 2012

„Wo bist du …?"
Kurz kontrolliert sie den Stummmodus ihres Handys, drückt den eingegangenen Anruf nicht weg. Versenkt die blinkende Nabelschnur in den Tiefen ihrer Tasche. Sie versucht dem Schmerz Orpheus zu folgen. Mit ihm hinabzusteigen über eine Leiter, in die neonkalt aufkreischende Unterwelt. Wird er, wird auch sie dort auf die Wahlverwandtschaft treffen?
Und wie er mit seinem Gesang, seinem Spiel der Lyra gegen die Grausamkeit der Götter ansingt! In der grell ausgeleuchteten griechischen Hölle beeindruckt er mit dem Konzert, der Uraufführung seines Lebens. Fast hätte er es als begnadeter, an seiner Dünnhäutigkeit gescheiterter Musiker geschafft, dort in der Unterwelt, als gefeierter, als überlegener, nicht gescheiterter Postmoderner. Er, der noch vor kurzem keine Note mehr zu Papier bringen wollte. Niemals mehr! Er hat um ihr Leben angeschrieben, sie zurückgewonnen. Was will sie, seine entrissen geglaubte Geliebte hier, in der Unterwelt. Kaleidoskopisch aufflackernde, blinkende Erinnerungssplitter blenden ihn. Auch sie. Verlieren sich in den aus den Ritzen des Bühnenbodens kriechenden Trockeneisschwaden.

Die Erinnerung an seine Geliebte wird schattenhaft. Er wird dagegen ansingen, auch tanzen, wenn es sein

muss? Sie, nein, sie wäre ihm nicht gefolgt, in der von ihnen verlassenen Welt dort oben. Nicht singen, auch nicht tanzen will sie hier und jetzt dort unten. Seine Wahlverwandten, jetzt auch die ihren? Es lässt sich aushalten in den Katakomben, den wohlbestückten. Er kennt sie doch, ihre Stimme, die er schon viel zu lange nicht mehr vernommen hat, ihr Lachen, ihr Weinen, ihre ganz persönliche Art, ja auch ihre Schwächen. Wie sehr sie ihm fehlt.
Sie ist es. Wie ihre Stimme zu Herzen geht!
Sie zweifelt. Warum misstraut sie seiner Liebe? Immer wieder?
Sie bringt ihn in arge Nöte. Nein, er darf sich ihr nicht zuwenden. Sie soll das unterlassen. Ja, sie hat etwas Nörgelndes, Klagendes. Noch immer?

„Schau, mein Lieb ..."
Wie beseelt, wie befreit sie über die himmelblaue glatte Fläche tänzeln! Wie sie sich im Antlitz ihres Gegenübers spiegeln? Wie sie sich in Unmutsäußerungen üben, sich die angesammelten Vorwürfe um die Ohren knallen! Wie sie sich mit Blicken zu töten versuchen.
„Sieh doch, Liebchen?"

Sie wird die Erinnerung an ihn verlieren, peu á peu. Verlegt zwischen den verzweigten Gängen, den überfüllten Regalen an Begebenheiten? Er wird sich immer und immer wieder in den Vergessensschlaf absentieren. Er wird mit sich ringen. Kommt sie nicht mit, reicht ihm nicht ihre Hand, wird er sich von seinem erneut aufbrechenden Schmerz überrollen lassen, sich vom Leben erneut zurückziehen. Wer mag ihn dann zum Leben verführen wollen? Er wird die Einsamkeit wählen.

Sich von der einzig konstanten Trösterin, der Musik, lossagen.
Wie sich alles dreht. Kann denn nicht einer die Bühnenmaschinerie stoppen? Das ist doch nicht mehr im Regiekonzept vorgesehen? Das Orchester hat längst seinen Platz verlassen. Der Applaus ist lange schon verstummt! Die Lichter sind ausgegangen, die Sitze hochgeklappt. Und sie soll ihm noch immer hinterhertappen? Müde ist sie. Alles ist wirr in ihrem Kopf, in ihrem Herzen. Er blickt sich nicht um. Er liebt sie nicht mehr. Was verlangt er von ihr? Die Hand, seine Hand streckt er nach hinten, zu ihr hin aus. Die soll sie ihm reichen.

Ewiges Lamento, ewiges Rollenspiel. Schwestern, so helft mir doch. Kann denn keine von euch das Karussell dieses Missverständnisses anhalten?!
Wanda, Alma, Brünnhilde, ihr wisst doch um euern Irrtum! So weit wie Ihr, meine liebe Salome, will ich nicht gehen, wie Lulu will ich nicht enden! Bin ja schon in der Unterwelt. So unwirtlich ist es hier doch gar nicht gewesen? Was soll ich ihm folgen? Er wird mich vergessen.
Der Lächerlichkeit, gleich einem Déjà-vu ihres Bühnentodes zu Beginn, nein, der wird sie sich nicht aussetzen! Wo ist das Publikum? Zeuge ihres guten Willens?

Er hat längst aufgehört sie zu besingen. Er heißt niemanden beim Namen. Namenlos! Entindividualisiert, wie die eingravierten Namen in den schweren Granitgrabsteinen. Die vielen Namen der Toten, in wohltuende Anonymität gebettet.
Er wird alle Erinnerung an sie einem der vielen von ihm geleerten Vergessens Tränklein überantworten.

Er wird sie vergessen. Er wird sich nicht noch einmal nach ihr umdrehen; wenn sie ihm jetzt nicht die Hand reichen will? Dort auf dem sich endlos drehenden Rund. Der Drehbühne. Ganz schummerig wird ihr.

„Komm?"
Nicht wieder.
Sie tanzen in moderaten Tempi ihren Reigen.
Reigen? Alles dreht sich, alles wiederholt sich?
Wo sind sie? „Selige, wo bist du?"
Bedächtige Vorwärtsschritte, übermütige Wechselschritte 16tel-Takt, da und dort ... nicht so schnell, viel zu rasant ...
„Halt, stoppt die Drehscheibe ... mir ist so elend!"

„Beruhige dich, du bist eingeschlafen. Hast du den dritten Akt noch mitgehört? Mein Akku ist beinahe leer. Du hast nicht geträumt. Du warst nicht an meiner Seite, der Platz blieb leer. Aber ich hab dich doch daran teilhaben lassen, über das Handy!"

„Die bösen Bacchantinnen, allesamt hast du sie verflucht, im Traum. Als Krüppelweiden säumten sie unseren Weg entlang der Trasse, damals im letzten Sommer schon. Spendeten uns Schatten, betäubten jäh aufkommende Zweifel mit ihrem ätzend-säuerlichen Duft. Die bösen Weiber, diese Furien wolltest du bezwingen."

„Komm, streif den Albtraum ab, das ist deine Bettdecke, dein blaues Bettzeug, das für die guten Tage ..."
„Orpheus drehe dich nicht um!"
Er soll sich nach ihr umdrehen!

Sie entzieht ihm ihre Hand, beschimpft ihn als Treulosen, als Verräter.
Er wird sie erneut verlieren. Dem heißt es zuvorzukommen!
Ohnmacht überwältigt ihn. Dem war nur mit exzessivem Trinken beizukommen.
„Wanda, Alma, Brünnhilde jetzt auch noch Eurydike ... wir sind es leid."
„Eurydike ist es leid!"

Orpheus
Benefiz

Gerade noch geschafft. Auf der Suche nach dem Kaffeeautomaten in den unterirdischen Gängen, dort wo die Garderoben des Chores, der Statisten, nicht der Solisten untergebracht sind, hat sie sich verlaufen.
Dreimal hat schon die Pausenglocke geschellt. Schrill, eindringlich stimmt sie dieser aufdringliche Appell auf die zu erwartenden einhundertzwanzig Minuten zu Glucks 'Orpheus und Eurydike' ein. Das einladend warmtonige Streulicht der schlicht gehaltenen Kristall-Wand-Applicken hat man heruntergedimmt. Noch ist die gepolsterte Tür hinein in die ersten Reihen des Parketts einen Spalt geöffnet. Streng blickt der Saaldiener, düster fügt er sich in die in Aubergine gehaltene Sitzbespannung, in die Wandvertäfelung in Kirsch ein.

Wegen starker Nachfrage hat sich das Kuratorium dazu entschlossen, die Oper 'Orpheus und Eurydike' am Ende der erfolgreichen Saison als Benefizaufführung zugunsten der Kriegsflüchtlinge noch ein zusätzliches Mal aufzuführen. Ihr Ehemann hat zwei Karten von der Direktion erhalten. Auf Grund seiner leitenden Position fühlt er sich verpflichtet, die Aufführung zu besuchen. Mit ihr. Im Foyer wollten sich die beiden treffen. Das hat sie durch ihr Zuspätkommen vermasselt. Er hat bereits Platz genommen. Zwei Randplätze im Parkett, vierte Reihe links. Keiner der Opernbesucher muss sich aus den Klappsitzen bemühen, sie muss keinem den Rücken oder die Brust zukehren.

Er ist angespannt. An seinen hochgezogenen Schultern, seinem vorgeneigten Nacken macht sie ihn im Düsterlicht aus. „Du kommst zu spät! Wo warst du? Du nervst!" Er wird sie die gesamte Aufführung mit Nichtbeachtung strafen. Still, so ungewohnt still ist es heute. Kein Scharren der unruhigen Beine, kein kollektives Einstimmen auf das aufmuckende Räuspern eines Claqueurs. Nichts war zu vernehmen am frühen Nachmittag. Kein unterdrücktes Hüsteln bedrängt sie von den oberen Reihen, dem Rang?
Watteträge Ruhe macht sich breit, als hätten sich ihr die Ohren verschlagen. Keine rechte Spannung will sich aus dem warm aufglimmenden Orchestergraben auf sie übertragen. Der Anlauf, der Abflug wie das Landen hat stets, da im Kollektiv erlebt, etwas Erregendes. Der Orchestergraben hat sich schon vor ihrem Eintreten gefüllt. Auch dort herrscht ungewohnte Beruhigtheit. Keiner von den stets aufgeregten Bläsern täuscht Lockerheit vor, keiner unterhält sich. Die Streicher haben ihre wohlpräparierten Partituren geordnet, die Instrumente gestimmt. Muti versteht es, sich Raum zu erobern in der Beengtheit des Vorbühnengrabens. Ob er von seinem Pult aus den größtmöglichen Schönklang der Wiener Philharmoniker an uns weitergeben wird können?
Ob er das allzu kultivierte Einheitslegato zugunsten artikulierter Seufzerfiguren verlassen wird? Ob ihm die mit Instrumenten bewaffnete Musikerriege folgen wird wollen? Ja doch, sie weiß von der Intention Christoph Willibald Glucks.

Die Ouvertüre selbst beginnt und endet mit einem fünftaktigen Tonika-Block. Sie findet, wie das Drama selbst, zu ihrem Ausgangspunkt zurück.
Sechzehntel-Figuren stampfen wie wild gewordene Tiere auf; in ihrem Kopf. Es dauert, ehe ein wenig Ruhe einkehrt. Der Charakter der ersten fünf Takte ist heiter. Die impulsive Bewegung von Violinen und Oboen mit fanfarenartigem Einschub der Blechbläser in C-Dur rüttelt sie aus der eingedämmten Erwartungslethargie, ehe sich der Vorhang hebt.

„Du weißt, man spricht im Falle Glucks von einem 'Wagner des 18. Jahrhunderts'!" Sie hatte die Einführungen ihres Wahlbruders stets zu schätzen gewusst.

Die Decke kurz anheben, das will sie. Ein wenig nur unter die geschönte Oberfläche des Orpheus-Mythos schauen. Die Musik, schnörkelfrei, fast klinisch rein von den Wienern unter Mutis Dirigat zelebriert, packt sie, fesselt sie.
Eurydike, die Unwillige, lässt man kurzerhand in einem eigens markierten Bühnenloch verschwinden. Ab in die Versenkung, ab in die Unterbühne, die Unterwelt? Und das Orchester rauscht, braust prompt eine Etage tiefer im Graben.

„Du bist zu spät gekommen!"
„Du kommst nie zu spät?"
„Wo warst du?"

Die letzten Opernbesucher treten hinaus in die Hofstallgasse. Die schweren Tore werden geschlossen. Die Lichter gelöscht. Es nieselt. Sie hakt sich bei ihm unter.

Das hatten sie lange nicht mehr gemacht? Wie lange sie schon verheiratet sind? Sie sind zusammengerückt unter ihrem Schirm. Vorbei an der Franziskanerkirche, durch die Dombögen, vorbei an der Tribüne der Jedermannbühne, hinaus auf den Kapitelplatz nehmen sie, beschützt von der 'Hohensalzburg', den Weg in ihr Zuhause auf.

Sie sind aufeinander eingespielt. Während sie den Salat wäscht, das Brot schneidet, deckt er den Tisch.

„Eine passable Aufführung..."
„Auf den Bühnenzauber hätte man verzichten können. So viel Aufwand, die permanenten Änderungen ..."
„Die Werkstätten waren ausgelastet."

Es wird keine Reprise geben.
Im nächsten Sommer.

„Liest du noch lange?"
Drehst du das Licht aus?"
„Schlaf gut."
„Du auch."

_____ EPILOG

'Frauen unter sich' – Komische Oper

Vorspiel

1. Akt: *Ein noch kaum vom frühen Morgenlicht ausgeleuchteter Salon. Düster ist es, düster wie die Papiertapeten, die spröde gewordenen Organza- und Atlasvorhänge. Abgelebt wie der malträtierte Parkett.*

„Schickt ihn weg!"

Es ist früher Morgen. Sie haben noch nicht einmal den 7-Uhr-Nachrichten, bei ihrer ersten Tasse Tee, gelauscht, ihren einhelligen, dann und wann auch divergierenden Kommentar dazu abgegeben. Zwei in die Jahre Gekommene teilen sich die ruhigen Morgenstunden, ehe die Mitbewohnerinnen nach und nach das gepachtete Häuschen mit ihrem Leben bevölkern werden. Mit den übermalten Gesichtern des späten Abends haben sie nichts, aber so gar nichts gemein, die beiden. Ungeschönt ehrlich sitzen sie einander gegenüber, am Küchentisch. Keine schwer auf den Lidern lastenden Echthaarwimpern, keine, die mehr oder weniger angewelkten Gesichter zu Fratzen konservierende Puderschicht verschreckt das Gegenüber der Wahlschwester. Keine Spuren von Lippenpomade werden das gute Porzellan zu so früher Stunde verunstalten.

Sofja: Wie hieß man diese eine Rotnuance, meine Gute? Aus dem Blut der Cochenille-Laus wurde diese doch gewonnen, mit Lanolin und Rosenwasser gebacken? Wie hieß man sie doch gleich?

Leicht enerviert fasst sich die alte Dame an die Kehle, kontrolliert den Sitz ihrer Brosche, erwartet keine befriedigende Antwort von ihrem Gegenüber, verliert sich in Reminiszenzen.

Sofja: ... und somit ward jegliches Mäulchen, jedes zum Kussmund gekräuselte Schnütchen von ein und demselben Lippenrot, von ein und derselben aggressiven Lüsternheit! Wie hieß man dieses eine Lippenrot doch gleich?

Schwerfällig erhebt sich diese, tritt an eines der beiden hohen Fenster; nestelt ungelenk an dem seidigen Glimmer der Organza Gardine. Eine böse Arthrose hat ihre einst so feingliedrigen Gelenke verunstaltet.
Zwei Augenpaare lugen, in Deckung einer schweren Atlasdraperie, auf die gegenüberliegende Straßenseite. Wie an jedem Morgen sichten sie diesen stillen, unscheinbaren Mann dort am gegenüberliegenden Trottoir.

Sofja: Die Uhr könnten wir nach ihm stellen. Unheilvolle Gedanken würden sich breit machen, gewiss auch bei Ihnen, meine Liebe, wenn er nicht zumindest einmal am Tag für gut eine Stunde dort ausharren würde.
Salome: Ja, er ist es!
Sofja: Selbst wenn man sein blasses Gesicht nur vage als das Seinige, das uns Bekannte, erkennen kann. An

der, für ihn so bezeichnenden Ausrichtung der Beine ist er immer, hier und auch heute, wieder zu erkennen. Bis zu den Knien hat er sie in einer nicht zu leugnenden Verklemmung zusammengepresst. Ab dieser Beinesmitte brechen die strammen Beinchen vorwitzig und Platz beanspruchend nach beiden Seiten hin aus. Da kann er sich noch so hinter dieser vorgezogenen, flanellenen Kapuze verkriechen, wir erkennen doch unseren scheuen Verehrer?

Salome: Wie recht Sie doch haben Gnädigste. Ein Schöngeist mag er schon sein, der Stillste aller maulfaulen Herren, abgesehen von seinen periodisch aufflackernden, polternden Lautäußerungen. Er kann nicht schlafen, seit Jahren hat er keinen rechten Schlaf mehr gefunden. Kein Wunder, seit Stunden irrt er schon durch die bedrohlich finstere Nacht, tag ein, tag aus spült ihn der frühe Morgen hierher vor unser Häuschen.

Sofja: Lasst ihn doch noch ein wenig herüberäugen. Nein, fortschicken will ich ihn nicht! Er ist ein so scheuer Mann, am frühen Abend wird er uns ja in altbekannter Regelmäßigkeit beehren.

Salome: Kommt, hochverehrte Sofja, nehmt einen dieser Hefekringel, noch sind sie frisch und bereiten euch beim Kauen keine Schwierigkeiten. Wie lange Ihr den Tee ziehen lasst, kein Wunder, dass Ihr diesem teeinhaltigen Gebräu mit so vielen Stückchen Zucker beizukommen sucht. Man trank das bei Ihnen auf dem Gut? Ich schätze die feine Blume eines höchstens fünf Minuten gezogenen Grün-Tees, ohne Zucker, ohne Sahne, pur aber siedend heiß, so mag ich meine Morgendroge.

Sofja: Wie brüchig die Seide geworden ist, ganz bleich, einem Caput mortuum gleich, vor allem jene dem Licht

zugewandte Seite. Wie ausgesprochen gut dieses von Euch, verehrte Salome, in solcher Raffinesse und Windeseile geschneiderte Hauskleid unserer Judith steht, unserem rotblonden Geschöpf. Aus eben diesem Atlasgewebe haben Sie mit Ihrem Geschick, meine Liebe, eine derart aparte Gewandung geschaffen!
Salome: Reizend, wie die farbentleerte Brüchigkeit dieses Vorhangstoffes sich von Judiths milchigem Teint absetzt, ganz vage nur, aber ausgesprochen schmeichelnd, meint Ihr nicht auch, Sofja?
Sofja: Ein edles Geschöpf ist unsere Judith, von jener so überaus selten anzutreffenden gelängten Sinnlichkeit. Keine Knochen scheint sie zu besitzen, drall und doch so schmal angedacht ist sie, unsere Judith. In meiner Jugend genierte ich mich für meine großen Brüste, die vielen Geburten taten ihr Übriges, trotzdem war er beinahe besessen von diesen. Noch kurz vor seinem Dahinscheiden, wohlgemerkt, Madame Salome, ohne mein Beisein! Wie mich das noch heute zu kränken vermag! Wo war ich stehengeblieben?
Salome: Sie meinten, er sei besessen gewesen.
Sofja: Merci, meine Liebe, ja er war besessen und zugleich abgestoßen von seiner Besessenheit, der alte Pharisäer. Nacht für Nacht scharrte er an meiner Tür; um Einlass hatte er gebeten, flehentlich, dann fordernd! Letztlich ist er beinahe jede Nacht unter meine Decke geschlüpft. Die Jugend, wie sie die Unbedarftheit dieser Morgenstunden einfach so verschlafen kann! In meinem hohen Alter bedarf es kaum mehr dieser Ruhephasen. In den guten Jahren war allerdings auch nicht an Schlaf zu denken. Bei Tage das strenge Zeitkorsett zwischen der Organisation und Beaufsichtigung des Gesindes und der Betreuung der Kinder. Er legte großen Wert darauf.

Nachts hieß es dann, sein unglaubliches Schreibpensum ins Reine zu bringen. Wenn ich es recht überdenke, so haben der stille Herr dort gegenüber und ich zumindest die frühen Morgenstunden nach einer schlaflosen Nacht gemein. Zwei, drei Stunden Schlaf, an mehr war nicht zu denken, mehr schien mein Organismus nicht zu benötigen? Wenngleich, mein Nervenkostüm ließ zeitlebens zu wünschen über. Neurasthenisch war ich all die Jahre! Wann kehrte Ruhe ein in meinen psychischen Aufruhr? Meine Liebe, es war, trotz der prekären wirtschaftlichen Misere, letztlich sein Tod. Ja, das Ableben meines Gatten ließ so etwas wie Ruhe einkehren in meinen Seelenhort. Sie waren nie verehelicht, meine Gute?
Salome: Den, den ich haben wollte, aus tiefstem Herzensgrunde, jenen, den ich so sehr begehrte, den hab' auch ich an den Tod verloren. Schwestern sind wir allesamt, Schicksalsschwestern.
Sofja: Wie haben Sie Ihren Angebeteten verloren, meine Liebe?
Mit der Laszivität einer ewigen, einer in die Jahre gekommenen Kindfrau streicht sie sich mit den malvenrot-gelackten, spitz zulaufenden molligen Händen über die wabbelig ausladenden, einst einladend gerundeten Hüften. Sie rückt das in ein kränkelndes Messingblond gekippte Lockenköpfchen neckisch in Richtung der beiden Fenster, ehe sich ihr Ausdruck verdüstert.
Salome: Sein Köpfchen wollt ich, wenn schon nicht seinen lilienblassen Leib. Ihn wollt ich. Sein Haupt, enthauptet, das blieb mir von ihm. Er war und ist mir alles! Meiner knospenden Schönheit hat er sich verwehrt! Wie war ich doch wunderhübsch, so blond, so weizenblond mein Haar, mein ranker Leib ließ ihn kalt. Meiner Tanzkunst, ja selbst der widerstand er, der Gute,

der Reine. Ewige Treue, eine Illusion! Treu ist er mir geblieben, entsagt hat er meinen Reizen, er, der Auserwählte. Treu bis in den Tod. In erstaunlicher und bewundernswerter Konsequenz ist er diesen, seinen Weg gegangen.
Nichts vermochte er mir abzuschlagen, mein Stiefvater, der Greis! Wie er säuseln konnte! Wie er mich zum Tanz genötigt hatte! Sabbernd flehte er mich an, mich von meinem Ansinnen zu verabschieden. Tanzen sollte ich, tanzen! Lüstern war sie, meine Mutter war interessiert an ihm! Mein lilienbleicher Geliebter hatte ihr Interesse geweckt! Der über alles Geliebte, der Gute! Wie er doch ihren aggressiv eingeforderten Begehrlichkeiten hatte widerstehen können. Mein reiner, entsagender, so treuer Geliebter. Einer ist Keiner, alle sind wie Einer. Was gäbe ich darum, ihn, den Einzigen an meinen Busen drücken zu dürfen. Kalt ist es geworden, wie wollen wir den Winter überbrücken, womit heizen?

Sofja: Nichts ward mir von seinem großen Reichtum zugesprochen worden, alles haben diese Sektierer eingeheimst. Selbst meine Kinder schämten sich nicht, ihr Mütterchen, ohne ein ihr angemessenes Auskommen vom Anwesen, aus dem Familienverband zu verstoßen. Keine Tantiemen, wobei mir diese, mit Verlaub, als Einziger zustünden. Nächte, Jahre meines Lebens, die Blüte meiner Jahre habe ich ihm geopfert. Die Finger krumm geschrieben habe ich mir, hab' mir die Augen verdorben am trüb flackernden, ewig rußenden Gaslicht. Den Rücken hätte ich mir bucklig schreiben können, hätte ich nicht so diszipliniert dagegen angeturnt! Mein lieber Gemahl, euch hab' ich überlebt, so viele

Jahre schon! Vernarrt war ich ihn euer edles Profil, eure hohe, stattliche Gestalt, das Wissen in eurem Augenpaar. Nur eine kurze Zeit des Kennenlernens, zwei Wochen bloß, schon waren wir verlobt. Warum so eilig, so überstürzt, frag' ich euch, dort drüben, wo immer ihr seid, hochverehrter Literaturpapst, Gemahl, Vater unserer Kinder? Ein Bübchen hätt ich mir so gerne behalten wollen, ein Knäblein ganz nach meinem Ansinnen, keiner ist mir geblieben, verraten haben sie mich, eure Söhne, eure Töchter, allesamt.

Salome: Von den Tantiemen ließe es sich gehörig kommod leben, meine Liebe! Wem, geschätzte Sofja, wem sonst wären sie, so frage ich Sie, zugestanden?

Sofja: Ein klein wenig Rache habe ich geübt, über die Jahre hin. Verblenden ließ er sich von meinen hysterisch verbrämten Aktionen, gänzlich übersehen hat er meine kleinen und fein säuberlich eingestreuten Missetaten. Hier eine Namensverwechslung, die vielen slawischen Namen fordern außerordentliche Konzentration von den lesenden Bildungsbürgern. Dort ein Augenblau in ein ungewohntes Nussbraun verwandelt, Geburtsjahr oder gar ganze Ortsbezeichnungen ein wenig vertauscht, keiner hat es bemerkt, denn je korrigiert. Ja, heute haben sich ganze Heerscharen an Lektoren, an Sprachwissenschaftlern auf diese, meine Missetaten gestürzt; das lässt mich in einen späten Freudentaumel fallen. Wovon werden wir die nächstens anstehende Miete bezahlen? Wie die nächste Rechnung des Feinkosthändlers begleichen, womit, frage ich Sie, meine Liebe, meine gute Salome?

Das Häuschen ist hellhörig, von oben hört man die Spülung. Trippelnde, um Lautmäßigung bemühte Schritte durchkreuzen das Geviert des oberen Stockwerkes.

Entfachen wir doch ein Feuerchen

2. Akt: *Eine tief verschneite Winterszene. Ein Kai, gesäumt von schwer unter der feuchten Schneelast ächzenden Platanen.*

Maßlos übertrieben hat Väterchen Winter in diesem Jahr. Hat sich wohlig eingerichtet in diesem Breitengrad. Bis unter den ersten Fensterstoß reicht schon der Schnee, unförmige Wächter aus zig Milliarden Kristallen erwachsen aus dem Vor- und Hinter-Gärtchen, umstellen das Haus. Deren Haus.

Chor (das Volk):
Von interner, kaum fassbarer Unruhe angetrieben, strömt neuerdings Leben in die unter einer Schneedecke komatös vor sich hin dämmernde Kleinstadt. Unverhohlene Neugierde, unter jedem einzelnen Fingernagel lodernde Skepsis macht sich breit, im Anbetracht der erst im letzten Sommer zugezogenen Damen, dort im Villenviertel. Missverstandene Informationen, gleich der Stillen Post skurril verfremdet, werden hinter vorgehaltener Hand weitergeleitet. Dem Wintereinbruch und den damit einhergehenden Schneemassen heißt es beizukommen. Vor unzüchtigem Agieren, dort in dieser Frauenwohngemeinschaft, heißt es gewappnet sein, sich ordentlich zur Wehr zu setzen, ihr Bürger und Bürgerinnen! Was mag dieses schmucke Häuschen in seinem wohl proportionierten Mauermäntelchen bergen, verbergen?

Sieben Frauen teilen sich die Pacht seit einem guten halben Jahr. Zwei in die Jahre gekommene Damen begeben sich zweimal am Tag, am späten Morgen und am frühen Abend, nach draußen. Sie absolvieren ihren Spaziergang, fünfhundert Meter nur, dort am Kai, erscheinen und gehen wieder in Deckung hinter den plump auslaufenden Stämmen der in Camouflage-Manier gefleckten Platanen.
Ein eisiger, grimmig kalter Luftzug vom Fluss her, treibt die beiden sogleich wieder hinein ins angrenzende Haus. Trotz deren Gebrechlichkeit, gebeugt von Betagtheit, zeichnet sich die Älteste durch eine von Geburt an mitgegebene Würde aus. Gestützt wird sie auf diesen kurzen Ausgängen von einer Frau in mittleren Jahren. Von beunruhigender Sinnlichkeit zeugt ihr wiegender, sehr aufrechter Gang. Erhascht man aus unmittelbarer Nähe einen Blick auf ihr Gesicht, so stellt man mit einem milden Staunen das bemühte Zurechtmachen eines gealterten Mädchens fest.
Wie gewählt sich die beiden zu artikulieren wissen. Wenige Wortfetzen erreichen, über die Breite des Flusses, das Ohr des Lauschers der lange schon Ansässigen, der Einheimischen.

Salome: Sie werden alle fernbleiben, über kurz oder lang werden die Besuche ausbleiben.
Sofja: Kein großer Verlust, meine Gute, im Anbetracht der zugespitzten Lage, unserer pekuniären Misere.
Chor *(das Volk):* Gesellt sich da gar noch ein Weibsstück hinzu? Sieben waren es, sieben Frauen haben sie gezählt, zumindest bis zu diesem Zeitpunkt. Unkenntlich waren diese unter den tief in die Gesichter gezogenen Kopfbedeckungen, nicht zuzuordnen waren sie

hinter der wattierten Uniformität ihrer Wintermäntel und ihrer körperverhüllenden langen Jacken.

Die halten sich womöglich gar ein Dienstmädchen, ein wenig bizarr anmutend sei dieses erst neulich gesichtete, bedeutend jüngere Geschöpf. Oder sind es gar zwei, drei? Nein, es ist ein und dieselbe! Noch gestern erhaschten sie einen Blick auf ein asiatisches, ausgesprochen androgyn anmutendes Wesen? Heute scheint mir, als züngelten tizianrote Flechten über ihren schmalen Rücken? Wenn ihr euch nur nicht täuscht!

Die Blasse, die Rotblonde steht dort oben am Fenster. Sie wechselt vielleicht ihre Haartracht, wie unsereins das Hemd, sie greift mit Bestimmtheit auf einen ordentlich bestückten Fundus an Haarteilen, Perücken zurück, die Jüngste dieser Weibsbilder.

3.Akt: *Salon*

Sofja: Ach, du mein Heimatland, wie ist es doch kalt hier drinnen ... Meine Lieben, wir sollten unsere zunehmend misslichere Lage überdenken, eine akzeptable Lösung finden!
Salome: Wo nur wieder Brünnhilde bleibt? Andauernd absentiert sich die Gute. Was denkt sie sich dabei, wie hat sie sich ein Zusammenleben vorgestellt?

Brünnhilde erscheint. Noch am oberen Treppenabsatz lässt sie die Antwort auf ihre Wahlschwestern niederschmettern.
Brünnhilde: Gemeinsam wollen wir untergehen, wenn uns der letzte Holzscheit im Kamin zu Asche ward. Ihr Schwestern, träumt von der heilen Sonne, dem Lichte zu!

Zwei Frauen tauschen sich hinter vorgehaltenen Händen aus. Alma spricht die ungestellte Frage an ihre Mitbewohnerinnen aus.
Alma: Wie sie, die Edle, die Unschlagbare auf einen solchen Einfaltspinsel hat warten müssen, sich ihres Standes bewusst, ihrer Stärke, verschenkt sie sich an dieses Naturkind, an einen, der auszog, die Welt zu erobern.
Sofja (lenkt ein): Kommt, meine lieben Schwestern, rückt näher, hier um unser vielleicht letztes Feuerchen.
Wanda: Wenn sie zumindest den Anstand aufbrächten und uns den Weg hierher zum Haus, den überschaubaren Weg vom Vorgarten hin zur Eingangstür einfach einmal freischaufeln würden! Da stapfen sie mit ihren spindeldürren Beinchen durch den Schnee, kaum dass

sie sich die Stiefel abklopfen, die Herren, und schon gewähren wir ihnen Einlass.

Salome: Wie recht Sie haben, gute Wanda, Sie treffen den Nagel auf den Kopf. Hier, nehmen Sie mein Plaid, Frau Sofja, das Feuer hat keine Kraft mehr, viel zu kühl wird es.

Mit einem gnädigen Kopfnicken bedankt sich die betagte Sofja.

Sofja (räsonierend): Wir bewirten sie mit so mancherlei. Der Wein, meine Lieben, ich sehe ihn rapide schwinden, nur noch einige wenige Flaschen habe ich gezählt, unten im Keller. Mein lieber Gatte wird sich gar im Grabe umdrehen, er hortete diesen wunderbaren Rebensaft. Für wen? Dem Weine zugesprochen hatte er, aus schon genannten Gründen, die letzten Jahre nicht mehr.

Wanda: Beinahe den gesamten Tag nimmt meine Schönheitspflege in Anspruch, mittlerweile. Ich frage Euch, meine Damen, wie viel Zeit wenden Sie auf, um so derart hübsch und appetitlich auszusehen, gegen Abend hin?

Sofja: Sie sind eine Naturschönheit, meine liebe Wanda, Sie altern in beneidenswerter Anmut.

Wanda: Wie konnte sich ein solcher Narr, ja, ein heillos verliebter Narr war er, wie, meine Lieben, wie hätte er sich meines Zaubers auch entziehen wollen? Habe ich zu wenig Strenge walten lassen? War ich zu halbherzig grausam, hat es mir an Konsequenz gemangelt? Wohl kaum! Allzu gut kann ich mich an so manchen Vertragsbruch entsinnen. Schwer lastete mein Vergehen auf mir, auf uns beiden. Verachtung, ja auch zupackende

Grausamkeiten waren sein Begehr. Was konnte er mir schon zum Vorwurf machen, was war letztlich mein Vergehen? Ganz Weib, hab' ich mich in kurzer Vernarrtheit ihm zugetan gemeint, wäre beinahe einer amourösen Verirrung anheimgefallen. Er machte es mir mehr als einmal zum Vorwurf! Ich hätte mich nicht an den Vertrag gehalten! Und wie ich mich an sein Skript gehalten habe, die ersten Monate. Gequält werden wollte er, ihn gängeln, ihn nötigen sollte ich. Mein einziges Vergehen war, dass ich ihn verlassen habe. Verlassen für diesen Lackaffen, diesen Groben. Aus der Unabänderlichkeit einer magischen Anziehung, wohl rein körperlich, wie ich heute mit Bedauern feststellen muss, ist seine Herrin zu einem devoten, liebeskranken Weibchen mutiert. Wie er mich dieser Schmach ausliefern konnte, der Südländer, der Vermaledeite!

Wisst ihr, wie vieler Mühe es bedurfte, meinen guten Ruf wieder so einigermaßen herzustellen? Da trug man mir, unter dem Deckmantel der Loyalität, die abstrusesten Berichte über das Vorleben meines zweiten Gemahls zu! In Frauenkleider hätte er sich in Paris zum Affen gemacht? Nun, das ist eine nicht unwesentliche Facette! Geschmack hat er ja bewiesen, auch indem seine ... war es wirklich seine ...? Indem seine Wahl auf mich gefallen ist. Als bezahlter Gigolo, so heißt man sie doch heute, meint ihr nicht auch, als männliche Kurtisane in weibischer Gewandung verprasste er in Paris mein halbes Vermögen! Du lieber Himmel, das putzt meine Vita nicht eben auf.

Da wird mir, in eben dieser erinnerungstrunkenen Stimmung, ganz warm ums Herz. Heute, mit einem gehörigen Abstand an Zeit, käme er mir schon gelegen,

mein stiller, mein so blasser, so derart devoter, durch mündlichen Vertrag in Treue an mich gebundener Lebensabschnittsknecht. Wie er es verstand, mich zu verfluchen, mich zu dämonisieren. Mich in meinem Unbehagen zurückzulassen. Immer und immer wieder hat er auf die Einhaltung unseres Vertrags beharrt. Wie angepasst, wie unsagbar kleinbürgerlich er doch war. Heute, so trug man mir zu, psalmodiert er in höchsten Tönen ob meiner unverrückbaren Härte? Auspeitschen sollte ich ihn. Als Zeugin seiner Delirien wollte er mich an seiner Seite wissen, einmal, mehrmals per Vertrag festgehalten. Vertragsbrüchig bin ich geworden?
Meine Damen, was plaudere ich bloß aus, hier und heute, in Anbetracht unserer sich zuspitzenden Not. Da suchen sie uns auf die feinen Herren, ja sie sind freilich ein erfreulicher Zeitvertreib, sie beherrschen die Sprache der Minne, das unausweichlich. Wie ist das bei Euch, Judith, Lulu, Frau Salome, pardon, natürlich mag ich Euch nicht ausschließen.
Alma: Was werden sie schon einfordern, die großen Knaben?!
Wohl eher für sich denn für eine Zuhörerschaft denkt Wanda gut hörbar weiter.
Wanda: Unterm Dach würden sich die Lustächzer nach oben hin, in die Wechselhaftigkeit des Firmaments einfügen, weit hinauf in den verschwiegenen Äther getragen werden. Im Keller, zwar kühl jetzt zu dieser Jahreszeit, fände sich auch die eine oder andere Einrichtung für ein wenig Grausamkeit. Ob ich Lust dabei empfand, an dem ehedem stattlichen Mann mit dem hohen Wuchs, den feinen Manieren? Es gibt nichts Lächerlicheres als einen um Hiebe flehenden Erotomanen. So sind sie nun einmal, die Herren!

Alma: Dafür könnte man ein ausgehandeltes, nicht unbedeutendes Sümmchen einfordern.
Sofja: Wie, was meint die Gnädigste, was schlagt Ihr vor, hochverehrte Alma? Wofür, wann könnte man so etwas von unseren Herrenbesuchen verlangen?
Alma: Kaum, dass einer einmal ein wenig Konfekt, nun ja, die obligatorischen, meist geschmacksverirrten Blumengebinde mitbringt! Die Gesamteinspielung des 'Rings' hat man mir, wohlgemerkt erst nach meiner Zuwendung, mit einem scheuen Lächeln gereicht.
Brünnhilde: Davon werden wir die nächsten Wochen, Monate auch nicht satt.
Sofja: Brünnhilde, sie kann sprechen, sie spricht mit uns! Was seid Ihr so derart erzürnt, Hochverehrte?
Brünnhilde: Sei mir Sonne, sei mir Licht ... daran werden wir uns in diesem Winter auch nicht wärmen können! Lassen wir uns doch einfach ein auf das Spiel von Macht und Machtverlust, der Illusion von Liebe, heizen wir das Feuerchen der ewig währenden Sehnsucht an, entfachen wir Lust, wo keine Erwiderung ...! Ewiges Rätsel Weib.

Klare, saubere Verhältnisse

Wanda: Mit wie wenig Licht wir Kreaturen auszukommen vermögen? Kaum, dass die Sonne sich herablässt, ein wenig nur durch die Nebeldecke zu lugen, schon tapsen wir halb blind durch die viel zu früh hereinbrechende Dämmerung.
Wanda macht sich daran, die vielen Kissen aufzuschütteln, ihnen einen, ganz nach Tagesverfassung mehr oder weniger akkuraten Knick mit der Handkante zu versetzen. An den geraden Wochentagen lässt

sie diese Ruhepolster in Reih und Glied Stellung beziehen dort auf den Diwans, den Ottomanen. Ja auch die schräg in den Salon gerückte, auf reichlich wackeligen Füßchen um Haltung bemühte Chaiselongue harrt auf das eine oder andere behübschende Accessoire. Lulu macht der um Überschaubarkeit ringenden Tagwache ein Ende. Sie vertraut auf die Ästhetik der reinen Zufälligkeit. Wirft über ihre Schultern die Samtenen, die Seidenen, die allzu Weichen. Dort stranden sie, die Hübschen, die Anschmiegsamen. Dort, auf den lockenden Ruheinseln. Sie ist zufrieden mit der artifiziell geglückten Auflockerung.
Wanda übergeht ihren Groll und meint die Türglocke vernommen zu haben.

Wanda: Öffne die Tür, er wird es sein, er ist stets der Erste im Kommen wie der Letzte beim Abgang! Lass ihn nicht warten, Lulu, so bewege dich um Himmels willen nicht so träge!

Heute hat er sich doch ein wenig in der Zeit vertan, der Stillste aller Verehrer. Er darf keinesfalls Zeuge ihrer kosmetischen Bemühungen werden.
Wanda: Die Herren schreien doch förmlich nach der Illusion von Verfügbarkeit, Willigkeit. Wir sind nun einmal nicht mehr die taufrischen, die liebenden Halbgöttinnen unserer Jugend.
Gerade eben noch früher Nachmittag ist es gewesen, schon heißt es, sich der verräterischen Spuren des Mittagsschläfchens zu entledigen. Sich die Prägefalten der seidenen und samtenen Kissen aus den schlaffer werdenden Wangen zu bügeln. Erst zu den frühen Abendstunden wird das altersmüde Badezimmer stärker

frequentiert von den Hausbewohnerinnen. Es herrscht keine strenge Hierarchie, kein bemüht abgefasster Plan verunziert die nicht abschließbare Tür. Noch ist man sich stets einig geworden. Zeit bedarf es im Anbetracht der mehr oder weniger stark ausgeprägten Hinfälligkeit. Zeit sich zu baden, zu bürsten, das Haar einer Waschung und Spülung zu unterziehen. Es dauert, sich der Notwendigkeit und Banalität der Fußpflege zu widmen. Es beansprucht auch Zeit, dem Haarwuchs an unerwünschten Körperstellen beizukommen, und so vieles mehr.

Einmal ist kein Mal

Wie oft hat er diese Schwelle schon übertreten? Einmal ist keinmal; danach, so stellte er schon früh fest, danach ergibt sich so manches von allein.
Sollte er in einem Anflug von Verschämtsein erröten, auf seinem Stammplätzchen vorm Kamin? Dort wird das Züngeln des Feuers seine Befangenheitsröte in ausnehmend wohltuender Milde aufglimmen lassen.
Hier wird ihm der nie ausdrücklich verhandelte Luxus zugestanden, zwischen den Damen zu wählen. Er wird sich nicht der misslichen Lage eines Tanzschülers aussetzen. Einer, der letztlich übrigzubleiben droht ob seiner Ungeschicklichkeit, seiner trügerischen Fadesse. Nein, hier trifft er die Wahl. Kein Adonis ist er, aber die Damen haben eben auch schon den Zenit ihrer Taufrische überschritten. Eine saubere Angelegenheit, der Gast ist König, der Gast bezahlt! Womit bezahlt er?

Alma: Was seid ihr allesamt doch heillos verirrte Romantikerinnen! So vieles hat man Euch versprochen!

Wer, frag ich Euch, wer von Euren Ehegatten, Bettgespielen hat Wort gehalten? Es wird Zeit, mit diesen reichlich angestaubten Jungmädchenträumereien Schluss zu machen! Seht ihn euch an, wie betont aufgeräumt er Platz genommen hat, unser treuester Verehrer. Wie er sich hinter dieser blasierten Maske eines Weltenbürgers zu verbergen bemüht. Wie er die Beine zu verschränken versteht, diese lästigen Anhängsel anstelle der mannshohen Flügel, seht ihn euch an, unseren Stammgast, wen wird er sich heute wählen?
Sofja: Verehrte Alma, seid nicht zu streng so früh am Abend! Er hat sich doch stets um uns bemüht. Wie bewandert er in der Sprache der Minne ist. Das dürft Ihr ihm nicht absprechen. So blass, so schmal ist er geworden in diesem letzten halben Jahr, meint Ihr nicht auch?
Lulu: Zerrissen ist so einer, reibt sich auf zwischen Venusbergverlustierung, die ihm letztlich so schal erscheint, versteigt sich der irrigen Vorstellung der ihn erlösenden Frau; die darf ihm aber einzig Schwester sein. Dann sehnt sich so einer womöglich nach einer Aufnahme in einen dieser abstrusen Männerorden?
Wanda: Wie sie sich auskennt, wie bewandert unser Gassenkindchen ist! Was Ihr nicht sagt, Lulu, Euch hätte Eure Bestimmung als Projektionsfläche kränkelnder Männerphantasien beinah das Leben gekostet?
Lulu: War mit nicht eben ungebildeten Herren verehelicht, das dürft Ihr nicht außer Acht lassen, Frau Wanda! Da bleibt das Eine oder Andere an Bildungszauber schon hängen, auch an so einer, wie ich es nun einmal bin.
Wanda: Kindchen, seid nicht gekränkt, Euch hat man Übles zugemutet, wollt Ihr Euch vielleicht heute um unseren Stammgast bemühen?

Lulu: Wenn ich mir den Herren so aus der greifbaren Nähe betrachte, wette ich darauf, dass er heute Abend nach Madame Alma verlangen wird. Sein verinnerlichter Blick, sein trügerisches Wegsehen verzehrt sich wohl nach etwas Zuspruch? Es verlangt ihn heute nach einer Kennerin verkannter Künstlerseelen, nach einer Spezialistin für Musensöhne ohne Auftrag ...
Alma: Wie mir, ich bin gefragt, heute Nacht? Ich gebe immer mein Bestes, ich spüre sie auf, die nicht zum Leben fähigen, die genialen, die ewigen Mannskinder. Er wird wieder komponieren, denn Bann werde ich brechen, räumt mir angemessen Zeit ein, er darf sich nicht verzetteln! Lenkt ihn nicht ab mit eurer androgynen Sinnlichkeit, Lulu, räumt das Feld, heute Nacht und morgen und übermorgen. Er wird, er muss, und wenn ich Hand anlege, er wird wieder schreiben, der Gute, der Blasse, der Stillste aller Reinen!
Wanda: Wenn ihr Euch da nur nicht täuscht, von wegen Stillster aller Reinen! Dort oben unter dem Dach, wohl eher im Keller. Euer Schöngeist wird nach der Peitsche flehen, Knecht will er sein, heute Nacht. Alma, lasst Euch nicht in die Irre führen, mit Eurem Ansinnen, Meister der Literatur oder der Musik zu fördern, sie zu gängeln.
Alma: Was erzählt Ihr mir, was wisst Ihr schon, allesamt gleich sind die Herren. Alle ähnln einander. Der eine liebt nur ausdauernd, wenn die Dame seiner Wahl ein wenig versehrt sei. Ein klein wenig versehrt nur. Das ewige Kind, so grob und stattlich von der Natur bedacht, bettelte bis zum Erbrechen um seine täglichen Hiebe. Was hat er mir an Energie geraubt, ich war reichlich damit ausgestattet, damals in der Blüte meiner Jahre. Ich schwöre, bei all meinen Musen, wie

haben mich diese ewigen Knaben in der Verkleidung von erwachsenen Männern doch gelangweilt!

Wanda: Ich darf Ihnen meine Hochachtung aussprechen, beste Alma, ebensolches an amourösen Verstrickungen durfte auch ich erfahren. Wenngleich ich schon eingestehen muss, die Rolle eines herrischen Weibes entbehrte nicht eines gewissen Reizes, selbst auf mich in meiner Rolle einer unabhängigen Frau, da bestens versorgten Witwe. Damals, noch ehe der wüste Unhold, der Südländer mein Gemüt und meine Finanzen schwinden hat lassen.

Alma: Altäre ließ ich ihm errichten, Stätten der Erinnerung habe ich ihm eingeräumt, ihm, dem Einzigen. Heute, mit der Milde der mittleren Jahre, kann ich es mir mit einer gewissen Wehmut eingestehen: ihn habe ich geliebt. Er war und ist mir Alles, der Einzige von menschlicher Integrität, gepaart mit einer solchen Hochbegabung.

Alma: Aus allen ist etwas Rechtes geworden, mein Lieber, aus Allen! Sie können es freilich nicht wissen, auch ich habe mich der Musik verschrieben, schon früh habe ich mich der Komposition gewidmet.

Sein unterdrücktes Grollen, aus den Tiefen des Ottomanen, lässt Alma ein wenig, ein klein wenig nur aufhorchen. Wie er sich in das Aubergine der samtenen Polsterung einfügt, ein schillerndes Chamäleon verbirgt sich hinter seiner blassen Larve!

Gestört in ihrer Retrospektive, hebt sie das Kinn, prüft mit gestrengem Blick den Gast und setzt in ihren Erinnerungen fort.

Alma: Begabung hat er mir attestiert, Unterstützung fand ich keine, auch nicht bei ihm, dem Einzigen. Nun ja, ich wagte schon in den ersten Jahren den einen oder anderen gescheiterten Absprung aus der Beengtheit dieser Ehe mit einem viel zu alten Mann. Was war ich doch selig, wie sehr habe ich ihn geliebt. Wissen Sie, mein Guter, in uns Frauen schlummert dieser ewige Auftrag, wohlige Wärme zu verbreiten ... ja, Sie haben richtig vernommen, meine liebe Brünnhilde, von Sonnenschein ist die Rede, von Herzenswärme, die das junge, erstmals liebende Weib gleich einem Gelübde meint erfüllen zu müssen. Der stetige Auftrag, ein nicht auszumerzendes Naturgesetz, wem nutzt es, frag ich Sie? Wie treffend, Sie haben diese Herzenswärme doch gewiss schon mehrmals zu verspüren bekommen?

Er, der blasse Mann in räudigem Samt, blickt sie mehr als erstaunt an, sein Gegenüber irritiert ihn, hat er womöglich heute den Fehler begangen, sich zu übereilt in Gesellschaft dieser 'Talentsucherin' zu begeben?
Komponist: Ich lebte bis vor kurzem, bis zu ihrem Tode, bei meiner lieben Mutter. Sie war krank und blind all die Jahre.
Alma: Was Sie so sagen, mein Lieber, wie betrüblich, Sie sind in einem, ja in etwa seinem Alter. Sie sollten sich eine Gefährtin erwählen, wohlgemerkt, die Betonung liegt auf Gefährtin, nicht Gespielin! Was im Übrigen die Frage nach Ihrem favorisierten Alter erübrigt, mein Bester. Sie werden wieder schreiben, womit werden Sie den Einstieg wagen? Meine Unterstützung haben Sie! Geben sie keinen Deut auf die Biographen, was wollen die schon berichten? Ihr Halbwissen entnehmen sie einzig den Briefen, den Tagebucheintragungen, naschen

am Kuchen der Kreativen. Nicht wahr, hochverehrte Sofia? Wanda, auch Sie dürfen sich angesprochen fühlen, wir wissen, wir wussten uns schon zu helfen. Auch Tagebücher kann man ein wenig abwandeln, in doublierter Ausfertigung der Öffentlichkeit zukommen lassen, der eigenen Vita entgegenkommende Streichungen vornehmen, das können wir. Briefe kann man vernichten, neu schreiben! Alles nur Facetten eines Künstlerhaushaltes, nur Splitter von großer und weniger großer Bedeutung.

Eingesperrt soll ich ihn haben, so klagt die Nachwelt oder noch impertinenter, man schmunzelt gar darüber! Wovon hätten wir denn unseren Lebensunterhalt finanzieren wollen, dort im Exil? Er war begabt, hochbegabt, ich musste seine Schreibflut nur in die richtigen Kanäle leiten, er hatte nun einmal die Neigung sich zu verlieren, das Kind, das hochbegabte.

Komponist: Ich werde in diesem Leben keine einzige Note mehr niederschreiben.

Alma: Was mag Sie so sehr verunsichert haben, mein Lieber? Sie werden wieder komponieren, fassen Sie Vertrauen! Im Wiederaufbauen von solch Gescheiterten, doch noch so jungen Herren bin ich, sind wir mehr als routiniert. Kerkermeisterin eines Worteschmieds soll ich gewesen sein. Unerhört! Das kränkt mich! Wie ausgehungerte Hyänen schlagen sie sich um die Hinterlassenschaft von uns Kreativen, zerfleddern und schlingen ohne recht zu verdauen. Ja, mein Guter, damit müssen Sie rechnen!

Komponist: Wenn Sie meinen. Mir hat man einzig Preise und mehr als wohlmeinende Kritiken angedeihen lassen, Preise für solch eine Null, wie ich nun einmal bin und bleiben will.

Alma: Sie wurden hinaufgehoben in den Götterhimmel, von den Musen geherzt und fallengelassen, das schmerzt Sie, mein Lieber. Zu Ihrem Trost, mein Guter, einer bedeutungslosen Null, wie Sie so treffend ihre Untätigkeit umschreiben, wird die Nachwelt nicht solche Unverschämtheiten andichten wie mir, meinen Sie nicht auch? Was blicken Sie denn dermaßen erschreckt, mein Bester, ich werde Sie nur auf Ihr ausdrücklich an mich gerichtetes Geheiß hin einsperren. Sie werden sehen!

Halb zieht es ihn hin, hin zu dieser, ihn heute Abend so sehr vereinnahmenden Witwe eines ganz Großen, halb stößt sie ihn ab. Er ringt mit sich und seiner nie eingestandenen Sehnsucht nach Identität. Er war doch der aufstrebende Meisterschüler zweier Avantgardisten. Man hat doch auf ihn gesetzt, wann wurden ihm die Auftragsarbeiten zum Verhängnis? Nein, keine Ressentiments, nicht heute, zu so vorgerückter Stunde, nicht morgen, niemals mehr.

Komponist: Man darf mich zur Postmoderne zählen.

Sofja: Welche Unversehrtheit Judith heute Nacht wieder aussendet. Sie hat sich zu Wort gemeldet, lässt den leicht angetrunkenen Gast an ihrer Seite, unbeachtet.
Judith: Haltet euch bloß fern von allem, was sich hinter verschlossenen Türen verbergen mag! Geheimnisvolle, von Strenge und Melancholie umflorte Herren üben nach wie vor eine beängstigende Faszination auf mich, auf uns aus. Einzig unsere hochverehrte Brünnhilde musste sich selbst und ihrem ursprünglichen Auftrag gehorchend, verschenken. Verschleudern an

einen solchen Einfaltspinsel. Der schon zu dem bedeutungsschwangeren Zeitpunkt ihrer ersten Begegnung nach der Mutter krakeelte, nicht nach ihr!
Sofja: Seien sie nicht so hart, Judith, meine Liebe, ein jeder Jüngling trifft auf seine erste Maid, ob Liebe daraus entstehen mag, sei dahingestellt.
Brünnhilde: Mutterlos wie er nun einmal aufgewachsen war, sei ihm verziehen, dass er sich so sehr schrecken ließ, als er meiner weiblichen Reize ansichtig wurde. Ein Prachtweib ward ich gewesen, stellte alles in den Schatten ob meiner Intelligenz, meines Siegeswillens im Kampf, meiner Vielwesenheit. Die ward mir denn nicht mehr viel wert. Im Augenblick unseres Erkennens toste die Allmacht der Liebe über mich herein. Alles habe ich aufgegeben, mir die Verbundenheit mit meinem guten Vater aus der Brust gerissen, für dieses Naturkind? Er vermochte das Feuer der Liebe in mir und wohl auch ich in ihm zu entzünden! Betrogen hat er, haben sie mich! Durch meine entfachte, ach so heilsame Feuersbrunst sind sie allesamt aus dieser Welt gegangen. Heil dir Sonne, heil!
Sofja: Sie mussten schlimme Kränkungen ertragen, kommt legt noch einen Scheit in den Kamin. Heimelig haben wir es heute, traulich und fein.

Komponist: Wenn ich vielleicht etwas vorbringen dürfte, meine Damen.
Sieben Augenpaare und ein vor sich hindämmernder, nicht aktiv Anteil nehmender zweiter Gast sind auf ihn, den an seinen Talenten Gescheiterten, den Treuesten aller Gäste gerichtet.
Komponist: Es scheint so, als wären wir, ich darf wohl stellvertretend für meine Wahlbrüder sprechen, wenn Sie

gestatten ... so, als seien wir permanent auf der Suche nach der großen Liebe. Alles in uns drängt danach und muss sich doch stets dagegen wehren. Es macht sich eine Bange breit, sich ganz der Liebe hinzugeben.
Wie ausgesprochen sanft seine Züge werden, wie sein Gesicht aufleuchtet vor dem Düster des auberginefarbenen Hochlehners. Züngelnde Feuerlocken pinseln eine Betroffenheit in die Gesichter der Anwesenden.
Komponist: Dann diese stets begleitende Angst, am Erwünschten zu zerbrechen. Wie ich mich doch danach sehne, noch heute, meine Damen, wie sehr ich mich nach diesem Scheitern verzehre! In Unehre zerbrechen wollte ich. Daran zerschellen wollt' ich, mich wiederholt, wie kleinmütig ich auch bin, mit allen in mir schlummernden Kräften dagegen stemmen. Was wirft man mir vor, was unterstellt man mir? Meiner Leidenschaft und meiner Verweigerung ist nur mit Unmengen an Alkohol beizukommen. Wer mag mir noch ein Gläschen nachschenken, meine Damen?
Wanda: Es scharen sich so viele von Liebessehnsucht berichtende Engelsgesichter um uns Trümmerfrauen, Cherubine mit abgelegten Flügelpaaren, vermögen uns zu verführen, ehe sie uns zu guter Letzt Qualen bereiten.
Wanda und Alma gehen d'accord in ihrer Auffassung über die Abgründe der männlichen Liebessehnsucht, über die Brisanz des ewigen Geschlechterkampfes.

Judith: Liebt Ihr mich? Wie sehr liebt Ihr mich, liebt Ihr mich denn mehr als Eure früheren Frauen?
Judith schenkt dem Gast Wein nach, absentiert sich in einer, vom Feuer des Kamins kaum erwärmten, kaum ausgeleuchteten Nische des Salons und versucht, in einem stumm ausgefochtenen Monolog sich über ihre

damalige Stellung als Eheweib klar zu werden. Begründet in der Unerfahrenheit einer erstmals liebenden jungen Frau, entspringt diese, sie permanent quälende Frage. Ihren Wert bezieht sie aus den unbefriedigenden Antworten des Geliebten, des Gatten; der Grad seiner Liebe wird daran gemessen.

Judith: Nicht Neugierde veranlasste mich, die letzte Kammer aufzuschließen. Wenn ich es so recht bedenke, händigte doch er mir ungefragt die Schlüssel für unser Heim aus. Was, so frage ich euch, hättet Ihr darunter verstanden, meine Lieben? Die neue Hausherrin, ich das liebende Eheweib, hat von ihrem Gemahl die Vollmacht über das Anwesen erhalten. Es war so unbehaglich, ich wollte diese wenig heimeligen Räume mit Herzenswärme durchglüht sehen. Selbst das dicke Mauerwerk wollte die Sonnenwärme nicht und nicht in sich aufnehmen. Keines der mir bekannten, heimischen Kriechtiere wollte sich in den porösen Mauern einnisten, nicht eine Eidechse habe ich je gesichtet. Wie sollte es mir möglich sein, diese Erstarrung, seine Härte mit der Zuwendung einer liebenden Frau aufzuweichen? Wie, das frage ich Euch!

Wie viel mehr liebte er mich, mich, die sich in solcher Weise um ihn bemühte? Keine kann ihm diese Liebe entgegengebracht haben, keine! Er war einsam, noch nicht erweckt, ich wollte ihn verführen zum Leben, zur Liebe. So einsam, so in sich selbst eingekerkert erschien er mir. Hätt' ich die letzte Kammer doch bloß nicht geöffnet, nein das wollte ich nicht erfahren, kein Zurück gab es! So viele getötete Frauen, so viele gescheiterte Liebesversuche fand ich vor, dort hinter der Tür, in der verbotenen Kammer. War nicht er derjenige, der mir den Schlüssel in die Hand gedrückt hatte? Dieser Seelenräuber!

Sein autoritäres Gebot, diese Kammer seines Herzens nicht zu öffnen, nicht ergründen zu wollen, hat mich doch erst angespornt. Ein erhellender Moment, heute, hier, so viele Jahre sind vergangen. Der Gute, mein Gemahl, der Versehrte, er wollte sich offenbaren; um Erlösung aus seiner Erstarrung hat er über das Verbot, das Hindernis der verschlossenen Kammern, gefleht. Hab' ich ihn gar verraten, was meint Ihr, Wanda, Sie stehen so gefestigt im Leben.

Wanda: Sie entbehren jeglicher Erfahrung meine liebe, wunderschöne, noch heute mädchengleiche Judith. Was drängt sich mir auf an Deutungen im Hinblick auf Ihre böse endende Geschichte! Sie haben es immer verstanden, die Herren, ihre widersprüchliche Einstellung zur Sexualität, ihre permanente Befassung mit ihrem Gemächt, die daraus resultierende Angst vor einem Versagen vor Konkurrenz auf uns Schwestern zu projizieren.

Komponist: Nichts regt sich mehr, rein gar nichts und das in meinem Alter. Wie soll ich mich an der Herzenswärme einer Gefährtin laben, wenn ich ihr nicht zukommen lassen kann, was ihr nun einmal zusteht.

Wanda: Seht Ihr es nun endlich ein, ihr Herren benutzt euren bösen kleinen Freund, euer Gemächt, oh wie wenig mächtig doch letztlich, als permanentes Versprechen und als Mittel, Macht auf uns auszuüben. Ist es nicht so, meine Lieben? Der kleine Freund entzieht sich eurer Kontrolle, schon seid ihr bereit, selbst diese kleine Tücke auf uns zu übertragen. Zu wenig begehrenswert, zu alt, zu jung, zu dürr, zu mollig … seien wir.

Lulu: Wie durchschaubar sie doch sind, die Herren, und wie viel Heimtücke ihr Ringen um Kontrolle doch in sich birgt. Sie kämpfen mit unlauteren Mitteln, die gewünschten, erdachten Helden, und scheuen uns. Ängstigen sich vor uns, dem ergänzenden Geschlecht, vor uns, die wir ihnen doch erst das Leben ermöglichen! Dann krähen sie nach der Mutter, ehe sie die Angebetete begatten.
Komponist: Sie ist verstorben, ich habe sie so viele Jahre gepflegt.
Sofja: Sie Guter, wo findet man einen solchen Sohn, frag ich Sie. Verstorben ist sie, Ihre Frau Mutter. Woran, wenn ich fragen darf?
Komponist: In ihrem Blut ist sie gelegen, in ihrem warmen, dann stockenden Blut. Blind hab' ich Mütterlein so viele Stunden in ihrem Blut liegen lassen. Bezahlt habe ich, mehr als unverschämt hoch war der Preis, nicht konsumiert habe ... nun ja, konnte ich dieses Stück Gammelfleisch! Dafür musste Mütterlein so großen Schmerz erdulden, mein Mädchen hab' ich auch verspielt, wegen so einem Weib!
Wanda: Oh, wie schauerlich, die eigene Mutter ihrem Elend zu überlassen.

Mit engelsgleicher Geduld schenkt Sofja diesem Disput ihr greises Gehör, ehe sie sich zu Wort meldet.
Sofja: Sie haben keine Kinder, liebe Wanda. Ein Knäblein hätt ich mir so gerne an meiner Seite gewünscht, alles haben sie mir entwendet, die lieben Kinder, einzig dem Vater waren sie in beklemmender Gehorsamkeit willens.
Brünnhilde: Dem Vater hat sich die Lieblingstochter widersetzt. Ja, es war die reine Pein, er ward mir um

so vieles näher als mein einzig Geliebter, aber ich habe ihn allein seine Wanderschaft fortsetzen lassen, ehe es zu jenem von mir eingeleiteten Götterdämmern kommen sollte.

Lulu: Wie sich die unbedarfte Antigone, ganz dem Auftrag der liebenden Tochter gehorchend, den alten Raufbold Ödipus unter die Achsel klemmte, um ihn auf seiner, dem Ende zugeneigten Lebensreise zu begleiten, die Gute.

Wanda: Wie bewandert sie ist, unsere kleine Lulu, selbst in der Antike kennt sie sich aus, das Gossengör, pardon mein Beste, aber es bewahrheitet sich doch wiederholt, dass nichts im Leben umsonst ist. Sie haben Bildung erfahren, den rechten Schliff haben Sie erhalten durch Ihre mehr als unüberschaubaren Liebschaften, ist es nicht so?

Dass Sie diesem kranken Frauenhasser in die Mörderarme gefallen wären, beinah'... Ihre Intelligenz hat Sie davor bewahrt, auch wenn die Literaturpäpste und Komponisten einen weniger erfreulichen Ausgang vorgesehen haben.

Im Text verwendete Zitate von

Aristoteles, Jean Cocteau, Charles Baudelaire (Stefan George), Albert Giraud (Arnold Schönberg), Gerhard Härle, Heinrich Heine, Heinrich von Kleist, Wilhelm Müller (Franz Schubert), Friedrich Nietzsche, Rainer Maria Rilke, Stendhal, Richard Wagner, Robert Walser sowie aus den Opern 'Herzog Blaubarts Burg' von Béla Bartók, 'Rusalka' von Antonin Dvořák und 'Orpheus und Eurydike' von Christoph Willibald Gluck.

Edith Maria Engelhard

Geboren in Salzburg; 1976-1981 Studium am Mozarteum Salzburg Bühnenbild-Kostümbild (Mag.art.). Mehrjährige Theatertätigkeit. Trompe l'Oeil Malereien im In- und Ausland. Studium der Kunstgeschichte (2011 Dr.phil).

2016 erschien in der EDITION TANDEM der Lyrik-Band „Danach", mit Texten von Walter Müller im Dialog mit Bildern von Edith Maria Engelhard.

Edith Maria Engelhard
Der Komponist
Roman

Lektorat: Andreas Feiner
Gestaltung: Volker Toth
Titelbild: Edith Maria Engelhard
Druck: Buch.Bücher Theiss, St. Stefan

ISBN 978-3-902932-53-2
© 2016 Edition Tandem, Salzburg | Wien
www.edition-tandem.at

Gefördert von:
Bundeskanzleramt:Österreich | Kunst,
Stadt und Land Salzburg